The Heroes of Olympus

混血營英雄

英雄之血

雷克·萊爾頓 Rick Riordan◎著

王心瑩◎譯

遠流

國際媒體讚譽

萊爾頓十分擅長情節的巧妙鋪陳，也善於創造扣人心弦的緊張危險。故事中穿插著幽默，提供了討喜的輕鬆感。

——**《學校圖書館期刊》**（***School Library Journal***）

以幽默和恐懼並陳的方式貫穿全書，使作品讀起來更加生動。混血人在一連串遭遇中，巧妙運用了他們的智慧和武器，而他們的不安全感則使這些人物更具有吸引力。……萊爾頓在此創造了另一場引人注目的冒險。

——**《書單》**（***Booklist***）

只有像萊爾頓這樣的天才作家能寫出五百頁的史詩故事，並捕捉住各年齡層讀者的想像力。……其中的希臘和羅馬神話增添了新鮮感，兼具教育與娛樂。

——**兒童文學評論網站**

萊爾頓的說故事功力仍像往常一樣完美精鍊，充滿了智慧、行動與勇氣。

——**《出版者週刊》**（***Publishers Weekly***）

萊爾頓總是讓他的英雄們……在碰到危機與困難時迸出諷刺性的俏皮話，特別是面對死亡還能咧嘴笑這種自信的態度，讓他的忠實粉絲不禁拍手叫好！

——**《號角書》（*Horn Book*）**

【混血營英雄】系列不僅爲希臘、羅馬神話帶來新生命，同時提供了完美的結局。

——**邦諾書店（Barnes & Noble）**

機警、趣味、刺激，令人著迷。

——**英國《泰晤士報》（*The Times*）**

這是一部充滿傳奇的作品。

——**英國《衛報》（*The Guardian*）**

主要人物簡介

◆里歐・華德茲（Leo Valdez）

火神赫菲斯托斯的混血人兒子。身材瘦小，有一頭黑色鬈髮和尖耳朵；萬能的雙手對任何機械、五金等工藝事物都很在行。他打造出一艘配備現代科技、能飛天下海的希臘戰船——阿爾戈二號，載著其他混血人共同為阻止蓋婭覺醒而努力，而他的抉擇攸關此次任務的成敗。

◆傑生・葛瑞斯（Jason Grace）

羅馬天空之神朱比特的混血人兒子。有著一頭金髮與難以預測的神力，可以駕馭風雲與控制氣流。在被交換到混血營後，他空白的記憶逐漸恢復，並成為七人大預言中的任務成員。而在經歷黑帝斯地下神廟的一場大戰後，他與派波、安娜貝斯潛入英雄奧德修斯的古代宮殿，希望能進一步找到有關蓋婭崛起的訊息。

◆派波・麥克林（Piper Mclean）

棕髮女孩，是愛與美之神阿芙蘿黛蒂的混血人女兒。他有印第安切羅基族血統，性格堅強倔強，不愛出風頭。她在混血營的任務中漸漸學會運用自己的魅語能力，並加入大預言中的七人小組。為了阻止蓋婭崛起，她與其他六位混血人力抗巨人大軍。

◆**波西．傑克森**（Percy Jackson）

海神波塞頓的混血人兒子。他曾因喪失記憶來到另一個混血人的營區——朱比特營，所幸在重重艱難的任務中逐漸恢復記憶，並與安娜貝斯相逢，成爲完成大預言的七人成員之一。面對蓋婭崛起之日逐漸逼近，他和其他六位混血人只能在重重危機中奮力一搏。

◆**安娜貝斯．雀斯**（Annabeth Chase）

波西的混血營夥伴與女朋友，是智慧女神雅典娜的混血人女兒。她完成了母親智慧女神交託的新任務，找到雅典娜．帕德嫩的雕像。爲了追蹤蓋婭的訊息，她與派波假扮女僕，和傑生一起潛入充滿惡靈的以薩卡島，以找出壓制蓋婭的最好行動方法。

◆**海柔．李維斯克**（Hazel Levesque）

羅馬冥王普魯托的混血人女兒。她的特殊能力是可以感應地下隧道，而且身邊會不時冒出貴重寶石。在與波西和法蘭克成功釋放死神桑納托斯後，她爲了阻撓蓋婭毀滅世界，加入七人大預言小組，在任務中漸漸確認自己的能力。

◆**法蘭克．張**（Frank Zhang）

羅馬戰神馬爾斯的混血人兒子，身材魁梧高大。他母親的家族血統與波塞頓有關，因此他是目前唯一具有希臘、羅馬雙重血統的混血人。他擅長射箭，擁有任意變形成各種動物的能力，並且在任務中漸漸展現身爲戰神後代的優異領導力。

◆**尼克・帝亞傑羅**（Nico di Angelo）

冥王黑帝斯的混血人兒子，個性孤僻，不喜歡與人有肢體接觸。曾獨自深入塔耳塔洛斯尋找死亡之門，並帶領阿爾戈二號小組成員進入冥王之府。此次他接下最可怕的任務，將冒著極大風險將雅典娜・帕德嫩雕像運送回混血營。

◆**蕾娜**（Reyna）

羅馬女戰神貝婁娜的混血人女兒，也是第十二軍團的執法官，個性沉穩、冷靜、明辨是非。她有一頭深色頭髮，金色戰甲外披著紫色斗篷。爲了阻止希臘、羅馬兩方陣營互相廝殺，她和尼克、黑傑教練擔負起運送雅典娜・帕德嫩雕像至長島的重責大任。

◆**葛利生・黑傑**（Gleeson Hedge）

好戰且熱愛運動的中年羊男，總是一副健身教練的打扮。他在任務小組的行動中，一方面幫忙操控阿爾戈二號，一方面擔任這群血氣方剛青少年的監護人。爲了保護蕾娜和尼克的安危，自願加入運送雅典娜・帕德嫩雕像的任務。

◆**蓋婭**（Gaea）

希臘羅馬神話中的大地之母，也是最古老的神。她與天空之父烏拉諾斯生出了泰坦巨神，泰坦巨神中的克羅諾斯與瑞雅即是三大神的父母。她也是許多巨人族與怪物的母親。在波西與泰坦大戰之後，蓋婭計畫從塔耳塔洛斯覺醒。在她的安排下，巨人怪物紛紛自塔耳塔洛斯復活，並企圖讓巨人大軍活捉兩名混血人，用他們的血來喚醒她。

◆屋大維（Octavian）

羅馬營區的占卜師，阿波羅的後裔，擁有預言的能力。針對希臘混血營的存在，傾向以消滅的方式換取軍團榮譽。在蕾娜決定前往古老的土地時，他藉機奪下了第十二軍團執法官的權力，自己任命為大祭司，並積極籠絡各方支持，企圖徹底摧毀混血營。

給我最棒的讀者們：

上一集留下了吊人胃口的情節，真是非常抱歉。

在這本書裡，我會盡量避免吊人胃口的情節。

嗯，可能還是有少數幾個啦……

因為我好愛你們大家。

七名混血人將會回應召喚，
暴風雨或是火焰，世界必將毀壞。
發誓留住最後一口氣，
敵人擁有死亡之門的武器。

1 傑生

傑生好討厭變老。

他的所有關節都很痛，雙腳也不停顫抖。努力要爬上山丘時，他的肺部簡直像一整盒石頭一樣喀啦作響。

他看不到自己的臉，眞是謝天謝地啊，不過他的十根手指頭扭曲腫脹、瘦骨嶙峋，而且手背上滿是暴凸交織的藍色血管。

他身上甚至有老人的氣息，很像樟腦丸混合雞湯的氣味。怎麼可能這樣？才不過短短幾秒鐘，他就從十六歲變成七十五歲，但老人味倒是立刻就飄散出來，簡直像是大爆發。恭喜喔！你臭死了！

「快到了。」派波對他笑了笑。「你表現得很棒。」

她用嘴巴說說還眞簡單。派波和安娜貝斯都僞裝成可愛的希臘女僕模樣，就算穿著白色無袖長袍和綁著緞帶的涼鞋，她們走在岩石遍布的小徑上依然毫無困難。

派波的紅褐色頭髮編成長辮，然後夾在頭頂盤繞成螺旋狀。她的手臂佩戴著銀色手鐲，看起來幾乎與她媽媽阿芙蘿黛蒂❶的古老雕像一模一樣，傑生覺得這樣令他有點發毛。

❶阿芙蘿黛蒂（Aphrodite），希臘神話中掌管愛情與美貌的女神，即羅馬神話中的維納斯（Venus）。

與漂亮女孩約會已經夠讓人緊張了，而與愛之女神的女兒約會……嗯，傑生老是擔心自己不夠浪漫體貼，於是派波的媽媽只消在奧林帕斯山上一皺眉、一瞪眼，就把他變成一隻凶猛的野狗。

傑生朝山坡上方瞄了一眼。山頂還遠在一百公尺之外。

「有史以來最爛的主意。」他倚著一棵圓柏樹，抹掉額頭上的汗水。「海柔的法術也太厲害了吧，萬一得要發動攻擊，我根本一點用處也沒有。」

「不會變成那樣啦。」安娜貝斯向他保證。她似乎對自己的女僕裝扮感到很彆扭，不斷拱起肩膀以免衣服滑落。她的一頭金髮原本梳成髮髻夾在腦後，這時已經鬆脫開來垂落在背上，晃呀晃的彷彿蜘蛛的長腳。傑生知道她超討厭蜘蛛，決定不要提起這件事。

「我們潛入那座宮殿，」她說：「進去拿到需要的資訊，然後溜之大吉。」

派波放下她手中的陶罐，那個高高的葡萄酒甕裡面藏了她的劍。「我們可以休息一下。傑生，好好喘口氣。」

派波的腰帶上繫著她的富饒角，那支魔法號角可以變出各式各樣的東西。她的衣服皺摺某處還塞了短刀「卡塔波翠絲」。派波的外表看起來並不危險，但如果有需要，她可是能夠抓起兩把青銅刀劍左右開弓，或者用熟透的芒果猛射敵人的臉。

安娜貝斯則是將自己的陶罐揹在肩膀上。她也藏了一把劍，即使乍看沒有帶武器，她的外表還是一副很厲害的模樣，一雙灰色眼睛眼神銳利，不斷掃視四周動靜，對所有可能構成威脅的事物保持警戒。假如有哪個傢伙邀請安娜貝斯去喝一杯，傑生覺得她很可能會一腳踢向那傢伙的胯下。

傑生努力讓自己的呼吸變得平緩一點。

在他們腳下，阿法勒斯灣波光粼粼，海水如此湛藍，簡直像是以食用色素染色而成。阿爾戈二號下錨停泊在距離岸邊幾百公尺處，由高處看來，它的白色船帆沒有比郵票大多少，船上的九十支船槳也像牙籤一樣細小。傑生想像他的朋友們站在甲板上，輪流用里歐的水手型單筒望遠鏡觀察他的行進狀況，看著老爺爺傑生拖著蹣跚的步伐爬上山丘，一群人拚命忍住笑意。

「以薩卡眞是蠢斃了。」他忍不住低聲嘀咕。

其實他認爲這個島還滿漂亮的。島中央有一條樹木茂密的山脊稜線迤邐向前，白堊岩構成的白色山坡直瀉大海。幾個海灣構成岩石海濱和港口，有不少紅屋頂的房屋和白色灰泥教堂坐落在海岸邊。

山丘上點綴著許多罌粟花、番紅花和野生的櫻桃樹，微風吹送著桃金孃花朵的香氣。一切看來都很美好……只不過氣溫恐怕有攝氏四十度吧，空氣就像羅馬的浴場一樣熱氣蒸騰。

對傑生來說，要他操控風勢讓一夥人飛上山頂簡直輕而易舉，但是萬萬不可。爲了祕密行動，他必須假扮成老爺爺，拖著壞掉的膝蓋和雞湯般的酸臭味，拚死拚活一路往上爬。

他回想起上一次爬山的經過，那是兩個星期前的事，當時他和海柔在克羅埃西亞的峭壁上與強盜斯喀戎短兵相接。當時，傑生至少能夠用盡全力；而現在，他們即將面對的情勢，可能遠比區區一個強盜要嚴峻許多。

「你確定這座山丘是對的嗎？」他問。「感覺似乎有點……呃，不知道耶，太安靜了。」

派波仔細察看整條稜線。她的髮辮裡插了一支亮藍色的鳥身女妖羽毛，是昨天夜裡那場攻擊的紀念品。其實羽毛和她現在的裝扮不是很搭，不過那是派波應得的獎賞，因爲她昨晚執勤時，單憑一己之力就打敗了一整群惡魔小雞女士。她對那樣的成果只是輕描淡寫一番，但傑生看得出來，她其實感到很得意。那根羽毛就像在提醒大家，她再也不是去年冬天初次抵達混血營的那個女孩了。

「遺址就在那上面，」她保證說：「我從卡塔波翠絲的刀刃上看到了。而且你也聽到海柔說的話：『最大的……』」

「『我所感應過的最大一群惡靈。』」傑生想起來了。「是啊，聽起來超讚的。」

經歷過黑帝斯❷地下神廟的一場大戰後，傑生最不想對付的就是更多的惡靈。然而這趟任務已經到了決定勝負的關頭，阿爾戈二號的全體成員必須做出重大抉擇。假如抉擇是錯的，他們必定會失敗，整個世界也將遭到毀滅。

派波的刀刃、海柔的魔法感應以及安娜貝斯的直覺，全都指出同樣的方向：答案就在以薩卡島這裡，就在奧德修斯❸的古代宮殿裡，那裡聚集了一大群惡靈，正在等待蓋婭❹的命令。他們三人的計畫是偷偷溜進那群惡靈之中，弄清楚目前的情況，並且決定最好的行動方案，然後溜之大吉；最好是活著出來。

安娜貝斯稍微調整她的金色腰帶。「希望我們的僞裝可以維持住。那些求婚者活著時都是噁心吧啦的傢伙，萬一他們發現我們是半神半人……」

「海柔的魔法一定會發揮作用啦。」派波說。

傑生努力想要相信這句話。

所謂的求婚者，他們活著時是最貪婪、最邪惡的一百個惡霸。特洛伊戰爭之後，以薩卡的希臘國王奧德修斯莫名失蹤，於是這群B咖王子暴徒入侵他的宮殿，從此拒絕離開，每個人都想與潘妮洛普王后結婚，進而接管整個王國。後來奧德修斯想方設法祕密回到宮殿，把他們所有人都殺了……基本上就是回到家園的快樂慶祝儀式。不過，假使派波看到的景象正確無誤，就表示那些求婚者現在都回來了，在他們死亡的地方盤桓不去。

傑生不敢相信自己即將造訪奧德修斯眞正的宮殿，他可是歷史上最有名的希臘英雄啊。話說回來，這整個任務本來就是由一連串超級瘋狂的事件組成。安娜貝斯自己才剛從永恆的塔耳塔洛斯深淵逃回來，一想到那件事，傑生突然覺得他現在變成老人實在沒什麼好抱怨。

「嗯……」他扶著步行用的拐杖，讓自己站穩。「如果我看起來就像感覺起來的一樣老，我的僞裝應該是很棒的。繼續往前走吧。」

他們一路往上爬，汗水沿著他的脖子不斷往下滴，小腿也疼痛不堪。儘管天氣炎熱，他卻開始抖個不停，而且無論怎麼努力，他都無法阻止自己想起最近的夢境。

自從進入冥王之府以來，那些夢境變得更加逼眞、鮮明。

有時候，傑生夢見自己站在伊庇魯斯的地下神廟裡，巨人克呂提奧斯向他逼近，用好幾種很不眞實的聲音同聲說：「你們得集合所有人的力氣才能打敗我，等到大地之母睜開她的

❷ 黑帝斯（Hades），希臘神話中的冥界之王，掌管整個地底世界，等同於羅馬神話的冥王普魯托（Pluto）。

❸ 奧德修斯（Odysseus），希臘神話中的英雄人物，個性勇敢、忠誠且寬厚仁慈。荷馬長篇史詩《奧德賽》即以他為主。

❹ 蓋婭（Gaea），希臘與羅馬神話中的大地之母，是眾神和萬物的起源。她孕育出天空之父烏拉諾斯，並與他製造出泰坦巨神等許多子女。

雙眼，你們又該怎麼辦呢？」

另一些時候，傑生則夢見自己身在混血之丘的山頂上。大地之母蓋婭從泥土中崛起，那是由泥土、樹葉和石塊不斷旋轉構成的形體。

「可憐的孩子。」她的聲音與整片大地相互共鳴，讓傑生腳底下的岩床為之搖撼。「你的父親是眾神之首，你卻只能永遠屈居於第二位，無論是你的羅馬同伴之間、你的希臘朋友之間乃至你的家人之間都是如此。你要怎麼證明自己的能力？」

最糟糕的夢境則是從索諾馬的「狼屋」院子裡開始。女神茱諾[5]站在他面前，渾身散發出白銀熔融的熾熱光芒。

「你的性命屬於我，」她的聲音宛如雷鳴，「這是宙斯[6]同意息事寧人的讓步條件。」

茱諾散發出超新星一般的耀眼光芒，顯現出她真實的天神形貌。傑生知道自己不應該直視，但他無法閉上雙眼。痛苦燒炙著傑生的心智，他的身體也像洋蔥般一層層燃燒殆盡。

然後，場景變了。傑生還在狼屋，不過這時候他是個小男孩，不超過兩歲。有個女人跪在他面前，她身上的檸檬氣味聞起來好熟悉。她的身形看起來溼溼的，有點模糊不清，但傑生認得她的聲音，那聲音明亮且清脆，很像流動快速的溪水凝結了最薄的一層冰。

「最最親愛的，我會回來找你，」她說：「我很快就會再見到你。」

每一次從惡夢中醒來，傑生的臉上滿是汗水，雙眼也因流淚而刺痛。

尼克．帝亞傑羅曾經警告他們：冥王之府會引發最不好的回憶，讓他們看見和聽見一些不堪回首的往事，縈繞於心頭的鬼魂也會躁動不安。

傑生特別希望不要回想起「那個」鬼魂，但是每個晚上的惡夢變得愈來愈可怕。此刻，他正朝山上的宮殿廢墟走去，而有一大群鬼魂已經聚集在那裡了。

「那並不表示『她』就在那裡啊。」傑生對自己說。

然而，他的雙手止不住顫抖，腳下踏出的每一步似乎比上一步更加艱難。

「快要到了，」安娜貝斯說：「我們……」

轟！山坡隆隆作響。越過稜線的某處，群眾高聲叫喊表示贊同，聽起來很像競技場裡的觀眾。那聲音令傑生起了雞皮疙瘩。沒多久之前，在羅馬的大競技場裡，他曾經在一大群歡呼叫喊的鬼魅觀眾面前，爲自己的性命努力奮戰。他一點都不渴望重溫那樣的經驗啊。

「那是什麼喊叫聲？」他好奇地問。

「不知道，」派波說：「不過聽起來他們很樂的樣子。我們去認識一些元死人朋友吧。」

---

❺ 茱諾（Juno），羅馬神話中的天后，等同於希臘神話中的希拉（Hera），但形象比希拉更好戰。參《混血營英雄—迷路英雄》一〇一頁，註㉛。

❻ 宙斯（Zeus），希臘神話中的眾神之王，掌管與天空相關的一切，包含雷電與氣象。等同於羅馬神話中的朱比特（Jupiter），也是羅馬帝國的守護者。

2 傑生

情況遠比傑生的預期糟糕許多，這是當然的啦。否則就沒有什麼樂趣可言了。

傑生爬到山坡頂，從橄欖樹叢間偷看，眼前景象宛如一場徹底失控的殭屍兄弟會派對。

廢墟本身並沒有什麼特殊之處，只有幾道石牆、雜草叢生的中庭，還有一道用岩石雕刻的樓梯，樓梯通到末端嘎然而止。幾片夾板鋪在一塊窪地上，外加一組金屬鷹架支撐著搖搖欲墜的破爛拱門。

然而，現實的另一個層面疊加在這片廢墟之上……是這座宮殿的幽靈幻象，必然是呈現了它全盛時期的景象。灰泥牆壁粉刷得雪白，一整排陽台足足挑高三層樓，長長的列柱門廊面向中庭，庭院裡有巨大的噴泉和青銅火盆。中庭擺設了十幾張宴會桌，許多食屍鬼高聲談笑、吃吃喝喝，不時互相呼來喝去。

傑生以為會看到數以百計的幽靈，沒想到實際上比想像的多兩倍，他們到處晃來晃去、追逐幽靈女侍、亂摔杯盤，基本上搞得一團混亂。

他們大多數看起來很像朱比特營的拉雷斯，就是身穿束腰短上衣和涼鞋的透明紫色鬼魂。少數狂歡份子的身體已經腐爛，身上掛著灰撲撲的肉塊，頭髮糾結成團，而且渾身布滿令人作嘔的傷口。其他人則看起來很像正常的活生生凡人，有些人身穿古羅馬的寬外袍，有些穿著現代的西裝或軍隊工作服。傑生甚至看到一個傢伙穿著紫色的朱比特營T恤和羅馬軍團盔甲。

中庭的正中央有個皮膚灰白的食屍鬼，穿著破破爛爛的希臘束腰上衣，在群眾之間昂首闊步。他手上捧著一個大理石胸像，而且高舉過頭，很像拿著運動比賽的獎盃。其他鬼魂見狀熱烈歡呼，一路猛拍他的背。那個食屍鬼走得比較靠近時，傑生發現有一支箭射穿他的喉嚨，箭尾的羽軸從他的喉結冒出來。更令人震驚的是，他捧著的那個胸像……是宙斯嗎？實在很難確定，因爲大多數的希臘天神雕像看起來都非常相似。不過看到那個胸像的鬍鬚，還有臉上的凌厲眼神，在在讓傑生忍不住回想起混血營一號小屋那個巨大的「嬉皮宙斯」雕像。

「咱們的下一個祭品！」那個食屍鬼大喊，從中箭的喉嚨傳出來的聲音嗡嗡作響。「謹獻給大地之母！」

派對眾人同聲高喊，同時砸爛手上的酒杯。接著，食屍鬼走向中央噴泉，群眾往兩旁退開，傑生這才發現噴泉容納的並不是水。從一公尺高的台座裡，有一道「沙泉」向上湧出、沿著弧線落下，最後灑入圓形的噴泉池裡，宛如許多白色珠子構成的傘形簾幕。

食屍鬼高高舉起那個大理石胸像，隨即拋入噴泉內。宙斯的頭像一穿過沙泉，整塊大理石就像通過碎木機似的立刻碎裂瓦解。沙子閃耀著金光，那是天神血液的顏色。接著，整座山丘隆隆作響，發出悶悶的「轟」一聲，彷彿飽餐一頓的打嗝聲。

那些死人派對群眾高聲叫喊附和。

「還有其他雕像嗎？」食屍鬼對群眾大喊。「沒有了嗎？那麼我想，我們得等待一些『眞正的』天神親身獻祭了！」

他的夥伴們縱聲狂笑、鼓掌喝采，而食屍鬼在他們的歡呼聲中走向最近的一張宴會桌。

傑生緊緊握住他的手杖。「那個傢伙居然把我老爸分解掉了。他以爲自己是誰啊？」

「我猜那是安提諾烏斯，」安娜貝斯說：「是那些求婚者的帶頭者之一。如果我記得沒錯，將那支箭射穿他喉嚨的就是奧德修斯本人。」

派波嚇得縮了縮。「你還以爲那樣就可以把人解決掉了。其他那些人呢？爲什麼有這麼多人啊？」

「我也不知道，」安娜貝斯說：「我猜，是蓋婭新招募的成員吧。有些一定是趁我們還沒關上死亡之門的時候回到活人世界，有些則只是亡靈。」

「有些是食屍鬼，」傑生說：「他們身上有很多傷口，而且皮膚灰灰的，就像安提諾烏斯……我以前打過他們的同類。」

派波伸手拉了拉她的藍色鳥身女妖羽毛。「他們殺得死嗎？」

傑生回想起好幾年前的往事，當時他代表朱比特營去加州的聖貝納迪諾出任務。「不容易喔。他們很強悍，動作很快，聰明機靈。而且，他們會吃人肉。」

「太厲害了。」安娜貝斯低聲嘀咕。「除了堅持原本的計畫，我看不出還有其他選擇。兵分三路，想辦法混進去，弄清楚他們爲什麼聚集在這裡。如果情況急轉直下……」

「我們就採取備用計畫。」派波說。

傑生超討厭那個備用計畫。

他們離開阿爾戈二號之前，里歐交給他們每人一枚緊急照明彈，和生日蠟燭差不多大。

理論上，如果把照明彈拋向空中，它會向上發射一連串的白色磷光，向阿爾戈二號警告這個小組有麻煩了。在那個當下，傑生和兩個女孩會爭取到幾秒鐘的時間尋找掩蔽，接著阿爾戈二號的投石機就會朝他們的所在位置開火，讓希臘火藥和神界青銅霰彈碎片籠罩整座宮殿。

這不是最萬無一失的計畫，但至少傑生能夠很安心地知道，萬一情況變得險惡，他可以召喚空襲行動來對付這群吵鬧不休的死人暴徒。而當然了，這一切的前提是他和兩位朋友有機會安然脫身；另一個前提則是里歐的「末日蠟燭」不會意外失效（里歐發明的東西有時還真的會失效）。總之，無論採取哪一個計畫，天氣都會變得更炎熱，畢竟有百分之九十的機會將引發一場世界末日般的可怕火海。

「下去那裡要小心喔。」他對派波和安娜貝斯說。

派波沿著稜線左側躡手躡腳繞過去，安娜貝斯則走右路。傑生用自己的手杖撐起身子，朝著那片廢墟一拐一拐直直走去。

上一次闖入邪靈暴徒群的經驗突然在他腦中一閃而過，就是在冥王之府那一次。當時要不是有法蘭克．張和尼克．帝亞傑羅在場……

一想到尼克……眾神啊。

過去幾天來，傑生每一次將餐點的一部分獻祭給朱比特時，都會向他爸爸祈求助尼克一臂之力。那孩子經歷了那麼多事，居然還自願攬起最困難的工作：將雅典娜．帕德嫩雕像送回混血營。如果他沒有成功完成任務，羅馬和希臘的半神半人就會彼此屠殺；到了那時，無論希臘這裡的情勢如何發展，阿爾戈二號再也沒有家園可以回去了。

傑生穿過宮殿的幽靈入口。就在這一瞬間，他及時發現面前有一塊馬賽克地板其實是幻影，以此掩蓋底下一個三公尺深的坑洞。他連忙從坑洞旁邊繞過，繼續走入中庭。

眼前有現實的兩個層面彼此交疊，讓他回想起泰坦巨神在奧特里斯山上的大本營，那裡用黑色大理石牆建造成令人失去方向感的迷宮，而且不時會與陰影融合在一起，然後不知何時又再度形成實體。不過那次戰鬥期間，傑生的身邊至少有一百名軍團士兵，而眼前此刻，他所擁有的只有一具老人的軀體、一根拐杖，以及兩位穿著緊身裙裝的朋友。

在他前方十多公尺處，派波穿梭於人群間，面露微笑，爲那些幽靈狂歡者的玻璃酒杯斟滿葡萄酒。如果她很害怕，從外表也看不出來。目前爲止，那些鬼魂還沒有特別注意她，海柔的魔法一定發揮了作用。

而在右側，安娜貝斯忙著收起空盤和空酒杯。她的臉上沒有笑容。

傑生回想起即將離開阿爾戈二號時，他曾與波西聊了一下。

波西留在船上，負責監視來自海面的可能威脅，可是他很不喜歡自己沒有陪在安娜貝斯身邊一起出任務；特別是自從塔耳塔洛斯死裡逃生以來，這是他們兩人第一次分隔兩地。他把傑生拉到旁邊。「嘿，老兄……如果我提議說，安娜貝斯需要有人保護她的安全，她會殺了我。」

傑生笑了。「是啊，她一定會。」

「不過呢，好好照顧她，好嗎？」

傑生捏捏他朋友的肩膀。「我會確保她平安回到你身邊。」

而現在，傑生很擔心自己能不能守住那個承諾。

他走到人群外圍。

有個沙啞刺耳的聲音大喊：「埃洛斯！」

安提諾烏斯，那個喉嚨穿箭的食屍鬼，正直直地瞪著傑生。「是你吧，你這個老乞丐？」

海柔的魔法發揮了作用。感覺好像有股冷空氣在傑生的臉上陣陣波動，那是「迷霧」正在細微改變他的外貌，讓求婚者看到他們想看見的景象。

「正是我！」傑生說：「埃洛斯！」

又有十多個鬼魂轉過來看他。有些鬼魂面露怒容，甚至握住他們閃閃發亮的紫色刀柄。太遲了，傑生開始擔心埃洛斯根本是他們的敵人，不過他已經無法抽身了。

他一跛一拐地走向前，努力擠出最病懨懨的老人表情。「我就猜想我來派對已經遲到了。希望你幫我留了一點食物？」

其中一個鬼魂發出冷笑，一臉厭惡的樣子。「這個忘恩負義、不知感恩的老乞丐。安提諾烏斯，我該殺了他嗎？」

傑生的脖子抽筋了幾下。

安提諾烏斯來回三次打量他，然後咯咯笑起來。「我今天心情很好。來吧，埃洛斯，來我這桌，和我一起坐。」

傑生沒有太多選擇的餘地。他與安提諾烏斯隔桌對坐，這時有更多鬼魂聚集過來，冷眼旁觀，一副很期待看到特別激烈的腕力比賽似的。

從近距離看來，安提諾烏斯的眼睛是正宗的黃色，兩片嘴唇像紙一樣薄，露出貪婪的利牙。剛開始，傑生以爲這食屍鬼的黑色鬈髮逐漸碎裂消失，後來才意識到，其實是不斷有泥土從安提諾烏斯的頭皮汩汩流出，潑灑到他的肩膀，然後這些泥土填入食屍鬼灰色皮膚上的古時刀劍傷口。還有更多泥土從他喉嚨的箭矢傷口濺灑出來。

是蓋婭的力量，傑生心想。大地正在把這傢伙黏合起來。

安提諾烏斯將一只金色酒杯和一整盤食物從桌子那邊推過來。「埃洛斯，沒想到會在這裡看到你。不過我想，就算是乞丐也是可以控訴他所遭受的報應。喝吧，吃吧。」

酒杯裡裝著濃稠的紅色液體，盤子上則是不知名的棕色肉塊，冒著熱騰騰的煙。

傑生看了有點反胃。吃了以後，就算食屍鬼的食物不會要了他的命，他那位吃素的女朋友很可能足足一個月不願意親他。

他回想起南風之神諾托斯⑦曾對他說：「一道漫無目標的風，對任何人都沒有用處。」傑生在朱比特營的整個生涯都建築在「謹慎抉擇」的基礎上。他幫忙許多半神半人折衝、協調，在爭執之中聆聽每一方的論點，努力尋求折衷的解決方案。就算這種行事風格與羅馬人的傳統做法格格不入，他在行動之前依舊會思考再三。他一點都不會衝動行事。

諾托斯曾經警告他，這樣的猶豫性格會害他丟掉性命。傑生必須拋開太過謹慎的性格，忠於自己的想法。

假如他是個忘恩負義的乞丐，就必須表演得像一點才行。

他用手指抓住食物，撕下一塊肉，塞進嘴巴裡。接著他大口喝下那杯紅色液體，幸好嘗起來像是加水稀釋的葡萄酒，而不是鮮血或毒藥什麼的。傑生強忍住嘔吐的衝動，但他沒有醉倒，也沒有真的吐出來。

「好吃！」他抹抹嘴。「好啦，告訴我關於這個……你們是怎麼說的？控訴我的報應嗎？

我該去哪裡報名登記？」

鬼魂全都笑起來。有個鬼魂推了他肩膀，害他嚇了一大跳，沒想到真的可以感覺到。朱比特營的拉雷斯並沒有物質實體，眼前這些靈魂顯然有，這表示有更多敵人可以打敗他、刺殺他，甚至砍掉他的頭。

安提諾烏斯向前靠過來。「埃洛斯，告訴我，你有沒有什麼東西可以奉獻？我們可不需要你像以前那樣打小報告。你根本不是戰士，如果我沒記錯，是奧德修斯打爛你的下巴、把你扔進豬舍。」

傑生不禁暗暗發火。埃洛斯啊……那個老人替這些求婚者傳遞訊息，只爲了換取一點點食物。埃洛斯有點像是他們豢養的流浪漢。奧德修斯回到家鄉時僞裝成乞丐，埃洛斯心想，這個新來的傢伙想要搶他的地盤，於是兩人開始吵成一團……

「你要埃洛斯……」傑生遲疑了一下。「你要我去打奧德修斯，還下了賭注。甚至奧德修斯脫掉衣服時，你看到他的肌肉多麼發達……卻還要我去打他。你根本不在乎我的死活！」

安提諾烏斯笑得露出尖牙。「我當然不在乎囉，現在也還是不在乎！不過既然你都來到這裡了，想必蓋婭一定有什麼好理由允許你回到凡人世界。告訴我，你憑什麼從我們的戰利品分一杯羹？」

「什麼戰利品？」

安提諾烏斯兩手一攤。「這整個世界啊，我的朋友。自從我們第一次在這裡碰面，我們來

---

❼ 諾托斯（Notus），南風之神，掌管夏季溼潤多水氣的風，形象為身披斗篷、有對翅膀的男子。

到此地的目的就只是爲了奧德修斯的土地、他的錢財，還有他的太太。」

「特別是他的太太！」有個衣衫襤褸的禿頭鬼魂用手肘頂頂傑生的肋骨。「那個潘妮洛普眞是一塊超辣的小蜂蜜蛋糕！」

傑生朝派波瞥了一眼，她正在隔壁桌端飲料。她偷偷把手指放在嘴巴上，表達「我快吐了」的意思，然後回過頭和那些死掉的傢伙打情罵俏。

安提諾烏斯冷笑一聲。「歐律馬科斯，你這個懦夫眞愛鬼叫，你和潘妮洛普連半點機會也沒有。我記得你哭哭啼啼地懇求奧德修斯饒你一命，還把全部的事都怪到我頭上！」

「說得好像我得到很多好處，」歐律馬科斯撩起他的破爛衣服，露出胸膛正中央一個兩、三公分寬的幽靈孔洞，「奧德修斯射中我的心臟耶，就只是因爲我想娶他的老婆！」

「不管怎樣……」安提諾烏斯轉頭看著傑生，「我們現在聚集在這裡，是爲了得到更大的獎賞。等到蓋婭消滅眾神，我們就可以瓜分剩下的凡人世界了！」

「我要分到倫敦！」隔壁桌一個食屍鬼大喊。

「蒙特婁！」另一個大叫。

「杜魯斯啦！」第三個大喊，頓時讓席間的吱喳對話停下來，因爲其他鬼魂全都用疑惑的眼神看著那人。

傑生剛才吞下的肉塊和酒液開始在肚子裡作怪。「其他這些……客人，是誰啊？數起來這裡至少有兩百人，其中有一半的人我不認識。」

安提諾烏斯的黃色眼珠閃閃發亮。「他們全是蓋婭喜歡的求婚者，也都對眾神和他們豢養的混血英雄有所要求與不滿。在那邊的惡棍是希比亞斯，雅典的前任暴君。他遭到罷黜，後來獲得波斯人的支持而攻擊自己的同胞。可以說一點道德心都沒有。爲了得到權力，他什麼事情都敢做。」

「多謝你喔！」希比亞斯叫道。

「而那個嘴巴裡塞了火雞腿的流氓，」安提諾烏斯繼續說：「則是迦太基的哈斯德魯巴，他定居在羅馬的時候心懷怨恨。」

「唔嗯。」那個迦太基人說。

「還有麥克．瓦魯斯……」

傑生差點嗆到。「你說誰？」

在沙子噴泉那邊，身穿紫色上衣和羅馬軍團盔甲的黑髮傢伙轉過來看著他們。他的輪廓有點模糊、冒著煙而且不清晰，所以傑生猜想他是某種幽靈，不過他前臂的軍團刺青夠清楚了，是SPQR、天神傑納斯❽的雙面頭顱，以及六條刻痕記號代表服役的年數。他的護胸甲上掛著執法官的徽章，以及第五分隊的標誌。

傑生從來沒有見過麥克．瓦魯斯，這位惡名昭彰的執法官早在一九八〇年代就死了。然而傑生迎上瓦魯斯的目光時，全身依舊起了雞皮疙瘩，他那雙凹陷的眼睛似乎能夠看穿傑生的僞裝。

安提諾烏斯揮揮手，態度輕蔑。「他是羅馬的半神半人，在哪裡失去他的軍團老鷹……阿拉斯加，是嗎？隨便啦。蓋婭讓他在這裡閒晃。他堅決認爲自己的一些見解能夠打敗朱比特

❽ 傑納斯（Janus），羅馬神話的雙面神，負責守護天國之門。

營。不過你啊，埃洛斯，你還沒有回答我的問題。我們憑什麼應該歡迎你加入呢？」

瓦魯斯的死人眼睛幾乎讓傑生喪失勇氣。他可以感覺到自己身上的迷霧變薄了，似乎回應著他內心的不安和不確定。

就在這時，安娜貝斯出現在安提諾烏斯的背後。「閣下，需要更多葡萄酒嗎？哎呀！」她把一只銀色大水罐裡的液體潑向安提諾烏斯的頸背。

「啊啊啊！」那個食屍鬼弓起背。「笨女孩！誰讓你從塔耳塔洛斯回來這裡的？」

「一位泰坦巨神，閣下。」安娜貝斯充滿歉意地低著頭。「要不要我幫您拿一些溼紙巾？您喉嚨的箭一直在滴水。」

「滾開！」

安娜貝斯偷看傑生一眼，那是表達激勵的無聲訊息，然後她消失在人群裡。

食屍鬼忙著擦乾自己，這讓傑生有機會好好整理思緒。

他是埃洛斯……以前幫求婚者傳遞消息。他有什麼理由來到這裡呢？這裡的人又憑什麼應該接受他？

他拿起最靠近的一把牛排刀，用力刺入桌面，一旁的鬼魂嚇得跳了起來。

「你們憑什麼應該歡迎我？」傑生咆哮著說：「就憑我還在傳遞訊息啊，你們這些愚蠢的壞蛋！我從冥王之府來到這裡，就是要來看看你們到底在搞什麼鬼！」

最後這部分是眞的，而這番話似乎讓安提諾烏斯一時語塞。那個食屍鬼瞪著傑生，葡萄酒從他喉嚨的箭桿繼續滴落。「你以爲我會相信蓋婭派你這樣一個乞丐來監視我們？」

傑生仰頭大笑。「死亡之門關閉前，我是最後一批離開伊庇魯斯的！我親眼見到克呂提奧斯鎮守的房間，那裡的圓頂天花板貼滿了墓碑，而且我走過『死者神諭處』那片布滿寶石和骨骸的地板！」

這些也全都是真的。宴會桌四周的鬼魂不安地扭來扭去，低聲碎唸。

「所以，安提諾烏斯……」傑生伸出一隻手指戳戳那個食屍鬼。「也許你才應該向我解釋一下，你憑什麼獲得蓋婭的特別關愛。放眼望去，我只看到一大群懶散怠惰的死人在這裡花天酒地，對戰爭一點幫助也沒有。我應該向大地之母怎樣報告呢？」

透過眼角餘光，傑生看到派波的讚許微笑一閃而逝。接著，她將注意力轉向一個發光的紫色希臘老兄，那傢伙正想拉派波坐在他的大腿上。

安提諾烏斯伸手握住傑生剛才刺入桌面的那把牛排刀。他拔出刀子，仔細察看刀刃。「假如你是奉蓋婭之命來的，你一定知道我們是接獲命令而來到這裡。那是波爾費里翁❾宣布的命令。」安提諾烏斯讓刀刃劃過手掌，結果從傷口噴出來的不是鮮血，而是乾燥的泥土。「你知道波爾費里翁吧……？」

傑生拚命控制想要嘔吐的感覺。他當然記得波爾費里翁，他們曾在「狼屋」展開一場大戰。「那個巨人國王啊……綠皮膚，十二公尺高，白色眼睛，髮辮上有很多武器。我當然認識他啦，比起你，他給人的印象深刻多了。」

他決定不要提起上一次見到巨人國王的情形，那時候他用閃電打爆那個巨人的頭。

---

❾ 波爾費里翁（Porphyrion），大地之母蓋婭所生的巨人族之一。受蓋婭慫恿攻打奧林帕斯推翻宙斯，最後遭宙斯與海克力士擊斃。參《混血營英雄——迷路英雄》二四七頁，註62。

安提諾烏斯一度看起來無言以對，但他的禿頭鬼朋友歐律馬科斯伸手摟住傑生的肩膀。

「好啦，好啦，朋友！」歐律馬科斯身上的氣味聞起來像酸掉的葡萄酒和燒焦的電線，他那幽靈般的觸感讓傑生的肋骨震顫刺痛。「我敢說，我們不是有意要質疑你的資格啦！只是呢，嗯，假如你曾在雅典和波爾費里翁說過話，應該就知道我們為什麼在這裡了。我向你保證，我們完全遵奉他的命令行事！」

傑生拚命掩飾自己的驚訝。波爾費里翁竟然在雅典。

蓋婭承諾要將眾神連根拔起，徹底毀滅他們。奇戎⑩，也就是傑生在混血營的導師，他曾經猜測，那就表示巨人會在奧林帕斯山的原址試圖幫助大地之母崛起。不過現在……

「在衛城，」傑生說：「眾神最古老的神廟群，雅典的中心。蓋婭要在那裡甦醒。」

「當然啦！」歐律馬科斯笑著說。他胸膛的傷口發出嗶嗶啵啵的聲音，很像鼠海豚的噴水孔。「而為了到達那裡，那些愛管閒事的半神半人必須從海路前進，對吧？他們知道飛越陸地太危險了。」

「那也表示他們必須經過這個島嶼。」傑生說。

歐律馬科斯熱切地點點頭。他的手臂從傑生的肩膀上移開，然後把手指伸進他的酒杯沾取酒液。「到了那個關頭，他們就必須做出選擇，對吧？」

他用沾溼的手指在桌面上畫出一條海岸線，紅色的葡萄酒液襯著木頭桌面，散發出不自然的光澤。他把希臘畫得像是一個畸形的沙漏，北邊的希臘本土畫成形狀醜陋的一大圈，然後在下面又畫出另一圈，與上面那圈幾乎一樣大，這就是稱為「伯羅奔尼薩」的大塊土地。兩大圈之間有一條細細的海道將它們區分開來，那是科林斯海峽。

傑生根本不需要看那張圖。前一天，他和其他夥伴在海面上仔細研究過地圖。

「最直接的路徑，」歐律馬科斯說：「會是從這裡向東走，穿越科林斯海峽。不過如果他們嘗試走這條路徑……」

「夠了，」安提諾烏斯厲聲說：「歐律馬科斯，你的話實在太多了。」

這番話激怒了那個鬼魂。「我又沒有要告訴他每一件事！只是要說獨眼巨人大軍集結在一邊的海岸上，空中也有很多劇烈的風暴精靈，而且那些凶狠海怪『凱托』也奉命出沒於各個水域。還有當然啦，假如船隻開到德爾菲那麼遠的地方去……」

「白痴！」安提諾烏斯隔著桌子扯開嗓門大喊，並抓住那個鬼的手腕。一層薄薄的土殼從食屍鬼的手中延伸出來，包住歐律馬科斯的整條幽靈手臂。

「不！」歐律馬科斯叫喊著說：「求求你！我……我的意思只是……」

那個鬼放聲尖叫，只見泥土硬殼裹住他全身，然後四散碎裂，最後什麼也不剩，徒留地上的一堆塵土。歐律馬科斯不見了。

安提諾烏斯坐回位子上，拍拍自己的雙手。宴會桌上的其他求婚者看著他，戒慎恐懼，一句話都不敢說。

「抱歉，埃洛斯，」食屍鬼露出冷冷的微笑，「你只需要知道這點就好，前往雅典的路途已經部署重兵，完全按照我們先前的承諾。那些半神半人要不就必須冒險穿過海峽，雖然那

---

❿ 奇戎（Chiron），半人馬族的一員。半人馬族是半人半馬怪，個性粗野暴力，其中只有奇戎個性溫和、充滿智慧，是希臘神話中許多混血英雄的老師。

是不可能的，要不就是航行繞過整個伯羅奔尼薩，那裡也不能說比較安全啦。無論採取哪種方式，他們都沒辦法活那麼久，久到能夠做出那個抉擇。只要他們到達以薩卡，我們就會知道。我們會在這裡擋住他們，蓋婭也會知道我們多麼有價值。你可以把這個訊息帶回雅典。」

傑生的心臟陣陣敲打著他的胸骨。剛才安提諾烏斯召喚出泥土薄殼殺死了歐律馬科斯，他從來沒有看過類似的事。他一點都不想知道那種力量能否用來對付半神半人。

此外，安提諾烏斯聽起來很有信心能偵測到阿爾戈二號。到目前爲止，海柔的魔法似乎還能隱藏船隻，但能夠持續多久實在說不準。

傑生終於領悟到自己所爲何來。他們最終目的地是雅典，而前往雅典比較安全的路徑，或者至少不是不可能的路徑，是繞過希臘南部海岸。今天是七月二十日，距離蓋婭預計甦醒的時間，也就是八月一日、古老的「希望之日」，只剩下十二天了。

傑生和他的兩位朋友必須趁著還有機會的時候趕快離開。

然而，還有其他事情令他感到困惑，那是一種令人發毛的不祥預感，感覺他好像還沒有聽到最壞的消息似的。

歐律馬科斯曾經提到德爾菲。傑生曾暗自希望有朝一日能造訪那個古老的阿波羅[11]神諭地點，也許能夠得到關於他個人未來的一些預言，但如果那個地方已經遭到各種怪物占領……

他把裝著冷掉食物的盤子推開。「聽起來所有事情都掌控得很好。安提諾烏斯，爲了你好，我希望事實眞是如此。那些半神半人可是很機靈的，他們居然關上了死亡之門。我們可不希望他們偷偷溜過你們這裡，說不定德爾菲還助他們一臂之力。」

安提諾烏斯輕笑兩聲。「那裡不會有危險的啦，德爾菲再也不是由阿波羅掌控了。」

「我……我明白。而萬一那些半神半人真的繞遠路航行繞過伯羅奔尼薩呢?」

「你想太多了。對半神半人來說,航行到那裡絕對不安全,而且路途也太遙遠了。更何況,『勝利』在奧林匹亞橫行無阻,只要情況一直是那樣,那些半神半人就絕對不可能贏得這場戰爭。」

傑生聽不懂這是什麼意思,不過他點點頭。「非常好。我會向波爾費里翁國王鉅細靡遺地稟報。謝謝你的,呃,大餐。」

就在這時,在噴泉那邊,麥克.瓦魯斯叫道:「等一下。」

傑生暗暗咒罵一聲。他拚命想對那個死去的執法官視而不見,但現在瓦魯斯走過來了,全身籠罩在朦朧白色光暈中,一雙深深凹陷的眼睛很像排水口。他的側邊掛著一把帝國黃金打造的古羅馬短劍。

「你必須留下來。」瓦魯斯說。

安提諾烏斯氣呼呼地瞪了那個鬼魂一眼。「軍團士兵,你有什麼問題?如果埃洛斯想要離開,就讓他走吧。他實在臭死了!」

其他鬼魂都緊張兮兮地笑起來。在中庭的另一邊,派波朝傑生投以憂慮的眼神。而在更遠一點的地方,安娜貝斯不經意從最靠近的裝肉盤子抓起一把切肉刀。

瓦魯斯伸手放在他的劍柄圓球上。儘管天氣炎熱,他的護胸甲依舊覆蓋著一層薄冰。「在阿拉斯加的時候,我的分隊打了兩次敗仗。一次是活著的時候;另一次則是死掉之後敗給一

⓫ 阿波羅(Apollo),太陽神,也是射箭、預言與藝術之神。他的形象瀟灑且多才多藝,還創造了音樂。

個名叫波西．傑克森的希臘人。不過我還是來到這裡回應蓋婭的召喚。你知道爲什麼嗎？」

傑生吞下口水。「因爲頑固嗎？」

「因爲這是一個充滿渴望的地方，」瓦魯斯說：「我們所有人被這裡吸引而來，不只是受到蓋婭力量的支持，也是受到我們最強烈慾望的支持，像是歐律馬科斯的貪婪、安提諾烏斯的殘酷。」

「你也太稱讚我了吧。」食屍鬼低聲抱怨。

「哈斯德魯巴的仇恨，」瓦魯斯繼續說：「希比亞斯的痛苦。還有我的野心。而你呢，埃洛斯，什麼因素吸引你來這裡？一個乞丐最強烈的慾望是什麼？也許是一個家？」

傑生開始覺得頭皮發麻。每次有一場劇烈的雷暴即將爆發時，他都會有同樣的感覺。

「我該走了，」他說：「有訊息要傳達。」

麥克．瓦魯斯拔出他的短劍。「我父親是傑納斯，雙面天神。我很習慣看穿面具和僞裝。埃洛斯，你知道嗎，爲什麼我們很確定半神半人經過這座島嶼時一定偵測得到？」

傑生把他學過的拉丁文罵人的話全部默唸一次。他嘗試估算一下，要花多久時間才能把他的緊急照明彈拿出來並發射出去。眞希望他能在這個死人暴徒刺殺他之前，爲那兩個女孩爭取到足夠的時間尋找掩蔽。

他轉頭面對安提諾烏斯。「喂，這裡到底是不是由你負責啊？也許你該叫你的羅馬人閉上狗嘴。」

那個食屍鬼深吸一口氣，箭桿在他的喉嚨上發出咯咯聲。「啊，不過這可能還滿有娛樂性的。繼續吧，瓦魯斯。」

死去的執法官高舉他的短劍。「我們的慾望使我們現身於此，也讓我們顯現出眞面目。有人要來接你了，傑生．葛瑞斯。」

在瓦魯斯的背後，群眾讓開一條路。一個微微發亮的女鬼飄向前來，傑生覺得自己全身的骨頭彷彿變成一堆塵土。

「我最親愛的，」他母親的鬼魂說：「你已經回到家了。」

3 傑生

不知道為什麼，他就是認得她。他認得她的衣著，那是一件紅綠相間的大花衣衫，很像幫一棵耶誕樹穿上了裙子。他認得她手腕上的彩色塑膠手鐲，她在狼屋抱緊他說再見時，就是那東西緊緊抵住他的背。他認得她的頭髮，那頭染成金色的鬈髮蓬鬆得有如日冕，而且她身上帶有檸檬噴霧劑的氣味。

她的眼睛像傑生一樣湛藍，可是散發的光芒有點黯淡，彷彿才剛歷經核子戰爭，從地下堡壘爬出來，而整個世界已經變了樣，她急著從中尋找過往熟悉的點點滴滴。

「最親愛的。」她伸展雙臂。

傑生的眼裡再也沒有其他事物。那些鬼魂和食屍鬼再也無關緊要了。他的迷霧偽裝消失殆盡。他的身子可以挺直了，全身關節不再痠痛，他的手杖也變回一把帝國黃金打造的古羅馬劍。

然而燃燒的感覺還沒有停止。他覺得自己人生的不同層面正在一層一層燒掉，包括待在混血營的那幾個月、待在朱比特營的那幾年、他與母狼神魯芭一起訓練的日子。他再度變成一個害怕且脆弱的兩歲小孩，就連嘴唇上的疤痕也像剛受傷時一樣刺痛，那時他才剛學會走路，竟然就想吞下釘書機。

「媽？」他勉強擠出這個字。

「是啊，最親愛的。」她的形象忽明忽滅。「來吧，抱我一下。」

「你……你不是眞的。」

「她當然是眞的。」麥克．瓦魯斯的聲音聽起來好遙遠。「你以爲蓋婭會讓這麼重要的靈魂一直在冥界飄遊晃蕩嗎？她是你的母親，貝麗兒．葛瑞斯，電視明星，奧林帕斯之王的小甜心，他拋棄她不是一次，而是兩次，他的希臘和羅馬分身都拋棄過她。她比我們任何人更應該得到公平的對待。」

傑生的一顆心顫抖個不停。求婚者蜂擁到他身邊，所有人都注視著他。我是他們的餘興節目，傑生終於體認這一點。那些鬼魂可能發現了，這齣戲碼遠比兩個乞丐互毆致死更加有趣。

這時，派波的聲音突然冒出來，打斷他腦袋裡的嗡嗡聲。「傑生，看著我。」

她站在六、七公尺外，抱著她的陶罐。她臉上的笑容消失了，眼神看起來既凶悍又有威嚴，就像她插在頭髮上的藍色鳥身女妖羽毛一樣難以忽視。「那不是你的母親。她的聲音在你身上產生某種魔法作用，就像魅語一樣，不過更危險。你感覺不到嗎？」

「她說得對。」安娜貝斯爬上最靠近的一張桌子，把一個盤子踢到旁邊去，讓十幾個求婚者嚇呆了。「傑生，那只是你母親的殘餘部分，也許就像一個詛咒之靈，或是……」

「殘餘部分！」他母親的鬼魂哭了起來。「沒錯，瞧瞧我淪落成什麼樣子。都是朱比特的錯，他拋棄了我們。他根本不肯幫助我！親愛的，我也不想把你留在索諾馬，可是茱諾和朱比特讓我沒有選擇的餘地。他們不讓我們在一起啊。現在爲什麼要爲他們戰鬥呢？加入這些求婚者吧，領導他們，我們就可以再變成一家人了！」

傑生覺得有好幾百雙眼睛在盯著他。

這就是我人生故事的縮影，他痛苦地這樣想。每個人總是看著他，期待他站出來領導大家。自從他抵達朱比特營的那一刻開始，羅馬的半神半人就把他看成待位的王子；儘管他試圖改變自己的命運，像是加入最差的分隊、嘗試改變朱比特營的傳統、參加最不吸引人的任務、與最不受歡迎的孩子交朋友……，他最終還是成爲執法官。身爲朱比特的孩子，他的未來早已注定。

他還記得海克力士⑫在直布羅陀海峽對他說過，身爲宙斯的兒子並不容易，這是很大的壓力，到最後會害人崩潰的。

如今傑生在這裡，神經緊繃得猶如拉緊的弓弦。

「你遺棄了我，」他對母親說：「不是朱比特或茱諾。遺棄我的人，是你。」

貝麗兒．葛瑞斯向前走來。她眼睛周圍的皺紋以及她嘴巴的痛苦緊繃，都讓傑生想起他姊姊，泰麗雅。

「最親愛的，我對你說過我會回來，那是我對你說的最後幾句話。你不記得了嗎？」

傑生渾身顫抖。在狼屋的廢墟裡，他母親最後一次擁抱他。那時她笑了，但是雙眼噙滿淚水。

「一切都會沒事的。」她曾經這樣保證。然而即使只是個小小孩，傑生也明白一切不會沒事。「在這裡等著。最親愛的，我會回來找你。我很快就會再見到你。」

她再也沒有回來。傑生反而在廢墟裡盲目晃蕩、孤單哭泣，聲聲叫喚著他的母親和泰麗雅……直到最後，狼群來找他。

他的母親沒有遵守承諾這件事，後來成爲他生命的核心。他的整個人生都建築在「對媽媽的話感到憤怒」的基礎上，那就像是一顆珍珠內部的沙粒。

人們會說謊。承諾可以打破。

正因如此，即使那件事傷害傑生至深，他依舊遵循各種規定。他要遵守自己的承諾。他絕對不想拋棄任何人，不想讓人重蹈他曾經承受的拋棄和謊言。

如今，他媽媽回來了；原本傑生對她所認定的唯一一項事實是「媽媽永遠離開了他」，如今連這項事實也抹除殆盡。

隔著宴會桌，安提諾烏斯舉起他的酒杯。「很高興認識你，朱比特之子。聽你母親的話，你對眾神有那麼多不滿，爲什麼不加入我們的行列呢？我猜這兩位女侍是你的朋友吧？我們會赦免她們。你希望母親留在這世界上吧？這點我們也可以辦到。你希望成爲國王……」

「不，」傑生覺得天旋地轉。「不，我不屬於你們。」

麥克．瓦魯斯冷眼打量他。「我的執法官夥伴，你這麼確定嗎？就算你打敗了巨人族和蓋婭，你能夠像奧德修斯一樣回到自己的家園嗎？現在你的家園到底是哪裡？和那些希臘人在一起嗎？還是羅馬人？沒有人會接納你。而且假如你眞的有家可回，誰敢說不會變成像這裡的廢墟？」

傑生環顧宮殿的中庭，原本陽台和列柱的幻影消失之後，這裡已經什麼都不剩，光禿禿

⑫ 海克力士（Hercules），宙斯與底比斯王后所生的兒子，是希臘神話中的大力士，曾完成十二項不可能的英雄任務。

的山丘頂上只有一大堆礫石。唯有噴泉似乎是眞實的，不斷向前噴出沙子，彷彿提醒人們別忘了蓋婭的無窮力量。

「你是羅馬軍團的軍官，」他對瓦魯斯說：「羅馬的領袖。」

「你也是啊，」瓦魯斯說：「效忠的對象是可以改變的。」

「你認爲我眞的屬於這批群眾嗎？」傑生問：「一大群死掉的失敗者，在這裡眼巴巴等待蓋婭的免費施捨，還滿腹牢騷地認爲全世界都虧欠他們？」

中庭四周的鬼魂和食屍鬼全都轟的一聲站起來，拔出自己的武器。

「當心！」派波對群眾大喊。「這個宮殿的每一個人都是你的敵人，每一個人都會搶在第一時間刺殺你！」

過去幾星期以來，派波的魅語已經練就得力量超級強大。她說的是事實，群眾也都相信了。他們面面相覷，雙手緊緊抓住自己刀劍的握把。

傑生的母親繼續走向他。「最親愛的，明理一點吧，放棄你的任務。你們的阿爾戈二號永遠無法航行到雅典，就算眞的到達了，也還有雅典娜．帕德嫩的問題。」

一陣電流般的震顫傳遍他全身。「你這是什麼意思？」

「我最親愛的，不要裝無辜了。蓋婭早就知道你的朋友蕾娜、黑帝斯的兒子尼克還有羊男黑傑的事。爲了殺掉他們，大地之母已經派出她最危險的兒子，永不休息的獵人。但是你不必去送死啊。」

大批的食屍鬼和鬼魂靠攏過來，足足有兩百人眼巴巴望著傑生，彷彿他就要帶領大家高唱國歌似的。

永不休息的獵人。

傑生不曉得那指的是誰，不過他必須趕快警告蕾娜和尼克才行。

而這就表示，他必須活著離開這裡。

他望向安娜貝斯和派波，她們兩人都已經伺機而動，等待他一聲令下。

他強迫自己迎上母親的目光。十四年前，她在索諾馬的樹林裡遺棄他。眼前的她看起來與當時一模一樣，然而傑生再也不是當年那個還在學走路的寶寶了，他是作戰老手，也是曾經無數次面對死亡的半神半人。

而且，他眼前的這個人並不是他母親，至少不是他母親應有的樣子，因為眼前這個人很有愛心、很深情，而且無私地關心他。

只是殘餘部分，安娜貝斯是這麼說她的。

麥克．瓦魯斯也曾告訴他，這裡的鬼魂是由他們最強烈的慾望所支持著。嚴格說來，貝麗兒．葛瑞斯的鬼魂是受到「需要」而照亮，她的雙眼索求著傑生的眷顧。她的雙臂伸展開來，極度渴望擁有他。

「你到底想要什麼？」他問她：「什麼原因帶你來到這裡？」

「我想要生命！」她大喊：「年輕！美貌！你父親本來可以讓我永生不死，也可以帶我去奧林帕斯山，但是他拋棄了我。你可以導正這些事啊，傑生，你是我引以為傲的戰士！」

她身上的檸檬氣息變得刺激而苦澀，彷彿開始燃燒起來。

傑生突然想起泰麗雅對他說過的一件事。他們母親的性情漸漸變得反覆無常，到最後她內心的慾望把她逼瘋了。她死於一場車禍，是酒醉駕車的結果。

傑生胃裡的摻水葡萄酒開始劇烈翻騰。他下定決心，假如能夠活著度過這一天，他這輩子再也不喝酒了。

「你是『狂躁鬼』，」傑生終於定下心這樣說，這個名詞是很久以前他在朱比特營學到的。「精神錯亂的鬼魂。你就是淪落成這樣。」

「我所殘餘的部分只剩這些了，」貝麗兒．葛瑞斯表示同意。她的影像變幻成一系列不同的顏色。「抱抱我，兒子。我是你僅有的親人啊。」

南風之神說過的話浮現他的腦海：「你無法控制自己的出身與血脈，卻可以選擇自己想要留下的事物。」

傑生終於覺得自己振作起來了，一次恢復一層，慢慢重組起來，心跳漸漸穩定，骨子裡的寒意也逐漸遠離。他的皮膚讓午後的陽光曬得暖烘烘的。

「不。」他用沙啞的聲音說。他朝安娜貝斯和派波看了一眼。「我的效忠對象從未改變。我的家人已經變多了，我是希臘人和羅馬人的孩子。」他回頭望向母親最後一眼。「我不再是你的孩子了。」

他做出一種古老的驅魔手勢，伸出三隻手指從心臟向外推刺，於是貝麗兒．葛瑞斯的鬼魂消失了，只發出一陣微弱的嘶嘶聲，彷彿鬆了一口氣。

食屍鬼安提諾烏斯則把手上的酒杯扔到旁邊去。他用一種慵懶、厭惡的表情仔細看著傑生。「嗯，那麼，」他說：「我想我們就是要殺了你囉。」

四面八方的敵人全部湧向傑生。

4 傑生

這場戰鬥進行得相當順利，直到他遭人刺中爲止。

傑生將他的劍揮舞成一道寬大的弧形，將最靠近的求婚者全部蒸發掉；接著他跳上桌面，再往安提諾烏斯的頭頂上方跳過去。在半空中，他憑著意志力讓劍伸展成一支標槍；其實他從來沒有用這把劍玩過這種把戲，但不知爲何，他就是知道這樣行得通。

落到地面時，他手上握著一支將近兩公尺長的羅馬式標槍，等到安提諾烏斯轉過來看著他，他便將標槍上的帝國黃金尖端刺入那個食屍鬼的胸口。

安提諾烏斯不可置信地低頭看。「你……」

「好好享受刑獄吧。」傑生猛力拔出他的標槍，於是安提諾烏斯碎裂成一堆泥土。

傑生繼續戰鬥，讓標槍在手中車輪轉，把許多鬼魂切成碎片，或是砍斷食屍鬼的雙腳。在中庭的另一邊，安娜貝斯打得像惡魔一樣凶狠。只要有哪個求婚者笨到面對她，她就用手中的龍骨短刀把他們悉數砍倒。

而在沙子噴泉那邊，派波也拔出她的刀，就是從波瑞阿茲兄弟的齊特士那裡奪來的青銅鋸齒刀。她用右手刺殺和推擋，然後不時用左手的富饒角射出番茄，同時對求婚者大喊：「你們省省力氣吧！我太難對付了！」

那絕對是她的對手想要聽的話，因爲他們一聽就趕快逃跑，只不過往山下跑了幾公尺又突然呆住，然後重新回到戰鬥行列。

希臘暴君希比亞斯撲向派波，手上高舉他的匕首，但派波用一塊香噴噴的燉牛肉近距離猛射他的胸膛。只見他跌跌撞撞向後摔進噴泉裡，一邊碎裂一邊尖叫。

有支箭呼嘯射向傑生的臉，他發出一陣風把它吹向旁邊，再把一整排揮刀護身的食屍鬼砍成兩半，這時他發現十多個求婚者重新集結在噴泉旁邊，準備攻擊安娜貝斯。他把標槍舉向空中，一道閃電從尖端飛射出去，將那群鬼魂炸成微小的離子，那個泥土噴泉原本屹立的地方也炸出了一個冒煙的大坑。

過去幾個月以來，傑生打過許多大大小小的戰役，不過他已經忘了戰鬥中「感覺良好」是什麼樣子。他當然還是會害怕，但如今肩膀上少了重擔；自從他的記憶遭到清除、在亞利桑那州醒來後至今，他頭一次覺得自己又是完整的了。他清楚知道自己是誰；他選擇了自己的家人，這件事與貝麗兒．葛瑞斯無關，甚至與朱比特也沒有關係。他的家人包括與他並肩作戰的所有半神半人，有羅馬人也有希臘人，有新朋友也有老朋友。他絕對不會讓任何人拆散他的家人。

他召來幾陣風，把三個食屍鬼像布娃娃般吹到山下去。他又刺中第四個，然後用意志力將手上的標槍縮回成原本的劍，再砍殺另一群靈魂。

過沒多久就再也沒有敵人敢挑戰他了，剩餘的鬼魂開始自動消失無蹤。安娜貝斯砍倒迦太基的哈斯德魯巴，而傑生卻在把劍收回劍鞘時犯了錯。

劇痛在他的下背部爆發開來，那種痛好尖銳、好冰冷，他差點以為是雪之女神齊昂妮碰觸到他。

而在他的耳邊，麥克．瓦魯斯厲聲說著：「生是羅馬人，死是羅馬鬼。」一把金色短劍的劍尖從傑生的衣服裡凸出來，剛好位在肋骨下方。

傑生跪倒在地。派波的尖叫聲聽起來彷彿距離好幾公里遠。他覺得自己好像浸泡在鹹水裡，身體輕飄飄的，頭歪向一邊。

派波衝到他身邊。他不帶特別的情緒，看著派波的刀子揮過他頭頂，劈開麥克．瓦魯斯的盔甲，發出金屬裂開的劈啪聲。

背後傳來一陣冰冷的風，把傑生的頭髮中分吹開。塵土掉落在他四周，然後一個空空的羅馬軍團頭盔滾過地上的石頭。那個邪惡的半神半人消失了，但他已經留下長久的影響。

「傑生！」派波抓住他的肩膀，因爲他開始倒向側邊。派波從他背後把劍拔出來，害他倒抽一口氣。然後她讓傑生躺在地上，用一塊石頭枕著他的頭。

安娜貝斯也跑到他們身邊，她的脖子側邊有一道可怕的刀傷。

「眾神啊。」安娜貝斯看著傑生腹部的傷口。「噢，眾神啊。」

「多謝喔。」傑生呢喃著：「我就擔心會很糟糕。」

隨著身體進入危機模式，把所有血液送往胸腔，他的手臂和雙腿開始刺痛。疼痛漸漸麻痺，這令他十分驚訝，不過他的上衣已經浸染成紅色。此外，傷口冒著煙，他很確定劍傷應該不會冒煙才對。

「你會沒事的，」派波說這話的語氣很像命令。她的語氣讓傑生的呼吸穩定下來。「安娜貝斯，神食！」

安娜貝斯好像突然醒過來。「對喔，對喔，我去拿。」她一把扯開自己的補給袋，打開一塊天神的食物。

「我們必須趕快止血。」派波拿出七首，從她的衣裙底部割下一塊布，然後把那塊布撕成一條條繃帶狀。

傑生暗暗驚歎著她這麼了解該如何急救。派波把傑生背部和腹部的傷口包紮起來，同時安娜貝斯將小塊的神食塞進他嘴裡。

安娜貝斯的手指抖個不停。她之前經歷過那麼多事，現在居然這麼驚慌失措，反倒是派波表現得非常冷靜，這令傑生感到很奇怪。然後他馬上想通了：安娜貝斯爲他擔心害怕是應該的，但派波不能害怕，她必須全神貫注，努力救活傑生。

安娜貝斯又餵他吃一口神食。「傑生，關於你媽媽，我……我很抱歉。不過說到你的處理方式……那眞的很勇敢。」

傑生努力不要閉上眼睛。每一次閉上眼睛，他都會看到媽媽的靈魂碎裂分解的景象。

「那不是她，」他說：「至少，那部分的她我根本無從救起。沒有其他的選擇。」

安娜貝斯顫抖著吸了一口氣。「沒有其他『正確的』選擇，也許是吧，可是……我的一個朋友，他叫路克，他媽媽……也有類似的問題。他就沒辦法處理得一樣好。」

她的聲音嘎然而止。傑生對安娜貝斯的過往並不是很了解，不過派波憂心忡忡地看了她一眼。

「我已經盡可能包紮好，」派波說：「血還是會滲出來。還有那些煙，我實在搞不懂。」

「帝國黃金的關係，」安娜貝斯說，她的聲音依舊顫抖，「那對半神半人來說很要命。只是時間早晚的問題……」

「他一定會好起來的，」派波很堅持地說：「我們得趕快把他帶回船上。」

「我沒有覺得那麼糟啦，」傑生說。這也是事實，神食讓他覺得頭腦清醒許多，他的四肢也慢慢恢復溫暖。「也許我可以飛……」

傑生坐起來。他的視野變成一片淡淡的綠色。「也可能不行……」

他一倒向側邊，派波便趕緊抓住他的肩膀。「哎喲，閃光人！我們得趕快和阿爾戈二號聯絡，叫幫手來。」

「你很久沒有叫我閃光人了。」

派波親吻他的額頭。「只要好好待在我身邊，你想要我怎麼罵你都好。」

安娜貝斯環顧四周的廢墟，魔法幻象已經消失殆盡，只剩下頹傾的牆壁和許多深坑。「我們可以用緊急照明彈，不過……」

「不行，」傑生說：「里歐會用希臘式砲火轟炸山頂。也許你們兩個可以幫我一下，我可以走……」

「絕對不行，」派波拒絕了。「那樣會花太多時間。」她在自己的腰包裡翻找一番，拿出一個小巧的鏡子。「安娜貝斯，你知道摩斯密碼嗎？」

「當然知道。」

「那就與里歐聯絡吧。」派波把鏡子遞給她。「他會從船上看到。去稜線那邊……」

「然後向他發出閃光訊號！」安娜貝斯的臉脹紅了。「那可能會打錯耶，不過，是啊，好主意！」

她跑向廢墟的邊緣。

派波拿出一瓶神飲給傑生喝一小口。「撐住，你才不會因爲人家隨便刺你一下就沒命。」

傑生努力擠出虛弱的微笑。「至少這次不是頭部受傷，我整場打鬥都很清醒喔。」

「你好像打敗了兩百個敵人吧，」派波說：「你眞是超嚇人的。」

「你們兩個也幫了忙。」

「也許吧，不過……嘿，陪我一下。」

傑生的頭開始往下垂。石頭上的裂縫看起來變得好清楚。

「有點頭暈。」他低聲說著。

「多喝一點神飲，」派波命令他。「來吧。好喝嗎？」

「是啊，是啊，好喝。」

事實上，神飲喝起來有鋸木屑的味道，但傑生沒有說出來。自從在冥王之府交出執法官職務後，神食和神飲嘗起來就不像他以前在朱比特營最喜歡的食物味道，感覺似乎是以前家園的記憶對他不再有療癒的力量。

「生是羅馬人，死是羅馬鬼。」麥克·瓦魯斯曾經這樣說。

他望著從繃帶裡裊裊冒出的煙霧。比起失血，他還有更糟糕的事情要擔心。安娜貝斯說得沒錯，這是帝國黃金造成的，這種物質對半神半人和對怪物一樣要命。瓦魯斯的劍刃造成的傷口，將會盡全力吞噬掉傑生的生命力。

他曾看過一個半神半人像這樣死掉，這種死法既不快速，死狀也一點都不好。

我不能死，他對自己說，我的朋友們都要依靠我。

安提諾烏斯說的話依舊迴盪在耳際，他談到雅典的巨人族、阿爾戈二號即將面對的不可能任務，以及蓋婭派去攔截雅典娜．帕德嫩雕像的神祕獵人。

「蕾娜、尼克，還有黑傑教練，」他說：「他們有危險。我們必須警告他們。」

「等回到船上，我們會處理這件事。」派波向他保證。「你現在的任務是放輕鬆。」她的語氣輕柔又有自信，但雙眼閃著淚光。「除此之外，他們三人組非常強悍，一定不會有事。」

傑生希望她說得對。爲了幫助他們，蕾娜冒了那麼大的風險。黑傑教練有時候實在很討人厭，不過他是整個團隊非常忠誠的守護者。至於尼克……傑生特別擔心他。

派波用大拇指摸摸他嘴唇上的傷疤。「等到戰爭結束……尼克的每一件事都會解決。你已經盡你所能當他的朋友了。」

傑生不曉得該說什麼才好。他並沒有對派波提起自己和尼克的對話。他一直嚴守尼克．帝亞傑羅的祕密。

然而……派波似乎察覺到有點不對勁。身爲阿芙蘿黛蒂的女兒，也許她能夠察覺到有人因爲心痛而苦苦掙扎。可是她沒有逼迫傑生說出那件事，爲此他深深感激。

又一波疼痛襲來，令他全身抽搐。

「專心聽我的聲音，」派波親吻他的前額，「多想一些好事，像是在羅馬的公園裡吃生日蛋糕……」

「那很棒。」

「去年冬天，」她繼續提示，「營火邊的棉花糖夾心餅大戰。」

「我贏了。」

「棉花糖黏住你的頭髮好幾天！」

「才沒有。」

傑生的思緒飄回以前那些美好的時光。

他實在好想一直待在這裡，與派波聊聊天、握著她的手，不必擔心什麼巨人族、蓋婭，或者他母親的瘋狂行徑。

他知道他們必須回到船上。他的狀況很差，他們也已經取得必需的資訊。然而，躺在冰涼的石頭上，他的心裡卻有一種不完全的感覺。那些求婚者和潘妮洛普王后的故事……他自己對家人的想法……還有他最近的一些夢境，那些事全都在他腦袋裡攪成一團。這個地方還傳達了其他一些事，一些他似乎遺漏掉的事。

安娜貝斯從山丘邊緣一拐一拐走回來。

「你受傷了嗎？」傑生問她。

安娜貝斯看了自己的腳踝一眼。「沒事啦，只是在羅馬洞穴裡弄到的舊傷。有時候我比較緊張……那不重要啦。我發訊號給里歐了，法蘭克要變形飛到上面這裡，把你帶回船上去。我得做個擔架把你固定得穩一點。」

傑生的腦中浮現一種可怕的景象，他想像自己躺在吊床裡，然後在巨鷹法蘭克的爪子間搖來晃去。不過這樣總比死掉好多了。

安娜貝斯立刻著手進行，她把那些求婚者留下的東西收集起來，像是皮帶、破爛的短上衣、涼鞋的綁帶、紅色毯子，還有幾根斷掉的長矛桿。她的雙手在那些材料上面飛快舞動，忙著撕扯、編織、繫綁和結繩。

「你怎麼會這些啊？」傑生一臉驚歎地問。

「就是去羅馬地底下出任務時學的，」安娜貝斯繼續盯著手上的作業。「我以前從來沒有理由嘗試編織之類的事，不過這對某些事來說還滿有用的，像是要從蜘蛛旁邊逃走……」

她把最後幾條皮繩綁好，然後就完成了。這一張擔架的大小足夠讓傑生躺上去，附有長矛桿當作握把，中間還有安全繩可以把他綁住。

派波吹口哨表示讚賞。「下一次需要做新衣服的時候，我會去找你。」

「閉嘴啦，麥克林，」安娜貝斯嘴裡這樣說，她的雙眼卻流露出滿足的神采。「好啦，我們把他固定……」

「等一下。」傑生說。

他的心怦怦跳。看著安娜貝斯編織出臨時床墊，傑生終於回想起潘妮洛普的故事。潘妮洛普堅持了二十年，痴痴等待丈夫奧德修斯回到家園。

「一張床，」傑生說：「這個宮殿有一張特別的床。」

派波一臉擔憂。「傑生，你失血太多了。」

「我不是產生幻覺，」他堅持說：「婚姻之床是很神聖的，如果有哪個地方可以和茱諾說話……」他深吸一口氣，然後大喊：「茱諾！」

四周一片寂靜。

也許派波說得對，他只是神智不清罷了。

接著，大約在二十公尺外，地面的石頭裂開了，許多枝條從泥土中推擠出來，以極快的速度向上生長，最後長成一棵完整大小的橄欖樹，在中庭裡綠樹成蔭。灰綠色的樹冠底下站著一位黑髮女性，她身穿白色連身裙，肩上披著豹紋斗篷，手杖頂端是一朵白色蓮花。她的神情既冷酷又莊嚴。

「親愛的混血英雄們。」女神說。

「希拉⑬。」派波說。

「茱諾。」傑生更正她的說法。

「隨便啦。」安娜貝斯咕噥一聲。「親愛的母牛陛下，你在這裡做什麼？」

茱諾的黑眼珠閃爍著危險的光芒。「安娜貝斯．雀斯，還是一樣那麼有魅力。」

「是啊，嗯，」安娜貝斯說：「我剛從塔耳塔洛斯回來，所以我的舉止可能有一點粗魯，特別是對曾經清除我男朋友記憶、還讓他消失了幾個月的女神，而且……」

「眞是的，孩子。這件事我們還要再吵一次嗎？」

「難道你不會因爲人格分裂的精神病而感到痛苦嗎？」安娜貝斯問：「我是說……比平常人嚴重一點？」

「好了啦。」傑生介入說。他有很多理由可以討厭茱諾，不過他們有其他事情要處理。「茱諾，我們需要你的幫忙。我們……」傑生努力想要坐起來，但馬上就後悔了，他覺得體內好像有一把超巨大的義大利麵叉子在用力扭轉。

派波扶著他，以免他倒下。「最重要的是，」她說：「傑生受傷了，把他治好吧！」

女神皺起眉頭。她的形體忽明忽滅。

「有些事連天神都沒辦法治好，」她說：「這種傷不只是傷到身體，也傷到你的靈魂。傑生．葛瑞斯，你必須對抗它……你必須活下來。」

「好的，謝謝，」他說，覺得嘴巴好乾。「我會盡量。」

「你是什麼意思，那個傷會傷到他的靈魂？」派波質問：「爲什麼你不能……」

「親愛的混血英雄們，我們相聚的時間很短暫，」茱諾說：「我很感激你呼喚我。我已經有好幾個星期沉溺於痛苦和困惑的心情……我的希臘和羅馬人格彼此鬥個不停。更糟的是，我不得不躲著朱比特，他正在到處找我，因爲他遭到誤導而勃然大怒，以爲這場對付蓋婭的戰爭是我引發的。」

「哇喔，」安娜貝斯說：「他爲什麼會那樣想啊？」

茱諾朝她瞥了一眼，臉上滿是怒意。「幸好這個地方是奉獻給我的神聖之地。你們清除掉那些鬼魂，讓這裡恢復純粹，給了我片刻的清靜。所以我才能夠和你們說話，即使時間很短暫也好。」

「爲什麼這裡奉獻給……」派波突然瞪大雙眼。「喔。婚姻之床！」

「婚姻之床？」安娜貝斯問。「我沒有看到什麼……」

「潘妮洛普和奧德修斯的床，」派波解釋：「那張床有一根床柱是活生生的橄欖樹，所以它永遠無法移動。」

「完全正確。」茱諾伸手撫摸那棵橄欖樹的樹幹。「一張無法移動的婚姻之床。這是多麼美好的象徵！就像潘妮洛普，最忠實的妻子，她堅守立場，面對一百位驕傲自大的求婚者，獨自抵擋多年，因爲她知道自己的丈夫一定會回來。奧德修斯和潘妮洛普，他們是完美婚姻的縮影！」

⓭ 希拉（Hera），希臘天神之后，是宙斯的姊姊也是妻子。她是掌管婚姻的女神。

即使頭暈目眩，傑生也很確定自己還記得奧德修斯的那些故事，他遊歷四方的時候曾經追求其他女性，但那件事不提也罷。

「至少，你可以為我們提供建議？」他問：「告訴我們該怎麼做？」

「航行繞過伯羅奔尼薩，」女神說：「你們也猜到了，那是唯一可能通行的途徑。路途上，你們要在奧林匹亞尋找勝利女神，她不受控制，除非你們能制伏她，否則希臘人和羅馬人之間的嫌隙永遠無法弭平。」

「你是指妮琪[14]嗎？」安娜貝斯問：「她為什麼不受控制？」

這時頭頂上雷聲隆隆，搖撼整座山丘。

「詳細解釋要花太長的時間，」茱諾說：「我得逃走了，免得朱比特找到我。我離開之後就再也不能幫助你們了。」

傑生強忍著衝動，免得脫口說出：你幾時幫助過我們啊？

「還有什麼事情是我們應該知道的？」他問。

「你們也聽說了，巨人族已經聚集在雅典。只有少數幾個天神能在一路上幫助你們，而失去朱比特信任的奧林帕斯天神不是只有我。那對雙胞胎也惹得他大動肝火。」

「阿蒂蜜絲[15]和阿波羅？」派波問：「為什麼？」

茱諾的形影開始消褪了。「如果能到達提洛斯島，他們可能準備好要幫助你們。他們急著想賠罪，不管能做什麼都好。快去吧，如果你們成功的話，也許我們還會在雅典見到面。萬一不成功……」

女神消失了，或者也可能只是因爲傑生的視線變得模糊的關係。痛楚席捲全身，他的頭往後仰靠。他看到一隻巨鷹在頭頂高處盤旋，接著藍天轉爲一片漆黑，傑生再也看不見任何東西了。

⓮ 妮琪（Nike），希臘神話中的勝利女神，相當於羅馬的維多利亞（Victoria）。雖然出身泰坦家族，但在泰坦大戰時站在奧林帕斯眾神這一方，為他們帶來勝利。

⓯ 阿蒂蜜絲（Artemis），希臘神話中的狩獵女神和月亮女神，相當於羅馬神話中的黛安娜（Diana），她是太陽神阿波羅的學生妹妹。

5 蕾娜

從空中俯衝一座火山，絕對沒有列在蕾娜的人生目標清單上。

她看到義大利南部的第一眼，是從一千五百公尺的高空中看到的。往西邊望去，沿著新月形的拿波里灣，沉睡城市的燈火在黎明前的黑暗中閃閃發亮。而在她下方三百公尺處，一個八百公尺寬的巨型火山口像是在山頂打著呵欠，從正中央噴出羽毛狀的白色蒸汽。

蕾娜一時之間失去方向感，過了好一會兒才弄清方向。影子旅行讓她像酒醉般頭暈噁心，感覺很像本來泡在羅馬式浴室的冷水裡，突然間被抓去做蒸汽浴。

接著，她忽然意識到自己飄浮在半空中。重力發揮作用，於是她開始向下墜落。

「尼克！」她大叫。

「潘[16]的蘆笛啊！」葛利生．黑傑咒罵出聲。

「哇哇哇哇哇！」尼克拚命揮動手臂，差點就甩開蕾娜的手。她死命抓住尼克，同時抓住黑傑教練的衣領，否則他就要滾落下去了。如果他們這時候各自散開，絕對必死無疑。

他們朝火山筆直急墜時，還帶著最大件的行李，也就是十二公尺高的雅典娜．帕德嫩雕像。雕像拖在他們身後，與尼克背上的安全揹帶拴在一起，活像是完全沒有作用的降落傘。

「我們下面那個是維蘇威火山！」蕾娜在風中大喊：「尼克，快把我們傳送離開這裡！」

尼克雙眼圓睜，目光呆滯。他那頭輕柔的黑髮在臉旁四周劈啪翻飛，很像渡鴉在空中奮力振翅的樣子。「我……我不行！沒力氣了！」

黑傑教練哭著咩咩叫。「孩子，新聞快報！山羊不會飛啊！快點把我們從這裡送走，否則就要壓扁成雅典娜・帕德嫩蛋捲了啦！」

蕾娜絞盡腦汁思考。如果無法避免，她可以接受自己死去，但是萬一雅典娜・帕德嫩雕像遭到摧毀，他們的任務就失敗了。蕾娜無法接受這種事。

「尼克，影子旅行，」她命令著：「我會把我的力氣借給你。」

他眼神空洞地看著她。「怎麼借……」

「快點！」

蕾娜緊緊握住尼克的手。她前臂那個貝婁娜⓱的「火把與利劍」象徵圖案變得灼熱難當，彷彿那圖案是第一次刺上她的皮膚。

尼克倒抽一口氣，他的臉終於恢復血色。趕在撞上火山的蒸汽雲柱之前，他們又滑入影子裡。

空氣變得冰寒刺骨，風聲也消失了，取而代之的是以一千種語言喃喃訴說的不和諧聲音。蕾娜覺得自己體內好像有一支巨大的波多黎各冰沙，冰涼的糖漿緩緩流遍整個剉冰下；

⓰ 潘（Pan），希臘神話中的野地之神，是牧羊人的守護神，也是羊男的首領。外表半人半羊，擅長用蘆笛吹奏優美的曲子。

⓱ 貝婁娜（Bellona），羅馬女戰神，象徵物是劍。雖等同於希臘神話中的厄妮爾（Enyo），但在羅馬時期的地位非常受到重視。

那是她小時候住在波多黎各的聖胡安老城區時最喜歡的美食。

這時候為什麼會突然浮現那樣的記憶，她感到很疑惑，畢竟此時性命危在旦夕。然後，她的視線變得清晰，雙腳也踏在堅實的地面上。

東方的天空開始微微發亮。有好一陣子，蕾娜以為自己回到了新羅馬。眼前有個約莫棒球場內野大小的中庭，四周圍繞著多利克式列柱。她的正前方有個青銅打造的方恩[18]雕像，就站在一座噴泉的中央凹陷處，噴泉四周裝飾著馬賽克瓷磚。

附近一座花園的紫薇和玫瑰灌叢綻放著花朵，棕櫚樹和松樹的枝葉伸向天空。中庭裡的幾條卵石小徑通往各個方向，筆直平坦的道路突顯出優秀的羅馬建造技術，排列在路旁的一棟棟低矮石屋都有列柱門廊。

蕾娜轉過身。雅典娜．帕德嫩雕像完整無缺，直挺挺地豎立在她背後，傲視整個中庭；那景象頗為滑稽，彷彿是草地上有個太過龐大的裝飾品。噴泉裡的青銅方恩小雕像同時高舉雙臂，面對著雅典娜[19]，看起來好像很怕這個新來乍到者，嚇得舉高雙臂做出投降姿勢。

維蘇威火山隱約聳立在地平線上，如今距離此地好幾公里遠，黑暗的山形宛如駝背般隆起，粗大的蒸汽柱從山頂噴出，漸漸盤繞向上。

「我們在龐貝。」蕾娜終於搞清楚了。

「噢，那可不妙。」尼克說完，立刻頹然倒下。

「哇！」趕在尼克撞到地面之前，黑傑教練一把抓住他。羊男讓尼克靠在雅典娜的腳邊，然後鬆開他背上固定雕像的安全揹帶。

蕾娜同樣雙膝一軟，跪倒在地。她本來就預期會有一些強烈的後座力，她每一次分享自己的力量都會發生這種現象，但沒想到的是，她從尼克．帝亞傑羅那裡體驗到非常深刻的痛苦感受。她重重坐倒在地，只能勉強保持意識清醒。

羅馬的天神啊。假如這只是尼克的一部分痛苦而已……他怎麼能承受得住呢？

她努力讓呼吸回復平穩，而同一時間，黑傑教練忙著翻找他的露營裝備。尼克腳邊的石頭迸裂開來，黑暗的裂隙向外延伸出去，像是獵槍射出的墨水炸裂開來，彷彿尼克的身體努力要把他曾經穿越的影子全部驅散。

昨天的情況更糟糕，地面有一整片草地全部枯萎，還冒出許多骨骸。蕾娜一點都不想再看到那種情景。

「喝點東西吧。」蕾娜拿一瓶獨角獸藥水給他喝，那是用獨角的粉末和小台伯河的神聖河水調製而成。他們發現比起神飲，這種藥水能讓尼克的狀況更好一點，有助於消除他的疲勞和黑暗，也減少他不由自主情緒激動的危險。

尼克咕嚕一聲喝了一口。他看起來還是很可怕，皮膚泛青，臉頰凹陷。在他身旁，戴克里先的權杖閃耀著憤怒的紫光，像是一塊帶有放射性的瘀青。

他仔細端詳蕾娜。「你怎麼能夠那樣……湧出那種能量？」

蕾娜把前臂轉過來，上面的刺青仍然像封蠟般火紅灼熱。那裡刺有貝婁娜的象徵記號、SPQR字樣，還有表示她服役四年的四條線。「我不喜歡談論那件事，」她說：「總之，那

⑱ 方恩（Faun），羅馬神話裡的半人半羊，相當於希臘神話裡的羊男。
⑲ 雅典娜（Athena），希臘神話中的智慧與戰技女神，等同於羅馬神話中的米娜瓦（Minerva）。

種力量來自我母親。我可以把力量分給其他人。」

黑傑教練從他的帆布背包抬起頭來。「眞的嗎？羅馬女孩，你爲什麼沒有幫我一下？我想要超健美肌肉！」

蕾娜沉下臉。「教練，這種力量不能那樣用的。我只能在生死關頭運用那種力量，而且是一大群人的時候比較有用。我要號令部隊時，可以把我擁有的特質分享出去，像是力量、勇氣、耐力等，透過手下的軍隊將這些能力變成好幾倍大。」

尼克挑挑眉毛。「這對羅馬執法官還眞的很有用。」

蕾娜沒有回答。這正是她不願意談論自己力量的原因。她不想讓聽命於自己的半神半人認爲她控制著他們，那樣顯得她之所以成爲領袖，只是因爲她有一些特殊的魔法罷了。事實上，她能分享出去的，也只有自己原本擁有的特質，而且某人如果不配當個混血英雄，蕾娜也不能幫助他。

黑傑教練嘀咕一聲。「討厭。擁有超健美肌肉會很棒啊。」他繼續整理自己的背包，他的背包簡直像是無底洞，可以拿出各式各樣的裝備，包括烹飪器具、求生裝備，還有各種亂七八糟的運動器材。

尼克又喝了一大口獨角獸藥水。因爲筋疲力竭，他的眼皮很沉重，不過蕾娜看得出來，他努力想保持清醒。

「你剛才搖搖晃的，」尼克注意到了。「在你運用那種力量的時候……你有沒有從我這裡，嗯，得到一些反應？」

「那又不是讀心術，」蕾娜說：「甚至不是共感連結。那只是……因爲太累了，一時搖晃站不穩。那是最基本的情緒反應。你的痛苦突然席捲而來，我接收了你的一些重擔。」

尼克的表情變得很緊繃。

他轉動著手指上的銀色骷髏戒指，蕾娜想事情的時候也會轉動她的銀戒指。一想到她和黑帝斯的兒子擁有同樣的習慣，令她覺得有點不自在。

她與尼克只有短暫的連結，然而當時感受到的痛苦，遠比攻打巨人波呂玻特斯[20]時，她與整個軍團產生的連結還要強烈得多。這次令她筋疲力竭的程度，也比上一次運用這種力量的時候嚴重許多，那時她奮力支持她的飛馬西庇阿飛越大西洋。

她拚命想遺忘那段記憶。她那英勇的飛馬朋友因中毒而死，牠的口鼻枕在她的腿上，以充滿信任的目光看著她，而她只能高高舉起手中的匕首，結束牠的痛苦……眾神啊，不行。她不能一直沉溺於那件事，否則一定會崩潰。

然而，她從尼克身上感受到的痛苦更加尖銳。

「你應該好好休息一下，」她對尼克說：「經過連續兩次跳躍，就算得到一點助力……你還活著就已經很幸運了。等到黑夜來臨之前，我們需要你再次做好準備。」

請求尼克進行這種不可能的任務，她的感覺其實很不好。只不過，說到激發半神半人超越自己的極限，蕾娜可是很有經驗。

尼克咬緊牙關，點點頭。「我們現在困在這裡。」他環顧四周的廢墟。「不過龐貝是我最不想選擇落地停留的地方，這個地方充滿了Lemures。」

---

[20] 波呂玻特斯（Polybotes），大地之母蓋婭所生的巨人族之一，他在巨人與天神的大戰鬥中與海神對戰。

「Lemurs？」黑傑教練似乎讓背包裡的一堆風箏線、網球拍和獵刀搞得暈頭轉向。「你是指那些很可愛的毛茸茸狐猴……」

「不是啦。」尼克的語氣很煩躁，一副聽過這個問題很多次的樣子。「Lemures，死者之魂，不友善的鬼魂。所有的羅馬城市都有死者之魂，但是在龐貝……」

「整個城市遭到夷平，」蕾娜想起來了，「在公元七十九年，維蘇威火山猛烈噴發，火山灰把整個城鎮掩埋掉。」

尼克點點頭。「像那樣的大悲劇就產生一大堆憤怒的亡靈。」

黑傑教練望著遠處的火山。「它在冒煙耶。那是不好的預兆嗎？」

「我……我也不知道。」尼克伸手勾動他那件黑色牛仔褲的膝蓋破洞。「那些山神，就是烏瑞亞，它們可以感應到黑帝斯的孩子。可能因為那樣，我們才會被迫偏離既定的路線。維蘇威火山的精靈很可能刻意要致我們於死地，不過現在距離這麼遠，我懷疑那座山未必傷得了我們。它恐怕要花很長的時間才能造成劇烈噴發。我們身邊到處是這種立即的威脅。」

蕾娜的頸背寒毛直豎。

她的成長過程很習慣有拉雷斯的存在，他們是朱比特營的友善靈魂，但即使是拉雷斯都會讓她感到很不自在。他們沒有什麼「個人空間」的概念，有時候連走路都會擦過她身邊，害她一陣暈眩。身在龐貝也讓蕾娜有同樣的感覺，彷彿整個城市就是一個巨大的鬼魂，把她整個人吞了進去。

她不能對朋友們訴說自己有多怕鬼魂，也不能說明她為何害怕。那麼多年前，她和姊姊逃離聖胡安的真正原因……那個祕密必須徹底埋藏起來。

「你可以讓他們不要靠近嗎?」她問。

尼克兩手一攤。「我已經發送出這樣的訊息:『離我們遠一點。』不過等我睡著,我們的處境就不太妙了。」

黑傑教練拍拍他的「網球拍刀」新發明。「孩子,不用擔心啦,我會用警報器和陷阱把四周通通圍起來。而且呢,我會全程拿著球棒在旁邊保護你。」

這樣似乎並沒有讓尼克比較安心,不過他的眼睛已經半閉起來了。「好吧。可是……放輕鬆一點。我們可不想讓阿爾巴尼亞發生的事再來一次。」

「沒錯。」蕾娜表示同意。

兩天前,他們進行第一次影子旅行,那次經驗是一場徹徹底底的大挫敗,可能是蕾娜漫長生涯中最為恥辱的事件吧。也許未來有一天,如果他們存活下來的話,他們回顧那個事件會一笑置之,但現在完全不行。他們三人都同意再也不要談論那件事。在阿爾巴尼亞發生的事情,就讓它留在阿爾巴尼亞吧。

黑傑教練看起來很挫折。「好啦,隨便。反正你休息一下,孩子,我們會保護你的。」

「好吧。」尼克的態度稍微軟化。「也許一下子……」他勉強脫掉身上的飛行員夾克,捲起來當作枕頭,然後一翻身就開始打呼了。

看到他這麼平靜的樣子,蕾娜覺得不可置信。那些憂心忡忡的皺紋消失了,他的臉變成奇異的天使模樣……就像他的姓「帝亞傑羅」(di Angelo),是天使的意思。蕾娜幾乎要相信他只是個十四歲的普通男孩,而不是黑帝斯的兒子,並且曾在一九四〇年代被迫脫離凡俗的時間;他被迫忍受的悲劇和危險,遠比大多數半神半人一輩子所能承受的更多。

尼克剛抵達朱比特營時，蕾娜並不信任他。她察覺到尼克不只是他父親普魯托派來的使節，背後顯然還有更多不為人知的事情。而現在，當然了，她得知了實情，尼克是希臘的半神半人，是眾人有記憶以來，或許也是有史以來，第一次有半神半人穿梭來回於羅馬和希臘的混血營之間，而且沒有向兩個營區說出對方營區的存在。

奇怪的是，得知實情之後，蕾娜反而比較信任尼克。

他當然不是羅馬人。他從未與母狼神魯芭一同狩獵，也不曾經歷羅馬軍團的嚴酷訓練，不過他在其他方面證明了自己的能耐。他之所以守住兩個營區的祕密，當然有最好的理由，就是擔心引發戰爭。他曾獨自深入塔耳塔洛斯，而且是自願前往，就為了找到死亡之門。他曾遭到巨人族捕獲、囚禁起來，還帶領阿爾戈二號的小組成員進入冥王之府……而現在，他又接受另一項可怕的任務：讓自己冒著極大的風險將雅典娜．帕德嫩雕像運送回到混血營。

這趟旅程的步調非常緩慢，慢得幾乎令人發狂。他們只能仰賴影子旅行，每天晚上只能前進幾百公里，到了白天又得休息，讓尼克恢復力氣；但即便如此，尼克需要耗費的精力也遠超過蕾娜所能想像。

他承擔了那麼多的悲傷和孤獨，以及那麼多的心痛，但他還是把任務擺在第一位，而且堅持不懈。蕾娜非常尊敬他這一點，她也非常能理解尼克的心情。

蕾娜絕對不是感情用事的人，卻有一股奇怪的衝動想把自己的斗篷蓋在尼克的肩膀上，把他緊緊裹好。她在心裡責怪自己。尼克是她的夥伴，不是她弟弟啊，等他醒來看到這個舉動，絕對不會表示感激的。

「嘿。」黑傑教練打斷她的思緒。「你也需要睡一下。我負責輪第一班的守衛工作，順便煮些東西吃。那些鬼魂應該不會太危險，畢竟現在太陽出來了。」

蕾娜沒注意到天色已經很亮了，粉紅和土耳其藍的雲彩一道道排列在東方地平線上方。那個小型青銅方恩雕像的影子投射在乾涸的噴泉池裡。

「我在書上讀過這個地方，」蕾娜終於想起來，「這是龐貝城保存得最好的住宅之一，人們稱之爲『方恩之屋』。」

葛利生滿臉嫌惡地看了一眼雕像。「是啦，呃，今天該稱這裡是『羊男之屋』啦。」

蕾娜勉強擠出微笑。她慢慢能夠感受到羊男和方恩之間的差異了。如果她與方恩一起執勤時睡著了，醒來之後會發現裝備全被偷走，臉上說不定還被畫上鬍鬚，而方恩早就逃之夭夭。黑傑教練就不一樣了，大部分的差異都是好的方面，雖然他還是有一些很怪異的執迷，像是武術和棒球球棒等。

「好吧，」她終於同意。「你負責輪第一班。我會叫歐倫和亞堅頓陪你一起警戒。」

黑傑一副想要出言反駁的樣子，但蕾娜已經發出尖銳的哨音。那兩隻金屬灰狗從廢墟裡顯現出實體身形，分別從不同方向跑到蕾娜面前。經過這麼多年，蕾娜依舊不曉得牠們到底是從哪裡跑出來，也不知道請牠們解散之後會跑去哪裡，不過看到牠們出現，還是讓蕾娜的心情爲之一振。

黑傑清清喉嚨。「你眞的確定牠們不是大麥町狗？看起來很像大麥町啊。」

「教練，牠們是灰狗。」蕾娜不曉得黑傑爲何這麼怕大麥町，不過她實在太累了，現在不想問這種問題。「歐倫、亞堅頓，我睡著的時候好好看守我們。聽從葛利生．黑傑的命令。」

兩隻狗環繞中庭走了一圈，過程中與雅典娜．帕德嫩保持一定的距離，那座雕像對羅馬的所有事物都會散發出敵意。

蕾娜自己則是漸漸習慣了，而她也很確定，雕像本身一點都不喜歡落腳於某個古羅馬城市的正中央。

她躺下來，把自己的紫色斗篷蓋在身上。她的手指緊緊握住腰帶上的小袋子，裡面收藏著安娜貝斯交給她的銀幣，那時候他們在伊庇魯斯，即將離開同伴們踏上征途。

「這是一個象徵，象徵事情可以改變。」安娜貝斯曾經這樣對她說：『雅典娜的記號』現在是你的了，也許這枚銀幣會爲你帶來運氣。」

究竟會帶來好的運氣還是壞的運氣呢？蕾娜並不知道。

她對青銅方恩雕像看了最後一眼，它在旭日和雅典娜．帕德嫩的面前顯得畏畏縮縮。接著，她閉上雙眼，漸漸滑入夢境。

6 蕾娜

大多數時候，蕾娜都可以控制自己的惡夢。

她早已訓練心智從自己最喜歡的地點開始作夢，也就是巴克斯[21]花園，位於新羅馬的最高山丘上。她在那裡可以感覺到安全和平靜。如同每一位半神半人必然會有的經歷，每當夢境的影像開始入侵睡眠，蕾娜就會把夢境想像成花園噴泉裡的倒影，藉由這種方法控制夢境。這樣讓她可以睡得很平穩，而且隔天一大早不會冒著冷汗驚醒過來。

然而，今天晚上她沒有這麼好運。

夢境一開始還滿好的。她站在花園裡，那是一個溫暖的午後，棚架上開滿了忍冬花。在噴泉的正中央，巴克斯的小雕像不斷朝水池噴水。

新羅馬的眾多金色圓頂和紅磚屋頂在她下方鋪展開來。西邊半公里處，朱比特營的防禦工事拔地而起，而小台伯河從那裡的後方蜿蜒繞過山谷，沿著柏克萊山的邊緣向前流去，在夏日陽光下發出朦朧的金光。

蕾娜舉起一杯熱巧克力，那是她最喜愛的飲料。

她呼了一口氣，感覺心滿意足。這個地方值得好好守護，不只爲了她自己、爲了她的朋

[21] 巴克斯（Bacchus），羅馬神話中的酒神，發明釀酒術。等同於希臘神話中的戴歐尼修斯（Dionysus）。

友們，也是爲了所有的半神半人。她在朱比特營度過的四年並不輕鬆，然而那是蕾娜的人生中最棒的一段時光。

突然間，地平線方向變暗了，蕾娜覺得那可能是一場暴風雨。然後她才發現，一道宛如潮汐般的黑色土壤波浪朝山丘推滾而來，一路把大地的表面掀開，所到之處讓一切事物盡皆覆沒。

蕾娜滿心驚駭，眼睜睜看著土壤的波濤湧到山谷邊緣。天神特米納士[22]在營區周邊設置一道魔法界線，但它只讓摧毀的力道減緩短暫片刻而已。紫色的光線向上激射而出，宛如碎玻璃撒了滿天，只見土波一路推湧前進，不但扯斷樹木、毀壞道路，就連小台伯河也遭到掃蕩殆盡，在地圖上徹底消失。

那只是幻影，蕾娜心裡想著。我可以控制這個夢。

她試圖改變夢境。她想像眼前的毀滅只是噴泉裡的倒影，像是一段無害的影像片段，但惡夢卻以無比清晰逼眞的影像繼續顯現。

大地吞沒了馬爾斯競賽場，也將戰爭競賽的每一道要塞和壕溝全數消滅。城市的水道橋宛如小孩子堆起的積木整排崩垮，就連朱比特營本身也毀掉了，瞭望台傾倒毀壞，城牆和營房碎裂瓦解。半神半人此起彼落的尖叫聲漸漸消失，而大地繼續向前湧動。

蕾娜的喉嚨裡醞釀著一聲悲鳴。神殿山上的閃亮祭壇和紀念碑轟然粉碎，競技場和大圓形競技場也遭到徹底掃滅。大地的浪濤抵達波美利安界線，翻滾轟鳴直直湧進城市，許多家庭奔逃穿越廣場，孩子們驚駭嚎哭。

元老院向內擠爆。一棟棟住宅、一座座花園如同農夫鋤頭下的農作物瞬間消失。土浪繼續朝山上的巴克斯花園呑吐而來，這是蕾娜所知世界的最後剩餘境地。

「蕾娜．拉米瑞茲─阿瑞拉諾，你讓他們陷於無助之境。」一個女人的聲音從那片黑暗領域發散出來。「你的營區將會遭到摧毀，你的任務終究只是一場愚蠢的差事。我的獵人就要追上你了。」

蕾娜強迫自己離開花園的欄杆旁，她跑向巴克斯噴泉，緊緊抓住水池邊緣，死命盯著水面不放。她要運用意志力，把這場惡夢扭轉成無害的水面倒影。

碰。

水池裂成兩半，一支粗如耙子的飛箭將它射裂。蕾娜驚駭萬分，目不轉睛地看著箭尾的渡鴉羽毛、塗成紅黃黑色宛如珊瑚蛇的箭桿，以及刺入她腹部的冥河鐵箭尖。

她抬起頭，視線因疼痛而變得模糊。有個黑暗的人影出現在花園邊緣，輪廓看起來是個男人，雙眼的光芒亮得像是小型車頭燈，刺眼得令蕾娜看不見東西。男人又從箭筒裡拔出另一支箭，蕾娜聽見冥河鐵尖與皮革相互摩擦的聲音。

接著，她的夢境改變了。

花園和獵人消失得無影無蹤，蕾娜肚子上的箭也不見了。

她發現自己身在一座廢棄的葡萄園裡。她面前延伸出好幾公頃的範圍，全是枯死的葡萄藤垂掛在一排排的木製格架上，活像是長滿粗瘤的小型骷髏。田園的遠端有一棟貼著圓柏木皮的農舍，四周都有門廊。而在農舍的後方，大地向下直瀉大海。

㉒ 特米納士（Terminus），羅馬神話中的疆界守護神，代表領域與界線。

蕾娜認得這個地方，那是紐約州長島北岸的高史密斯釀酒廠。她手下的偵察隊已經將它設定爲羅馬軍團攻擊混血營的前進基地。

她曾命令整個軍團停留在曼哈頓，直到她改變命令爲止，但是屋大維顯然沒有遵守她的命令。

整個第十二軍團紮營在最北邊的田園。他們已經用平素的軍事精準度完成一些設施，包括在周邊設置三公尺深的壕溝、插上尖物的土牆，每一個角落也都架設了瞭望台，並設置投石器以護衛營區。而在營區內，一排排白色和紅色的帳篷架設得整整齊齊，五個分隊的全部旗幟都在風中翻騰飛揚。

看到軍團，理應能提振蕾娜的士氣。這是一支小型部隊，全員只有兩百位半神半人，但他們全都訓練有素而且組織精良。假如凱薩大帝能夠死而復生，他一定會毫無遲疑地指出，蕾娜的部隊絕對夠格擔任羅馬城的士兵。

不過他們實在沒有理由這麼靠近混血營。屋大維沒有服從她的命令，讓蕾娜氣得握緊雙拳。他根本是故意挑釁希臘人，意圖引起戰爭。

她的夢境畫面拉近到農舍的門廊，屋大維坐在一張鍍金椅子上，那椅子看起來很可疑，像是一個王座。而除了他那身元老院的紫色內裡寬外袍、他的分隊長徽章和占卜師用刀，現在他還接受另一項榮譽：一塊白布包在他的頭頂上，顯示他的身分是「大祭司」，也就是祭祀眾神的最高祭司。

蕾娜眞想掐死他。在當今人們的記憶裡，沒有哪個半神半人曾經取得大祭司的頭銜。屋大維這樣做，無疑是把自己的地位提升到幾乎等同於皇帝。

在他的右手邊，各種報告和地圖零零落落地放在一張矮桌上；至於他的左手邊，一個大理石祭壇上堆著水果和黃金祭品，毫無疑問是獻給眾神的，然而從蕾娜的眼光看來，那簡直像是獻給屋大維自己的祭壇。

軍團的老鷹旗手雅各在他旁邊立正站好，雅各的身上披著獅皮斗篷，整個人汗流浹背，手中握穩旗杆，上面掛有第十二軍團的金色老鷹軍旗。

屋大維正在接見一個人。樓梯底部跪著一個男孩，他身穿牛仔褲和一件皺巴巴的連帽外套。與屋大維同梯的第一分隊長麥克．卡哈爾則站在另一側，他交叉雙臂，怒目而視，一副很不高興的樣子。

「嗯，好吧。」屋大維匆匆地看過一張羊皮紙。「我看到這裡寫說你是遺族，是奧迦斯的子孫。」

身穿連帽外套的男孩抬起頭，蕾娜看了不禁屏住呼吸。是布萊思．勞倫斯。她認出布萊思的一頭蓬亂棕髮、他斷過的鼻梁、他那雙冷酷的綠眼睛，還有自鳴得意的古怪微笑。

「是的，陛下。」布萊思說。

「噢，我不是陛下啦。」屋大維瞇起眼睛。「只是分隊長、占卜師，以及謙遜的祭司，盡己之力服侍眾神。我知道你之所以遭到軍團驅逐，是因為……啊，紀律方面的問題。」

蕾娜好想大叫，但是完全發不出聲音。屋大維明明知道布萊思為何會被踢出去，其實就像他的天神祖先奧迦斯、冥界的刑罰天神那樣完全沒有惻隱之心。這個小神經病雖然算是順利通過母狼神魯芭的測試，但抵達朱比特營之後，事事證明他根本無法訓練。他曾經想放火燒一隻貓，純粹為了好玩；他也曾拿刀刺一匹馬，放任牠驚慌奔逃穿越廣場。他甚至涉嫌破壞一架攻城機器，而且害他自己的分隊長在戰爭遊戲中死於非命。

假如蕾娜可以證明那些事都與布萊思有關，他的罪狀必定能夠處以死刑，但因爲所有的證據都很間接，也因爲布萊思的家族非常富有、位高權重，在新羅馬的影響力不容小覷，最後他只受到比較輕微的處罰，遭到驅逐。

「是的，大祭司，」布萊思慢吞吞地說：「不過呢，如果我可以表示看法，那些指控根本都沒有證據。我是忠心耿耿的羅馬人啊。」

卡哈爾一副拚命忍住才沒有吐出來的樣子。

屋大維面露微笑。「我相信要給人第二次機會。我要招募新成員，而你出面響應。你有合格的證書，也附上一些推薦信。你願意發誓遵守我的命令，在軍團裡服役嗎？」

「當然願意。」布萊思說。

「那麼，你就恢復爲觀察期，」屋大維說：「直到你能在戰鬥中證明自己的能力爲止。」

屋大維向麥克示意，於是麥克伸手到袋子裡，取出一塊鉛製的「觀察期」小牌子，上面繫有皮繩。他把皮繩掛在布萊思的脖子上。

「去向第五分隊報到，」屋大維說：「他們可以採用一些新兵，接受一些新觀點。如果你的分隊長達珂塔對這件事有意見，叫他直接來跟我說。」

布萊思笑了，一副有人拿了一把鋒利的刀子給他似的。「我很樂意。」

「還有，布萊思。」在那塊白色頭套底下，屋大維的臉孔幾乎像食屍鬼一樣殘酷；他的眼神太銳利，他的臉頰太凹陷，他的嘴唇太薄且沒有血色。「無論勞倫斯家族爲軍團帶來多少金錢、權力和威望，請記住，我的家族帶來的還更多。我親自擔任你的贊助人，我同時也是所有其他應徵新兵的贊助人。只要遵守我的命令，你的職位很快就能晉升。我馬上有一個小任務要交給你，那是你證明自己價值的好機會。但是如果違逆我，我可不會像蕾娜那麼仁慈。你聽懂了嗎？」

布萊思的笑容消失了。他似乎想要說什麼，但終究改變心意。他只是點點頭。

「很好，」屋大維說：「還有，去理理頭髮吧，你看起來很像那些希臘人渣。退下。」

布萊思離開後，麥克．卡哈爾搖搖頭。「現在已經有二十幾個人了。」

「這是好消息啊，我的朋友，」屋大維向他保證。「我們需要多一點人力。」

「殺人犯。小偷。叛徒。」

「忠心耿耿的半神半人，」屋大維說：「他們能得到那些職位都要感激我。」

麥克皺起眉頭。蕾娜還沒見過麥克以前，一直不懂人們為何把手臂的二頭肌戲稱為「大砲」，不過麥克的手臂還真的像火箭砲一樣粗。他有一張大餅臉，膚色是烤杏仁的棕紅色，頭髮像黑玉一樣漆黑，還有一雙驕傲的黑眼睛，很像古老的夏威夷國王。蕾娜實在不懂，一個來自夏威夷希洛市的高中美式足球後衛，最後怎麼會讓維納斯懷孕當媽、生下麥克。不過，軍團裡沒有人膽敢八卦這件事……只要親眼看過麥克徒手砸爛巨大岩石就不敢了。

蕾娜一直很喜歡麥克．卡哈爾，可惜麥克對自己的贊助人非常忠心耿耿。而他的贊助人就是屋大維。

大祭司站起來伸伸懶腰。「不用擔心啦，老朋友。我們的攻城小組已經把希臘營區團團包圍了，我們的老鷹完全掌握空中的優勢。那些希臘人哪裡都去不了，只能等我們準備好發動攻擊。再過十一天，我的全部武力會各就各位，而且我要給他們的小驚喜也會準備好。到了八月一日，也就是絲帕斯之日，希臘營區必將全軍覆沒。」

「可是蕾娜說……」

「這件事我們討論過了。」屋大維從腰帶拔出他的鐵匕首，射向桌面，剛好刺穿一張混血營的地圖。「蕾娜已經喪失她的職位，她前往古老的土地，那樣是違反律法的。」

「不過大地之母……」

「……已經蠢蠢欲動，因爲希臘和羅馬的營區之間要發生戰爭，對吧？而眾神對這件事根本無能爲力，是吧？那麼，麥克，我們該如何解決這個問題呢？我們必須消除分裂的狀況，也就是要將希臘人消滅殆盡，讓眾神回到羅馬時代的適當地位。眾神一旦恢復完整的力量，蓋婭就不敢崛起了，她會再陷入原本的沉睡狀態。我們半神半人也會變得強大而統一，如同過去帝國時代的榮光。更何況『八月一日』這一天是最好的兆頭，八月（August）是以我的祖先『奧古斯都』（Augustus）命名。而你知道他是怎麼統一羅馬帝國的嗎？」

「他奪取權力，登基成爲皇帝。」麥克咕噥說著。

屋大維揮手撇開那句話。「胡說！他成爲『第一位公民』，從而拯救了羅馬。他想要的是和平與繁榮，才不是權力！相信我，麥克，我想要以他爲榜樣。我會拯救新羅馬，而等我辦到了，我會記得每一位朋友的功勞。」

麥克移動一下他的壯碩身軀。「你聽起來很肯定。難道你的預言天賦……」

屋大維舉起手，頗有警告的意味。他看了老鷹旗手雅各一眼，雅各依舊立正站在他的後面。「雅各，你可以退下了。乾脆去把老鷹擦亮或做點什麼吧？」

雅各的肩頭向下垂，顯然鬆了一口氣。「是的，占卜師。我是說分隊長！我是說大祭司！

我是要說……」

「走吧。」

「我要走了。」

等到雅各拖著蹣跚腳步離開，屋大維立刻變得愁容滿面。「麥克，我告訴過你了，不要提起我的，呃，問題。不過就來回答你這個問題吧。沒有，似乎還有一些干擾讓阿波羅的天賦沒能傳給我。」他一臉怨恨，看著一大堆斷手斷腳的絨毛動物堆在門廊角落。「我沒辦法看到未來。也許是混血營的那個冒牌神諭施了什麼巫術吧。可是我以前也對你說過，去年在朱比特營，阿波羅對我說得很清楚，這點我有絕對的信心！他親自將這個能力賜給我，也保證我會以『羅馬人的救星』這個名號流傳後世。」

屋大維伸展雙臂，顯露出他的豎琴刺青，那是他的天神祖先的象徵記號。另外，七條刀痕表示他的服役年數，那比現任的每一位軍官都多，包括蕾娜在內。

「麥克，千萬不要害怕。我們會擊潰希臘人，也會阻止蓋婭和她的奴才們。然後，我們會把那個遭到希臘人藏匿的鳥身女妖抓回來，也就是記得我們《西卜林書》[23]的那一個，逼迫她把我們祖先的事蹟全說出來。等到那件事情完成，我敢說阿波羅一定會恢復我的預言天賦，朱比特營也會比以前更有力量。我們將會統治未來。」

麥克深鎖的眉頭並未鬆開，但他舉起拳頭表示致敬。「你是老大。」

---

[23]《西卜林書》（Sibylline Books），古羅馬時代的神諭集，包括許多先知代替上帝、神祇傳達的訊息，以及對於災難、戰爭、禍患的預言，目前僅小部分保留下來。

「是啊，我是。」屋大維從桌上拔起他的匕首。「好啦，去瞧瞧你抓回來的那兩個小矮人吧，我要他們嚇得屁滾尿流，然後我再去審問他們，最後把那兩個傢伙扔進塔耳塔洛斯。」

夢境漸漸消失。

「嘿，醒醒啊。」蕾娜聞言，立刻睜開眼睛。葛利生．黑傑低頭看著她，同時搖晃她的肩膀。「我們有麻煩了。」

他的語氣聽起來很不妙，讓蕾娜的血液加速流動。

「怎麼了？」她掙扎著坐起來。「鬼魂嗎？還是有怪物？」

黑傑皺起眉頭。「更慘。是觀光客。」

7 蕾娜

人群已經湧入。

每一團觀光客大概有二、三十人，他們蜂擁穿越廢墟，在住宅間亂繞亂轉，跑到卵石小徑上晃來晃去，瞠目結舌地看著色彩繽紛的壁畫和馬賽克拼貼。

蕾娜很擔心，不知道觀光客看到中庭那座十二公尺高的雅典娜雕像會有什麼反應，不過迷霧一定是延長了作用時間，讓那些凡人看不見雕像。

每次有一團觀光客抵達，他們都會走到中庭外圍停下腳步，以失望的眼神看著雕像。有一個英國旅行團導遊大聲宣布：「啊，搭起鷹架啊，看來這個區域正在整修重建，太可惜了。那我們繼續往前走吧。」

然後他們就離開了。

至少那個雕像沒有用低沉的聲音說：「不相信的人，去死吧！」然後把面前的凡人全部炸成塵土。蕾娜就曾經和那樣的女神戴安娜雕像交手過，那絕對不是她最輕鬆的一天。

她回想起安娜貝斯曾經對她說雅典娜．帕德嫩的事。它的魔法靈氣不僅會吸引怪物，同時也讓他們無法靠近。確實沒錯，每隔一陣子，蕾娜的眼角餘光就會瞄到一些發亮的白色魂靈，他們身穿古羅馬服飾，在廢墟之間穿梭飛掠，而且對雕像皺著眉頭，面露驚駭神色。

「到處都有那些『死者之魂』，」葛利生碎碎唸著：「現在還可以與他們保持距離，但是等到夜幕低垂，我們最好準備閃人。到了晚上，鬼魂絕對不好惹。」

對蕾娜來說，這件事不需要別人提醒。

她看著一對老夫婦穿著粉色系的情侶裝上衣搭配百慕達短褲，在附近的花園裡緩步行走。他們沒有走得更靠近這邊，讓蕾娜很高興。在紮營區四周，黑傑教練裝設了各式各樣的陷阱和絆腳線，還有超大型的捕鼠器；那根本無法阻擋任何有自尊心的怪物，不過倒是很有可能撂倒老人家。

儘管早晨感覺很溫暖，但蕾娜一想到作夢的內容還是忍不住發抖。她沒辦法決定哪個夢境比較可怕。究竟是新羅馬即將發生的毀滅性破壞？還是屋大維從軍團內部搞破壞的方法？

「你的任務終究只是一件愚蠢的差事。」

朱比特營需要她。第十二軍團也需要她。然而，蕾娜還在橫越世界的半路上，只能看著羊男升起一堆火，用一根樹枝烤起藍莓鬆餅。

她很想說出自己的惡夢，後來決定等尼克醒來再說。她不確定自己有沒有勇氣說兩次。

尼克還在打呼。蕾娜已經發現，一旦他沉沉睡去，就要花費很大的工夫才能讓他醒來。教練大可在尼克旁邊大跳山羊蹄踢踏舞，而那位黑帝斯之子可能連稍微移動一下都不會。

「這個。」黑傑遞給她一盤火烤鬆餅，還附有新鮮的奇異果和鳳梨切片。整個看起來超好吃的。

「你是從哪裡拿到這些補給品啊？」蕾娜非常驚訝。

「嘿，我是羊男耶。我們打包行李超有效率。」他咬了一口鬆餅。「我們也很懂得好好運用農產品！」

蕾娜一邊吃，一邊看著黑傑教練拿出一本筆記簿開始寫字。寫完之後，他把那張紙摺成紙飛機，然後射向天空。一陣微風把它帶走了。

「寫給你太太的信嗎？」蕾娜猜測著。

在棒球帽緣下方，黑傑的眼睛布滿血絲。「蜜莉是雲精靈，空氣精靈一直是透過紙飛機傳遞訊息。希望她的表兄弟姊妹會把這封信接力傳送到大海的另一邊，直到送進她手裡爲止。這種方法不像伊麗絲訊息那麼快，不過，嗯，我希望我們的孩子可以留下一些我的紀錄，萬一，你也知道……」

「我們會回到你的家園，」蕾娜向他保證，「你會見到你的孩子。」

黑傑咬緊牙關，什麼話都沒說。

蕾娜算是很擅長和別人聊天，她認爲這種能力很重要，有助於了解與她並肩作戰的夥伴們，但她發現這很難讓黑傑敞開心胸聊聊他的太太蜜莉。蜜莉即將在混血營生產，蕾娜很難想像教練當爸爸的樣子，不過她非常了解成長過程中父母缺席是什麼感覺。她不會讓這種事發生在黑傑教練的孩子身上。

「是啦，嗯……」羊男又咬了一口鬆餅，連一起烤的樹枝都咬下去了。「我只希望咱們能移動得快一點。」他抬起下巴指指尼克。「我實在不知道那孩子怎麼撐得過再跳躍一次。還要跳躍幾次才能帶我們回家啊？」

蕾娜也有同樣的憂慮。再過僅僅十一天，巨人族就準備喚醒蓋婭，屋大維也準備在同一天攻打混血營。這不可能是巧合。也許蓋婭曾經對屋大維附耳低語，透過潛意識影響他的決策。或者也可能更糟糕：屋大維根本就是和大地女神積極合作。蕾娜其實不想相信連屋大維都故意背叛軍團，但是看過夢境中的那些事情以後，她自己也不敢確定。

她吃完食物時，剛好有一群中國觀光客拖拖拉拉走過中庭。蕾娜醒來還不到一小時，卻已經急著想繼續前進。

「教練，謝謝你的早餐。」她站起來伸展身子。「如果你不介意，有觀光客的地方就有洗手間，我需要使用小小的執法官房間。」

「去吧。」教練搖一搖掛在他脖子上的哨子。「如果有什麼事，我會吹哨子。」

蕾娜命令歐倫和亞堅頓守衛執勤，然後混入那些凡人群眾之間往前走，最後找到一個遊客中心有洗手間。她盡可能將自己梳洗乾淨，但這其實還滿諷刺的，她身在一個貨眞價實的羅馬城市裡，卻無法享受熱騰騰的舒服羅馬浴。她必須將就於擦手紙巾、破爛的給皀器，以及轟隆作響的乾手機。而且那間廁所……還是不要講太多比較好。

她往回走的時候，路過一間小型博物館，裡面有櫥窗展示。玻璃後方躺了一整排塑膠人形，全都凍結於死亡的痛苦姿勢。一個年輕女孩蜷曲成胎兒的姿態，一個女人扭曲成極度痛苦的模樣，嘴巴張開發出尖叫，兩隻手臂緊緊抱住頭。一個男人呈現跪姿，頭向前彎下，彷彿不得不接受必然發生的結果。

蕾娜看呆了，內心混雜著憤怒和嫌惡的情緒。她曾經讀過這些人形的資料，但從來沒想過會親眼看見。維蘇威火山爆發之後，火山灰將整個城市掩埋住，後來在死去的龐貝人周圍硬化成岩石。他們的身體慢慢分解，只留下人形的空殼。早期的考古學家曾把熔融的塑膠物質倒入空殼內，製作出這些人體鑄模，成爲令人毛骨悚然的古羅馬人複製模型。

蕾娜覺得實在太誇張了，這樣是不對的，竟然讓這些人死去的那一刻攤在眾人面前，像衣服一樣展示於商店櫥窗內。然而她無法移開視線。

她一輩子都夢想著有朝一日能夠造訪義大利。原本以為這是不可能達成的夢想，因為古老的土地是現代半神半人的禁地，那個地區實在太危險了。但她好想跟隨埃尼亞斯[24]的腳步，他是阿芙蘿黛蒂之子，也是特洛伊戰爭之後第一位移居義大利此地的半神半人。她想要親眼看看原本的台伯河，那裡是母狼神魯芭救了羅慕樂和雷慕斯[25]的地方。

但是龐貝城呢？蕾娜從來沒有想過會來到這裡。這個地方曾經發生羅馬帝國史上最惡名昭彰的大災難，整個城市遭到大地徹底吞沒……蕾娜經歷過昨夜的惡夢之後，這也太剛好擊中要害了。

來到古老土地至今，只有一個地方名列在她的渴望造訪名單上，也就是位於史匹列特的戴克里先宮殿，然而即使造訪了那裡，也與她想像的方式很不一樣。蕾娜本來夢想能與傑生一起去那裡，瞻仰他們最喜愛皇帝的家園。她想像自己與傑生一起浪漫地散步穿越那個古老城市，坐在女兒牆上來個夕陽野餐。

可是，蕾娜抵達克羅埃西亞的時候並不是和傑生一起，而是有十幾個憤怒的風精靈尾隨其後。她一路與宮殿裡的鬼魂奮戰，等到要離開時，又得面對葛萊芬[26]猛烈的攻擊，結果讓她

---

[24] 埃尼亞斯（Aeneas），愛神阿芙蘿黛蒂與特洛伊國王所生的兒子，在特洛伊戰爭中是戰績彪炳的英雄。

[25] 羅慕樂（Romulus）在羅馬神話中是創建羅馬王國的人，雷慕斯（Remus）是他的孿生兄弟。他們的父親是戰神馬爾斯（Mars）。

[26] 葛萊芬（Gryphon），希臘神話中一種鷹頭、獅身、有翅膀的怪物。

的飛馬受到致命創傷。她與傑生最接近的一刻，竟是找到他先前留下的紙條，夾在戴克里先胸像的基座上。

因此，她對那個地方只留下痛苦的回憶。

「不要那麼痛苦，」她咒罵自己。「埃尼亞斯也受了很多苦啊，其實羅慕樂、戴克里先和所有其他人都是。羅馬人遇到艱難的情境是不會抱怨的。」

瞪著眼前博物館玻璃櫥窗內的塑膠死者人形，她覺得很好奇，他們在火山灰裡蜷曲身子瀕臨死亡時，心裡想的是什麼呢？可能不會是這樣吧：「喂，我們是羅馬人啊！我們不應該抱怨！」

一陣風吹過廢墟，發出呼呼的低吟聲。陽光映照在櫥窗玻璃上，一時之間刺痛她的眼睛。

蕾娜嚇了一跳，連忙抬起頭。太陽高掛在天頂。已經中午了，這怎麼可能？她吃完早餐後才離開「方恩之屋」一下子而已，可能站在這裡只有幾分鐘吧……難道不是？

她逼自己從博物館櫥窗前抽身而出，急急忙忙離開。那些龐貝死者似乎在她背後喃喃低語，她拚命想甩掉那樣的感受。

下午後來的時間非常平靜，不免令人緊張。

黑傑教練睡覺的時候由蕾娜負責守衛，不過其實沒什麼好監視的。觀光客來來去去，偶爾有一些鳥身女妖和風精靈從頭頂上飛過。蕾娜的兩隻狗會吠叫示警，但是那些怪物並沒有停下來發動攻擊。

許多鬼魂潛伏在中庭四周，顯然是受到雅典娜．帕德嫩的嚇阻。蕾娜不能怪他們。這雕像在龐貝屹立得愈久，似乎散發出愈多的憤怒，就連蕾娜的皮膚都為之搔癢，全身神經也刺痛起來。

太陽剛下山之後，尼克終於醒了。他狼吞虎嚥吃掉一份酪梨乳酪三明治，自從離開冥王之府後，他的胃口第一次顯得這麼好。

蕾娜很不願意破壞他的晚餐胃口，不過他們實在沒有太多時間。隨著白日的光線漸漸暗去，鬼魂開始逐漸靠近，數量也愈來愈多。

她把自己的夢境告訴尼克：大地吞沒了朱比特營，屋大維逼近混血營，以及有著灼熱雙眼的獵人一箭射中蕾娜的腹部。

尼克望著空空如也的餐盤。「這個獵人……也許是，巨人？」

黑傑教練嘀咕了一聲。「我還寧可不要知道答案。我會說，咱們繼續上路吧。」

尼克的嘴巴抽動一下。「你的意思是，我們應該避開正面衝突？」

「聽好了，杯子蛋糕，我和那個窮追不捨的傢伙一樣喜歡來場暴力摔角大賽，但我們已經有太多怪物要操心，還不包括什麼追著我們繞著地球跑的賞金獵人。我實在不喜歡那些超大飛箭的聲音。」

「就這麼一次，」蕾娜說：「我同意黑傑的話。」

尼克攤開他的飛行員夾克，手指頭穿過袖子上的一個箭孔。

「我可以去問一些意見，」尼克聽起來有點不情願，「泰麗雅．葛瑞斯……」

「傑生的姊姊。」蕾娜說。

她從未見過泰麗雅。事實上，她一直到最近才知道傑生有個姊姊。根據傑生所說，她是希臘的半神半人、宙斯的女兒，目前帶領戴安娜的一群……不對，是阿蒂蜜絲的隨從。聽了那整件事，讓蕾娜覺得頭暈目眩。

尼克點點頭。「阿蒂蜜絲的獵女隊是……嗯，一群獵人。如果有誰知道那個巨人獵人的下落，肯定就是泰麗雅。我可以試著發一則伊麗絲簡訊給她。」

「你說這件事的時候，聽起來好像沒有很興奮，」蕾娜注意到這點。「你們兩個……以前有什麼過節嗎？」

「我們沒事啊。」

幾步之外，歐倫低聲吠叫，這表示尼克說了謊。

蕾娜決定還是不要說破好了。

「我也應該聯絡我姊姊海拉看看，」她說：「朱比特營幾乎沒有防衛能力，假如蓋婭攻擊那裡，也許亞馬遜人可以幫忙。」

黑傑教練皺起眉頭。「沒有冒犯之意，不過，呃……如果是面對泥土大浪，一群亞馬遜部隊能起什麼作用？」

蕾娜強自壓下內心的恐懼。她很擔心黑傑說得沒錯。要對抗她在夢中看見的情景，唯一的防衛方法是阻止巨人族喚醒蓋婭。就這點來說，她必須全心信任阿爾戈二號的小組成員。

白日的光線幾乎要完全消失。中庭周圍的鬼魂漸漸聚集成群，數百個熒熒發亮的羅馬人拿著幽靈一般的棍棒或石頭。

「我們可以等到下一次跳躍之後再聊，」蕾娜說：「現在，我們得趕快離開這裡。」

「是啊。」尼克站起來。「我想，幸運的話，這一次可以到達西班牙。只要讓我……」

整群鬼魂突然間消失殆盡，就像一口氣把一大堆生日蠟燭全數吹熄。

蕾娜伸手握住她的匕首。「他們跑到哪裡去了？」

尼克的視線掃過整片廢墟，他的表情讓人看了很不安。「我……我也不知道，不過看起來不是好兆頭。繼續警戒，我會趕快套上雕像，應該只要花幾秒鐘。」

葛利生．黑傑抬起他的羊蹄。「你連幾秒鐘都沒有。」

蕾娜的肚子頓時糾結起來，感覺像變成一顆小球。

黑傑用一個女人的聲音說話，就是蕾娜在惡夢中聽到的同一個聲音。

她拔出自己的佩刀。

黑傑轉過來面對她，他面無表情，雙眼呈現墨黑色。「高興一點啊，蕾娜．拉米瑞茲—阿瑞拉諾，你會死為羅馬鬼，你會加入龐貝城鬼魂的行列。」

地面隆隆作響。中庭四周的泥灰向空中捲起一道道螺旋柱，然後凝結成一個個粗糙的人形，這些人形以土殼構成，很像博物館的那些展示品。他們全部瞪著蕾娜，每一雙眼睛都是岩石臉孔上的兩個破洞。

「大地會吞噬你，」黑傑以蓋婭的聲音說：「就像以前吞掉這些人一樣。」

8 蕾娜

「他們的數目太多了。」蕾娜一說完就覺得很痛苦，在她的半神半人生涯中，這句話到底說過多少次呢？

她實在應該做個小圓徽章寫著「他們的數目太多了」，然後戴在身上到處跑，好節省時間。等到她死了，這些字恐怕也可以刻在她的墓碑上。

兩隻灰狗站在她的左右兩側，對著那些土殼人形狂吠。蕾娜數了一下，至少有二十個從四面八方逼近。

黑傑教練繼續用非常女性化的聲音說話：「死人的數目永遠比活人多。這些亡靈已經等待了好幾個世紀，無法表達他們內心的憤怒。現在，我賜給他們泥土打造的身體。」

一個泥土鬼走向前。他移動得很慢，步伐卻極爲沉重，一腳就踩裂地上的古代瓷磚。

「尼克？」蕾娜叫喊著。

「我沒辦法控制他們。」他說，同時瘋狂地努力解開糾結的安全揹帶。「可能是岩殼之類的，我猜啦。我需要幾秒鐘集中注意力，才能進行影子跳躍，否則我可能會把大家傳送到另一座火山裡。」

蕾娜暗暗咒罵一句。尼克正在準備帶他們逃走，特別是黑傑教練又失去功用，光靠她自己一人根本不可能打跑這麼多鬼魂。「用那根權杖，」她說：「幫我叫出一些殭屍。」

「沒用的，」黑傑教練用怪異的聲調說：「執法官，站到旁邊去，讓龐貝的鬼魂摧毀那個希臘雕像吧，只要是眞正的羅馬人就不會站出來阻止。」

那些泥土鬼蜂擁向前。他們用嘴巴的孔洞發出空洞的哨音，很像是對著汽水瓶吹氣的聲音。一個泥土鬼踩到教練設置的「匕首網球拍陷阱」，結果轟的一聲炸成碎片。

尼克從腰帶上拔出戴克里先的權杖。「蕾娜，如果我召喚出更多的死羅馬人……誰敢保證他們不會加入這群鬼的行列？」

「我保證。我是執法官，只要給我一些軍團士兵，我就可以控制他們。」

「你將會死去，」教練說：「你將會永遠無法……」

蕾娜用刀柄的圓球猛敲他的頭。羊男趴倒在地。

「教練，對不起，」她喃喃地說：「那實在很煩。尼克……殭屍！趕快集中注意力，把我們從這裡弄走。」

尼克高舉手上的權杖，大地爲之搖撼。

那些泥土鬼也選在這一刻發動攻擊。歐倫跳到最靠近的一個泥土鬼身上，用牠的金屬尖牙奮力咬下那個鬼的頭，只見他的岩石外殼向後翻倒，隨即裂成碎片。

亞堅頓的運氣就沒這麼好，牠跳向另一個鬼，結果那個鬼甩動他的沉重手臂，打中灰狗的臉。亞堅頓被打飛出去，落地時壓到腳，頭也朝右邊扭轉了四十五度，甚至有一顆紅寶石眼睛不見了。

憤怒像火熱的尖釘猛力敲打著蕾娜的胸膛。她已經失去飛馬，現在可不打算再失去她的狗。她揮刀猛砍鬼魂的胸膛，再拔出她的古羅馬劍。嚴格說來，「雙刀流」並不是羅馬人的作風，不過蕾娜曾有段時間與海盜混在一起，她學到的不只是幾樣小把戲而已。

要把那些土殼打碎並不困難，不過他們的重擊力道簡直像大錘一樣威猛。蕾娜不懂為什麼會這樣，但她知道自己絕對連一次重擊都無法承受，她可不像亞堅頓那樣頭部遭到重擊歪向一邊還能存活。

「尼克！」她從兩個土鬼之間鑽過去，讓他們互毆彼此的頭。「快點！」

地面裂開一條縫隙通往中庭的中央，數十個骷髏士兵從那裡爬出地面。他們的盾牌看起來像巨大的腐蝕硬幣，刀刃也鏽蝕到幾乎看不出金屬部分，但蕾娜從來沒有因為看到援軍抵達而鬆了這麼大一口氣。

「軍團！」她用拉丁文大喊：「Ad aciem（排好隊形）！」

殭屍們立刻回應，他們從那些泥土鬼之間擠過去，組成一道戰線。有些殭屍被泥土鬼的石拳打中而倒下，其他殭屍則努力排列緊密，同時舉起手上的盾牌。

而在蕾娜的背後，尼克咒罵了一聲。

蕾娜冒著風險回頭看了一眼，尼克手上的戴克里先權杖居然開始冒煙。

「它在對抗我！」他大吼。「我覺得它不想召喚羅馬人出來對抗其他羅馬人！」

蕾娜心裡很清楚，古羅馬人的歷史大概有一半的時間花在彼此對戰，不過她覺得還是不要提起這點好了。「那就把黑傑教練救回來，準備進行影子旅行！我會幫你爭取一點……」

尼克失聲大叫，戴克里先的權杖轟然炸成碎片。尼克看起來沒有受傷，但他滿臉驚駭地看著蕾娜。「我……我不知道這是怎麼回事。你只有幾分鐘時間，最多只有這樣，然後那些殭屍就會消失了。」

「軍團！」蕾娜大喊：「圓形隊形！短劍姿勢！」

那些殭屍在雅典娜・帕德嫩的四周圍成一圈，握好手中的短劍，準備展開近身搏鬥。亞堅頓把失去意識的黑傑教練拖到尼克身邊，而尼克正手忙腳亂地將自己固定到揹帶上。歐倫直挺挺地站著警戒，只要看到哪個泥土鬼突破戰線便撲過去。

蕾娜與那群死人軍團士兵並肩作戰，同時把自己的力量傳送給整個小隊。她很清楚這樣還不夠，那些泥土鬼固然很容易倒下，卻又有更多泥土鬼從地面旋轉飛起的泥灰中冒出來。只要他們的石拳發動連番攻擊，就會有另一個殭屍倒下。

在此同時，雅典娜・帕德嫩高高屹立看著戰局；她莊嚴、高傲、冷眼旁觀。

稍微幫一點忙不是很好嗎？蕾娜心想。說不定來個「毀滅射線」？或者某種超厲害的老式重拳連發什麼的。

然而，雕像一點動靜也沒有，只是不斷放射出仇恨，而且似乎對蕾娜和那些進擊的鬼魂一視同仁。

「你想要把我搬到長島去？」雕像似乎這樣說著：「那就祝你好運，你這個羅馬人渣。」

這就是蕾娜的天命：為了護衛一個消極抵抗的女神而死。

她繼續戰鬥，盡量讓自己的意志力延伸到更多的不死士兵身上。彷彿作為回報似的，他們也以自身的絕望和憤怒不斷轟炸她。

「你的奮戰根本是一場空，」殭屍軍團士兵對她的內心低聲呢喃：「帝國已經滅亡了。」

「為了羅馬而戰！」蕾娜聲嘶力竭大喊。她拿著劍朝一個泥土鬼猛力揮砍，又用匕首刺中另一個泥土鬼的胸膛。「福米納塔第十二軍團！」

在她身旁四周，所有的殭屍都倒下了，有些是在戰鬥中遭到擊垮，其他則是自行分解碎裂，因爲戴克里先權杖的殘餘力量終於消失了。

那些泥土鬼繼續逼近，眼前的鬼山鬼海全都有著醜惡的臉孔和空洞的眼睛。

「蕾娜，好了！」尼克大喊：「我們可以走了！」

她回頭瞥了一眼。尼克已經把自己固定在雅典娜．帕德嫩身上，然後使勁抱起失去意識的葛利生．黑傑，活像抱著一個憂傷的黃花大閨女。歐倫和亞堅頓已經不見了，也許是受傷得太嚴重，沒辦法繼續戰鬥了。

蕾娜遲疑了一下。

就在這時，一記石拳斜斜打中她的肋骨，她的身體側邊爆發劇烈疼痛。她一陣頭昏眼花，想要呼吸，卻感覺好像吸進一堆利刃。

「蕾娜！」尼克再次大喊。

雅典娜．帕德嫩變得忽明忽滅，準備要消失了。

一個泥土鬼又揮拳打向蕾娜的頭，她拚命想要閃躲，但肋骨的疼痛幾乎讓她眼前一片黑。

「放棄吧，」她的腦袋裡有個聲音說：「羅馬的榮光已死，而且遭到永遠埋葬，就像龐貝城一樣。」

「不，」她對自己喃喃地說：「我還活著的時候就不會。」

尼克一邊伸長手臂，一邊漸漸滑入影子裡。蕾娜使盡最後一點力氣朝尼克跳過去。

9 里歐

里歐眞不想從牆壁裡面爬出來。

他還需要裝上三根支撐架，而且別人都不像他那麼瘦，沒辦法爬進那個狹小空間。（這算是瘦巴巴的諸多優點之一吧。）

帶著配管和線路擠進船殼的一層層板子間，里歐可以與自己的各種想法單獨相處。每每遭遇挫折（大概每隔五秒鐘就會發生一次），他就會用槌子敲敲東西，於是其他小組成員會以爲他是在工作，而不是發洩怒氣。

他這個避風港只有一個問題：他只能讓腰部以上伸到裡面去，屁股和大腿還是處於眾目睽睽之下，根本無所遁形。

「里歐！」派波的聲音從他背後不知哪裡傳來。「我們需要你。」

神界青銅打造的O形環從里歐的鉗子上滑出去，滾進狹小空間的深處。

里歐嘆了一口氣。「派波，去對褲子說啦！因爲我的手正忙著！」

「我又不是對褲子說話。到餐廳開會，我們快要到奧林匹亞了。」

「是喔，好吧。我再過幾秒鐘就到。」

「你到底在做什麼啊？你已經在船殼裡面敲敲打打好幾天了。」

他用手電筒掃過各種以神界青銅打造的薄板和活塞，他安裝這些東西的速度很慢，不過很確實。「例行維修啦。」

沒有回答。派波有點太厲害了，她總是知道里歐何時說謊。「里歐……」

「嘿，正好你在外面，拜託幫我一個忙。我好餓喔，在下面那裡……」

「好啦，我走就是了！」

里歐又讓自己多留了幾分鐘，把支架固定好。他的工作還沒有完成。其實根本不可能做完，不過他持續進行。

事實上，他剛開始建造阿爾戈二號時，就已經把祕密計畫的基礎設施預先安排好了，但是他沒有對任何人提過。至於到底要做什麼，其實連他自己都沒有完全誠實面對。

「沒有什麼事是可以持續到永遠的，」老爸曾對他這麼說：「就連最棒的機器都沒辦法。」

是啦，好吧，也許那是真的。但赫菲斯托斯[27]也說過：「每一樣東西都可以重複使用。」

里歐非常想要測試這個理論。

冒著這樣的風險其實很危險。假如失敗了，那必然會壓垮他。而且不只是情緒方面，也會在實體方面壓垮他。

想到這點，他突然產生幽閉恐懼症。

他扭動身子鑽出狹小空間，回到自己的艙房。

嗯……嚴格來說這是他的艙房，但他沒有睡在這裡。好幾個青銅機器拆解開來，各種電線、釘子和內部裝置亂七八糟地丟在床墊上。他有三個巨大的移動式工具櫥櫃，分別叫作奇哥、哈波和葛朗柯[28]，占據了艙房的大部分空間，還有幾十件電動工具懸掛在牆壁上。工作桌堆滿了影印的藍圖，都是來自《論球體》，那是世人已經遺忘的阿基米德著作，里歐在羅馬地底下的一間工廠找到這本書，讓它重見天日。

就算里歐想要睡在艙房裡，這個空間也實在太擁擠、太危險了。他寧可在引擎室打地鋪睡覺，那裡有持續不斷的機器嗡嗡聲幫助他入眠。況且自從待過奧吉吉亞島以後，他變得很喜歡露營，只要在地上打開鋪蓋捲就夠了。

他的艙房只用來儲藏東西……以及進行他手上最困難的幾個計畫。

他從工具腰帶拿出一串鑰匙。其實沒什麼時間了，不過他還是打開葛朗柯的中間那個上鎖的抽屜，呆呆看著裡面兩件珍貴的物品：一個是在波隆那撿到的青銅星盤，另一個是從奧吉吉亞島拿回來的拳頭大小的水晶塊。里歐還沒有想出該怎麼讓這兩件東西組合在一起，他簡直快急瘋了。

他本來希望可以在以薩卡得到一些線索，畢竟那裡是奧德修斯的家園，奧德修斯就是製造出這個星盤的老兄。然而根據傑生所說，那些廢墟沒有保留他所需要的任何答案，只剩下一大群脾氣暴躁的食屍鬼和鬼魂。

總之，奧德修斯始終無法讓這個星盤開始運作，因為他沒有水晶可以當作歸航信標。但里歐有水晶。有史以來最聰明的半神半人沒能成功做出來的東西，他非做出來不可。

㉗ 赫菲斯托斯（Hephaestus），希臘神話中的火神與工藝之神，是天神界的工匠與鐵匠，手藝超群。相當於羅馬神話中的瓦兒肯（Vulcan）。

㉘ 出自美國二十世紀初期的五兄弟喜劇演員「馬克斯兄弟」（Marx Brothers），最核心的三兄弟藝名分別叫作奇哥（Chico）、哈波（Harpo）和葛朗柯（Groucho）。

只能說里歐很幸運吧。有一位超美的永生不死女孩正在奧吉吉亞島痴痴等著他，可是他還想不出該怎麼把那塊蠢石頭與三千年前的導航裝置連上線。有些問題就連萬用膠帶都沒辦法解決啊。

里歐關上抽屜，重新鎖好。

他的視線飄到工作桌上方的布告板，那裡並排貼了兩張圖片。第一張是很久以前的蠟筆畫，他七歲時畫的，畫出他在夢中看到的飛行船；第二張是炭筆素描，海柔最近幫他畫的。

海柔．李維斯克……那個女孩眞的很厲害。里歐剛從馬爾他島重新歸隊時，她就立刻感覺到里歐的內心受了傷。冥王之府那場大混亂完全結束後，她一有機會就走進里歐的艙房，然後說：「從實招來。」

海柔是很好的聽眾，里歐把整個故事都告訴她了。那天傍晚，海柔帶著她的素描簿和炭筆回來。「描述她的樣子，」她很堅持地說：「所有細節都不要漏掉。」

這感覺有點詭異，幫忙海柔畫出卡呂普索[29]肖像，彷彿是在對警方的肖像畫家說：「沒錯，警官，就是那個女孩偷了我的心！」聽起來很像蹩腳的鄉村歌曲。

不過要描述卡呂普索其實很容易，里歐只要閉上雙眼就能看見她。

現在，她的畫像從布告板上回望著他。她有著杏仁般的眼睛、容易生氣的翹唇，身穿無袖連身裙，長長的直髮拂過肩膀。他幾乎可以聞到她身上的肉桂香氣，她皺起的眉頭和癟起的嘴唇似乎說著：「里歐．華德茲，聽你在胡說八道！」

該死，他好愛那個女人啊！

里歐把她的肖像釘在阿爾戈二號的圖畫旁邊，藉此提醒自己，有時夢想眞的可以實現。

小時候，他曾夢想造出一艘飛行船，最後他真的做出來了。而現在，他一定會找到某種方法回到卡呂普索身邊。

船艦引擎的嗡嗡聲轉變成比較低沉的音調。透過艙房的擴音器，非斯都的劈啪吱嘎聲傳了過來。

「好啦，兄弟，感謝，」里歐說：「馬上就到。」

船隻開始減速，這表示里歐的計畫必須等一等了。

「乖乖等著喔，我的陽光，」他對卡呂普索的畫像說：「就像我之前的承諾，我會回到你身邊的。」

里歐可以想像她會這樣回應：「我可沒有等你喔，里歐・華德茲。我根本沒有愛上你，我也絕對不相信你那種超蠢的承諾！」

里歐想著這些，嘴角忍不住上揚。他拿起鑰匙，放回工具腰帶裡，然後朝餐廳走去。

其他六位半神半人正在吃早餐。

如果是以前，只要看到他們所有人像這樣齊聚在甲板下方、沒有人守在船頭，里歐就會很擔心；不過自從派波用魅語把非斯都永久喚醒（那真是太神了，里歐到現在還搞不懂她是怎麼辦到的），船首的那條龍輕輕鬆鬆就可以自己駕駛阿爾戈二號。非斯都可以導航、察看雷

㉙ 卡呂普索（Calypso），擎天神阿特拉斯（Atlas）的女兒，住在海洋邊緣的奧吉吉亞島（Ogygia）。參《波西傑克森——妖魔之海》二二五頁，註54。

達顯示幕、製作藍莓冰沙，還可以對準入侵者噴出白熱的火焰，而且這些事可以同一時間全部完成，絕對不會燒壞電線或短路。

除此之外，他們還有那張神奇桌子巴福特隨時待命。

黑傑教練離開這裡、踏上他的影子旅行探險任務後，里歐暗自心想，他的這張三腳桌也可以擔任他們的「成人守護者」，而且肯定做得一樣好。他已經把巴福特的桌面打造成薄薄的魔法捲軸，可以投影出黑傑教練的小型全像式模擬影像，於是「迷你黑傑」會在巴福特的桌面上大踏步走來走去，不時大聲嚷嚷著像是：「住口！」「我要殺了你！」還有最常聽到的：「趕快把衣服穿上！」

像今天，巴福特就鎮守在船頭。假如非斯都的火焰沒能嚇走怪物，巴福特的「全像式黑傑」絕對能派上用場。

里歐站在餐廳門口，看著餐桌周圍的景象。他的所有朋友像這樣齊聚一堂並不常見。波西正在吃超大一堆藍色鬆餅（他到底和藍色食物有什麼關係啊？），安娜貝斯則是罵他倒了太多糖漿。

「你要淹死在那裡面了啦！」她抱怨著說。

「嘿，我是波塞頓[30]的小孩耶，」他說：「我才不會淹死。而且我的鬆餅也不會。」

在他們左手邊，法蘭克和海柔用麥片碗壓平一張希臘地圖。他們仔細檢視地圖，兩個人的頭靠在一起。每隔一陣子，法蘭克就會伸手握住海柔的手，模樣既甜蜜又自然，像是一對老夫老妻；海柔也沒有表現出緊張不安的樣子，對於出生在一九四〇年代的女孩來說，這已經是很大的進步。一直到最近，如果有人的嘴裡冒出一句「唉唷該死」，她還會嚇到沒力。

傑生坐在桌首位置，看起來很不舒服的樣子，他的T恤拉高到胸口，「護士」派波正在幫他更換繃帶。

「忍耐一下，」她說：「我知道很痛。」

「只是冰冰的啦。」傑生說。

里歐從他的語氣中聽得出來其實很痛。那把超蠢的古羅馬劍居然一路刺穿傑生的身體，他背部的傷口是個醜醜的紫色暗痕，還會冒煙。那恐怕不是什麼好兆頭。

派波努力保持樂觀的心情，不過私底下曾對里歐表達內心的憂慮。神食、神飲和凡人醫藥的幫助似乎很有限，半神半人只要遭到神界青銅或帝國黃金刺得很深，基本上體內的生命本質就會開始分解。傑生可能會好起來，他也宣稱自己感覺好多了，但派波可沒那麼確定。

可惜傑生不是金屬製的機器人；如果他是，至少里歐就比較有概念，知道該怎麼幫助自己最要好的朋友。然而人類呢……里歐根本束手無策。人類太容易壞掉了。

里歐好愛自己的朋友們，也願意爲他們赴湯蹈火。不過，看著眼前的六個人組成三對情侶，全都一心注意著對方，這時他猛然想起涅梅西絲㉛的警告：「你在你的同伴之間找不到可以立足的地方。你永遠是個局外人。」

他開始覺得涅梅西絲說得沒錯。假設里歐活得夠久，假設他的瘋狂祕密計畫眞的實現

㉚ 波塞頓（Poseidon），希臘神話中的海神，掌管整個海域，力量象徵物是三叉戟。等同於羅馬神話中的涅普頓（Neptune）。

㉛ 涅梅西絲（Nemesis），希臘神話中的報應女神，代表憤怒、懲罰與天神的復仇。

了，那麼他就注定要與另一個人相伴，待在沒有其他男人能夠找到兩次的島嶼上。

但是，眼前最好的做法就是依循他原本的守則：繼續前進。千萬不要沉溺於困境，千萬不要陷入負面思考。要多微笑、多講笑話，即使沒有那樣的心情也要如此，特別是沒有心情的時候更要如此。

「各位，怎麼啦？」他慢慢晃進餐廳。「啊，太棒了，有布朗尼蛋糕！」

他抓起最後一塊，那裡面還特別加了海鹽，是從大西洋海底的半人馬魚阿弗羅斯那裡學來的配方。

這時對講機劈啪作響，巴福特的「迷你黑傑」透過擴音器大吼：「趕快把衣服穿上！」所有人都嚇得跳起來。海柔從法蘭克身邊彈開一點五公尺遠，波西把糖漿淋入他的柳橙汁裡，傑生像蟲子一樣地痛苦扭回他的T恤裡，法蘭克則是變身成一隻鬥牛犬。

派波瞪著里歐。「我覺得你應該撤掉那個全像系統，真是蠢爆了。」

「嘿，巴福特只是要說聲早安嘛。他很愛他的全像系統喔！更何況我們全都很想念教練，而且法蘭克也變成一隻可愛的鬥牛犬了。」

法蘭克連忙變回原本粗壯又暴躁的加拿大華人模樣。「里歐，拜託你坐下，我們有一些事要討論。」

里歐擠到傑生和海柔之間坐下。如果開了爛玩笑，里歐覺得他們兩人是最不可能巴他的頭。他咬一口手上的布朗尼蛋糕，然後抓了一包義大利零食「美味米」，這樣就算是讓他的早餐營養均衡一點了。自從在波隆那買了這種零食，他有點吃上癮了；乳酪味很濃，又是穀類點心，這兩樣剛好都是他的最愛。

「所以呢……」傑生向前傾，痛得抽動一下，「我們準備停留在空中，盡可能靠近奧林匹亞放下船錨。我其實不想這麼深入內陸，大概有九公里左右吧，但是我們沒有太多選擇。根據茱諾所說，我們必須找到勝利女神，而且，呃……還要制伏她。」

餐桌周圍瀰漫著一股令人不安的沉默。

餐廳裡的全像螢幕牆壁掛上新的簾幕，變得比原本更漆黑、陰暗，但這樣一點好處也沒有。自從刻爾克珀斯兄弟㉜那對小矮人雙胞胎讓牆壁電線短路之後，從混血營傳來的即時影像就經常模糊不清，有時還會重播那對小矮人的超近特寫鏡頭，顯現出紅鬍子、大鼻孔和噁心吧啦的滿嘴爛牙。而如果你是想要好好吃點東西，或者針對世界的未來命運好好討論一番，那些螢幕同樣沒什麼用。

波西啜飲他那杯糖漿口味的柳橙汁，似乎覺得味道不錯。「和隨便什麼女神大戰一場，我是沒問題啦，不過，妮琪不算是好的天神嗎？我的意思是說，就我個人的看法，我很喜歡勝利。不管勝利幾次都不嫌多。」

安娜貝斯的手指頭在桌面啪嗒敲打。「確實是有點奇怪。我可以理解妮琪爲什麼會在奧林匹亞，畢竟那裡是奧林匹克競賽的起源地，參加競賽的選手會獻上祭品給她。而希臘人和羅馬人也在那裡膜拜她，呃，有多久了？差不多有一千兩百年了，對吧？」

「幾乎一直到羅馬帝國的尾聲。」法蘭克表示同意。「羅馬人稱她爲『維多利亞』，不過

㉜刻爾克珀斯（Kerkopes）指的是阿克蒙（Akmon）與帕薩羅斯（Passalos），他們是神話中兩個擅長偷竊的兄弟，外貌像猴子。他們曾偷過海克力士的武器，後來被宙斯處罰變成猴子。

沒差啦。每個人都愛她，畢竟有誰不喜歡勝利呢？眞不知道我們爲什麼一定要制伏她。」

傑生皺起眉頭。他衣服底下的傷口冒出一縷裊裊上升的煙。「我只知道……那個食屍鬼安提諾烏斯曾說：『勝利女神在奧林匹亞橫行無阻。』茱諾也警告我們，除非能打敗勝利女神，否則希臘人和羅馬人之間的嫌隙永遠無法弭平。」

「我們要怎麼『打敗勝利』？」派波滿心狐疑。「聽起來很像那種絕對解不開的謎語。」

「很像是叫石頭飛起來，」里歐說：「或者只吃一包『美味米』。」

他抓起一大把塞進嘴巴裡。

海柔不禁皺眉。「那東西會要了你的命。」

「你是開玩笑的吧？那東西含有那麼多的防腐劑，我會永生不死的。不過呢，嘿，關於這個很受歡迎的好棒棒勝利女神……你們難道不記得混血營裡她的那些孩子是什麼德性？」

海柔和法蘭克從來沒有去過混血營，但其他人都點點頭，一臉嚴肅。

「他說到重點了，」波西說：「第十七小屋的那些孩子……他們的競爭心超強。參加奪旗大賽時，他們簡直比阿瑞斯[33]的孩子更惡劣。呃，法蘭克，不是針對你啦。」

法蘭克聳聳肩。「你是要說，妮琪有黑暗的一面？」

「她的孩子們確實是這樣，」安娜貝斯說：「他們碰到挑戰絕對不會客氣，什麼事都要搶第一名。假如他們的媽媽也這麼激烈……」

「哇。」派波把雙手按在桌面上，一副覺得船身搖晃得很劇烈的樣子。「各位，所有的天神都會分裂成希臘人格和羅馬人格，對吧？如果妮琪也是這樣，而她又是勝利女神……」

「那她一定超衝突的，」安娜貝斯說：「她會希望自己的一方勝過另一方，這樣才能宣布勝利者是誰。她可以說是自己打自己。」

海柔把麥片碗從希臘地圖上推開。「可是我們不希望其中一方勝過另一方，而是要讓希臘人和羅馬人團結起來啊。」

「也許這就是問題所在，」傑生說：「假如讓勝利女神橫行無阻，在希臘人和羅馬人之間挑撥離間，她就可以讓兩個營區永遠不能團結在一起。」

「要怎麼做呢？」里歐問：「在推特上面開一個討論串，讓雙方在那裡對罵嗎？」

波西戳戳他的鬆餅。「說不定她像阿瑞斯一樣。那傢伙只不過走進擠滿人的房間，就可以惹得所有人大打出手。假如妮琪可以散發出好鬥的震波之類的東西，就能激起希臘和羅馬之間的超級大對抗。」

法蘭克指著波西。「你還記得大西洋的那個老海神嗎？就是弗爾庫斯[34]。他曾說，蓋婭的計畫向來包含很多個層面。巨人擬定的一部分策略可能就是這樣：讓兩個營區維持分裂，也讓眾神維持分裂狀態。如果真是這樣，我們就不能讓妮琪挑撥離間。降落小組應該派四個人去，包括兩個希臘人、兩個羅馬人，這種和諧狀態說不定可以幫助她保持和諧。」

聽著法蘭克說的話，里歐突然有種恍然大悟的感覺。過去幾個星期以來，這傢伙竟然有

---

[33] 阿瑞斯（Ares），希臘神話中的戰神，統管所有戰爭相關事項，是野蠻、戰爭與屠殺的代表，等同於羅馬神話中的馬爾斯。參《混血營英雄—迷路英雄》一〇五頁，註[34]。

[34] 弗爾庫斯（Phorcys）是遠古老海神澎濤士（Pontus）和大地之母蓋婭所生的孩子，也是遠古海神、希臘神話中的百怪之父，孕育了許多有能力的怪物。

這麼大的改變，他簡直不敢相信。

法蘭克不只是變高又變壯，現在更多了自信，比較樂意挺身而出。或許是因爲他的魔法木棒命脈收藏在防火袋裡非常安全，也說不定是他曾經指揮殭屍軍團、受到拔擢而成爲執法官的緣故。無論如何，里歐再也看不到原本那個笨手笨腳的老兄了，之前他還曾經爲了從中國手銬裡脫身，而變成一隻綠鬣蜥。

「我覺得法蘭克說得沒錯，」安娜貝斯說：「一組四個人。選擇派誰去必須小心一點，我們不會想要做出什麼事讓那個女神，呃，變得更不穩定。」

「我去，」派波說：「我可以試著說魅語。」

安娜貝斯眼睛周圍的憂慮皺紋變得更深了。「派波，這次不要。妮琪的競爭心太強大了。阿芙蘿黛蒂……她太有，嗯，自己的風格。我覺得妮琪可能會認爲你很有威脅。」

如果是以前，里歐一定會拿這點來大開玩笑。派波很有威脅？這女孩就像他的姊妹耶，但假如他需要幫手去打退一幫暴徒或制伏某個勝利女神，派波絕對不是他的第一人選。

派波最近的改變，雖然……嗯，不像法蘭克那麼明顯，不過她眞的變了。她居然一刀刺中雪之女神齊昂妮的胸口、打敗波瑞阿茲兄弟，還憑一己之力打跑一整群瘋狂的鳥身女妖。至於她的魅語，如今練就得威力驚人，連里歐都覺得有點緊張。如果她叫里歐吃青菜，他可能眞的會吃下去。

安娜貝斯的話似乎沒有惹派波生氣，她只是點點頭，看著其他人。「那麼該派誰去呢？」

「傑生和波西不應該一起去，」安娜貝斯說：「朱比特和波塞頓，這個組合很糟糕。妮琪很容易就會讓你們兩個打成一團。」

波西對她歪嘴一笑。「是啦，我們不能再搞出像堪薩斯那樣的事件了，我可能會殺了好兄弟傑生。」

「或者是我殺了好兄弟波西。」傑生笑笑地說。

「這就證明了我的論點，」安娜貝斯說：「我們也不應該派法蘭克和我一起去，馬爾斯[35]和雅典娜……結果一樣很糟。」

「那好，」里歐插嘴說：「所以波西和我代表希臘人，法蘭克和海柔代表羅馬人。這就是終極和平夢幻隊伍之類的嗎？」

安娜貝斯和法蘭克彼此交換戰神一般的眼神。

「這樣可能行得通，」法蘭克終於說：「我是說，不能說哪一種組合絕對完美，不過波塞頓、赫菲斯托斯、普魯托、馬爾斯……看起來沒有包含太大的敵意。」

海柔的手指沿著希臘地圖比畫。「我還是希望可以穿過科林斯灣。我希望可以去拜訪德爾菲，也許去尋求一點建議。更何況繞過伯羅奔尼薩實在是路途遙遠啊。」

「說得沒錯。」里歐看到還要航行那麼長的海岸線，不禁心一沉。「已經是七月二十二日了，如果加上今天，只剩下十天就是……」

「我知道，」傑生說：「不過茱諾說得很清楚，比較短的路程等於是自殺。」

「至於德爾菲……」派波傾身向前看著地圖，她髮際的那根藍色鳥身女妖羽毛像鐘擺一樣

[35] 馬爾斯（Mars），羅馬軍團最崇拜的戰神，也是農業守護神，等同於希臘神話中的阿瑞斯。但羅馬人重視軍事，所以他的地位僅次於眾神之王朱比特。

搖來晃去。「那裡到底怎麼了？如果阿波羅再也不能發布他的神諭……」

波西嘀咕了一聲。「可能和那個卑鄙小人屋大維有關吧，說不定他預言未來的時候講得太爛，結果把阿波羅的力量弄壞了。」

傑生勉強擠出笑容，但他的雙眼因爲疼痛而視線模糊。「希望我們可以找到阿波羅和阿蒂蜜絲，然後你就可以自己問他。茱諾說，那對雙胞胎或許願意幫我們。」

「還有很多問題沒有解答，」法蘭克喃喃說著：「到達雅典之前的路途也很遙遠啊。」

「而首要之務，」安娜貝斯說：「你們幾個必須找到妮琪，而且要想辦法制伏她……不管茱諾說的那句話是什麼意思。我還是不懂，你們怎麼可能打敗一個掌控勝利的女神呢？似乎是不可能的。」

里歐開始笑了起來。他實在是忍不住。沒錯，他們只剩下十天的時間能夠阻止巨人喚醒蓋婭。沒錯，他可能還等不到晚餐時間就死了。不過，他很喜歡聽到有人說某件事是不可能的，那就像有人拿了一個檸檬蛋白派給他、叫他不要砸派一樣。他就是忍不住想要挑戰一下。

「那麼我們去瞧瞧吧。」他站起來。「我去拿之前收集的手榴彈，大家在甲板上集合！」

10 里歐

「留在上面是聰明的，」波西說：「有冷氣可以吹。」

他和里歐剛才搜索過博物館，這時他們坐在橫跨科拉德奧斯河的橋上，雙腳都在河水上方晃來晃去，等待法蘭克和海柔完成搜索廢墟的工作。

在他們的左手邊，奧林匹克山谷在午後的蒸騰熱氣中閃閃發亮；而在右手邊，觀光客的停車場塞滿了遊覽車。幸好阿爾戈二號停泊在三十公尺高的空中，因爲下面這邊絕對找不到停車位。

里歐在河面上打水漂。他眞希望海柔和法蘭克趕快回來，因爲他實在不太會和波西單獨相處。

就說一件事好了，面對一個剛從塔耳塔洛斯回來的傢伙，他實在不知道該聊什麼才好。「你有沒有追最新一集的《超時空博士》？喔，對了，你那時候忙著在永恆的地獄深淵裡面長途跋涉！」

其實波西以前就很令人敬畏了，他不但會召喚颶風、與海盜決鬥，甚至會在大競技場殺死巨人……

而現在呢……嗯，經歷過塔耳塔洛斯那些事情之後，感覺上波西在「踹屁股擂台」所破的關卡，與其他人是完全不同的等級。

里歐甚至不太能想像波西同樣是混血營的一份子。他們兩人從來不曾同時待在混血營。波西的皮革項鍊上已經有四顆陶珠，代表他在混血營待了完整的四個夏天，而里歐的皮革項鍊連一顆陶珠都沒有。

他們唯一的共同點是卡呂普索，每次想到這點，里歐便很想往波西臉上狠狠揍一拳。

里歐一直覺得應該提起這件事，只是想要消除疑慮，不過似乎無論何時都不是好時機。而隨著時間一直過去，要談起這樣的主題變得愈來愈困難。

「怎樣？」波西問。

里歐不安地扭動身子。「什麼怎樣？」

「你一直瞪著我啊，有點像是，在生氣。」

「我有嗎？」里歐想說個笑話搪塞過去，或至少擠出微笑也好，但他實在辦不到。「嗯，抱歉。」

波西看著河流。「我想，我們需要好好談一談。」他打開手掌，里歐剛才打水漂用的石頭赫然出現在波西的手掌裡。

噢，里歐心想，我們現在是要互相賣弄嗎？

他考慮要朝最靠近的遊覽車噴射一道火柱，把油箱炸得稀巴爛，但隨即覺得那實在是小屁孩的奇想。「也許我們是該談一談，但不是……」

「你們兩個！」法蘭克站在停車場的另一端，揮手要他們過去。而在他旁邊，海柔跨坐在她的馬兒阿里昂身上；他們剛才一抵達地面，阿里昂就突然現身。

幸虧法蘭克及時出現，里歐心想。

他和波西小跑步去和他們的朋友會合。

「這個地方超大的，」法蘭克報告說：「整個廢墟從河流這邊延伸到那邊的山腳下，大概有半公里那麼遠。」

「你剛剛說的那個公制單位到底有多遠啊？」波西問。

法蘭克翻了翻白眼。「這種公制單位用在加拿大和全世界的其他地方，只有你們美國人……」

「差不多五到六個美式足球場那麼長。」海柔插嘴說，同時拿一大塊黃金餵給阿里昂吃。

波西雙手一攤。「只要這樣說就好了嘛。」

「總之，」法蘭克繼續說：「從頭頂上俯瞰，我沒有看到半點可疑的東西。」

「我也沒有，」海柔說：「阿里昂帶我沿著周圍繞了一整圈，觀光客超多的，但是沒有瘋狂女神。」

那匹碩大的公馬嘶嘶叫著，上下點頭，頸部的肌肉在奶油糖果色的毛皮底下陣陣抖動。

「哇，你的馬會罵人耶，」波西搖搖頭。「牠不怎麼把奧林匹亞放在眼裡喔。」

有那麼一下子，里歐很同意馬兒的看法。太陽這麼大，他一點都不想穿越這片滿是廢墟的地方，不僅要在滿頭大汗的觀光客之間擠來擠去，還得搜尋那個人格分裂的勝利女神。更何況法蘭克已經變成大鷹飛過這整個山谷了，假如連他的銳利眼睛都看不出半點東西，說不定眞的什麼都看不到。

但另一方面，里歐那條工具腰帶的口袋裡裝滿各式各樣危險的玩意兒，如果沒機會炸掉什麼東西就回家，他會覺得很不甘心。

「那麼，我們一起亂闖看看吧，」他說：「看能不能讓麻煩自己找上我們。這種方法以前都很管用。」

他們到處亂找了一會兒，盡量避開觀光人潮，低著頭從一片陰涼處溜到下一片陰涼處。這不是第一次了，里歐深深覺得希臘和他的家鄉美國德州非常相似，都有低矮的山丘、矮小茂盛的樹叢、單調的嗡嗡蟬鳴聲，以及夏日的悶熱天氣。只要把眼前這些古代列柱和傾頹的神廟改換成牛隻和有刺鐵絲網，里歐就會覺得彷彿回到了家鄉。

法蘭克找到一本觀光摺頁（說眞的，這位老兄連罐頭濃湯的成分標示都讀得津津有味），爲大家帶來現場導覽。

「這是普羅皮來門。」他揮手指向一條石頭鋪面的小徑，路的兩旁排列著頹傾的石柱。「那是通往奧林匹克山谷的其中一個大門。」

「碎石頭！」里歐說。

「還有那邊……」法蘭克指著一個正方形的基座，看起來很像墨西哥餐廳的露台。「那是希拉神廟，這裡最古老的建築物之一。」

「更多的碎石頭！」里歐說。

「還有那個看起來像露天音樂台的圓形東西，那是腓力的圓形神廟，裡面供奉著馬其頓國王腓力二世。」

「又是更多的碎石頭！第一流的碎石頭！」

依舊騎在阿里昂背上的海柔，忍不住踢了里歐的手臂。「你對那些東西難道一點感覺都沒有嗎？」

里歐抬起頭看。海柔的金棕色鬈髮和金色眼睛與她的頭盔和佩劍非常搭，感覺好像整個人是以帝國黃金打造而成。里歐不曉得海柔會不會認爲這是讚美的話，總之以人類來說，海柔眞是第一流的工藝品。

里歐想起他們兩人一同通過冥王之府的事。海柔帶著他穿越那個嚇死人的幻覺迷宮，她居然能讓女巫帕西法埃㊱掉進地面的幻覺坑洞裡，消失得無影無蹤。後來巨人克呂提奧斯的黑暗雲霧把里歐嗆得動彈不得，也是靠海柔打敗了巨人。她更切斷了綁住死亡之門的鎖鍊，而同一時候，里歐在做什麼呢……呃，他實在是沒做什麼。

如今他不再迷戀海柔了，他的心早已飛到遙遠的奧吉吉亞島上。然而，即使海柔．李維斯克沒有騎在一匹令人膽寒、像水手一樣滿嘴咒罵的永生不死超音速駿馬背上，她還是令里歐驚歎不已。

這些想法他全都沒有說出口，不過海柔一定感受到了。她把頭轉開，看起來有點心慌。

法蘭克顯然很開心，繼續進行他的導覽工作。「而在那邊呢……哦。」他瞥了波西一眼。「嗯，山丘上那個半圓形的窪地，有一些壁龕那裡……那是精靈神殿，是羅馬時代建造的。」

波西的臉色瞬間轉變成萊姆汁的顏色。「我有個提議，我們不要去那裡吧。」

波西和傑生與派波一起去羅馬時，曾在精靈神殿體驗到瀕死的經驗，里歐曾聽說那整個

㊱ 帕西法埃（Pasiphaë），希臘神話中克里特國王米諾斯（Minos）的妻子。米諾斯因為觸怒了海神波塞頓，海神故意讓他的妻子帕西法埃愛上一頭公牛，而生下了半人半牛的怪物。

經過。「我喜歡這個提議。」

他們繼續往前走。

每隔一陣子，里歐的雙手就會游移到工具腰帶上。刻爾克珀斯兄弟曾在波隆那偷走他的工具腰帶，自此之後，即使里歐認爲絕對沒有其他怪物的偷竊技巧比得上那對小矮人，他還是很怕會再度遭逢「劫腰帶事件」。眞不曉得那兩隻小潑猴在紐約怎麼樣了，希望他們耍得那些羅馬人團團轉，把亮晶晶的金屬拉鍊全部偷走，讓軍團士兵的褲子全都掉到地上。

「這個是佩洛普斯陵。」法蘭克說著，手指向另一堆迷人的碎石頭。

「拜託，法蘭克，」里歐說：「『佩洛普斯陵』聽起來像個名詞嗎？那是什麼東東……供奉『呸囉噗嘶』的神聖地點？」

法蘭克一臉不高興。「那是埋葬佩洛普斯[37]的地點，希臘的『伯羅奔尼薩』這整個地區就是以他命名。」

里歐好想朝法蘭克的臉扔出一顆手榴彈，不過他忍了下來。「我猜，我應該要知道佩洛普斯到底是誰囉？」

「他是個王子，在戰車比賽中贏得他太太。據說就是他創辦了奧林匹克運動會，以紀念那件事。」

海柔嗤之以鼻。「也太羅曼蒂克了吧。『佩洛普斯王子，你有個好太太。』『謝謝，我是在戰車比賽中贏到她的。』」

里歐實在看不出來，這對他們找出勝利女神到底有什麼幫助。眼下此刻，他唯一渴望的勝利就是制伏一杯冰涼飲料，說不定再配上一點墨西哥玉米片。

不過……他們愈深入廢墟，里歐愈覺得心神不寧。他突然回想起自己最早的一些記憶，當時他只有四歲，他的保母娣雅．凱莉達，也就是希拉，曾經鼓勵他用棍子逗弄毒蛇。那個神經病女神對他說，如果要成為混血英雄，這絕對是很好的訓練；也許她說得沒錯，回想起那時候，里歐大多數時間都拿著棍子到處逗弄東西，直到他發現了大麻煩。

他看看周遭的觀光客人潮，很懷疑他們眞的是普通的凡人嗎？或者根本是怪物偽裝而成，如同在羅馬追著他們跑的那些幻影幽靈。每隔一陣子，他就覺得好像又看見一張熟悉的臉孔，像是他的惡霸表哥拉斐爾、他那位凶惡的小學三年級老師波昆、他那愛罵人的養母泰瑞莎……就是曾將里歐視為糞土的每一個人。

那些人的臉孔可能只是出自他的想像吧，不過這一切讓他緊張到不行。他回想起女神涅梅西絲曾經顯現成羅莎阿姨的模樣，羅莎阿姨是里歐最怨恨也最想報仇的人。里歐擔心涅梅西絲可能也在附近暗中監視他的一舉一動。他不確定自己對那個女神的虧欠究竟還清了沒有。也許她希望里歐受更多的苦，說不定今天就是要償還的日子。

他們走著走著，在一道寬闊的台階前停下腳步，這些台階通往另一棟廢墟建築。據法蘭克所說，那是宙斯神廟。

37 佩洛普斯（Pelops），年幼時被父親坦塔羅斯（Tantalus）殺害，宙斯可憐他的處境而讓他復活。之後長成優秀青年，與比薩國（Pisa）國王比賽戰車取得勝利，得以娶公主為妻。他們的婚禮在奧林匹亞盛大舉辦，同時舉行運動競賽作為獻給宙斯的節目，這就是奧林匹克運動會的起源傳說之一。希臘的伯羅奔尼薩（Peloponnese）半島也是以他命名。

「以前有一尊巨大的宙斯雕像供奉在裡面，是用象牙和黃金打造而成，」法蘭克說：「那是古代世界的七大奇蹟之一。也許是同一位老兄打造出雅典娜．帕德嫩喔。」

「拜託告訴我，我們不需要找到那個，」波西說：「我在這趟任務中要找的巨大魔法雕像已經夠多了。」

「同意。」海柔拍拍阿里昂的側腹，因為駿馬表現得有點怯懦。

里歐也很想嘶吼一下、重重跺腳。他很熱、很焦慮，而且快餓昏了。里歐覺得他們很像是不斷在逗弄毒蛇，而毒蛇就快要回擊了。他眞希望今天到此為止，趁那一切還沒發生之前趕快回去船上。

可惜法蘭克一提到「宙斯神廟」和「雕像」，里歐的腦子像是突然接上線。即使明知這樣不太好，他還是把想到的事情說出口。

「嘿，波西，」他說：「還記得博物館裡面的妮琪雕像嗎？就是碎成一塊塊那個？」

「怎樣？」

「難道它以前不是豎立在這裡，而是在宙斯神廟嗎？如果我說錯了，請儘管告訴我，我很希望這是錯的。」

波西的手伸向口袋，把他的波濤筆拿出來。「你說得對，如果要說妮琪會在哪裡……這裡會是個好地點。」

法蘭克環顧四周。「我什麼都沒看到啊。」

「如果我們大肆宣傳『愛迪達』的鞋子呢？」波西好奇地說：「那樣會不會讓『耐吉』[38]氣炸然後現身？」

里歐緊張兮兮地笑了。也許他和波西真的有一些共同點……會講一些很冷的笑話。「沒錯，我敢打賭，那樣完全違反她的贊助商合約。『那些鞋才不是奧林匹克運動會的官方贊助鞋！你們現在就得死！』」

海柔翻了翻白眼。「真的很受不了你們兩個耶。」

在里歐的背後，一個雷鳴般的巨大聲音搖撼整個廢墟：「你們現在就得死！」

里歐驚跳起來，差點把工具腰帶都甩掉了。他轉過身……同時暗暗在心裡踹自己一腳。這下子他真的要祈求「第二品牌鞋子女神愛迪達」來保佑他了。

那個高高聳立在他頭頂上方、駕著金色戰車、手拿長矛對準他心臟的，正是女神妮琪。

㊳ 耐吉（Nike）是知名運動用品品牌，其品牌名稱即取自勝利女神。

11 里歐

那對金色翅膀的殺傷力實在太超過了。

里歐可以欣賞妮琪的戰車和兩匹白馬，而那一身閃亮亮的無袖連身裙（卡呂普索絕對認爲這種風格太讚了，但那是兩回事）、盤在頭上的黑色髮辮外加一頂金色月桂冠，他也覺得看起來沒什麼問題。

她瞪大著雙眼，表情有一點瘋狂，活像剛喝了二十杯義式濃縮咖啡而且剛搭完雲霄飛車下來。不過這副模樣並沒有嚇到里歐，他甚至覺得那支尖端用黃金打造的長矛對準他的胸口沒什麼大不了。

然而那對翅膀……整個是擦得閃亮的黃金，一路延伸至最末端的羽毛。里歐可以欣賞讚歎那對翅膀的超細膩做工，不過那也太超過了吧，太耀眼也太閃亮了。假如那對翅膀具有太陽能板的功能，妮琪產生的能源一定能讓整個邁阿密市都有足夠的電力可用。

「女士，」他說：「拜託，可以請你收起那對翅膀嗎？你害我快曬傷了。」

「什麼？」妮琪的頭猛然一晃望向他，活像受到驚嚇的小雞。「喔……你說我的閃亮羽毛啊。那好吧。我想，假如你瞎掉而且曬傷，恐怕就不能光榮而死了。」

她把自己的翅膀收攏起來。周遭的氣溫瞬間變得正常一點，差不多是一般攝氏五十度的夏天午後。

里歐看了看他的朋友們。法蘭克站得直挺挺，打量著眼前的女神。他的背包尚未變形成飛箭和箭筒，表示他可能正在審慎評估情勢。法蘭克應該還沒有太過驚嚇，因爲他沒有讓自己變成一隻巨大的金魚。

海柔則是對阿里昂很傷腦筋，那匹紅棕色的駿馬嘶嘶大叫而且激動踏步，盡可能不與妮琪戰車的那兩匹白馬有眼神接觸。

至於波西，他握著自己的魔法原子筆，看起來似乎很猶豫，還沒決定到底是要使出幾招劍法，還是在妮琪的戰車上來個親筆簽名。

沒有人走向前開口說話。里歐實在有點想念派波和安娜貝斯在身邊的時候，她們太擅長「談話」這件事了。他覺得最好有人出來說點話，在他們全都「光榮而死」之前。

「好了！」他伸出食指直指著妮琪。「我沒有聽過簡報，也很確定法蘭克的摺頁裡沒有涵蓋相關資訊。你可以告訴我嗎，這裡到底是怎樣？」

妮琪瞪大的雙眼快把里歐嚇死了。他的鼻子是不是著火了？他壓力很大的時候就會這樣。

「我們一定要贏得勝利！」女神尖叫著：「競賽一定要決一勝負！你們來到這裡就是要決定誰才是贏家，對吧？」

法蘭克清清喉嚨。「你是妮琪還是維多利亞？」

「啊啊啊！」女神用雙手抓住頭。她的白馬舉起前腳站了起來，惹得阿里昂也有樣學樣。

女神抖動一下，然後分裂成兩個不同影像，這讓里歐不禁想起小時候曾經躺在公寓地板上，把玩連接在牆壁踢腳板上的螺旋狀門擋（這時候想起那種往事也太荒謬了吧）。他會把門擋向後拉長，放開時大喊：「彈跳吧！」那個門擋來回抖動的速度好快，看起來很像分裂成兩個不同的螺旋。

妮琪看起來就像那樣；天神的門擋，分裂成兩個。

左手邊是第一個人形，身穿閃亮亮的無袖連身裙，深色頭髮戴著月桂冠，一對金色翅膀收攏在背後。右手邊則是另一個人形，全身穿戴羅馬式護胸甲和護脛套的戰鬥裝束，一頭紅褐色短髮從高高的頭盔邊緣露出來；她的翅膀覆滿白色羽毛，一身紫色連身裙，長矛的矛桿上固定了一塊盤子大小的羅馬佩章，圖案是SPQR的金色字樣環繞著月桂冠。

「我是妮琪！」左邊的影像大叫。

「我是維多利亞！」右邊那個影像也大叫。

里歐的爺爺經常說一句古老的諺語：「說一套，做一套。」現在他第一次理解那句老話的意思。這位女神還眞的是同一時間說不同的兩套耶。她不停抖動、分裂，讓里歐看得頭昏眼花，害他忍不住想要拿出幾樣工具，稍微調整女神身上化油器的怠速狀態，因爲照這樣劇烈振動下去，她的引擎難保不會飛散開來。

「我是決定勝利的人！」妮琪尖叫著。「只要我站在這座宙斯神廟的角落，所有人都崇敬我！我監督奧林匹亞的各項競賽，每一個城邦敬獻的祭品都會堆在我腳下！」

「根本與競賽毫無關係！」維多利亞大喊：「我是掌管戰鬥勝利的女神！羅馬將軍都膜拜我！奧古斯都親自在元老院設立我的祭壇！」

「啊啊啊啊啊！」兩個聲音同時苦惱尖叫：「我們必須做出決定！我們必須贏得勝利！」

阿里昂拱背跳躍得太激烈了，海柔不得不從牠背上滑下來，以免被甩出去。她還來不及好好安撫阿里昂，馬兒就一溜地煙失去蹤影，只留下廢墟之間的一道蒸汽尾巴。

「妮琪，」海柔說，同時慢慢走向前，「你陷入混亂和困惑，所有天神也是一樣。希臘人和羅馬人瀕臨開戰邊緣，也讓你的兩個人格不斷發生衝突。」

「我當然知道！」女神甩動手上的長矛，矛尖宛如橡皮筋般晃動，看似有兩個矛尖。「我無法容忍分不出勝負的戰鬥！誰才是強者？誰才是贏家？」

「女士，沒有人是贏家，」里歐說：「假如戰爭眞的爆發了，所有人都是輸家。」

「沒有贏家？」妮琪震驚成那樣，害里歐覺得自己的鼻子一定著火了。「一定有贏家啊！而且只有一個，其他全部是輸家！如果不是這樣，勝利就沒有意義了。我想，你們是希望我保證所有的角逐者都會勝利嗎？頒發小小的塑膠獎杯給每一位運動員或士兵當作參加獎？還是我們應該全部站成兩排，朝對方揮揮手，互道恭喜說『眞是精采的比賽』？不行！勝利必須是扎扎實實的，必須努力爭取才能得到。那也表示勝利必定是稀有、困難的，必須排除萬難才能得到，而其他所有的機會都是失敗。」

女神的兩匹白馬彼此互咬，彷彿感染了那樣的精神。

「呃……好吧，」里歐說：「我看得出來，你對那一點眞的很執著。不過，眞正的戰爭是要對付蓋婭啊。」

「他說得對，」海柔說：「妮琪，最近一次面對巨人的戰爭，你幫宙斯駕駛戰車，對吧？」

「當然！」

「那麼你就知道蓋婭才是眞正的敵人。我們需要你幫忙打敗她。戰爭不應該發生在希臘人和羅馬人之間。」

維多利亞怒吼著：「希臘人必須死！」

「不是勝利就是死亡！」妮琪淒厲嘶吼：「必定有一方獲得勝利！」

法蘭克咕噥一聲。「我老爸也像這樣在我腦袋裡叫來叫去。眞是夠了。」

維多利亞低頭瞪他一眼。「馬爾斯的孩子是嗎？羅馬執法官？只要是眞正的羅馬人就不會饒恕希臘人。我不能忍受分裂和困惑……這害我無法清楚思考！殺了他們！贏得勝利！」

「不可能。」法蘭克說，但里歐注意到法蘭克的右眼不斷緊張抽動。

里歐自己也很掙扎。妮琪不斷釋放出一波波的緊繃張力，讓他的神經激動到快要燃燒起來。他覺得自己彷彿蹲伏在起跑線上，等待某人大喊「起跑」。他還萌生一種莫名的慾望，想要用雙手勒住法蘭克的脖子。沒錯，那很蠢，畢竟光憑他的雙手，根本不可能勒住法蘭克的粗壯脖子。

「聽好了，勝利小姐……」波西努力擠出笑容，「我們並不想打擾你的瘋狂時光，也許你可以想辦法趕快結束你的自言自語，我們等一下再回來，呃，帶著某些更厲害的武器，可能再多一點鎮靜劑什麼的。」

女神揮舞手上的長矛。「你們要一勞永逸解決這件事！今天，就是現在，你們將要一決勝負！總共四個人嗎？太好了！我們可以來組隊一下。也許可以女生對決男生！」

海柔說：「呃……不好吧。」

「穿上衣對決不穿上衣！」

「絕對不行！」海柔說。

「希臘人對決羅馬人！」妮琪大叫。「沒錯，當然好！兩人對兩人，最後一個站著不倒的半神半人贏得勝利，其他人則光榮戰死。」

一股競爭的衝動傳遍里歐體內，他必須費盡全力才不至於伸手到工具腰帶裡抓出一把槌子，從海柔和法蘭克的頭頂猛敲下去。

他終於明白安娜貝斯有多麼睿智了，她說絕對不能把爸媽天生彼此敵對的人派來這裡。假如傑生在這裡，很可能已經和波西在地上扭打成一團，把彼此的腦袋打到開花。

里歐強迫自己放鬆手指不再握拳。「聽好了，女士，我們並不打算對彼此玩那整套『飢餓遊戲』。那是不可能的。」

「可是你們會贏得至高無上的榮耀啊！」妮琪伸手到她身邊的籃子裡，拿出一個深綠色的月桂冠。「你們可以得到這個月桂冠！可以戴在你們的頭頂上！想想看那有多麼光榮！」

「里歐說得對。」法蘭克說，雖然他緊盯著月桂冠不放。對里歐來說，他的表情看起來也太貪婪了。「我們不會彼此對抗，巨人族才是我們要對抗的目標。你應該幫我們才對。」

「那好吧！」女神用一隻手高高舉起月桂冠，另一隻手則拿著長矛。

波西和里歐彼此對看一眼。

「呃……意思是你要加入我們的行列嗎？」波西問：「你會幫我們對抗巨人族嗎？」

「那會是獎賞的一部分，」妮琪說：「無論誰獲勝，我都會將那人視爲我的盟友。我們會一同對抗巨人族，我也會把勝利賜給你們。不過只能有一個贏家，其他人必須遭到打敗、殺死、徹底摧毀。所以，半神半人們，你們覺得如何？究竟是要成功完成任務，還是要緊抓著那種軟趴趴的友誼遊戲不放、搞什麼每個人都贏得參加獎？」

波西打開他的筆蓋，波濤劍伸長變成一把神界青銅劍。里歐很擔心他會轉過來拿劍指著他們，畢竟妮琪的神力實在很難抵擋。

結果相反，波西拿劍指著妮琪。「萬一我們轉而對抗你呢？」

「哈！」妮琪的雙眼炯炯有神。「如果你們拒絕彼此對抗，那就要聽我的！」

妮琪展開她的金色翅膀。另外，戰車的兩側各有兩片金屬羽翼，總共有四片羽翼向下拍打。接著，那些羽翼像體操選手一樣快速旋轉，而且漸漸變大，還冒出兩隻手臂和兩隻腳，最後接觸到地面，變成四個與人類一樣大的金屬複製女神，每一個都配備了黃金長矛，還戴著神界青銅月桂冠，那個月桂冠看起來很像是用有刺鐵絲網編成的飛盤。

「前往田徑場！」女神大喊：「你們有五分鐘可以好好準備，然後就等著鮮血四濺吧！」

里歐實在很想說：「萬一我們拒絕去田徑場呢？」

他的問題還沒問出口就得到答案了。

「快跑！」妮琪怒吼著：「自己跑去田徑場，否則我的『妮凱』會在你站著不動的地方殺了你！」

那四位金屬女士張開血盆大口，吼出爆炸般的聲浪，宛如超級盃美式足球賽的觀眾吼聲與回音混合在一起。她們揮動手上的長矛衝向半神半人。

這絕對不是里歐最開心的時刻。恐慌緊緊攫住他，於是他拔腿就跑。他唯一的安慰是朋友們也都跟著跑……要知道，他們可不是一群個性懦弱的人啊。

四個金屬女人約略圍成半圓形緊緊追趕，把他們趕向東北方。所有的觀光客都不見了，也許全部跑去博物館舒舒服服吹冷氣吧，又或者是妮琪用某種方法迫使他們離開也說不定。

半神半人們拚命奔跑，不時絆到石頭，還得跳過傾倒的牆壁、繞過柱子和解說牌。而在他們背後，妮琪的戰車輪子轟隆作響，馬兒縱聲嘶鳴。

每次里歐想要稍微慢下來，那四個金屬女士就再度尖聲大叫。妮琪剛才怎麼叫她們？「妮凱」？「小妮琪」？里歐愈想愈恐懼。

他很討厭恐懼的感覺，那實在很丟臉。

「那邊！」法蘭克衝向一道狀似壕溝的地方，位於兩道土牆之間，土牆上面橫跨一個石砌拱門。那讓里歐聯想到美式足球的球場，球隊要進場的時候都會穿過類似的通道跑進球場。

「那是古代奧林匹克田徑場的入口，叫做地窖！」

「這名字取得不好吧！」里歐大喊。

「我們爲什麼要去那裡？」波西上氣不接下氣地說：「假如那裡是她要我們……」

「小妮琪」再度尖聲狂叫，害里歐所有的理性思考全都飛到九霄雲外。他跑向那條通道。

他們到達拱門後，海柔大喊：「等一下！」

一夥人趕緊剎車停下腳步。波西彎下腰，氣喘吁吁。里歐早已發現波西最近很容易就喘不過氣，可能是因爲在塔耳塔洛斯被迫吸進那些噁心的酸空氣吧。

法蘭克回頭看看他們的來時路。「沒看到她們了。她們消失了。」

「難道放棄了嗎？」波西滿懷希望地問。

里歐掃視整片廢墟。「怎麼可能，她們只是負責把我們趕進目的地而已。話說回來，那些到底是什麼啊？我指的是那些『小妮琪』。」

「小妮琪？」法蘭克抓抓腦袋。「我覺得是『妮凱』吧，就是很多個妮琪的意思。」

「沒錯。」海柔一副沉溺於回憶深處的樣子，伸手撫摸石砌拱門。「在一些傳說裡，妮琪的麾下有一群小勝利女神，她可以把她們送到全世界各個地方，執行妮琪的命令。」

「就像耶誕老公公的小精靈一樣，」波西說：「只不過是邪惡版。而且是金屬做的。還真是超級吵啊。」

海柔的手指按在拱門上，宛如感受它的脈搏跳動。在這條狹窄的通道外面，土牆敞開迎向一片長條形的場地，左右兩側都有微微上揚的斜坡，很像是給觀眾坐的位置。

里歐猜想，當年這裡應該是一座戶外田徑場，大到可以擲鐵餅、射標槍、丟鉛球，或是那些瘋狂希臘人為了贏得一堆月桂葉子所想出來的隨便什麼比賽。

「很多鬼魂逗留在這個地方，」海柔喃喃地說：「大量的痛苦嵌入這些石頭裡。」

「拜託告訴我，你想好計畫了，」里歐說：「最好是不會讓我的痛苦嵌入石頭的計畫。」

海柔的眼神既狂暴又疏離，她之前在冥王之府也流露出這種眼神，彷彿看進了現實的另一個層次。「這裡是選手的入口。妮琪說我們有五分鐘可以準備，接著她會要求我們穿過這道拱門，開始比賽。除非我們之中有三個人死掉，否則她不會准許我們離開那片場地。」

波西倚著他的劍。「我還滿確定死亡比賽並不是奧林匹克運動會的正式項目。」

「呃，今天就是正式項目，」海柔喃喃說著：「不過，我也許可以幫大家製造一點優勢。等我們通過拱門之後，我可以在田徑場上豎立一些障礙物，就是能夠藏身的地方，幫大家爭取一點時間。」

法蘭克皺起眉頭。「你是說，就像在馬爾斯競賽場那樣，有很多戰壕、地道，像那樣的東西？你可以用『迷霧』弄出那些？」

「我覺得可以，」海柔說：「妮琪可能會喜歡看到這種障礙賽場地，我可以玩弄她的期待來對抗她。但不只是那樣而已，我還可以利用所有的地下通道連接到『迷宮』，就連這道拱門也可以。我可以讓迷宮的一部分升高到地面上。」

「喂，喂，喂。」波西做出比賽暫停的手勢。「迷宮不好啦，這點我們討論過了。」

「海柔，他說得沒錯。」里歐還記得一清二楚，海柔是如何在冥王之府帶著他穿越幻覺迷宮。他們大概每走一、兩公尺就幾乎死掉一次吧。「我是說，我知道你很會施魔法，但是我們已經有四個鬼吼鬼叫的小妮琪要傷腦筋了……」

「你們必須相信我，」她說：「我們只剩幾分鐘了。等到穿過那道拱門，我至少可以操控那個比賽場地，讓我們占點優勢。」

波西輕輕哼了一聲。「之前我已經兩次被迫要在田徑場上作戰；一次在羅馬，那之前還有一次在迷宮裡。爲了娛樂別人而玩這種遊戲，我眞是恨死了。」

「我們都一樣，」海柔說：「不過我們得讓妮琪卸下心防。我們假裝打成一團，直到把那些小妮琪全部消滅掉爲止……嗯，那名字眞是超爛的。然後再制伏妮琪，就像茱諾說的。」

「有道理。」法蘭克表示同意。「你們也感受到妮琪的力量有多強大了，她想要激得我們掐住彼此的喉嚨。假如她也對所有的希臘人和羅馬人傳送那種情緒，我們就絕對無法阻止戰爭發生了。一定要能控制她才行。」

「那我們現在該怎麼辦？」波西問：「用力敲昏她的腦袋，然後塞進布袋裡嗎？」

里歐的腦袋裝置開始轆轆轉動。

「事實上，」他說：「你說的沒有差太多。里歐叔叔帶了一些小玩具，要送給你們這些乖乖的小不點半神半人喔。」

12 里歐

兩分鐘的準備時間實在不夠。

里歐希望每個人的小玩意兒都拿對，而他也把所有的按鈕都解釋清楚。萬一沒弄對，可是會搞得一團糟。

他忙著對法蘭克和波西講解阿基米德機器的用法時，海柔則是盯著石砌拱門，低聲喃喃自語。

遠處那片綠草如茵的廣大場地似乎一點變化也沒有，不過里歐敢說，海柔對她要耍的一些「迷霧小把戲」肯定胸有成竹。

他告訴法蘭克該怎麼避免被自己的阿基米德球砍斷腦袋，才剛說明完畢，就聽到小喇叭的聲音響徹整座田徑場。妮琪的戰車出現在比賽場地上，四個小妮琪則在她前方排成一列，雙手高舉著長矛和月桂冠。

「開始！」女神怒吼一聲。

波西和里歐衝出拱門。說時遲那時快，場上發出陣陣閃光，變出由一堆磚牆和壕溝組成的迷宮。他們蹲下身子，躲在最靠近的一道牆後，接著再跑向左邊。而在拱門那邊，法蘭克大喊：「呃，希臘人渣，去死吧！」只見一支瞄得很不準的箭飛過里歐頭上。

「再狠一點！」妮琪喊著：「要殺人就要認真一點啊！」

里歐瞄了波西一眼。「好了沒？」

波西舉起手上的青銅手榴彈。「希望你這些標籤沒寫錯。」他大喊：「羅馬人，去死吧！」然後輕輕將手榴彈扔高到牆壁另一邊。

轟！里歐看不到爆炸的情形，不過空氣中瀰漫著奶油爆米花的香味。

「哦，不！」海柔哭喊著說：「爆米花！那是我們的致命弱點！」

法蘭克又射出一支箭飛過他們頭頂。里歐和波西繼續爬向左邊，蹲低身子沿著迷宮的牆壁走，那些牆似乎會自己變動和旋轉。里歐還是可以看到頭上的天空，不過幽閉恐懼症開始襲擊，他覺得快要不能呼吸了。

在他們後方某處，妮琪喊著：「拚命一點啊！爆米花根本不會要人命！」

根據妮琪戰車輪子的隆隆聲響，里歐猜想她在場地周圍繞圈圈，很像是勝利女神的勝利繞場。

波西和里歐的頭頂上又有一顆手榴彈炸開，他們趕緊鑽入一條壕溝，然而希臘火藥的綠色火光還是微微燒焦里歐的頭髮。幸虧法蘭克瞄準得夠高，因此爆炸只是「看起來」很嚴重而已。

「好多了，」妮琪喊著：「不過你的目標物跑到哪裡去了？難道你不想拿到這圈葉子嗎？」

「好希望附近有河流，」波西喃喃地說：「我真想淹死她。」

「有耐心一點，水男孩。」

「不要叫我『水男孩』！」

里歐指著田徑場的另一端。牆壁又變動了，這時可以看到其中一個小妮琪站在大約三十公尺外背對著他們。海柔一定是正在施魔法。她操控迷宮，把他們的目標一個個隔離開來。

「我來分散她的注意力，」里歐說：「你發動攻擊。準備好了嗎？」

波西點點頭。「走吧。」

他衝向左邊，里歐則從工具腰帶裡抓出一把半球形鐵鎚，大喊：「嘿，青銅箭靶！」

里歐將鐵鎚投擲出去時，小妮琪剛好轉過身。他的鐵鎚發出哐噹一聲，敲中金屬女士的胸口，沒有造成半點傷害，但是她一定氣炸了。她大步走向里歐，高高舉起手中的金屬刺網月桂冠。

「喔哦。」里歐連忙蹲下身子，躲過那個旋轉飛過他頭頂的金屬環圈。金屬環圈撞上他背後的牆壁，直直穿透磚牆撞出一個大洞，然後像迴力棒那樣以弧形線條往回飛。小妮琪正要舉起手接住金屬環圈時，波西從她背後的壕溝裡衝出來，用波濤劍猛力一砍，把小妮琪從腰部砍成兩半。只見金屬環圈從他身旁飛射而過，牢牢嵌入一根大理石柱。

「犯規！」勝利女神大聲叫喊。迷宮的牆壁又變動了，里歐發現她駕著馬車高速衝向他們。「不能攻擊妮凱，除非你們不想活了！」

女神前進的路上突然冒出一條壕溝，她的兩匹馬兒緊急停下腳步。里歐和波西連忙跑去尋找掩蔽。透過眼角餘光，里歐看到大概在十五公尺外的地方，「灰熊」法蘭克從一堵牆上跳下來，壓扁了另一個小妮琪。兩個「青銅箭靶」倒下了，還有另外兩個尚待努力。

「不！」妮琪尖聲怒吼，她抓狂了。「不，不，不！你們要接受懲罰，喪失性命！妮凱，攻擊！」

里歐和波西跳到一堵牆壁後面。他們在那裡躺了一會兒，努力想要喘口氣。

里歐沒辦法確定自己的位置，不過他猜想這正是海柔打的一部分算盤。她讓地形地貌在他們周圍不斷變動，一下子開展出新的壕溝，一下子改變地面坡度，然後又冒出新的牆壁和柱子。如果運氣好，她會讓小妮琪很難找到他們，光是移動六、七公尺的距離都要花個好幾分鐘之久。

但里歐實在很討厭失去方向感，那讓他忍不住回想起自己在冥王之府的無助感，就是克呂提奧斯在黑暗中令他窒息、吸走他射出的火焰、支配他聲音的感覺。那也令他回想起冰雪女神齊昂妮，她用一陣狂風將他從阿爾戈二號的甲板上吸走，讓他高速飛越大半個地中海。整個人骨瘦如柴、弱不禁風已經夠糟了，假如里歐也無法控制住自己的感官、自己的聲音、自己的身體……他就沒什麼好指望了。

「嘿，」波西說：「萬一我們過不了這關……」

「閉嘴啦，兄弟。我們一定過得了。」

「假如不行，我希望你知道……我很對不起卡呂普索。我讓她失望了。」

里歐看著他，驚訝得目瞪口呆。「你知道我和……」

「阿爾戈二號是一艘小船。」波西扮了個鬼臉。「很多話傳來傳去。我只是……嗯，在塔耳塔洛斯時，突然想起自己沒有遵守對卡呂普索的承諾。我要求眾神放她自由，然後……我只是假定眾神會說到做到。之後我喪失了記憶，又被送到朱比特營發生一大堆事，我就沒有常常再想起卡呂普索了。我不是要找藉口，我應該要確定眾神真的遵守他們的承諾才對。總之，很高興你找到她。你答應要找到方法回去找她，而我想要說的是，假如我們闖過這一關而且活下來，我會盡一切努力幫助你。我一定會遵守這個承諾。」

里歐說不出話。此刻他們身在這裡，躲在魔法戰區正中央的一道牆壁後面，眼前還有手榴彈和灰熊和青銅箭靶小妮琪要煩惱，波西是哪壺不開提哪壺啊。

「兄弟，你到底有什麼毛病啊？」里歐咕噥抱怨。

波西眨眨眼。「那麼……我猜我們這樣並不酷囉？」

「我們當然不酷啦！你和傑生一樣壞！我想盡辦法要討厭你，因為你老是那麼厲害、那麼有英雄氣概，然後你就這樣跑來，表現得一副正氣凜然的樣子。如果你道了歉，還答應要幫忙什麼的，我到底要怎樣討厭你啊？」

波西的嘴角漾起微笑。「眞的很抱歉啦。」

又有一顆手榴彈炸開，地面隨之隆隆作響，還向天空射出一道激烈旋轉的發泡鮮奶油。

「那是海柔發出的訊號，」里歐說：「他們又撂倒一個小妮琪了。」

波西爬到牆角偷看狀況。

直到這一刻，里歐才意識到自己有多生波西的氣。這個老兄總是帶來威脅，而知道卡呂普索曾經愛上波西，又讓這種糟糕的感覺變成十倍嚴重。可是現在，里歐胸口的憤怒死結漸漸解開，他實在沒辦法不喜歡這傢伙啊。波西似乎是眞心道歉，也是誠心想要幫忙。

除此之外，里歐也終於確定波西．傑克森與卡呂普索完全不相干。感覺空氣變得好清新。如今，他只需要好好找出方法回到奧吉吉亞島就行了，而且他一定會找到，只要接下來的十天他能夠存活下來。

「還剩下一個小妮琪，」波西說：「我在想……」

不遠處傳來海柔的痛苦慘叫。

里歐立刻站起來。

「老兄，等一下！」波西喊著，但里歐已經一個箭步衝出迷宮，他的心跳好快。兩旁的牆壁全都不見了，里歐發現自己站在空蕩蕩的遼闊場地上。法蘭克站在田徑場的遙遠另一端，對準妮琪的戰車射出燃燒的飛箭。只見女神高聲咒罵，拚命想跨越不斷變動的壕溝網絡，找到一條路衝向法蘭克。

海柔距離里歐比較近，大概有二十公尺遠。第四個小妮琪顯然是偷偷溜到她附近。海柔正打算一拐一拐地逃離那個攻擊者，她的牛仔褲破了，左腳正在流血。她用自己的巨大騎兵劍抵擋金屬女士的長矛猛攻，但是看起來快要擋不住了。在她四周，迷霧像是即將熄滅的閃光燈般忽明忽滅；她快要控制不住魔法迷宮了。

「我會幫她，」波西說：「你繼續執行計畫。拿下妮琪的戰車。」

「不過，計畫是要先殲滅全部四個小妮琪啊！」

「那就改變計畫，然後再繼續執行！」

「那根本行不通啦，不過快去吧！幫幫她！」

波西衝向海柔的防線。里歐則是一個箭步奔向妮琪，嘴裡一邊大喊：「嘿！我想要參加獎啦！」

「呸！」女神拉緊韁繩，讓戰車轉朝里歐的方向。「我會消滅你！」

「好啊！」里歐大喊：「輸掉比打贏好太多了！」

「什麼？」妮琪擲出她的巨大長矛，可是戰車搖晃得太厲害，她沒能瞄準目標，只見武器飛掠而過，最後插入草地。但沒有這麼好的事，又有一支新的長矛出現在她手中。

她催促兩匹馬全速衝刺。地上的壕溝全數消失了，只剩下開闊的場地，正適合猛力衝撞身材矮小的拉丁裔半神半人。

「嘿！」法蘭克從田徑場的另一端大喊：「我也想要參加獎！每個人都贏了！」

他瞄準目標，射出一支箭，落在妮琪戰車的尾部，於是戰車開始燃燒。妮琪不管它，視線仍緊盯著里歐。

「波西……？」里歐的聲音聽起來很像小倉鼠的吱吱尖叫。他從工具腰帶撈出一顆阿基米德球，調整了幾個同心圓，讓裝置處在可用狀態。

波西還忙著與最後一個金屬女士過招，但里歐不能再等了。

他將阿基米德球扔向戰車的必經之路。那顆球掉落地面，然後鑽進地底下，不過他還需要借助波西之力，才能讓那個陷阱彈射出來。假如妮琪已經感受到威脅，顯然也沒有太放在心上，她繼續衝向里歐。

戰車距離手榴彈只剩六公尺遠。不到五公尺了。

「波西！」里歐大喊：「操作水球！」

糟的是，波西有點太忙著到處挨打。小妮琪用長矛的柄桿打得他直往後退，然後又扔出她的金屬環圈，力道之大，把波西手上的劍都震飛了。波西踉蹌跌倒，金屬女士欺近他身邊，準備來個最後一擊。

里歐急得高聲狂吼。他知道距離實在太遠了。他也知道這時如果不趕快跳開，妮琪就會從他頭頂上踩過去。可是那一點也不重要，他的朋友們快要變成「肉串」了。他伸出手，猛力一推，射出一道高熱的白炙火光，直直噴向小妮琪。

那道火光果真熔掉了小妮琪的臉。她身軀搖晃，然而手上依舊高舉著長矛。搶在小妮琪重新恢復平衡之前，海柔擲出手中的騎兵劍，深深刺入那個金屬女士的胸口。小妮琪倒在草地上。

波西連忙轉身面對勝利女神的戰車。正當那兩匹巨型白馬即將把里歐撞成「路死動物」時，戰車壓過里歐剛才預埋的手榴彈，只見手榴彈爆炸開來，射出一道高壓噴泉。水勢向上狂噴，把戰車噴得東倒西歪，包括兩匹馬、車身、女神，無一倖免。

以前在休士頓的時候，里歐與媽媽曾住在城南高速公路旁的一棟公寓，每星期至少會聽見一次車禍的撞擊聲。不過眼前的聲音恐怖多了……有神界青銅的坍垮聲、木頭迸裂聲、駿馬嘶叫聲，還有一位女神用兩種不同聲音的哭號聲，兩個聲音都顯得極度震驚。

海柔整個人癱軟下來，波西趕緊扶住她。法蘭克連忙從田徑場的另一端朝他們跑過來。只剩里歐自己一個人看著女神妮琪從殘骸裡脫身，然後站起來面對他。她的辮子髮型現在看起來很像一坨踩扁的牛大便，還有個月桂冠纏住她的左腳踝。她的兩匹馬終於爬起來，驚慌失措地奔離現場，後面還拖著那堆有一半燃燒起火的爛巴巴戰車殘骸。

「你！」妮琪惡狠狠地瞪著里歐，目光比她的金屬翅膀更加火燙明亮。「你好大膽子！」

里歐並沒有覺得自己非常勇敢，不過還是勉強擠出笑容。「我知道我很大膽，對吧？我超厲害的！那我贏得一頂月桂冠葉子帽了嗎？」

「你受死吧！」女神高舉她的長矛。

「這想法先保留一下！」里歐在他的工具腰帶裡翻找一番。「你還沒有看過我最棒的把戲，我有一種武器，保證可以贏得所有比賽！」

妮琪略顯遲疑。「什麼武器？你是什麼意思？」

「我的終極脈衝槍！」他抓出第二顆阿基米德球，就是他們衝進田徑場前，他足足花了三十秒鐘改造而成的那一顆。「你總共有多少個月桂冠啊？因爲我全部都要贏過來。」

他在控制盤上亂按一通，希望之前的計算結果正確無誤。

里歐製造這些球的技術愈來愈好了，但還是沒辦法完全可靠，可靠度大概比百分之二十高一點。

如果有卡呂普索幫忙編製神界青銅電線，結果會更好。她在編織方面眞是第一流；或者安娜貝斯也會有幫助，她也是高手中的高手。不過里歐已經盡了全力把球的電線重新接線，製造出兩種完全不同的功能。

「仔細看好了！」里歐撥動控制盤，發出最後一個喀答聲。球打開了，其中一邊伸長變成槍把，另一邊則展開成小型的雷達圓盤，是用神界青銅鏡子做成。

妮琪皺起眉頭。「那到底是什麼？」

「阿基米德死光！」里歐說：「我終於做到完美無瑕了。好啦，把所有獎品都給我吧！」

「那種東西根本沒用！」妮琪大喊：「電視上早就證明過！更何況我是永生不死的女神，你不可能消滅我的！」

「仔細看喔，」里歐說：「你有沒有在看啊？」

妮琪大可把他轟炸成一灘爛泥，或者把他戳成洞洞乳酪狀，但她的好奇心凌駕於一切之上。她直愣愣看著那個雷達圓盤，於是里歐按下扳機。里歐知道要避開視線，不過就算如此，熾烈的光束還是讓他的眼底布滿亮點。

「啊！」女神蹣跚後退。她扔下手中的長矛，用手摀住眼睛。「我瞎掉了！我瞎掉了！」

里歐按下他的死光的另一個按鈕。它縮回原來的球形，然後開始嗡嗡作響。里歐在心裡默數到三，接著把那顆球丟向女神的腳邊。

轟！一大團金屬絲線向上射出，把妮琪籠罩在一張青銅網子裡。她厲聲哀嚎，而且因爲網子收緊倒向一旁，也迫使她的希臘和羅馬兩個人形不斷抖動，無法聚集成一個整體。

「你要詐！」她的雙重聲音嗡嗡共鳴，很像鬧鐘壓在棉被底下發出的聲音。「你的死光根本殺不死我！」

「我不需要殺你啊，」里歐說：「只要制伏你就行了。」

「我很容易就可以變形！」她大叫：「我會把你的破網子撕得稀巴爛！我會毀滅你！」

「是喔，你自己看看，不行啦。」里歐希望自己說得沒錯。「這是高品質的神界青銅網，而我是赫菲斯托斯的兒子，說到用網子逮住女神這方面，他眞是一等一的專家啊。」

「不。不——！」

里歐留下女神繼續掙扎和咒罵，他急急忙忙跑去察看朋友們的狀況。波西看起來完全沒事，只是有點疼痛和瘀青。法蘭克扶著海柔，餵她吃神食。她腳上的割傷已經止血了，可是牛仔褲撕裂得滿慘的。

「我沒事，」她說：「只是施了太多魔法。」

「李維斯克，你實在超厲害的。」里歐努力模仿海柔的語調說：「爆米花！我們的致命弱點啊！」

她虛弱地笑了。他們四個人一起走向妮琪，她還在網子裡繼續扭動、拍打雙翅，活像一隻金色的母雞。

「我們該拿她怎麼辦？」波西問。

「帶她去阿爾戈二號，」里歐說：「把她扔進其中一間馬廄。」

海柔瞪大雙眼。「你要把勝利女神關在馬舍裡？」

「爲什麼不行？等我們終於解決希臘人和羅馬人之間的問題，眾神應該會恢復他們原本的自我，然後我們就可以放她自由，而她可以……你知道的……把勝利賜給我們。」

「把勝利賜給你們？」女神大叫：「絕對不可能！你們會因爲這樣的冒犯而受到懲罰！你們將會鮮血四濺！你們這裡的其中一人，你們四人的其中之一，注定會在與蓋婭對戰時送掉性命！」

里歐的肚子糾結起來，彷彿腸子自己打了個活結。「你怎麼知道？」

「我可以預見各式各樣的勝利！」妮琪大吼：「如果沒有死亡，你們就不會成功！放我出去，然後你們彼此好好打一場！比起面對未來的結局，死在這裡絕對好多了！」

海柔用她騎兵劍的劍尖抵住妮琪的下巴。「解釋清楚。」她說。里歐從來沒聽過她用這麼冷酷嚴厲的語氣說話。「我們哪一個人會死？要怎麼阻止？」

「啊，普魯托的孩子！你的魔法幫助你們在這場比賽裡作弊，不過面對命運，你是不可能作弊的。你們其中一人將會死去。你們其中一人必須要死！」

「不，」海柔堅定地說：「還有其他方法。永遠都有另一條路可走。」

「這是黑卡蒂[39]教你的嗎？」妮琪笑起來。「你們會希望找到『醫生的解藥』，也許是吧？但那是不可能的，你們一路上會遇到太多障礙，包括皮洛斯島的毒藥、斯巴達那捆著鎖鍊的天神心跳、還有提洛斯島的詛咒！不可能，你們面對死亡不可能作弊。」

法蘭克屈膝跪下，收攏妮琪下巴底下的網子，讓她抬起臉面對他。「你到底在說什麼？我們要怎麼樣找到這種解藥？」

「我才不會幫你們，」妮琪怒吼著：「無論有沒有網子，我都會用我的力量詛咒你們！」她開始喃喃唸著古希臘語。

法蘭克抬起頭，滿臉怒氣。「她真的能夠穿透這張網子施魔法嗎？」

「我會知道才有鬼。」里歐說。

法蘭克扔下女神，脫掉自己的一隻鞋子，再脫掉襪子，然後把襪子塞進女神的嘴裡。

「老兄，」波西說：「那實在很噁耶。」

「嗯嗯哼哼哼唔唔！」妮琪高聲抱怨：「嗯嗯嗯唔唔！」

「里歐，」法蘭克冷酷地說：「你有萬用膠帶？」

「我出門從來不會忘記帶這個。」他從工具腰帶裡撈出一捲，法蘭克三兩下就在妮琪的頭上纏繞好幾圈膠帶，把塞住她嘴巴的東西緊緊黏牢。

「嗯，這不是月桂冠，」法蘭克說：「不過這是新型的勝利環圈：萬用塞嘴膠帶。」

「法蘭克，」里歐說：「你超猛的。」

妮琪仍然扭動不停、呼嚕咒罵，直到波西用腳趾頭踢她一下。「喂，閉嘴啦，你最好乖乖的，否則我們會叫阿里昂回來這裡，讓他啃你的翅膀。他很愛吃黃金喔。」

㊴黑卡蒂（Hecate），掌管魔法和幽靈的女神，創造了地獄，代表世界的黑暗面。

妮琪尖叫一聲，然後就變得安靜不動。

「那麼……」海柔的聲音聽起來有點緊張。「我們有了一個五花大綁的女神。接下來要怎麼辦？」

法蘭克兩手抱胸。「我們去找那個『醫生的解藥』……管它是什麼。因爲就我個人的看法，面對死亡的時候，我喜歡作弊一下。」

里歐咧嘴笑了。「皮洛斯島的毒藥？斯巴達那捆著鎖鍊的天神心跳？提洛斯島的詛咒？噢，好耶，一定會很好玩！」

13 尼克

尼克聽見的最後一個聲音，是黑傑教練咕噥說著：「嗯，這樣很不妙。」

他很好奇自己這次又做了什麼不好的事。也許他把大夥兒傳送到獨眼巨人的巢穴裡，或者傳送到另一座火山口上方三百公尺的高空中。他實在一點辦法也沒有。他的眼睛看不見，其他感官也關閉了。他雙膝一軟，失去知覺。

他只能充分利用自己的無意識狀態。

夢境和死亡都是他的老朋友了，他很了解該怎麼操控夢境和死亡的黑暗模糊狀態。他發送出自己的思緒，搜尋泰麗雅．葛瑞斯的下落。

他急著略過平常那些痛苦記憶的片片段段……他媽媽低頭對他微笑，威尼斯大運河倒映的粼粼波光照亮她的笑臉；他姊姊碧安卡一邊笑著，一邊拉著他跑過華盛頓特區的購物中心，她的綠色軟帽遮住眼睛和鼻子上的點點雀斑。他看到波西．傑克森站在衛斯多佛軍事學校外面的覆雪懸崖上，保護尼克和碧安卡不受人面蠍尾獅的攻擊，那時尼克的手中緊緊抓住一個神話魔法遊戲的小雕像，低聲說著「我好害怕」。他也看到米諾斯[40]，那位親愛的鬼導

---

[40] 米諾斯（Minos），在希臘神話中是宙斯的半神半人兒子，也是克里特國王，曾派代達羅斯建造迷宮。黑帝斯在他死後派他擔任冥界的審判官。

師，帶著他穿越迷宮。米諾斯的微笑既冷淡又嚴酷。「別擔心，黑帝斯之子。你將會復仇。」

尼克無法屏除那些回憶。它們充塞於他的夢境中，就像日光蘭之境[41]的鬼魂一樣，是一堆漫無目標、渴望有人注意的悲傷大集合。「救救我，」它們似乎這樣低聲細訴：「記住我。幫助我。安慰我。」

他不敢停下來凝神細想，那些事只會以無盡的渴望與悔恨壓垮他。他最好是盡量保持專注，度過這一切。

我是黑帝斯之子，他心裡這樣想。我可以前往自己想去的任何地方。黑暗是我與生俱來的權利。

他匆忙穿越一片灰黑地帶，尋找宙斯之女泰麗雅．葛瑞斯的夢境。然而，地面在他腳下崩解，結果他墜入一個熟悉的荒涼地點，那是混血營的希普諾斯[42]小屋。

許多睡得正酣的半神半人身上蓋著羽毛被褥，躺在各自的床鋪上。壁爐架上有一根黑暗的樹枝，來自勒特河的乳狀河水從樹枝滴入碗裡。壁爐裡的火焰歡騰跳躍，劈啪作響。而在壁爐前方，第十五小屋的首席指導員坐在一張皮製扶手椅上打盹，那傢伙挺個啤酒肚，一頭亂糟糟的金髮，臉孔顯得溫和但有點遲鈍。

「卡拉維斯，」尼克對他吼叫：「看在眾神的份上，不要再作那麼強大的夢了！」

卡拉維斯的眼睛倏然睜開。他轉過來看著尼克，不過尼克知道，這只是卡拉維斯自己夢境的一部分，眞正的卡拉維斯還在營區裡他的扶手椅上大聲打鼾。

「喔，嗨……」卡拉維斯打了個大大的呵欠，嘴巴張大到足以呑下一個小神。「抱歉。我又把你拖離既定的路線嗎？」

尼克咬著牙。這時候生氣也沒用。希普諾斯小屋是夢境的重要運輸樞紐，地位等同於紐約的大中央車站；無論你要前往什麼地方，大概每隔一陣子都會經過這個轉運站。

「既然我來到這裡，」尼克說：「就傳個訊息吧。告訴奇戎，我和兩個朋友正在路上，準備帶雅典娜．帕德嫩回去。」

卡拉維斯揉揉眼睛。「所以那是真的？你們怎麼帶著它啊？租了貨車還是怎樣？」

尼克盡可能簡單帶過。透過夢境傳送的訊息經常會有點失真，特別是交代卡拉維斯的時候，所以講得愈簡單愈好。

「有個獵人正在跟蹤我們，」尼克說：「是蓋婭派來的巨人，我想是這樣。你能不能把這個訊息傳給泰麗雅．葛瑞斯？你在夢境中找人比我厲害多了。我需要她的建議。」

「我會試試看。」卡拉維斯摸索著旁邊茶几上的一杯熱巧克力。「唔，你離開之前，有沒有一秒鐘的時間？」

「卡拉維斯，這是作夢耶，」尼克提醒他，「時間會流動，不是固定的。」

說是這樣說，尼克還是很擔心現實世界的狀況。他自己的真實身體很可能正在筆直墜向死亡，或者身邊有一大群怪物把他團團圍住，然而他不能強迫自己醒過來；真要醒來，也得等到能量都在影子旅行裡消耗殆盡才行。

卡拉維斯點點頭。「是啦……我只是想，你可能應該看看今天的戰情會議狀況。有一段時

㊶日光蘭之境（Asphodel），位於冥界，是希臘神話中平凡人的亡魂歸屬之處。

㊷希普諾斯（Hypnos），希臘神話中的睡眠之神，個性溫和，擁有神也無法抵擋的催眠能力。

間我睡著了，不過……」

「讓我看。」尼克說。

場景改變了。尼克發現自己身在混血營主屋的康樂室裡，所有資深的營區領袖都聚集在乒乓球桌的周圍。

桌子的一端坐著奇戎，這位半人馬的後面兩條馬腿收在他的魔法輪椅上，所以看起來像是普通的人類。與幾個月前的模樣比起來，他的棕色鬈髮和鬍子多了幾分灰白，臉上也多出不少深邃的皺紋。

「……我們不能控制的事。」他正在說話，「現在來檢視一下防禦狀況。我們鎮守在哪些地方？」

阿瑞斯小屋的克蕾莎在椅子上往前坐。她是在場唯一全副武裝的人，向來都是如此。克蕾莎可能連睡覺都穿著戰鬥裝束吧。她說話時還揮舞匕首做手勢，其他指導員紛紛靠向椅背躲遠一點。

「我們的防線大半都很穩固，」她說：「學員們像平常一樣準備妥當，隨時可以作戰。我們控制著海灘，長島海峽上的三列槳戰船堅不可摧，但是那些愚蠢的巨鷹掌握我們的領空。至於內陸，那些野蠻人把我們三個方向的出路全部切斷了。」

「他們是羅馬人，」瑞秋．戴爾說，她拿著一枝麥克筆，在自己牛仔褲的膝蓋部位胡亂塗鴉，「不是野蠻人。」

克蕾莎舉起匕首指著瑞秋。「那他們的盟友呢，哼？你有沒有看到昨天抵達的一大群雙頭人？或者像要燒起來的那些紅色狗頭傢伙，手裡還拿著巨大的戰斧？在我看來，他們非常野鬱。如果你能預見這些事就好了，假如你的神諭能力沒有在我們最需要時突然失靈的話！」

瑞秋的臉脹得像她的頭髮一樣紅。「那根本不是我的錯！阿波羅的預言能力出了問題，如果我知道怎麼修復……」

「她說得沒錯。」威爾・索拉斯說。他是阿波羅小屋的首席指導員，他伸手輕輕握住克蕾莎的手腕。沒有太多人可以這樣做而不會被刺，不過威爾就是有辦法消除人們的怒氣。他讓克蕾莎放低手中的匕首。「我們小屋的每一個人都受到影響，不只是瑞秋而已。」

威爾的蓬亂金髮和淡藍色眼睛讓尼克想起了傑生・葛瑞斯，但兩人的相似處僅止於此。傑生是英勇的戰士，你可以從他眼神的強悍程度、隨時隨地提防警覺、身心積蓄的極大能量看得出來。威爾・索拉斯則比較像是在陽光下伸展身子的瘦貓，動作既慵懶、放鬆又不帶威脅，眼神柔和且放空。他身穿寫著「巴貝多衝浪」字樣的褪色T恤、剪短的短褲和夾腳拖鞋，看起來大概是最不好鬥的半神半人，不過尼克知道，他面對敵人的攻擊其實很勇敢。在曼哈頓戰役期間，尼克看過他參與戰鬥的樣子，可說是整個營區最厲害的戰地醫生，冒著生命危險搶救受傷的學員。

「我們不曉得德爾菲究竟發生什麼事，」威爾繼續說：「所有人的祈禱都沒有得到我爸的回應，他也完全沒有出現在夢境裡……我是說，就算所有的天神都沉默噤聲，這也絕對不是阿波羅的作風，一定是出了什麼問題。」

在桌子的另一邊，傑克・梅森咕噥了一聲。「可能是那個帶頭攻擊的羅馬人搞的鬼，名字叫屋大維什麼的。假如我是阿波羅，而我的子孫像那樣亂搞，我也會覺得太丟臉而躲起來。」

「我同意，」威爾說：「真希望我是比較厲害的弓箭手……我不介意把我的羅馬親戚從他的高高馬背上射下來。事實上，我很希望能運用父親的任何一項才能阻止這場戰爭。」他低頭看著自己的雙手，滿臉不悅。「可惜我只是個治療師。」

「你的天賦才能很重要啊，」奇戎說：「我還擔心我們很快就要用到了。至於能不能預見未來……鳥身女妖艾拉怎麼樣了？她有沒有從《西卜林書》提供什麼建議？」

瑞秋搖搖頭。「那個可憐的傢伙完全嚇壞了。鳥身女妖很討厭受到束縛，而自從羅馬人包圍我們之後……嗯，她覺得被困住了。她知道屋大維的目的是要抓她，我和泰森只能盡全力不讓她飛走。」

「飛走等於自殺啊。」伊麗絲[43]之子巴奇．華克說，他的壯碩雙臂交叉抱胸。「有那些羅馬巨鷹逗留在空中，飛出去很不安全。我已經損失兩匹飛馬了。」

「至少泰森帶了一些他的獨眼巨人朋友來助陣，」瑞秋說：「這是小小的好消息。」

在點心桌那邊，柯納．史托爾笑了。他一隻手抓了一大把麗滋餅乾，另一隻手拿著一罐「輕鬆擠乳酪」。「十幾個成年的獨眼巨人？那眞是天大的好消息！不只是這樣，露．艾倫和黑卡蒂的孩子們已經設立了魔法屛障，荷米斯[44]小屋也全體動員，在整個山丘設置一排排陷阱和圈套，要給羅馬人帶來各式各樣的大驚喜！」

傑克．梅森皺起眉頭。「大部分的東西都是你們從九號密庫和赫菲斯托斯小屋偷走的吧。」

克蕾莎哼了一聲表示同意。「他們甚至從阿瑞斯小屋的周圍偷走一些地雷。你們怎麼偷的啊？那些地雷已經啓動了耶。」

「我們『號召』它們一起爲戰爭而盡心盡力。」柯納擠了一大團「輕鬆擠乳酪」到嘴巴裡。「更何況你們有一大堆小玩意兒，可以和大家分享嘛！」

奇戎轉頭看他的左邊，羊男格羅佛．安德伍德坐在那裡默默不語，只用手指摸著他的蘆笛。「格羅佛？自然精靈那邊有沒有什麼消息？」

格羅佛重重嘆了一口氣。「就算是平安無事的日子，也很難把各種精靈和樹精靈組織起來。由於蓋婭的搗亂，他們也幾乎像眾神一樣暈頭轉向。狄蜜特㊺小屋的凱蒂和米蘭達目前就在那邊想要幫忙，但如果大地之母真的甦醒……」他看著桌子周圍的人們，神情緊張。「嗯，我不敢保證森林會是安全的地方，或者山丘，或者草莓園，還有……」

「很好。」傑克．梅森用手肘頂頂卡拉維斯，他開始打盹了。「所以我們要怎麼辦？」

「發動攻擊啊。」克蕾莎朝乒乓桌面用力搥下，所有人嚇得身體一縮。「這些日子以來，羅馬人的增援部隊愈來愈多了。我們知道他們打算在八月一日入侵這裡，爲什麼要由他們來設定時間表呢？我只能猜想，他們還在等待更多部隊集結起來。他們的人數已經比我們多了，所以應該搶在他們變得更強大之前，趁現在就發動攻擊；一舉打垮他們吧！」

馬肯用拳頭掩嘴咳嗽，他是雅典娜小屋的代理首席指導員。「克蕾莎，我懂你的意思，可是你有沒有研究過羅馬人的工程技術？他們的營區雖然是臨時的，防禦能力卻比混血營更好。假如攻擊他們的基地，我們一定會遭到大屠殺。」

㊸伊麗絲（Iris），彩虹女神，也是使者神，她沿著彩虹降臨人間，幫眾神向人類傳遞消息。
㊹荷米斯（Hermes），商業、旅行、偷竊及醫藥之神，也是奧林帕斯天神的使者，穿著有翅膀的飛鞋為眾神傳遞物件與信息。等同於羅馬神話中的摩丘力（Mercury）。
㊺狄蜜特（Demeter），農業之神，是宙斯的姊姊，也是冥王之妻泊瑟芬（Persephone）的母親。

「所以我們只能坐以待斃嗎？」克蕾莎質問：「眼睜睜看著蓋婭即將甦醒，讓他們所有的武力都準備好？我必須保護黑傑教練的懷孕妻子，絕對不會讓她出半點差錯。我欠黑傑一條命。更何況，馬肯，我對學員花費的訓練心力比你還要多。他們的士氣非常低落，每個人都很害怕。假如我們遭到包圍的時間再多個九天……」

「我們應該堅定執行安娜貝斯的計畫。」柯納．史托爾的神情從未這麼嚴肅過，即使他的嘴巴周圍滿是輕鬆擠乳酪。「我們一定要堅持住，直到她把那個魔法雅典娜雕像帶回這裡。」

克蕾莎翻翻白眼。「你是要說，如果那個『羅馬執法官』真的把雕像帶回來這裡吧。我是不懂安娜貝斯到底在想什麼，她居然和敵人合作。羅馬人根本不可能把雕像帶來給我們，就算真的帶回來，難道我們相信那樣就會帶來和平？就算雕像抵達了，難道羅馬人突然之間就會全部放下武器，開始跳舞撒花轉圈圈？」

瑞秋放下手中的麥克筆。「安娜貝斯很清楚她在做什麼。我們必須努力促成和平，除非能讓希臘人和羅馬人團結在一起，否則眾神不會恢復原來的狀態。除非眾神恢復原來的狀態，否則我們絕不可能殺死巨人族，而除非我們殺死巨人族……」

「否則蓋婭就會甦醒，」柯納說：「遊戲就結束了。克蕾莎，你看，安娜貝斯從塔耳塔洛斯送了一則訊息給我，是從那個超可怕的塔耳塔洛斯啊！不管是誰，只要能做到這件事……嘿，我一定乖乖聽他們的話。」

克蕾莎張開嘴想要反駁，但她說出來的竟然是黑傑教練的聲音：「尼克，快醒醒。我們有麻煩了。」

14 尼克

尼克猛然坐起，速度實在太快，結果一頭撞上羊男的鼻子。

「噢！唉唷，小子，你的頭也太硬了吧！」

「抱……抱歉，教練。」尼克眨眨眼，努力想確認自己身在什麼地方。「發生了什麼事？」

他沒有看到什麼事物會構成緊急威脅。他們在一塊公共廣場的正中央草地上紮營，這天陽光普照，周圍的花圃開滿了橘色的金盞花。蕾娜蜷縮著身子正在睡覺，兩隻金屬狗趴在她的腳旁。就在丟擲一顆石頭的短短距離之外，一群小孩子繞著一座白色大理石噴泉玩著捉人遊戲。附近人行道上有個露天咖啡座，大約六、七個人坐在遮陽傘下啜飲咖啡。幾輛貨車停在廣場邊緣，除此之外就沒有別的車子行經此處了。僅有的行人是幾個家庭，可能是當地人吧，正在享受溫暖的午後時光。

廣場本身鋪設卵石，周圍環繞著白色的灰泥建築和幾棵檸檬樹。正中央聳立一座保存完好的羅馬神廟外觀，正方形基座延伸了大約十五公尺寬、三公尺高，立面保留了完整的科林斯式列柱，從基座再往上拔高七、八公尺。而在那些列柱的頂端……

尼克的嘴巴變得很乾。「噢，冥河啊。」

雅典娜．帕德嫩斜躺在那些列柱的頂端，像夜店駐唱歌手慵懶趴在鋼琴上的模樣。就長度來說，她簡直配合得剛剛好，但是再加上她伸出去那隻手上的妮琪，就有點太寬了。她看起來好像隨時會向前翻倒掉下來。

「她在那上面幹嘛？」尼克問。

「我還要問你咧。」黑傑揉揉他那撞得瘀青的鼻子。「我們就是出現在那裡，差點跌下來摔死，幸好我的羊蹄還滿敏捷的。你失去意識，靠你的揹帶吊掛在上面，就像傘帶纏住的傘兵一樣。我們想盡辦法才把你弄下來。」

尼克努力想像那個情景，然後覺得最好還是別想了。「這裡是西班牙嗎？」

「葡萄牙，」黑傑說：「你飛過頭了。喔對了，蕾娜是說西班牙文的，她不會說葡萄牙文。總之在你睡著的時候，我們已經搞清楚這個城市是埃武拉。好消息是：這裡是寧靜的小地方，沒有人來煩我們，似乎也沒有人注意到巨大的雅典娜就睡在羅馬神廟頂上，這裡稱爲戴安娜神廟，萬一你好奇想知道的話。而且，這裡的人都很欣賞我的街頭表演呢！我還賺了十六歐元。」

他拿起自己的棒球帽，裡面有一堆銅板哐啷作響。

尼克快昏倒了。「街頭表演？」

「就是唱幾首歌啦，」教練說：「耍一點武術，還有一些很藝術的舞蹈。」

「哇。」

「我就知道！葡萄牙人很有品味。總之，我覺得很適合在這個地方躲個一、兩天。」

尼克瞪大眼睛看著他。「一、兩天？」

「嘿，小子，我們恐怕沒有太多選擇喔。你可能沒有注意到吧，你像那樣一直影子跳躍，絕對會把你自己累死的。昨天晚上我們拚命想叫醒你，完全沒反應。」

「所以我總共睡了……」

「大概三十六小時吧。你需要好好睡一下。」

尼克很慶幸自己現在坐著，否則可能會嚇得摔倒在地。他敢發誓剛才只睡了幾分鐘而已，不過隨著睡意漸消，他也明白，現在他的頭腦變得比較清楚了，也比過去幾個星期以來休息得更充分一點。或許自從去尋找「死亡之門」之後，他就沒有像這樣好好休息過了。

他的肚子咕嚕咕嚕叫起來。黑傑教練挑了挑眉毛。

「你一定餓了，」羊男說：「不然就是你的肚子有刺蝟在叫。那刺蝟叫得還真大聲啊。」

「吃點東西應該不錯。」尼克表示同意。「不過在那之前，壞消息是什麼……我是說，除了雕像傾斜一邊之外？你剛剛說我們有麻煩了。」

「嗯，對。」教練指著廣場角落的一道拱門，陰影裡站著一個微微發亮的模糊人影，輪廓邊緣籠罩著灰色火焰。那個鬼魂的面貌不是很清楚，但似乎朝著尼克示意。

「那個『火人』是幾分鐘前出現的，」黑傑教練說：「他沒有再更靠近這邊。我一想要走過去，他就消失了。不確定他會不會帶來危險，不過他似乎是奉命來找你。」

尼克猜想那可能是陷阱。大多數的事情都是陷阱。

不過，黑傑教練答應他可以再保護蕾娜久一點，而且那個鬼魂有極微小的一點點機會可能說出有用的訊息，所以尼克覺得值得冒這個險。

他從刀鞘中拔出冥河鐵劍，走向拱門。

通常鬼魂嚇不了他。（當然啦，這是假設蓋婭沒有把他們包上石頭外殼變成一群殺人機器。那對他來說是另一個層次的新問題。）

自從與米諾斯相處過之後，尼克終於明白，大多數的鬼魂幽靈所擁有的力量，取決於你讓他們擁有多大的力量。他們會潛入你的心智，運用恐懼、憤怒或渴望等情緒來影響你。尼克已經學會保護自己的方法，有時候他甚至可以逆轉情勢，迫使鬼魂屈服於他的意志。

愈是靠近那個燃燒的灰色幽靈，尼克相當確定他只是普通的鬼魂，是個痛苦而死的遊魂。應該不會造成什麼麻煩。

然而，尼克還是不敢拍胸脯保證。他太記得克羅埃西亞的慘痛教訓了，當時他自鳴得意、充滿信心地進入那個情境，卻把自己搞得昏頭轉向、無比狼狽，無論在實際上或情感方面都是。傑生．葛瑞斯先是抓著他飛越一道牆；接著天神法沃尼俄斯[46]讓他的身體融入風中；至於那個傲慢自大的惡棍丘比特[47]……

尼克握緊自己的劍。說出自己的暗戀對象並不是最糟的事，畢竟他終究有可能說出來，在他自己挑選的時機、用他自己的表達方式。但如果像那樣被強迫去談論波西，遭受到脅迫、騷擾和暴力對待，卻只是為了要娛樂丘比特……

許多黑暗的捲鬚從他的腳底冒出來、向外伸展，卵石之間的野草也全部死掉。尼克拚命控制自己內心的憤怒。

他走到鬼魂那邊時，發現他一身修士裝扮，包括綁帶涼鞋、羊毛長袍，而且脖子上戴著木頭十字架。灰色火焰在他周圍旋轉盤繞，燒灼他的袖子，照亮他的臉龐，也把他的眉毛燒成灰燼。它似乎受困在成為祭品的那一刻，就像一段永恆反覆播放的黑白影片。

「你是活活被燒死的，」尼克感受到了，「可能是在中世紀的時候？」

鬼魂的臉孔在無聲的痛苦尖叫中歪斜扭曲，不過眼神看起來很無奈，甚至有點厭煩生氣，彷彿那樣的尖叫只是他無法控制的反射動作。

「你要我做什麼？」尼克問。

鬼魂示意尼克跟著他走。他轉過身，穿過打開的大門。尼克回頭看看黑傑教練，只見羊男做了個趕人的手勢，像是說：「去吧，去做你那些冥界的事。」

尼克跟在鬼魂後面，穿越埃武拉的一條條街道。

他們走過曲曲折折的狹窄卵石通道，穿越種植著木槿盆栽的一個個庭院，以及有著焦糖色邊飾和精緻鐵窗陽台的一棟棟白色灰泥建築。沒有人注意那個鬼魂，不過當地人都以異樣的眼光看著尼克。一個年輕女孩爲了避開尼克，牽著她的獵狐㹴走到對街去。她的狗大聲吠叫，背上的毛像魚的背鰭一樣全都直挺挺地豎立起來。

鬼魂帶著尼克走到另一個公共廣場，停在廣場一端的大型正方形教堂前，教堂牆壁粉刷著白色石灰塗料，並有石灰岩砌成的門拱。鬼魂穿過門廊，在門內失去了蹤影。

尼克躊躇不前。他對教堂沒有什麼成見，然而眼前這座教堂散發出死亡的氣息。裡面一定有墳墓，或許還有令人更不舒服的東西……

㊻ 法沃尼俄斯（Favonius），羅馬神話中的西風之神，等同於希臘神話中的澤佛羅斯（Zephyrus）。

㊼ 丘比特（Cupid），羅馬神話中的小愛神，是愛神維納斯的兒子，常被描述成有一對翅膀、手拿弓箭調皮亂射的形象。等同於希臘神話中的厄洛斯（Eros）。

他低下身子通過門口，目光受到旁邊一間小禮拜堂的吸引，裡面有詭異的金色光線照亮內部。門上雕刻著葡萄牙文的銘文，尼克不會說這種語言，但他還記得孩提時期學過的義大利文，足夠讓他讀出眼前這段文字的大概意思：「我們，骨骸埋葬在此，等待著你的骨骸。」

「還眞令人愉快啊。」他低聲抱怨一句。

他走進小禮拜堂。遠處那一端有個祭壇，剛才那個燃燒鬼魂跪在那裡祈禱，不過尼克對這房間本身更有興趣。四面牆壁是用骨骸和頭顱建造而成，可能有成千上萬塊，全都黏合固定在一起。以骨骸構成的柱子撐起一個圓頂狀的天花板，上面裝飾著各式各樣的死亡圖像。其中一面牆壁看似把外套掛在衣帽鉤架上，其實是兩副脫水的骨骼遺骸掛在牆壁上，是一個大人和一個小孩。

「這房間很漂亮，對吧？」

尼克倏地轉身。要是在一年前，他可能會嚇到靈魂出竅，假如他父親像這樣突然出現在他身旁的話。而現在，尼克可以控制自己的心跳速率，也能控制自己想用膝蓋頂向他父親的胯下然後逃之夭夭的衝動。

黑帝斯像那個鬼魂一樣，身穿天主教方濟會修士的裝束，這讓尼克隱隱覺得不安。黑帝斯的黑色長袍用簡單的白色繩子繫住腰際，斗篷的連帽垂在背後，露出修短到貼近頭皮的黑髮，眼睛閃爍的光芒宛如結凍的瀝青。天神的表情既平靜又滿足，彷彿傍晚剛去刑獄散步得很愉快回來，正在享受那些承受酷刑的可怕尖叫聲。

「來找一些室內設計的點子嗎？」尼克問。「說不定你可以拿中世紀修士的頭骨去裝飾你的餐廳。」

黑帝斯皺起眉頭。「我老是看不出你什麼時候是在開玩笑。」

「父親，你爲什麼在這裡？你又是怎麼來到這裡？」

黑帝斯的手指撫觸最靠近的一根柱子，在古老的骨頭上留下好幾道淡淡的白色痕跡。「我的兒子啊，你這個凡人眞難找。我已經找了好幾天，一直等到戴克里先的權杖炸掉……嗯，那引起我的注意。」

尼克感到一陣難爲情。接著，他對自己的難爲情生起氣來。「弄壞那根權杖不是我的錯，我們正準備逃出……」

「喔，那根權杖不重要。像那麼古老的聖物，你居然能使用兩次，我已經很驚訝了。它的爆炸只是給我清楚的指引，讓我能夠精確標定你的位置。我本來希望能和你在龐貝談一談，不過那裡實在是……嗯，太羅馬了。這個禮拜堂則是最佳地點，讓我有足夠的力量現身，而且是用我自己的形象出現在你面前；我的意思是，以死者之神黑帝斯的形象，沒有分裂出另一個人格形式。」

黑帝斯深深吸了一口汙濁潮溼的空氣。「這個地方非常吸引我。這座『人骨禮拜堂』用了五千名修士的遺骸建造而成，作用像是在提醒人們：生命很短暫，死亡恆久遠。這裡讓我心無旁騖。即使如此，我也只能停留很短的時間。」

這就是我們之間的眞實關係，尼克心想。你只能給我很短暫的時間。

「那麼，父親，告訴我，你到底想要什麼？」

黑帝斯舉起隱藏在長袍袖子裡的雙手，合掌交握。「你難道不能高興一點，覺得我來這裡可能是想要幫助你，而不只是因爲有什麼企圖？」

尼克差點笑出來，然而他的胸口感覺太空虛了。「想到你來這裡可能有好幾個不同的理由，這可以讓我覺得高興一點。」

天神皺起眉頭。「我想這樣應該夠公平了。你要尋找一些訊息，關於蓋婭派出來的獵人。他的名字是奧利安。」

尼克遲疑了一下。他實在不習慣直接得到答案，不需要玩遊戲、解謎語，也不需要出任務。「奧利安。就像那個獵戶星座。他不是……阿蒂蜜絲的朋友嗎？」

「沒錯，就是他。」黑帝斯說：「他是巨人，天生就是要對抗那對雙胞胎，阿波羅和阿蒂蜜絲，可是奧利安和阿蒂蜜絲很相像，他也反抗自己的命運，努力尋找自己的生存方式。剛開始，他試圖和凡人生活在一起，擔任希歐斯國王的獵人。他啊，與國王的女兒捲進一些麻煩，於是國王把他弄瞎並驅逐出去。」

尼克回想起蕾娜對他說過的事。「我朋友夢到一個獵人，他有閃閃發亮的眼睛。假如奧利安是瞎子……」

「他以前瞎了，」黑帝斯更正說法，「遭到驅逐後沒多久，奧利安遇到赫菲斯托斯，赫菲斯托斯很同情這個巨人的遭遇，於是幫他打造全新的機械眼睛，甚至比原本的眼睛更厲害。後來，奧利安與阿蒂蜜絲變成朋友，他是獲准加入阿蒂蜜絲獵女隊的第一位男性。可是……他們兩人之間發生問題，實情是怎麼樣我也不太清楚。總之，奧利安遭到殺害。現在，他又回來成為蓋婭的忠心兒子，準備執行她的命令。他受到痛苦和憤怒的驅使，關於這點，你一定可以理解。」

尼克好想大喊：「就像你知道我有什麼樣的感受嗎？」

不過他只問了：「我們要怎麼阻止他？」

「你們無法阻止，」黑帝斯說：「只能期盼跑得比他快，搶在他找到你們之前完成任務。阿波羅或阿蒂蜜絲也許有能力射出一箭又一箭殺死他，不過那對雙胞胎沒有立場幫助你們。其實現在，奧利安已經鎖定你們的氣味，他的獵犬隊也幾乎就要追上了；你們從這裡到混血營的路上，再也沒有多休息的餘裕了。」

感覺似乎有一條皮帶勒緊尼克的肋骨。他竟然拋下黑傑教練獨自守護正在睡覺的蕾娜。「我得趕緊回去找我的同伴。」

「確實沒錯，」黑帝斯說：「不過還有其他事。你的姊姊……」黑帝斯的聲音有點顫抖。一如以往，碧安卡這個主題，就像是在他們之間放了一把裝滿子彈的槍：很要命，很容易觸及，不可能視而不見。「我是說你的另一個姊姊，海柔……她已經發現七人小組中有一個會死。她可能會嘗試阻止這件事，而一旦這樣做，她可能會看不出事情的優先順序。」

尼克不知道該說什麼才好。

其實他很驚訝，這一刻他的想法竟然沒有先跳到波西。他最先關心的是海柔，然後是傑生，接著才是波西和阿爾戈二號的其他人。大家在羅馬救了他，而且歡迎他登上他們的船。尼克向來不允許自己享受交朋友的奢侈行爲，但他與阿爾戈二號成員的親近程度是從來不曾有過的。一想到他們有人會死，就讓他覺得心裡好像破了一個洞，感覺就像他又回到巨人的青銅罐裡，孤獨一人待在黑暗中，只能依靠酸溜溜的石榴種子維生。

最後他終於開口問：「海柔還好嗎？」

「目前還好。」

「其他人呢？誰會死？」

黑帝斯搖搖頭。「就算確定是誰，我也不能說的。我之所以會告訴你，就只因為你是我兒子。你也知道，有些死亡是無可避免的，有些死亡也不應該避免。一旦時候來到，你就必須採取行動。」

尼克不知道這些話是什麼意思，他也不想知道。

「我的兒子啊。」黑帝斯的語氣聽起來竟然有一絲絲溫柔。「無論發生什麼事，你已經贏得我的敬意了。在曼哈頓，我們對克羅諾斯[48]並肩作戰時，你光耀我們的門楣。你冒著遭到我天譴的危險也要幫助傑克森那個男孩，帶領他前往冥河，把他從我的監獄釋放出來，還請求我召集厄瑞玻斯[49]的軍隊去協助他。以前從來沒有哪個兒子讓我這麼煩惱。波西這個、波西那個的，我差點把你炸成煤渣碎屑了。」

尼克淺淺地吸了一口氣。房間的四面牆壁開始微微震動，從骨頭之間的縫隙震出許多灰塵。「我之所以做那些事，不全然是為了他。我做那些事，是因為整個世界陷入危機。」

黑帝斯勉強擠出最淺的微笑，不過他的眼神一點都不冷酷。「我可以很高興地這樣想，你做那些事可能是為了好幾個不同的理由。我要說的重點是：你和我挺身幫助奧林帕斯山，是因為你說服我不要再執著於內心的憤怒。我也會鼓勵你那樣做。我的孩子們幾乎都不快樂。我……我很希望看到你是例外。」

尼克瞪著他父親。聽到這番話，他不曉得該怎麼辦才好。他可以接受很多不真實的事物，像是成群鬼魂、魔法迷宮、影子旅行、骨骸禮拜堂等。但是，從冥界之王的口中說出溫柔的話語？不，這太沒道理了。

在祭壇那邊，燃燒的鬼魂站起來。他向這邊走來，繼續燃燒、無聲尖叫，眼神傳達出某種急迫的訊息。

「啊，」黑帝斯說：「這位是帕羅安弟兄，他是在古羅馬神廟附近的廣場活活燒死的數百人之一。你也知道，中世紀天主教的『宗教法庭』在那裡設有總部。無論如何，他建議你馬上離開，在狼群抵達之前，你沒有多少時間了。」

「狼群？你是指奧利安的獵犬隊？」

黑帝斯的手指輕輕一彈，帕羅安兄弟的鬼魂就消失了。「我的兒子，你正在嘗試的舉動，也就是利用影子旅行飛越世界，還帶著雅典娜雕像，那很可能會毀了你。」

「謝謝你的鼓勵。」

黑帝斯伸出雙手，輕按了一下尼克的肩膀。

尼克不喜歡別人碰觸他，但不知怎的，與父親這短暫的碰觸，竟然讓他覺得受到安慰和鼓舞，如同人骨禮拜堂也撫慰了他的心。他父親的現身就像死亡一樣，很冷酷，而且常常很無情，卻也非常眞實，眞誠坦率到殘酷的地步，可信度高到無從逃避。尼克終於領悟到這一點，不禁有種解脫的感覺；他知道無論未來如何發展，他最後都會臣服於父親的王座之下。

㊽ 克羅諾斯（Kronos），希臘神話中泰坦巨神的首領，也是宙斯等三大神的父親。參《波西傑克森——神火之賊》十九頁，註❶。

㊾ 厄瑞玻斯（Erebos），黑暗之神，象徵陰陽界中的絕對黑暗。在晚期神話中，厄瑞玻斯也是冥界的代稱，或代表冥界最黑暗的空間。

「我會再見到你，」黑帝斯向他保證，「萬一你沒能存活下去，我會在宮殿裡爲你準備一個房間。也許你的房間就會用修士的頭骨來裝飾，看起來一定很棒。」

「這下子換我看不出你到底是不是開玩笑了。」

黑帝斯的眼睛閃爍著光芒，同時形體逐漸消失。「那麼，在一些很重要的方面，我們兩個也許還滿像的。」

天神消失了。

剎那間，禮拜堂令人覺得很有壓迫感，彷彿有數千雙空洞的眼窩緊盯著尼克不放。「我們，骨骸埋葬在此，等待著你的骨骸。」

他匆匆走出教堂，希望自己還記得來時路，能夠回去找到他的朋友。

15 尼克

「狼群？」蕾娜問。

他們在附近人行道的咖啡座吃晚餐。

儘管黑帝斯警告他快點回來，尼克發現紮營的地方其實沒有任何變化。蕾娜才剛睡醒，雅典娜．帕德嫩也還側身躺在神廟頂上。黑傑教練則是跳起踢踏舞和耍耍武術表演，娛樂一些當地人，偶爾還對著他的擴音器大唱特唱，其實似乎沒人聽得懂他在說什麼。

尼克眞希望教練沒有帶那具擴音器，不只因爲它很吵又很討厭，也因著尼克不了解的某種原因，它偶爾會脫口亂叫電影《星際大戰》黑武士的台詞，或者大喊：「牛兒哞哞叫！」

他們三人坐在草地上吃東西時，蕾娜似乎隨時提高警覺，一副精力充沛的樣子。她和黑傑教練聽著尼克講述夢境，以及他在人骨禮拜堂與黑帝斯碰面的經過。尼克保留了他與父親談話中一些事關個人的細節，不過他感覺到蕾娜很善於體會別人的感受。

他提到奧利安和狼群可能快要追上他們時，蕾娜皺起眉頭。

「大多數的狼群對羅馬人都很友善，」蕾娜說：「我從來沒聽過奧利安和獵犬一同出獵的故事。」

尼克吃完手上的火腿三明治，眼睛又看著一整盤點心，很驚訝自己的胃口居然這麼好。

『狼群抵達之前沒有多少時間了。』那句話可能只是一種比喻。也許黑帝斯的意思不是指眞正的狼群。無論如何，等到天色夠暗、能夠出現影子，我們就應該盡快離開。」

黑傑教練把一本《槍炮彈藥》雜誌塞進他的袋子裡。「唯一的問題是，雅典娜．帕德嫩還躺在九公尺高的空中，要把你們兩個和所有裝備通通運到那座神廟上，一定很好玩。」

尼克吃了一塊點心。咖啡座的女士說那叫做「放丘拉」，看起來很像螺旋狀的多拿滋甜甜圈，而且很好吃，酥脆度、甜度和奶油組合得剛剛好。不過尼克一聽到「放丘拉」這個名稱，立刻想到波西一定會開這名稱的玩笑。

「美國人有多拿滋，」波西會這樣說：「葡萄牙人有放屁拿滋。」

尼克愈是長大，就愈覺得波西很孩子氣，雖然波西比他大三歲。尼克發現波西的幽默感令人覺得既可愛又討厭。他決定專心想著「討厭」這部分就好。

然而，波西有時候也認眞得要命，像是在羅馬的時候，波西從深淵洞口抬頭看著尼克，對他說：「尼克，去另外一頭！帶他們過去，答應我！」

於是尼克答應了。無論他對波西．傑克森有多麼生氣，似乎都無關緊要了。尼克願意爲波西做任何事。他好恨自己那個樣子。

「所以……」蕾娜的聲音打斷他的思緒，「混血營會等到八月一日嗎？還是他們會先發動攻擊？」

「我們必須期待他們會等，」尼克說：「我們沒辦法……是我，我沒辦法用更快的速度把雕像帶回去。」

就算以這樣的速度，我爸都認爲我會死掉。尼克把這樣的想法隱藏在內心深處。

他好希望海柔在他身旁。他們曾經攜手合作，用影子旅行把阿爾戈二號的全部成員送出冥王之府。只要能夠分擔力量，尼克覺得他們兩人沒有什麼事是辦不到的，例如像這樣回到混血營的旅程，大概只要花一半時間就能完成吧。

除此之外，黑帝斯提到有一位成員即將喪命的那些話，也讓他感到不寒而慄。他不能失去海柔，不能失去另一位姊姊。絕對不能再來一次。

黑傑教練數完棒球帽裡的零錢，抬起頭來。「而你確定克蕾莎說蜜莉沒事嗎？」

「是啊，教練。克蕾莎會好好照顧她的。」

「真是鬆了一口氣。我不喜歡格羅佛說的那些話，就是蓋婭對很多精靈和樹精靈說悄悄話。假如自然精靈都變得邪惡……大自然就再也不美好了。」

尼克從未聽過這種事，但自從人類出現以來，蓋婭還沒有甦醒過。

蕾娜也吃了一塊點心。在午後陽光的照耀下，她身上用鎖鍊編成的盔甲閃閃發亮。「我懷疑那些狼群……我們有沒有可能誤解那個訊息？母狼神魯芭一直非常安靜，也許牠派援軍來幫我們？狼群可能就是從牠那裡來的，是來保護我們不受奧利安和他的獵犬攻擊。」

她語氣中懷抱的希望，其實薄得宛如薄紗一般。尼克決定不要說破這件事。

「也許吧，」他說：「可是，難道魯芭不會忙著處理兩個營區之間的戰爭？我覺得牠會派狼群去幫助你們軍團。」

蕾娜搖搖頭。「狼群不是前線戰士，而且我覺得牠不會幫屋大維。牠的狼群可能會在朱比特營幫忙巡邏，守護那些沒有隨軍團出征的人事物，不過我實在不知道……」

她交叉腳踝，戰鬥靴上的鐵製鞋尖閃閃發亮。尼克在心裡暗暗提醒自己，千萬不要與羅馬軍團士兵陷入互踢的局面。

「而且不只是這樣，」蕾娜又說：「我的運氣不太好，一直聯絡不上我姊姊海拉。狼群和亞馬遜女戰士都這麼默不作聲，讓我覺得很不安。假如美國西岸那邊眞的發生什麼事……我擔心兩邊營區的唯一希望都在我們身上。我們一定要盡快把雕像送回去，那就表示最大的重擔都在你身上了，黑帝斯之子。」

尼克努力壓抑內心的不悅。他不是在生蕾娜的氣，其實他還滿喜歡蕾娜的，但每次都這樣，不時就有人請求他去做一些不可能完成的任務。一般來說，只要他完成任務，大家馬上把他忘得一乾二淨。

他還記得對抗克羅諾斯的戰爭打完之後，混血營的孩子們對他有多好。「尼克，你太了不起了！謝謝你帶來冥界的軍隊救了我們！」

每個人都笑咪咪的，大家全都邀請他去坐他們那一桌。

過了一星期之後，他的受歡迎程度就變差了。只要他走在學員的背後，他們都會嚇得跳起來。他會從營火的陰影處突然現身，嚇壞所有人，而他們的眼神透露出不安的訊息：「你怎麼還在這裡？你爲什麼還在這裡啊？」

更糟糕的還不只是這樣，攻打克羅諾斯的戰爭剛結束後不久，安娜貝斯和波西就開始約會了……

尼克放下手中的放丘拉。突然間它變得沒那麼好吃了。

他回想起自己與安娜貝斯在伊庇魯斯的談話，那時候他即將帶著雅典娜．帕德嫩離開。

安娜貝斯把他拉到旁邊說：「嘿，我得和你談談。」

他簡直驚慌失措。她知道了。

「我想要謝謝你，」她繼續說：「鮑伯……那個泰坦巨神……他在塔耳塔洛斯之所以幫助我們，完全是因爲你曾經對他很友善。你告訴他，我們値得一救。那是我們能夠活下來的唯一原因。」

她說「我們」說得那麼輕鬆自在，彷彿她和波西可以互相交換、無法分離。

尼克曾經讀過古希臘哲學家柏拉圖說的一個故事。柏拉圖宣稱在古代的時候，所有人類都是雌雄同體，而且每一個人都有兩個頭、四隻手臂和四條腿。據說那些「合體人」的力量非常強大，連眾神都有所顧忌，於是宙斯把他們分開成兩半，分成男人和女人。從那以後，人類一直覺得自己不完整，於是花費畢生精力尋尋覓覓自己的另一半。

那麼，哪裡才是我的歸屬呢？尼克感到滿心困惑。

這絕對不是他最喜歡的故事。

他很想討厭安娜貝斯，不過實在沒辦法。她在伊庇魯斯特地謝謝他，而且是由衷且眞誠的感謝。她從來不像大多數人那樣忽略他或刻意避開他。她爲什麼不能討人厭呢？那樣會讓事情變得比較簡單。

風神法沃尼俄斯曾在克羅埃西亞警告他：「如果讓你的憤怒控制住你……你的命運甚至會比我的還要悲慘。」

可是，除了悲慘以外，他還可能有什麼樣的命運？就算他活著完成這趟任務，也必須永遠離開兩個營區，那是他能夠找到內心平靜的唯一方法。他由衷希望還有另一種選擇，而且是不像地獄火河的河水那麼痛苦、傷人的選擇，但他實在找不到。

蕾娜仔細看著他，可能想要讀出他內心的想法。她低頭望向他的雙手，尼克這才發現自己一直在轉動手上的銀色骷髏戒指，那是碧安卡留給他的最後一件禮物。

「尼克，我們可以怎樣幫助你？」蕾娜問。

這又是一個他很不習慣聽到的問題。

「我也不知道，」他坦白說：「你們已經讓我盡可能好好休息了，那很重要。也許你可以再借點力量給我，下一次跳躍會是最長的一次，我必須聚集足夠的力量，才能讓我們越過大西洋。」

「你一定會成功。」蕾娜向他保證。「等我們回到美國，應該就不會遇到那麼多怪物了，我甚至可以找東部沿岸的退休軍團士兵幫一點忙，只要有羅馬的半神半人提出請求，他們會奉命提供協助。」

黑傑咕噥了一聲。「那也要假設屋大維還沒有說服他們吧。無論是哪一種狀況，你都會發現自己因為叛亂罪而遭到逮捕。」

「教練，」蕾娜斥責他：「不要這樣扯後腿啦。」

「嘿，只是說說而已嘛。就我個人來說，真希望我們可以在埃武拉停留久一點。食物很棒，錢很多，而且那些用來比喻的狼群，到目前為止還沒有半點跡象……」

蕾娜的兩隻狗突然跳起來。

遠方傳來的狼嚎聲撕裂天空。尼克還來不及站起來，狼群就從四面八方湧現，那些巨大的黑色野獸從屋頂跳下來，將他們的營地團團圍住。

體型最大的一匹狼緩緩走向前。帶頭的這匹狼用後腿站立，然後開始變形，兩隻前腳變成雙臂，口鼻縮小成尖尖的鼻子，灰色的毛皮也變形成動物毛皮織成的斗篷。他變成一個高大健壯的男人，一臉桀驁不馴的模樣，紅色的眼睛熠熠發亮，有著滿頭黏膩的黑髮，還戴了一頂用許多手指骨組成的頭冠。

「啊，小小羊男……」男人咧嘴而笑，露出尖利的獠牙，「你的願望成眞了！你會永遠待在埃武拉，因爲說來可惜，我這用來比喻的狼群，其實是如假包換的狼群。」

16 尼克

「你不是奧利安。」尼克脫口而出。

這個感想實在太蠢了，不過這是他腦中浮現的第一個感想。

眼前這個男人顯然不是打獵的巨人。他長得不夠高，沒有粗壯的雙腿，沒有帶著獵弓或箭筒，也沒有燦亮如車頭燈的眼睛，不像蕾娜夢境中描述的模樣。

這個一臉陰鬱的男人笑了。「確實不是。奧利安只是雇用我協助他狩獵。我是……」

「呂卡翁[50]，」蕾娜插嘴說：「最早的狼人。」

男人對她彎腰一鞠躬，充滿嘲諷的意味。「蕾娜・拉米瑞茲—阿瑞拉諾，羅馬的執法官，魯芭的小狼之一！真高興你認得我。毫無疑問，我就是造成你那些惡夢的來源。」

「也許是造成我消化不良的來源吧。」蕾娜從腰包裡拿出一把折疊式的露營小刀，啪的一聲打開，只見狼群咆哮大吼，紛紛往後退。「我出門絕對會帶銀製的武器。」

呂卡翁露出尖利牙齒。「只憑一把摺疊小刀，就想讓十幾匹狼和牠們的王不敢逼近？羅馬的女兒啊，我聽說你很勇敢，沒想到你其實有勇無謀。」

蕾娜的兩隻狗蹲下身子，準備一躍而起。教練則是緊抓住他的球棒，只不過這一次他似乎沒有急著揮棒。

尼克伸手握住劍柄。

「不必麻煩啦，」黑傑教練低聲嘀咕：「要傷害這些傢伙只能用銀器或火焰。我還記得在派克峰碰過牠們，眞是超討厭的。」

「而且我也記得你，葛利生·黑傑。」狼人的雙眼放射出熔岩般的紅光。「有山羊肉可以當晚餐，我的狼群一定很高興。」

黑傑哼了一聲。「放馬過來啊，你這卑劣的小子！阿蒂蜜絲的獵女隊這會兒正在路上，就像上次一樣！那邊是戴安娜神廟啦，你這白痴，你在她們的地盤上！」

狼群再度大聲咆哮，原本圍成的圈子也退得更大了，有幾匹狼甚至瞄著屋頂，一副緊張兮兮的模樣。

呂卡翁只是對教練怒目而視。「這招厲害，不過我怕你根本搞錯那座廟的名字。我在古羅馬時代曾經路過這裡，那座廟其實是奉獻給奧古斯都皇帝的。典型的半神半人虛榮心哪。不管怎樣，自從上次咱們交手以後，我便小心多了，假如獵女隊眞的很靠近，我一定會知道。」

尼克努力思考逃脫的計畫。他們受到重重包圍，而且明顯寡不敵眾，唯一有效的武器是一把摺疊小刀。戴克里先的權杖已經沒了，雅典娜·帕德嫩又遠在九公尺高的神廟頂端，而就算他們到得了那裡，也沒辦法進行影子旅行，除非眞的有影子出現。看來太陽還要好幾個小時之後才會下山。

50 呂卡翁（Lycaon），希臘神話中阿卡狄亞國（Arcadia）的國王，曾為試探天神是否無所不知，以一盤人肉獻給宙斯吃，又為了測試宙斯是否不死而派人暗殺他。宙斯大怒，於是將他變成狼，並以閃電劈死他的五十個兒子。

他幾乎感覺不到自己的勇氣，但仍走向前。「所以我們是你的囊中物了，你還等什麼？」

呂卡翁仔細看著他，彷彿他是肉販展示櫃裡的新種肉類。「尼克．帝亞傑羅……黑帝斯之子啊，我聽說過你的事。很抱歉我不能立刻殺了你，因爲我答應了雇用我的奧利安，在他抵達之前要留住你的命。不用擔心，他應該再過不久就會到了，等到他和你算完帳，我會讓你血濺當場，那麼未來很長一段時間，這個地方都會標示成我的領域！」

尼克咬緊牙關。「半神半人之血。奧林帕斯之血。」

「當然啦！」呂卡翁說：「血濺在地，特別是神聖之地，半神半人之血有很多用途。只要搭配適當的咒語，就可以喚醒怪物或甚至天神，也可以增長出新的生命，或者讓某個地方持續好幾個世代都變成不毛之地。哎呀，你的血液不會喚醒蓋婭本尊啦，那樣的榮耀會保留給你在阿爾戈二號上的朋友們。但是別擔心，你的死亡會和他們的死亡差不多一樣痛苦。」

尼克腳邊的青草開始死去，金盞花花圃也枯萎了。不毛之地啊，他心想。神聖之地。他想起人骨禮拜堂的數千具骨骸，也回想起黑帝斯曾經提到這個公共廣場的事，這裡的宗教法庭曾經把數百人活活燒死。

這是個古老的城市。有多少死人躺在他腳下的這片土地裡呢？

「教練，」他說：「你可以往上爬嗎？」

黑傑訕笑一聲。「我算半隻山羊耶，當然可以往上爬啦！」

「爬上雕像那裡，把繩索全部綁好。然後做一道繩梯垂下來給我們用。」

「呃，可是那些狼群……」

「蕾娜，」尼克說：「你和你的兩隻狗得幫忙掩護我們的撤退行動。」

執法官冷靜點頭。「了解。」

呂卡翁狂笑嚎叫。「黑帝斯之子，要撤退到哪裡去啊？這裡無處可逃了，而且你根本殺不死我們！」

「也許殺不死，」尼克說：「不過我可以拖延你們的行動。」

他伸展雙臂，地面隨即爆炸開來。

尼克沒有料到效果竟然這麼好。他以前也曾把土裡的零碎骨頭召喚出來，讓老鼠的骨骼恢復生機，也使零散的人類頭骨重見光明。但即使如此，他對眼前噴向空中的骨頭高牆還是一點心理準備也沒有。眼前有數以百計的大腿骨、肋骨和小腿骨糾纏住狼群，活像是以人類遺骸組成的頑強荊棘。

大多數狼群無助地受困其中。有些狼掙扎扭動、咬牙切齒，拚命想掙脫那些隨意構成的雜亂牢籠。呂卡翁自己也遭到一大堆肋骨緊緊包住、動彈不得，不過那沒有阻止他繼續尖叫咒罵。

「你們這些沒用的小子！」他怒吼著：「我會把你們四肢的肉全部扯下來！」

「教練，快去！」尼克說。

羊男一個箭步衝向神廟。他一躍而上神廟的基座，然後從左邊柱子往上爬。

兩匹狼從亂七八糟的骨頭裡掙脫出來，蕾娜連忙扔出小刀，刺中其中一匹狼的頸部。她的兩隻狗也咬向另一匹狼，歐倫的尖牙和利爪滑過狼的獸皮，那匹狼卻毫髮無傷，不過亞堅頓就把野獸撂倒了。

亞堅頓的頭依舊歪向一邊，是之前在龐貝打鬥時受的傷。牠還少了左邊的紅寶石眼珠，但仍拚命用尖牙咬入狼的頸背，只見那匹狼分解成一灘黑影。

多虧有這隻用白銀打造的狗，尼克心想。

蕾娜拔出她的劍。她從黑傑的棒球帽裡撈出一大把銀幣，同時從教練的補給袋裡抓出萬用膠帶，開始把那些銀幣黏上劍刃周圍。這女孩眞是一流的發明天才。

「快去！」她對尼克說：「我會掩護你！」

狼群拚命掙扎，讓牠們身上的骨頭荊棘破裂粉碎。呂卡翁的右手脫困而出，開始猛搥他身上的肋骨牢籠。

「我會活生生剝掉你們的皮！」他說：「我會把你們的外皮加到我的斗篷上！」

尼克開始跑，中間停了下來從地上撿起蕾娜的銀製摺疊小刀。

他不是山羊，但他發現神廟後面有一道階梯，於是從那裡跑上基座。到達列柱底部後，他瞇起眼睛抬頭看黑傑教練，黑傑坐在雅典娜．帕德嫩腳邊的樣子看起來很危險，他正在解開繩索，編成一道繩梯。

「快點！」尼克大喊。

「喔，眞的嗎？」教練往下喊：「我以爲還有一大堆時間哪！」

尼克最不需要的就是羊男的嘲諷搞笑。在下面的廣場上，又有更多匹狼打破了束縛在牠們身上的骨頭。蕾娜用她改造的「萬用膠帶銀幣劍」驅散狼群，但是區區一把銀幣實在不足以長時間逼退一整群狼人。黃金打造的歐倫努力咆哮、嚙咬，可是滿懷挫折，因爲無法對敵人造成傷害。亞堅頓則是盡了全力拚命將利爪刺入另一匹狼的咽喉，不過這隻銀狗已經受了重傷，過沒多久就寡不敵眾，顯得絕望且無助。

呂卡翁的兩隻手臂都掙脫了，接著開始把兩隻腳拉出肋骨牢籠。大概再過幾秒鐘，他就要完全脫困。

尼克快要想不出招數了。召喚出高牆一般的骨頭已經耗盡精力，影子旅行也即將用盡他剩餘的所有能量；這是假設他眞能找到影子用來旅行的話。

說到影子。

他看著手上的銀質摺疊小刀，突然冒出一個點子。這可能是自從他想到「嘿，我可以帶波西去冥河裡游泳！他會因爲那樣愛上我！」之後最愚蠢、最瘋狂的點子。

「蕾娜，上來這裡！」他大喊。

她猛擊另一匹狼的頭，然後打了就跑。她一邊跑，一邊輕彈手上的劍，只見那把劍伸長變成一支標槍，接著她用標槍讓自己高高躍起，就像撐竿跳選手一樣。她穩穩落在尼克身邊。

「你有什麼計畫？」她問，連大氣都沒喘一下。

「很愛現喔。」他咕噥著說。

一道繩梯從上面垂落下來。

「你們兩個不是山羊的蠢蛋，快爬啊！」黑傑大喊。

「快去，」尼克對蕾娜說：「你一爬上去就緊緊抓住繩索，不要放開。」

「尼克……」

「照我說的做！」

蕾娜的標槍又縮成一把劍，她把劍放回劍鞘裡，開始往上爬。儘管身穿盔甲和全副武裝，她還是拚命爬上列柱。

在下面的廣場上，到處都看不見歐倫和亞堅頓的蹤影，他們若不是已經撤退，就是遭到摧毀了。

呂卡翁終於掙脫身上的骨頭牢籠，發出勝利的嚎叫。「黑帝斯之子，你將要受苦了！」

沒有其他的新梗嗎？尼克心想。

他把摺疊小刀藏在掌心裡。「來抓我啊，你這雜種笨蛋！還是你得像乖狗狗一樣坐著不動，等待你的主人現身？」

呂卡翁躍入空中，伸長爪子，露出尖利獠牙。尼克讓空出來的那隻手纏住繩梯，然後集中注意力，一長串汗珠沿著他的脖子往下滴。

狼王朝他落下之際，尼克將銀質小刀刺入呂卡翁的胸膛。神廟四周的狼群同聲淒厲嚎叫。狼王的利爪深深刺入尼克的手臂，尖牙則是只差幾公分就要咬到尼克的臉。尼克無視於自己的痛楚，將摺疊小刀奮力刺入呂卡翁的肋骨之間。

「當個有用的小狗吧，」他怒吼著：「回到陰影裡。」

呂卡翁的眼珠翻成白眼，隨即分解成一灘墨水般的漆黑陰影。

接著有好幾件事同時發生。憤怒的狼群蜂擁向前，附近的屋頂也傳來一陣隆隆作響的聲音喊著：「攔住他們！」

尼克聽見一個絕對不會認錯的聲音，那是一把大型獵弓繃緊弓弦的聲音。

接著，他融入呂卡翁形成的那灘暗影裡，同時帶著他的兩位朋友和雅典娜·帕德嫩一起走。他們滑入冰冷的蒼穹，完全不知道未來將會再度現身於何方。

17 派波

派波眞是不敢相信，要找到致命毒藥竟然如此困難。

整個早上，她和法蘭克都在皮洛斯港到處搜索。法蘭克只讓派波和他一起來，因爲假如遇到他那些會變身的親戚們，他認爲派波的魅語應該可以派上用場。

結果呢，派波的劍還比較管用。到目前爲止，他們在麵包店殺了一個勒斯岡巨人、在公共廣場與一隻巨大疣豬大戰一場，而且用派波的富饒角射出一堆奇準無比的蔬菜，打落一群斯廷法利斯湖怪鳥。

她很高興能出來做點事，否則會沉溺於昨晚與媽媽的對話。那讓她窺見毫無希望的冷酷未來，而且阿芙蘿黛蒂要她答應不會說出去……

不只如此，派波在皮洛斯港面對的最大挑戰，其實是鎮上到處都張貼著她爸爸演出新電影的廣告傳單。海報上印的是希臘文，不過派波知道那上面寫的是：崔斯坦·麥克林飾演鋼鐵傑克，《浴血簽名》。

天神啊，好可怕的片名，眞希望她父親從來沒有取得「鋼鐵傑克」的電影拍攝權，但那已經成爲他最有名的角色之一。他出現在海報上，上衣撕扯開來，露出完美的腹肌線條（老爸，超噁的！），雙手各拿一把AK四七突擊步槍，輪廓分明的臉孔露出瀟灑的笑容。

在半個地球之外，在你所能想像最迷你、最偏僻的小鎮上，她爸爸就在那裡。一想到這點，她的心裡同時湧現出悲傷、迷惘、想家和惱怒的情緒。生活總是要繼續過下去，在好萊塢也是這樣；她爸爸假扮著拯救世界的角色時，派波和她的朋友們則是真的必須拯救世界。再過八天，除非派波能夠成功做到阿芙蘿黛蒂向她說明的計畫……否則，這世界再也不會有電影或電影院，連人類都不復存在。

大約下午一點鐘，派波終於讓她的魅語派上用場。她在自助洗衣店裡和一個古希臘鬼魂交談（如果要幫這段詭異的談話打分數，從一到十評分，詭異度絕對是十一分），從他口中得到指引，前往一個古老的據點，應該有一些佩里克呂墨諾斯[51]的變身後代住在那裡。

他們在午後的熱氣中跋涉穿越整座島嶼，終於發現那個洞穴，位於海邊一座峭壁的半山腰。法蘭克堅持要派波在山腳下等他，他自己去察看狀況就好。

派波覺得很不高興，不過還是聽話留在海邊，瞇起眼睛抬頭看著洞穴入口，衷心期盼她沒有把法蘭克引入一個死亡陷阱。

在她身後，綿延的白色沙灘環繞著山腳。許多人躺在毯子上做日光浴，小孩子在海浪中潑水嬉戲，藍色大海閃耀著動人光芒。

派波眞希望能在眼前的海中衝浪。她曾答應有一天要教海柔和安娜貝斯衝浪，假如她們造訪美國加州的馬里布……假如八月一日之後馬里布還在的話。

她抬頭看著峭壁頂端，有一座古老城堡的廢墟攀附在山脊上。派波不曉得那裡是不是變身一族藏身地點的一部分，城堡的圍牆看似毫無動靜。洞穴的入口是在峭壁面上，位於頂端的下方大約二十公尺處，只見黃色的白堊岩層出現一個黑色的圓形，看起來很像巨大的削鉛筆機圓洞。

「內斯特的洞穴。」自助洗衣店的鬼魂如此稱呼它。據說古代皮洛斯的國王遇到危機時，曾把他的寶藏存放在那裡。鬼魂還宣稱，天神荷米斯從阿波羅那裡偷來的牛群也曾藏在那個洞穴裡。

母牛啊。

派波忍不住發抖。她年紀很小的時候，爸爸曾經開車載她經過奇諾市的一間肉品處理工廠，那裡的氣味足以讓她變成素食主義者；自從那次經驗之後，光是想到牛都會讓她覺得噁心。後來與「母牛天后」希拉的交手經驗、在威尼斯遭遇石化獸、見到冥王之府那些令人毛骨悚然的死牛圖像，又讓情況變得更糟。

正當派波開始覺得法蘭克好像去了太久，他便出現在洞穴入口處。他身旁站著一位高大的灰髮男人，身穿白色亞麻布西裝，打著淡黃色的領帶。那位年紀略長的男人把一件閃閃發亮的小東西放進法蘭克手中，有點像是小石頭或一塊玻璃。他和法蘭克交談了幾句，只見法蘭克鄭重地點頭。接著，那男人變身成一隻海鷗，拍拍翅膀就飛走了。

法蘭克沿著小徑走下來，終於回到派波身邊。

「我找到他們了。」他說。

「我看到了。你還好嗎？」

他看看那隻海鷗，望著牠飛向遙遠的地平線。

51 佩里克呂墨諾斯（Periclymenus），海神波塞頓的孫子，亦為阿爾戈英雄之一。海神波塞頓賦予他可以變身成各種動物的能力，在與海克力士對戰時死亡。

法蘭克剪短的頭髮向前翹起，像是一支箭，這讓他的目光顯得更加銳利。他的幾個羅馬徽章包括壁型金冠章、分隊長徽章和執法官徽章，都在他上衣的領子上閃閃發亮。而在他的前臂上，SPQR刺青搭配馬爾斯的交叉矛尖，受到燦爛陽光的照耀顯得特別濃黑。

他穿著一身新衣服，看起來很有精神。巨大疣豬把他的舊衣服弄得滿身黏液，於是派波帶他在皮洛斯島緊急採購一番。現在，他穿著新的黑色牛仔褲、軟皮靴，以及非常合身的深綠色半開襟無領衫。穿著這件上衣讓他很不自在，因爲平常習慣穿著寬鬆衣服來掩飾自己的肥胖；不過派波向他保證，他再也不需要擔心，自從在威尼斯突然長高之後，他現在的魁梧身材其實剛剛好。

「法蘭克，你一點都沒變，」派波對他說：「你只是更像你自己了。」

幸虧法蘭克．張依舊非常親切、講話輕聲細語，否則他可能會變成很嚇人的傢伙。

「法蘭克？」派波輕聲提醒他。

「嗯，抱歉。」法蘭克回頭看著她。「我的，呃……表親，我想你會這樣叫他們……他們在這裡住了好幾代，全都是阿爾戈英雄佩里克呂墨提斯的後代。我把自己的來歷告訴他們，關於張家如何從希臘搬到羅馬、中國再到加拿大。我說明自己在冥王之府看到的羅馬軍團鬼魂，他催促我來皮洛斯島。他們……他們似乎不是很驚訝，他們說以前也曾有過失聯已久的親戚回到家園。」

派波聽出他語氣中的渴望。「你期待的情況不是這樣。」

他聳聳肩。「是比較熱烈的歡迎，有一些派對氣球之類的，我也不知道。我祖母曾說，我會讓家族的循環變得圓滿，爲我的家族帶來榮耀之類的。但是看到這裡的表親……他們表現得有點冷淡，而且疏遠，似乎不希望我待在這裡。我覺得他們不喜歡我是馬爾斯之子。說實在的，我也覺得他們不喜歡我是中國人。」

派波抬頭看了天空一眼，那隻海鷗飛得很遠了，這可能是好事，否則她會有股衝動想要射出一大塊蜜汁火腿把牠打下來。「假如你的表親們那樣想，他們就是白痴。他們不曉得你有多棒。」

法蘭克站著，有點侷促不安。「我把自己經歷過的事情說出來，他們變得稍微友善一點。最後給我一個臨別禮物。」

他張開手，手掌裡有個閃閃發亮的金屬小瓶，沒有比眼藥水瓶大多少。

派波有股衝動想要走開一點，不過她忍住了。「那是毒藥嗎？」

法蘭克點點頭。「他們稱之爲『皮洛斯島薄荷』，這植物似乎是從一個精靈濺出的血液生長出來，她死在這附近的山上，時間可以回溯到很久以前的古代。我沒有問太多細節。」

瓶子那麼小……派波很擔心可能不夠用。一般來說，她不會希望得到太多這種致命的毒液，也不曉得這要怎麼幫助他們做出妮琪所說的「醫生的解藥」；但是面對死亡的時候，如果這種解藥眞的可以用來作弊，派波就希望能再多取得一手六瓶裝，足夠她的每一位朋友一人一瓶。

法蘭克讓瓶子在掌心滾來滾去。「眞希望維特里烏斯·瑞提庫拉斯在這裡。」

派波不確定自己有沒有聽錯。「誰是『你脫褲拉下』？」

法蘭克的嘴角隱隱閃過一抹微笑。「蓋烏斯·維特里烏斯·瑞提庫拉斯，但我們有時候還眞的叫他『你脫褲拉下』。他是第五分隊的一個拉雷斯，有點瘋瘋癲癲，卻是醫療天神艾斯庫累普[52]的兒子，假如有誰知道那種醫生的解藥……一定就是艾斯庫累普。」

「有醫療天神當然是很好，」派波若有所思地說：「比起船上有個五花大綁、一直尖叫的勝利女神好多了。」

「嘿，你的運氣已經很好了，我的艙房最靠近馬廄耶，整個晚上都可以聽到她大喊大叫：『不是第一名就得死！A減的成績就要當掉！』里歐眞應該設計某種東西塞住她的嘴巴，效果一定要比我的舊襪子好一點。」

派波忍不住發抖。她到現在還是不太能理解，把一位女神關起來爲什麼是好點子？能夠愈快放走妮琪愈好吧。「所以你的表親……他們對於接下來的狀況有沒有什麼建議？就是我們應該在斯巴達找到的捆著鎖鍊的天神？」

法蘭克沉下臉來。「有啊。我就擔心他們對那件事有一些看法。我們先回船上，然後再慢慢講。」

派波走得腳好痛，心想不知道能不能說服法蘭克變成一隻巨鷹，載著她飛回去，不過她還沒開口問，就聽到背後的沙灘傳來腳步聲。

「哈囉，好心的觀光客！」一位瘦巴巴的漁夫戴著白色的船長帽，咧開滿口金牙，對他們眉開眼笑。「要搭船嗎？非常便宜喔！」

他作勢指指海邊，那裡停泊了一艘小艇，船外馬達已經發動。

派波也以微笑回應他。她最喜歡與當地人互動了。

「好啊，拜託你，」她用最厲害的魅語說：「而且希望你能載我們去某個很特別的地方。」

船長把他們載到阿爾戈二號旁邊放下，戰船下錨在距離岸邊四百公尺的地方。派波放了一捲歐元鈔票到船長手中。

她不是不能對凡人運用魅語，只不過決定要盡可能公平和小心一點。她以前向車商偷走BMW汽車的日子已經過去了。

「謝謝你，」她對船長說：「假如有人問起，你就說載我們繞島一周、看幾個景點，最後把我們放在皮洛斯島的碼頭上。你從來沒有看過什麼巨大的戰船。」

「沒看到戰船，」船長附和說：「謝謝你，好心的美國觀光客！」

他們爬上阿爾戈二號，法蘭克笨拙地對她笑笑。「嗯……很高興和你一起殺死大疣豬。」

派波也笑了。「我也是啊，張先生。」

她擁抱法蘭克一下，這似乎讓他很緊張，但派波實在很喜歡法蘭克，不只因爲他身爲海柔的男朋友既細心又體貼，也因爲派波只要看到他佩戴傑生以前戴的執法官徽章，就很感激他願意挺身而出、接下這個任務。法蘭克讓傑生卸下肩上的重擔，從此能夠在混血營自由尋找新的生命道路（派波希望是這樣）……這當然是假設他們能夠挺過未來八天，而且大家都能活下來。

組員們齊聚一堂，在前甲板上很快開個會，主要是因爲波西持續監視一條巨大的紅色海蛇，牠正從左舷邊游過。

---

52 艾斯庫累普（Aesculapius），羅馬神話中的醫神，是阿波羅的兒子，相傳有讓人起死回生的醫術。他的希臘名字是阿思克勒庇俄斯（Asklepios）。

「那東西眞的很紅，」波西喃喃地說：「我懷疑牠是不是櫻桃口味的。」

「你爲什麼不游過去搞清楚啊？」安娜貝斯問。

「我可以說不行吧。」

「總之，」法蘭克說：「根據我在皮洛斯島的表親所說，我們要在斯巴達尋找的捆著鎖鍊的天神，是我爸……呃，我是說阿瑞斯，不是馬爾斯。顯然在斯巴達人的城市裡，他們把阿瑞斯的一座雕像捆上鎖鍊，於是戰爭的精神永遠不會離開他們。」

「好……好吧，」里歐說：「斯巴達人眞怪。喔當然啦，我們也把勝利女神綁在樓下，所以我猜我們沒資格說別人的閒話。」

傑生靠在船頭的投石器上。「那就出發去斯巴達吧。不過，捆著鎖鍊的天神心跳要怎麼幫我們找到死亡的解藥？」

從他緊繃的表情看來，派波明白他的傷口還是很痛。她記得阿芙蘿黛蒂曾告訴她：「親愛的，不只是因爲他受到刀傷，也因爲他在以薩卡看到的醜陋事實。假如那可憐的男孩沒辦法保持堅強，那個事實就會吞噬他。」

「派波？」海柔問。

她嚇得回過神。「抱歉。怎樣？」

「我是問你關於那些影像，」海柔再說一次：「你告訴我，你曾經在匕首的刀刃上看到一些東西？」

「呃……沒錯。」派波勉強從刀鞘中拔出卡塔波翠絲。自從用這把匕首刺殺雪之女神齊昂妮之後，刀刃上的影像就變得比較淡而且粗糙，彷彿那些影像都雕刻在冰塊裡。她曾看到鷹群盤旋在混血營上空，還有大地的驚人震波摧毀了紐約市。她也曾看到過去的景象：她父親在大波羅山頂上遭到鞭打和捆綁，傑生和波西在羅馬的大競技場力戰巨人族，還有河神阿刻羅俄斯向她伸出手，懇求派波歸還從他頭頂砍下的富饒角。

「我，呃……」她努力想要理清思緒，「我現在看不到半點東西。不過有個影像不斷跳出來，我和安娜貝斯正在搜索某些廢墟……」

「廢墟！」里歐搓搓雙手。「現在可以來講點閒話了。希臘總共有多少廢墟呢？」

「閉嘴啦，里歐！」安娜貝斯責罵他。「派波，你覺得那是在斯巴達嗎？」

「也許是吧，」派波說：「總之……突然間我們就在一個很像洞穴的昏暗地方，瞪著一個青銅戰士雕像。在那個影像裡，我摸到雕像的臉，結果我們四周開始竄起火焰。我看到的就是這樣。」

「火焰啊。」法蘭克沉下臉。「我不喜歡那個影像。」

「我也是。」波西依舊緊盯著紅色海蛇的動靜，牠還在海浪裡游來游去，距離左舷大概一百公尺。「假如雕像會把人吞進火焰裡，我們應該派里歐去。」

「我也愛你喔，兄弟。」

「你知道我是什麼意思嘛，你對火免疫。或者，該死，給我那種很厲害的水榴彈，那我就去。我和阿瑞斯之前有些過節。」

安娜貝斯凝視皮洛斯島的海岸線，現在退到遠處去了。「如果派波看到的是我們兩個找那個雕像，那我們兩個就應該去。不會有事啦，我們總是有方法可以活下去。」

「不是每一次都可以啊。」海柔提出警告。

由於她是在場唯一一個眞的死掉又復生的人，她的觀察還眞是嚴重影響心情。

法蘭克拿出皮洛斯島薄荷的小瓶子。「這個東西如何？去過冥王之府以後，我是有點希望以後再也不要和喝毒藥扯上關係。」

「把它安全收好，」安娜貝斯說：「就目前來說，我們也只能這樣了。等我們搞清楚那個捆著鎖鍊的天神狀況，再去提洛斯島。」

「『提洛斯島的詛咒』啊，」海柔想起來了，「聽起來還滿好玩的。」

「希望阿波羅會在那裡，」安娜貝斯說：「提洛斯島是他的家鄉島嶼，而他也是醫藥天神，應該能給我們一點建議。」

阿芙蘿黛蒂說的話又迴盪在派波的耳際。「我的孩子，你必須成爲羅馬人和希臘人之間的橋梁。如果沒有你，無論暴風雨或火焰都無法成功。」

阿芙蘿黛蒂曾經警告她未來會發生什麼事，也對她說明必須怎麼做才能阻止蓋婭。她到底有沒有那樣的勇氣呢……派波自己也不知道。

在左舷的船頭外，櫻桃口味的海蛇噴出蒸汽。

「沒錯，牠絕對是在測試我們，」波西很肯定地說：「也許我們應該飛到空中一陣子。」

「那就空中飛行！」里歐說：「非斯都，重要任務交給你了！」

船首的青銅龍發出劈啪聲和嗶剝聲。戰船的引擎開始嗡嗡作響，船槳高高舉起，伸展成飛行的槳片，伴隨的聲音宛如九十把雨傘同時張開，阿爾戈二號隨即飛上天空。

「我們應該會在早上飛到斯巴達，」里歐向大家宣布：「而且，各位成員，今天晚上記得要到餐廳來喔，因爲里歐主廚要做他最拿手的炙燒豆腐墨西哥夾餅！」

18 派波

派波實在不希望三隻腳的桌子對她大呼小叫。

那天晚上傑生來艙房找她時，她特意讓房門打開，因爲那張「神奇桌子」巴福特非常認眞値勤，擔任它的守護者角色。如果它有一丁點的懷疑，認爲某個女孩和某個男孩單獨待在同一間艙房而沒有受到監督，它就會噴出蒸汽勃然大怒，沿著走廊噹啷哐咚衝來，上面投射出來的黑傑教練影像會大聲吼著：「住口！給我做二十個伏地挺身！趕快把衣服穿上！」

傑生坐在她的床尾。「我準備要去執勤了，只是想先來看看你好不好。」

派波用腳碰他的腿。「讓劍捅過身子的傢伙，竟想看看我好不好？你現在覺得如何？」

他撇嘴微笑。自從他們在非洲海岸待了一段時間後，他的臉就曬得很黑，嘴唇的傷疤看起來很像用粉筆做的記號，一雙藍眼睛也更加醒目。他的頭髮長成玉米絲穗般的銀白色，只不過還是有一條溝紋留在他的頭皮上，那是海盜斯喀戎的火槍子彈擦過他頭皮留下的痕跡。假如神界青銅造成的輕微擦傷都要經過這麼久才能痊癒，派波很懷疑帝國黃金在他肚子上造成的重傷究竟會不會好轉。

「以前還更糟呢。」傑生向她保證。「以前啊，在奧勒岡，龍女還砍斷我的手臂。」

派波皺起眉頭。然後她輕拍傑生的手臂。「別說了。」

「陪我一下。」

他們握著手，靜靜不說話也很安心。有那麼一會兒，派波幾乎可以想像他們是普通的青少年，很享受彼此相伴的感覺，也學習在一起成為伴侶。是沒錯，她和傑生曾經在混血營共度好幾個月的時光，但與蓋婭的戰爭一直如影隨形。派波眞想知道，假如他們不必擔心每一天都可能死個好幾次，生活不曉得會是什麼樣子。

「我從來沒有對你說過謝謝。」傑生的表情轉為嚴肅。「之前在以薩卡，我看見我媽……的殘餘部分，看見她的狂躁鬼之後……還有我受傷的時候，派波，你讓我不至於死掉。我內心有一部分……」他的聲音有點顫抖。「我內心有一部分其實很想閉上眼睛，不想再戰鬥了。」

派波的心慢慢揪了一下，連手指尖都感覺得到自己的脈搏跳動。「傑生……你是戰士，你絕對不會放棄。面對你母親的鬼魂那時候，很堅強的人是你，不是我。」

「也許吧。」他的聲音乾乾的。「派波，我也不想把這樣的重擔加在你身上，只是……我身上有我媽的DNA，我身上屬於人類的部分全都來自於她。萬一我做了錯誤的決定該怎麼辦？萬一我們對抗蓋婭時，我犯了無法挽回的錯誤，那該怎麼辦？我不希望自己最後變得像我媽那樣，淪落成『狂躁鬼』，只能永無止盡咀嚼自己的後悔。」

派波用雙手包住他的手。她覺得自己好像又回到阿爾戈二號的甲板上，握著波瑞阿茲兄弟的冰製手榴彈，眼看著即將引爆。

「你會做出正確的決定，」她說：「不曉得我們未來會碰到什麼樣的狀況，不過你最後絕對不會變得像你媽一樣。」

「你怎麼能這麼確定？」

派波仔細端詳他前臂的刺青，包括SPQR、朱比特之鷹，還有代表他的軍團年資的十二條線。「我爸曾對我說過一個關於做決定的故事……」她搖搖頭。「沒有啦，當我沒說。聽起來我很像湯姆爺爺吧。」

「繼續說啊，」傑生說：「什麼樣的故事？」

「這個嘛……就是有兩個切羅基族的印第安獵人在樹林裡，這樣可以嗎？兩個人分別有各自的禁忌。」

「禁忌……就是他們不能做的事。」

「沒錯。」派波開始覺得輕鬆一點。說不定就是因爲這樣，她爸爸和爺爺才會老是喜歡說故事。不管要談論什麼事，如果把事情套在好幾百年前的兩個切羅基獵人身上，那麼即使是最可怕的議題，好像也比較容易說出口。總之就是碰到一個問題，把它變得有趣一點。也許這就是她爸爸變成演員的原因。

「所以其中一個獵人，」她繼續說：「他不該吃鹿肉，而另一個傢伙不該吃松鼠肉。」

「爲什麼？」

「嘿，我怎麼知道？有些切羅基人的一些禁忌就永遠是禁忌嘛，像是不能殺飛鷹。」她輕敲傑生手臂上的標記。「違反禁忌的每個人幾乎會招來厄運。但有時候某個切羅基人會接受暫時的禁忌，也許是爲了淨化靈魂，或是因爲聽了來自靈界或這類的勸誡，知道某些禁忌很重要。總之他們相信自己的直覺。」

「好吧。」傑生的語氣聽起來有點懷疑。「回到那兩個獵人的故事。」

「他們在樹林裡打獵一整天，唯一一種獵物是松鼠。到了晚上，他們停下來紮營，可以吃松鼠肉的那個傢伙開始在火堆上烤松鼠。」

「好吃。」

「這是我吃素的另一個原因。總之，第二個獵人，不能吃松鼠肉的那位，他肚子餓了。他朋友大口吃肉的時候，他只能坐在那裡，緊緊抓住肚子。最後，第一個獵人開始覺得很有罪惡感。『啊，自己拿吧，』他說：『吃一點嘛。』可是第二個獵人很堅持：『那是我的禁忌。我會惹上很嚴重的麻煩，可能會變成蛇還是什麼的。』第一個獵人笑了：『你從哪裡聽來那麼瘋狂的說法？不會怎樣啦，你可以到明天再說絕對不吃松鼠肉啊。』第二個獵人知道自己不該吃，但他還是吃了。」

傑生的手指輕輕摸著派波的指關節，這樣實在很難專心。「然後呢？」

「到了半夜，第二個獵人驚醒過來，痛得尖叫。第一個獵人跑去看看發生什麼事，他掀開朋友的被子，看到他朋友的兩條腿已經融合在一起，變成皮革般的尾巴，然後又眼睜睜看著蛇皮爬上他朋友的身體。可憐的獵人哭求神靈原諒，而且嚇得大叫，不過一點用也沒有。第一個獵人守在他身旁，努力想要安慰他，到最後那不幸的傢伙完全變成一條大蛇，呼溜溜跑掉了。故事結束。」

「我好愛聽那些切羅基人的故事，」傑生說：「讓人覺得好愉快。」

「最好是啦。」

「所以，那傢伙變成一條蛇。這故事的啓示是：法蘭克曾經吃過松鼠？」

派波笑了，笑一笑的感覺眞好。「不是啦，笨蛋。重點是要相信你的直覺。松鼠肉對某個人可能沒事，對另一個人卻是禁忌。第二個獵人明知道他體內有蛇的本質，潛藏在體內隨時要浮現出來；他明知道自己不該吃松鼠肉去助長那個不好的本質，但他終究還是吃了。」

「所以……我不應該吃松鼠囉。」

派波看到傑生兩眼炯炯有神，不禁鬆了一口氣。她想著幾天前的晚上，海柔曾經對她吐露的祕密：「我認爲傑生是希拉整個計畫的關鍵。他以前是希拉的第一步棋，未來也會是她的最後一步棋。」

「我的重點是，」派波一邊說，一邊用手指戳他的胸口，「你啊，傑生．葛瑞斯，非常熟悉你自己不好的本質，而你盡了全力不要助長那些本質。你有很強的直覺，你也知道該怎麼遵循那些直覺。無論你有哪些討人厭的特質，你絕對是很好的人，而且永遠努力要做正確的決定。所以，不要再說放棄了。」

傑生皺起眉頭。「等一下，我有很討人厭的特質？」

她翻了翻白眼。「來這邊。」

派波正準備親吻他，這時門上傳來叩叩聲。

里歐歪著身子閃進來。「派對嗎？有沒有邀請我？」

傑生清清喉嚨。「嗨，里歐。什麼事？」

「喔，沒什麼。」他指著樓上。「就是平常那些超討厭的文圖斯想要毀掉這艘船。你準備要去執勤了嗎？」

「好了。」傑生傾身向前，親吻派波。「謝謝。而且不要擔心，我很好。」

「那個，」她對傑生說：「就是我要說的重點。」

男孩們離開後，派波躺在她的飛馬羽絨枕頭上，看著她的燈投射在天花板上的一個個星座。她覺得自己應該睡不著，不過在夏日熱氣中對抗各種怪物一整天，實在是筋疲力盡。到最後，她閉上雙眼，漸漸陷入一場惡夢。

雅典的衛城。

派波從來沒有去過那裡，但以前看過照片而認得。那是一座古老的要塞，盤踞在一座山丘上，簡直像直布羅陀的巨岩一樣令人敬畏。現代雅典市的夜間燈火蔓延在平原上，而衛城從那裡向上拔高一百二十公尺，陡峭的懸崖頂端是一大塊石灰岩壁。山頂上有大群的神廟廢墟和現代的吊車，全都在月光下閃耀著銀色光芒。

在派波的夢境裡，她飛越帕德嫩神殿，那是古代的雅典娜神廟，神廟的中空骨架左側有金屬鷹架包圍起來。

衛城似乎見不到半個凡人，也許是因爲希臘面臨財政困窘的關係。也說不定是蓋婭的軍隊已經安排了某些藉口，逼使觀光客和建築工人離開那裡。

派波的目光拉近到神廟的中央。好多巨人聚集在那裡，活像是在巨型紅杉森林裡舉辦雞尾酒會。派波認得其中幾個巨人，包括羅馬的那對可怕雙胞胎，歐杜士和艾非亞特士[53]，他們穿著相同的建築工人裝束；還有波呂玻特斯，他看起來與波西的描述一模一樣，散亂的長長髮絡不斷滴下毒液，而且護胸甲上雕刻著許多飢渴嘴巴；最糟的是恩塞勒達斯[54]，這個巨人曾經綁架派波的爸爸，他的盔甲鏤刻著火焰圖案，有許多骨頭裝飾在髮辮上，而且手上的長矛巨大如旗竿，甚至燃燒著紫色火焰。

派波曾聽說每一位巨人都是生來對抗某位特定的天神，不過聚集在帕德嫩神殿的巨人看起來超過十二位。她數了數，至少有二十位，而且這樣好像還不夠令人生畏，還有一大群體型較小的怪物圍繞在巨人腳邊，包括獨眼巨人、食人巨怪、六條手臂的地生族，以及下半身是巨蛇的龍女。

有個空蕩蕩的臨時王座豎立在群眾的正中央，是用扭曲鷹架和各種石塊堆砌起來，顯然是從神廟的廢墟裡臨時找材料拼湊而成。

派波看著這一切時，有一位巨人剛到，踩著沉重步伐走上衛城遠端的階梯。他身穿超大件的天鵝絨運動服，脖子上戴著數條金鍊，頂著油膩膩的黑髮，看起來很像身高九公尺的流氓……假如流氓可以生出龍腳和燒傷的橘色皮膚的話。那個凶惡的巨人跑向帕德嫩神殿，踏著重重的步伐走進去，一路踩扁了好幾個地生族。接著他停下腳步，在王座底部喘著氣。

「波爾費里翁在哪裡？」他質問：「我帶來一些消息！」

派波的宿敵恩塞勒達斯走向前。「希波呂托斯，他像往常一樣遲到了。我希望你帶來的消息值得等待。波爾費里翁國王應該是……」

他們之間的地面迸裂開來，有個體型更大的巨人從地底下跳出來，活像跳出水面的鯨魚。

「波爾費里翁國王在此。」國王大聲宣告。

派波曾在索諾馬的狼屋看過他，此刻他的模樣與記憶中完全相同。他的身高足足有十二公尺，在他的兄弟之間顯得鶴立雞群。事實上，他與曾經聳立於神殿的雅典娜．帕德嫩雕像

53 歐杜士（Otis）和艾非亞特士（Ephialtes），希臘神話中的巨人，他們是大地之母蓋婭的雙胞胎兒子。

54 恩塞勒達斯（Enceladus），大地之母蓋婭與天空之父烏拉諾斯的鮮血所生的巨人族，他在和奧林帕斯眾神的大戰中，被智慧女神雅典娜用大地壓垮，壓在他身上的土地形成現在的西西里島。

一樣高，派波一想到這點就覺得好噁心。他從半神半人手上掠奪來的武器都插在髮辮上，在海藻色的頭髮間閃閃發亮。他的臉孔非常冷酷，顯現淡淡的綠色，雙眼像迷霧一樣白。他的身體散發出自己的一種引力，使得其他怪物都朝他靠過去，就連塵土和小石子也從地面飛掠而過，受到他那雙巨大龍腳的吸引。

流氓巨人希波呂托斯連忙跪下。「我的國王，我帶來敵人的消息！」

波爾費里翁坐上他的王座。「說吧。」

「半神半人的船艦航行繞過伯羅奔尼薩。他們已經摧毀以薩卡的那些鬼魂，也在奧林匹亞抓走女神妮琪！」

這番話引發怪物群眾一陣騷動。有個獨眼巨人拚命咬指甲，兩個龍女彼此互換錢幣，活像是辦公室同事們開局合賭世界末日的結局會是怎樣。

波爾費里翁只是笑了笑。「希波呂托斯，你想不想殺了你的敵人荷米斯，成爲巨人族的傳訊者？」

「我的國王，當然想！」

「那麼，你就得帶來更新鮮的訊息啊。你說的這些我早就知道了，全都沒什麼大不了！那些半神半人採取的路徑完全按照我們的期望，假如走其他的路，他們才是笨蛋。」

「可是，大人，他們早上就會抵達斯巴達了！如果他們打算解開『馬駭』的束縛……」

「白痴！」波爾費里翁的吼聲撼動整個廢墟。「我們的兄弟米瑪斯在斯巴達等著他們，你根本不需要擔心。那些半神半人不可能改變他們的命運，無論結局如何，他們的鮮血都將灑在這些石頭上，喚醒大地之母！」

群眾怒吼著表示同意，同時揮舞手上的武器。希波呂托斯鞠躬之後退開，不過又有另一位巨人迎向王座。

派波嚇了一大跳，她發現這位巨人是個女性。並不是因爲她很容易辨認，這位女巨人有同樣的龍腳和同樣的長長髮辮，也與其他的男巨人一樣高大魁梧，但她的護胸甲絕對是爲女性打造的時髦款式。她的講話音調也比較高亢而尖細。

「父親！」她大叫：「我要再問一次：爲什麼在這裡，在這個地點？爲什麼不是在奧林帕斯山的山坡上？當然……」

「佩呂玻伊亞，」國王咆哮說：「這件事已經決定了。原本的奧林帕斯山如今是一座光禿禿的山峰，無法彰顯我們的榮耀。這裡是整個希臘世界的中心，也是天神們眞正深植根基的地方。或許還有其他更古老的神廟，但這座帕德嫩神殿最能保留他們的記憶，而在凡人心目中，這裡也最能象徵奧林帕斯眾神的力量。等到最後混血英雄的鮮血灑在這裡，衛城將夷爲平地，這座山丘會崩毀瓦解，整個城市由大地之母完全掌控。我們將成爲萬物的主宰！」

群眾歡呼吼叫，可是女巨人佩呂玻伊亞看起來沒有完全信服。

「父親，您這樣是鋌而走險，」她說：「除了敵人之外，半神半人在這裡也可能有朋友。這樣做並不明智……」

「明智？」波爾費里翁從王座上站起來，所有巨人嚇得退後一步。「恩塞勒達斯，我的諮詢顧問，請向我女兒解釋什麼才是智慧！」

那個燃燒的巨人走向前，他的雙眼像鑽石一樣放射光芒。派波很討厭那張臉，以前她父親遭到綁架時，她在夢中看過那張臉太多次了。

「公主，您不需要操心，」恩塞勒達斯說：「我們已經拿下德爾菲，阿波羅羞愧地被迫離開奧林帕斯山。眾神的未來已經走投無路，只能盲目摸索向前。至於鋌而走險……」他朝左邊指了指，一個體型較小的巨人連忙笨手笨腳走向前。他有一頭鼠灰色的頭髮，整張臉滿是皺紋，雙眼呈現白內障般的乳白色。他沒有一身盔甲，反而穿著破爛的粗麻布束腰外衣，長滿龍鱗的雙腿像冰霜一樣冷白。

他看起來沒什麼了不起，但派波注意到其他怪物與他保持一段距離，就連波爾費里翁也對那個老巨人敬而遠之。

「這位是托翁，」恩塞勒達斯說：「就像我們許多人都是生來注定要殺死某位特定天神，托翁也是生來要殺死命運三女神。他將會徒手勒死那三位老太太，也要扯斷她們的紗線、摧毀她們的織布機。他將會毀掉『命運』本身！」

波爾費里翁國王站起身，以勝利之姿伸展雙臂。「我的朋友們，再也不會有預言了！再也沒有預見未來這回事了！蓋婭的時代就會是我們的時代，而我們會創造自己的命運！」

群眾們歡呼得那麼大聲，派波聽了覺得自己快要震成碎片了。

接著，她意識到有人正在搖醒她。

「嘿，」安娜貝斯說：「我們快要到斯巴達了，你可以起來準備了嗎？」

派波坐起來，渾身無力，一顆心還怦怦跳個不停。

「好……」她緊緊抓住安娜貝斯的手臂。「不過在那之前，有些事你需要聽一聽。」

19 派波

她對波西重新講述自己的夢境時，船上的廁所爆炸了。

「絕對不能只有你們兩個人下去那裡。」波西說。

里歐揮舞著扳手跑過走廊。「老兄，你一定要毀了水管嗎？」

波西沒理他。水沿著梯板往下流。隨後又有更多水管炸開、水槽的水滿出來，連船身也開始隆隆作響。派波心想，波西並不是有意要造成這麼大的損壞，不過看到他那陰鬱憤怒的表情，讓她好想盡快離開這艘船。

「我們不會有事啦，」安娜貝斯對他說：「派波預見我們兩個下去那裡，所以那是一定要發生的。」

波西瞪了派波一眼，彷彿一切全是她的錯。「而米瑪斯這老兄是誰？我猜他是巨人囉？」

「可能是，」她說：「波爾費里翁說他是『我們的兄弟』。」

「而且有一個青銅雕像的四周全是火焰，」波西說：「而那些……你提到的其他東西，什麼馬雞？」

「是『馬駭』，」派波說：「我想，那個詞的希臘文意思是『戰鬥』，但我不曉得那到底有什麼作用。」

「那就是我的意思啊！」波西說：「我們不知道下面到底有什麼。我會和你們一起去。」

「不行。」安娜貝斯伸手按住他的手臂。「假如那些巨人要我們的血，我們最不應該做的就是讓一個男孩和一個女孩一起到下面去。還記得嗎？他們要男孩和女孩各一人作爲他們的盛大祭品。」

「那麼我和傑生一起去，」波西說：「而我們兩個……」

「你這個海藻腦袋，你的意思是兩個男孩可以把這件事處理得比兩個女孩更好嗎？」

「不是，我的意思是……不是啦。可是……」

安娜貝斯親他一下。「你都還沒發現，我們就會回來了。」

趕在整個下層甲板讓廁所水完全淹沒之前，派波跟著安娜貝斯走上樓梯。

一小時後，她們兩人站在一座山丘上，俯瞰著古代斯巴達城的廢墟。她們已經勘察過現代斯巴達市的狀況，那裡實在很怪異，讓派波聯想到美國新墨西哥州的阿布奎基市，都有一大堆粉刷成白色的四四方方低矮房子，在平原上蔓延開來，後方倚著略帶紫色的層疊山巒。安娜貝斯堅持要察看考古學博物館，然後去看公共廣場的斯巴達戰士巨型金屬雕像，接著去國立橄欖與橄欖油博物館（你沒看錯，眞的有這種博物館）。派波從來沒聽過這麼多橄欖油的知識，其實她也不想知道，但沒有碰到半個巨人攻擊她們，也沒有發現什麼捆著鎖鍊的天神。

安娜貝斯似乎不太情願去察看城鎮邊緣的廢墟，不過到最後實在沒有其他地方可看了。

其實廢墟也沒有太多東西可看。根據安娜貝斯的說法，她們站立的山丘曾是斯巴達的衛城，是城市的制高點和要塞，可是這裡一點都不像派波在夢裡看過的巨大雅典衛城。

風化嚴重的陡峭山坡滿是枯萎的小草、岩石，以及發育不良的矮小橄欖樹。而在山丘下方，廢墟向外延伸了差不多有四百公尺遠，包括許多石灰岩塊、幾道破損牆壁，地面還有幾個蓋住的洞口，看似是水井。

派波想起她爸爸最有名的一部電影《斯巴達之王》，以及那部電影如何把斯巴達人塑造成不屈不撓、所向無敵的超人。如今發現他們的傳奇事蹟全都化爲大片的礫石，只剩下一個規模很小的現代城鎮和一座橄欖油博物館，令派波覺得不勝唏噓。

她伸手抹掉額頭的汗水。「你覺得呢？假如附近眞的有個身高九公尺的巨人，我們一定看得見吧。」

安娜貝斯凝視著遠方阿爾戈二號的船形，它飄浮在斯巴達鎮的正上方。她用手指摸著自己項鍊上的紅色珊瑚墜子，那是波西送她的禮物，當時他們剛開始約會。

「你在想波西。」派波猜測說。

安娜貝斯點點頭。

從塔耳塔洛斯歷劫歸來之後，安娜貝斯曾對派波講了一大堆那下面發生的可怕事件。在她的排行榜中最可怕事件是：波西控制了一陣毒藥波浪，把女神艾柯呂斯[55]活活淹死。

「他似乎有點改變，」派波說：「他比較常笑了。你也知道，他比以前更關心你的安危。」

安娜貝斯坐下來，整張臉突然變得慘白。「那件事突然對我打擊那麼大，我也不曉得爲什麼。我沒辦法把那段記憶從腦海裡趕出去……就是波西站在『混沌』邊緣時的表情。」

也許派波只是對安娜貝斯的憂慮不安感同身受，不過她自己心裡也同樣開始激動起來。

---

[55] 艾柯呂斯（Akhlys），希臘神話中的死亡之霧女神，也是悲慘的化身。

她想起昨天晚上傑生說的話：「我內心有一部分想要閉上眼睛，不想再戰鬥了。」

她想盡辦法安慰傑生，但還是很擔心。就像那個變成大蛇的切羅基族獵人，所有半神半人的內心也有自己的黑暗面。致命的弱點。有些緊要關頭會把那些致命弱點引出來。有些界線是絕對不應該跨越的。

如果傑生眞的會那樣，波西又何嘗不會？他可是眞眞切切到地獄走上一遭又回來啊。就算不是眞的有意，波西也能讓廁所爆炸。而萬一他是『有意』想要表現得很可怕，又會做出什麼事呢？

「給他一點時間吧。」她在安娜貝斯身旁坐下來。「那傢伙爲你瘋狂。你們兩人一起經歷過那麼多事啊。」

「我知道……」安娜貝斯的灰眼睛映照著橄欖樹的綠色色澤。「只是……泰坦巨神鮑伯，他警告我，未來還會有更多的犧牲。我想要相信我們總有一天可以過著正常的生活……但去年夏天泰坦巨神戰爭之後，我讓自己這樣想，接著波西就消失了好幾個月，然後我們又掉進那個深淵……」一顆淚珠滾落安娜貝斯的臉頰。「派波，如果你看過塔耳塔洛斯的臉孔，看過那所有不斷旋轉的黑暗，不但吞沒怪物，還把他們蒸發掉……我從來沒有覺得那麼無助。我努力不要想那些事……」

派波握住她朋友的雙手，兩人都顫抖得好厲害。她回想起自己到達混血營的第一天，當時安娜貝斯帶她四處走走、介紹環境。安娜貝斯一聽到波西失蹤了，整個人渾身發抖，雖然派波自己也不知所措而且嚇壞了，但她安慰安娜貝斯，讓她覺得有人需要她，那種感覺就像是身處於這些力量異常強大的半神半人之間，也能眞的擁有自己的一席之地。

安娜貝斯．雀斯是她心目中最勇敢的人，如果這樣的人也需要有個肩膀能夠靠著哭一下……嗯，派波很高興能夠提供自己的肩膀。

「嘿，」她溫柔地說：「不必刻意壓抑情緒，反正也壓抑不了，就讓情緒再一次徹底發洩出來吧。你很害怕。」

「天神啊，沒錯，我很害怕。」

「你也很生氣。」

「我很氣波西嚇到我，」她說：「我很氣媽媽把我送去羅馬出那趟可怕的任務。還有……呃，我幾乎是氣所有的人啦，我氣蓋婭，氣巨人族，還有那些像渾蛋一樣的天神。」

「還有氣我？」派波問。

安娜貝斯勉強擠出一抹微笑。「是啦，氣你還這麼冷靜，超討厭的。」

「那都是騙人的。」

「還有氣你是這麼好的朋友。」

「哈。」

「還有氣你對那些傢伙和戀愛的事老是那麼理智……」

「對不起。你說的是我嗎？」

安娜貝斯搥了她的手臂一拳，但其實沒有用力。「我好蠢喔，竟然坐在這裡講那些感覺，明明我們還有任務要完成。」

「那個捆著鎖鍊的天神心跳可以等啦。」派波試著擠出笑容，不過她自己的內心也充滿恐懼，爲了傑生和她在阿爾戈二號上的朋友們，也爲了她自己，只要想起萬一做不到阿芙蘿黛蒂建議的事情，她就恐懼萬分，阿芙蘿黛蒂說：「到最後，你剩下的力量只能說出一個字眼。一定要說出正確的字眼，否則你會失去一切。」

「無論未來發生什麼事，」她對安娜貝斯說：「我都是你的朋友。只要……記住這一點就好，可以嗎？」

特別是我不在你身邊提醒你的時候，派波心裡這麼想。

安娜貝斯正打算開口說話，但就在這時，廢墟那邊傳來一陣轟鳴聲。那些周圍排列著石頭的洞口之一，就是派波剛才誤以爲是井口的地方，突然噴出一道三層樓高的火焰噴泉，而且瞬間熄滅。

「那是什麼鬼？」派波問。

安娜貝斯嘆了一口氣。「不知道，不過我有種預感，我們應該去察看一下。」

三個洞口並列成一排，宛如直笛的一排指孔。每個洞口都是完美的圓形，直徑爲六十公分，邊緣鋪了一圈石灰岩塊，而且每個洞都直直通入深不見底的黑暗。每隔幾秒鐘，似乎不是很規律，那三個洞口就會有其中一個噴出一道火焰射向天空，而且每一次射出的火焰顏色和強度都不相同。

「它們以前不會這樣。」安娜貝斯沿著大大的弧形繞著洞口走動。她看起來還是有點緊張和蒼白，不過心思顯然在著手解決問題。「似乎沒有什麼固定模式，時機，顏色，火焰的高度……實在搞不懂。」

「我們是不是啓動了什麼？」派波疑惑地問：「也許你在山丘上感受到的那波恐懼……

呃，我是說我們一起感受到的。」

安娜貝斯似乎沒有聽到她說的話。「一定有某種機關……某種壓力板，某種近距離感應警報裝置。」

火焰又從中央的洞口噴出來。安娜貝斯在心裡默默計算。下一次，火焰噴泉是從左邊噴發出來。她皺起眉頭。「這樣不對啊，彼此不一致。應該會遵循某種邏輯才對。」

派波的耳朵開始嗡嗡作響。關於這些洞口……

每一次有洞口噴出火焰，就有一股可怕的震顫傳遍她全身，包括恐懼、驚慌，但也包含一種強烈的慾望，讓她想要更靠近那些火焰。

「那與合不合邏輯無關，」她說：「那與情感有關。」

「噴火的洞口怎麼會與情感有關？」

派波伸手放到右邊洞口上方。說時遲那時快，火焰立刻躍出洞口，派波差點來不及縮回手指，指甲都冒煙了。

「派波！」安娜貝斯連忙跑向她。「你到底在想什麼啊？」

「我不是用想的，而是靠感覺。我們想找的東西就在下面，這些洞口是進去那裡的管道。我得跳進去。」

「你瘋了嗎？就算你沒有塞在通道裡，也不知道裡面有多深啊。」

「你說得沒錯。」

「你會活活燒死的！」

「有可能。」派波解開她的佩刀，扔進最右邊的洞口。「如果安全，我會讓你知道。在這裡等我的消息。」

「不准你去！」安娜貝斯警告她。

派波縱身跳下。

有好一陣子，派波在黑暗中彷彿沒有重量，火燙的石壁灼傷她的手臂。然後她周圍的空間變得開闊，憑著直覺，她縮起身子捲成一團，撞上石板地面時才能夠吸收掉大部分的撞擊力道。

火焰在派波面前向上噴起，微微燒焦她的眉毛，不過她立刻抓起自己的佩刀，從刀鞘中拔出，甚至還沒止住身子的滾動之勢就揮舞刀子。那是一個青銅打造的龍頭，斬首斬得乾淨俐落，只見它滾到地板的另一頭。

派波站起來，努力搞清楚四面八方的狀況。她低頭看看掉落的龍頭，頓時覺得有點罪惡感，彷彿她殺的是非斯都。但那並不是非斯都。

有三個青銅龍雕像站成一排，與頭頂上方的洞口搭配得剛剛好。派波剛才斬斷的是中間的龍頭，另外兩隻完整的龍各有九十公分高，口鼻朝向上方，還在冒煙的嘴巴張得很大。它們顯然是火焰的來源，不過似乎並非自動機械裝置，因爲它們既沒有移動，也沒有試圖攻擊她。派波冷靜地砍掉另外兩個龍頭。

她等待片刻。再也沒有火焰向上噴出了。

「派波？」安娜貝斯的聲音從上方遠處迴盪而來，很像從煙囪上方大吼的聲音。

「我在！」派波大叫。

「感謝天神！你還好嗎？」

「還好。等一下喔。」

她讓視力稍微適應黑暗，接著環顧周遭空間。唯一的光源來自她那把發亮的刀刃和上方洞口。天花板大約九公尺高，照道理派波應該會摔斷兩條腿才對，但她不打算抱怨這種事。

空間本身是圓形的，大小約略與直升機的停機坪差不多。四周的牆壁是以粗劈的石塊堆砌而成，上面刻有希臘銘文，而且有成千上萬個字，宛如塗鴉一般。

而在房間的遠端，在一個石頭高台上，有個人類大小的青銅戰士雕像昂然豎立，派波猜想那是天神阿瑞斯；粗重的青銅鎖鍊捆住他全身，將他牢牢固定在地面上。

雕像的兩側隱約各有一道黑暗的門，兩道門都是三公尺高，而且上方的門拱雕刻了一張陰森可怕的石頭臉孔。那兩張臉讓派波聯想到戈耳工姊妹[56]，只不過它們有著獅子的鬃毛，而不是蛇髮。

派波突然覺得非常孤單、無助。

「安娜貝斯！」她喊著：「掉下來要很久，不過還算安全。也許……呃，如果有繩子，你可以在上面綁好，那麼我們可以沿著繩子爬回去？」

「沒問題！」

幾分鐘後，有條繩子從正中央的洞口垂下來。安娜貝斯沿著繩子爬下來。

[56] 戈耳工姊妹（Gorgons），有著尖牙及一頭蛇髮的怪物三姊妹，其中梅杜莎（Medusa）的特殊能力最為人所知，任何人只要看到她的臉就會變成石頭；另外兩位是絲西娜（Stheno）和尤瑞艾莉（Euryale），擁有永生不死的能力。

「派波．麥克林，」她咕噥著說：「毫無疑問，這絕對是我所見過最愚蠢的冒險行動，而我的約會對象還是個很愛冒險的蠢蛋。」

「謝謝你喔。」派波伸出腳，踢踢最靠近那一顆砍斷的龍頭。「我猜這些是阿瑞斯的龍，是他的一種神聖動物，對吧？」

「而那就是被鎖鍊捆住的天神本尊。你覺得那些門通往……」

派波舉起手。「你有沒有聽見那個聲音？」

那聲音有點像鼓聲……還帶有金屬般的回音。

「是從雕像裡面傳來的，」派波終於說：「被鎖鍊捆住的天神心跳。」

安娜貝斯拔出她的龍骨佩刀。在微弱的光線中，她的臉宛如鬼魅般蒼白，眼睛也看不出顏色。「我……我不喜歡這樣。派波，我們得離開這裡。」

派波內心理性的部分也認爲如此。她起了雞皮疙瘩，好想拔腿就跑，可是這房間似乎有什麼東西，讓她有種奇怪的熟悉感……

「那個聖壇正在激發我們的情緒，」她說：「有點像是待在我媽身邊，只不過這個地方散發的是恐懼，而不是愛。也因爲這樣，你才會在山丘上開始覺得驚慌失措。下來這裡，影響的強度更是一千倍。」

安娜貝斯環顧四面牆壁。「好吧……我們得想個方法把雕像弄出去。也許用那條繩子吊上去，可是……」

「等等。」派波瞥了門口上方的石頭臉孔一眼。「一個散發恐懼的聖壇。阿瑞斯有兩個天神兒子，對吧？」

「佛……佛波斯和戴摩斯[57]。」安娜貝斯邊抖邊說：「恐懼之神和恐怖之神。波西曾在史坦頓島遇過他們一次。」

恐懼和恐怖這兩個雙胞胎天神在史坦頓島幹嘛？派波覺得還是不要問比較好。「我覺得門口上面那兩張臉就是他們的臉。這個地方不只是祭祀阿瑞斯的聖壇，也是恐懼的神殿。」

就在這時，深沉的笑聲在房間裡反覆迴盪。

在派波的右手邊，有個巨人出現了。他並不是穿過那兩道門而來，而是從黑暗中突然冒出來，彷彿剛才根本僞裝成牆壁。

就巨人來說，他的個頭算小，可能只有六、七公尺高吧，因此他在這裡有足夠空間可以甩動雙手的巨型大槌。他的盔甲、皮膚以及那雙布滿龍鱗的雙腿，全都顯現出木炭的深灰色，一頭油亮的黑色髮辮交織著閃閃發亮的銅線和破爛的電路板。

「非常好，阿芙蘿黛蒂的孩子。」巨人露出微笑。「這裡確實是恐懼神殿，而我在這裡就是要讓你臣服，成爲信徒。」

---

[57] 佛波斯（Phobos）和戴摩斯（Deimos），天神阿瑞斯與阿芙蘿黛蒂所生的雙胞胎兒子，是掌管恐懼與恐怖情緒的天神。他們常協助阿瑞斯在戰爭中散播恐怖感，也會帶來愛情中對失去的恐懼情緒。

20 派波

派波知道恐懼是怎麼一回事，但眼前的情況又與她的認知完全不同。一波波的恐怖波濤擊垮了她，她全身關節變得像果凍一樣軟趴趴，連心臟都拒絕跳動。有史以來最糟糕的記憶盤踞她的內心，包括她父親在大波羅山上遭到捆綁、毒打；波西和傑生在堪薩斯誓死奮戰；他們三人淹沒在羅馬的精靈神殿裡；她自己孤軍奮戰齊昂妮和波瑞阿茲兄弟。而這些都還不是最糟糕的，她甚至再次經歷與母親談論未來的對話。

她完全無法動彈，只能眼睜睜看著巨人高舉他的巨槌，準備打扁她們。就在最後一刻，她奮力往旁邊一跳，掩護安娜貝斯。

只見巨槌轟碎地面，濺起大量石片撒落在派波背上。

巨人咯咯發笑。「喔，這樣不公平啦！」他再度舉起手中的巨槌。

「安娜貝斯，站起來！」派波扶著她起來，把她拖到房間的另一端，不過安娜貝斯腳步癱軟，雙眼圓睜且眼神渙散。

派波知道爲什麼會這樣。這座神殿會放大她們個人內心的恐懼。派波看過一些恐怖的事物，但是再怎麼恐怖都比不上安娜貝斯的親身經歷。假如安娜貝斯回想的是塔耳塔洛斯的情景，再與其他的可怕回憶全部增強、加乘在一起，可以想見她的心絕對無法承受。她絕對有可能害怕到瘋掉。

「我在你身邊。」派波向她保證，努力讓說話的音調充滿撫慰的力量。「我們一定會離開這裡。」

巨人笑了。「居然是阿芙蘿黛蒂的孩子帶領雅典娜的孩子！好啦，我已經看夠了。小女孩，你要怎麼打敗我？用化妝品和時尚潮流嗎？」

換成是幾個月前，這種閒言閒語可能會刺傷派波的心，但她已經度過那個階段了。巨人開始拖著腳步走向她們，幸虧他的動作很慢，還拖著沉重的巨槌。

「安娜貝斯，你要相信我。」派波說。

「設定……計畫，」她結結巴巴地說：「我從左邊，你去右邊，如果我們……」

「安娜貝斯，沒有計畫。」

「什……什麼？」

「沒有計畫，只要跟著我就好！」

巨人揮舞手上的巨槌，不過她們輕輕鬆鬆就閃過了。派波跳向前，揮舞短劍砍向巨人的膝背窩，然後趁著巨人憤怒狂吼，趕緊把安娜貝斯拉向最近的地道。一瞬間，全然的黑暗吞沒了她們。

「笨蛋！」巨人從她們背後某處大聲吼叫：「走那裡是錯的！」

「繼續往前走。」派波緊緊抓住安娜貝斯的手。「沒關係，走吧。」

她其實什麼都看不見，這時就連劍刃的光芒也消失了，她只能相信自己的情感，跌跌撞撞往前走。從腳步迴盪的聲音聽起來，她們周圍的空間一定是個巨大洞穴，但她實在無法確定，只能朝著讓恐懼變得最強烈的方向走去。

「派波，這裡很像黑夜女神的『夜之屋』，」安娜貝斯說：「我們應該閉上眼睛。」

「不行！」派波說：「張開眼睛，我們不能逃避。」

巨人的聲音又從她們前方某處傳來。「永遠迷路，遭到黑暗吞噬。」

安娜貝斯呆立不動，逼得派波也停下來。

「我們爲什麼一直橫衝直撞？」安娜貝斯問：「我們迷路了，他根本就是要我們迷路！我們應該等待時機，和敵人談判交涉，再想出好的計畫。那樣永遠都管用啊！」

「安娜貝斯，我從來不會不聽你的建議。」派波讓自己的語氣非常撫慰人心。「不過這一次我非這樣做不可。我們沒辦法用理性打敗這個地方，你不可能想出方法擺脫你的情感。」

巨人的笑聲不斷迴盪，聽起來很像引爆一顆深水炸彈。「安娜貝斯．雀斯，絕望吧！我是米瑪斯，生來就是要殺死赫菲斯托斯。我是專門破壞計畫的人，也專門摧毀運作順暢的機器。只要我出現，不管什麼事情都無法正常運作，地圖會看錯、裝置會失效、資料會消失，連最優秀的心智都會變成一團漿糊！」

「我……我碰過比你更難對付的東西！」安娜貝斯大叫。

「噢，我懂了！」巨人的聲音聽起來更近了。「你一點都不怕？」

「從來沒怕過！」

「我們當然怕，」派波更正說：「我們嚇死了！」

空氣開始流動，派波見狀，及時把安娜貝斯推到旁邊去。

轟！

突然間，她們又回到圓形房間裡，微弱的光線幾乎看不見東西。巨人站在不遠處，努力想把卡在地板裡的巨槌拔出來。派波撲過去，將她的刀刃刺進巨人的大腿。

「啊嗚——！」米瑪斯放開巨槌，痛得彎下腰。

派波和安娜貝斯連忙爬到被鎖鍊捆住的阿瑞斯雕像後方，它依然跳動著金屬心跳聲：咚，咚，咚。

巨人米瑪斯轉過來看著她們，他腿上的傷口已經癒合了。

「你們不可能打敗我的，」他怒吼著：「上一次戰爭足足花了兩個天神的力氣才把我撂倒。我生來就是要殺死赫菲斯托斯的，要不是阿瑞斯跑來攪局，我早就辦到了！你們眞應該癱倒在恐懼裡，不要再苦苦掙扎了，這樣會死得比較快一點。」

幾天前，派波在阿爾戈二號上對付齊昂妮時，開始嘗試說話的時候不要思考，只聆聽內心的聲音，無論大腦怎麼說都不要聽。現在她要再試一次。她移動到雕像的正前方，與巨人面對面，雖然她內心理智的部分不斷尖叫：快跑啊，你這個白痴！

「這座神殿，」她說：「斯巴達人用鎖鍊捆住阿瑞斯，並不是因為想要把阿瑞斯的精神留在他們的城市裡。」

「你覺得不是？」巨人聽得興味盎然，雙眼炯炯有神。他用雙手握住巨槌，把它從地上拔出來。

「這是我兩位兄弟戴摩斯和佛波斯的神殿。」派波的聲音不斷發抖，但她並不打算掩飾。「斯巴達人先來到這裡面對他們的恐懼，然後準備上戰場。他們之所以把阿瑞斯用鎖鍊捆在這裡，是要提醒自己好好思考戰爭的後果。阿瑞斯的力量，也就是戰鬥的精神，叫做『馬駭』；除非你深刻了解『馬駭』有多麼可怕、駭人，除非你能感受到恐懼，否則絕對不該釋出他的力量。」

米瑪斯縱聲大笑。「愛之女神的孩子，居然對我發表關於戰爭的長篇大論。你又知道『馬駭』是什麼嗎？」

「等著瞧吧。」派波直直衝向巨人，要讓他重心不穩。眼看著她的鋸齒刀刃刺過來，巨人雙眼圓睜，踉蹌向後退，結果他的頭猛力撞上牆壁。石壁向上迸裂出一條曲折裂縫，塵土宛如雨點般落下。

「派波，這個地方不堅固！」安娜貝斯警告說：「如果我們不走……」

「不要想著逃走！」派波衝向她們的繩子，繩子從天花板懸垂而下。她盡可能跳到最高，把繩子割斷。

「派波，你瘋了嗎？」

可能吧，派波心裡這麼想。不過，她知道這是活下去的唯一方法，她必須與理性徹底作對，完全跟著情感走，讓巨人失去平衡。

「好痛啊！」米瑪斯揉揉自己的頭。「其實你很清楚，如果沒有哪個天神幫忙，你不可能殺死我的，況且阿瑞斯又不在這裡！下一次再讓我碰到那個吵死人的白痴，我要把他轟成碎片。我本來不必一開始先要打那個傢伙，如果那個懦弱的笨蛋達馬森好好盡自己的本分……」

安娜貝斯縱聲狂吼：「不准羞辱達馬森！」

她衝向米瑪斯，巨人用巨槌的把手差點擋不住安娜貝斯的龍骨刀刃。他拚命想抓住安娜貝斯，這時派波也撲上前，用她的刀刃揮砍巨人的側臉。

「哇啊——！」米瑪斯大吃一驚。

一大綹頭髮掉到地上，還伴隨著另一樣……一大塊肉肉的東西，躺在一大灘金色神血裡。

「我的耳朵！」米瑪斯哀嚎大叫。他還來不及恢復理智，派波就抓住安娜貝斯的手臂，兩人一起衝進第二道門。

「我會轟垮這整個房間！」巨人怒喝著：「大地之母會救我，但你們兩個會被壓扁！」

地面猛力搖晃，四周迴盪著岩石破裂的巨大聲響。

「派波，等一下，」安娜貝斯懇求說：「你要……你要怎麼對付這個？對付恐懼，還有憤怒……」

「別想要控制它，這座神殿的意義就是這樣。你必須接受恐懼，適應它，像是順應湍急的水流一樣駕馭它。」

「你怎麼知道？」

「其實我也不知道，只是感覺到。」

附近某處有一道牆垮下來，伴隨著砲彈爆炸一般的聲響。

「你把繩子切斷了，」安娜貝斯說：「我們就要死在下面這裡了！」

派波用雙手捧起她朋友的臉。她將安娜貝斯拉向前，直到兩人的額頭互相碰觸。透過指尖，她可以感覺到安娜貝斯的心臟跳得好快。「恐懼沒有辦法用理性來討論，仇恨也不行。愛也是一樣。就情感來說，它們幾乎是一樣的，也正是因爲如此，阿瑞斯和阿芙蘿黛蒂才會彼此相愛。他們的雙胞胎兒子，恐懼之神和恐怖之神，同時由愛與戰爭孕育而生。」

「可是我不……這實在沒道理啊。」

「確實沒道理。」派波表示同意，「所以不要再思考了，只要好好感受就行了。」

「我討厭那樣。」

「我知道。感情是你不能計畫的，就像和波西在一起，還有你們的未來……你不能控制每一個偶發事件，只能接受。嚇到就嚇到吧，你要相信一切到最後都不會有問題。」

安娜貝斯搖搖頭。「不曉得我能不能辦到。」

「那從現在開始，專心想著爲達馬森報仇。爲鮑伯報仇。」

兩人一陣沉默。「我現在比較好了。」

「太棒了，因爲我需要你幫忙。我們要一起逃出這裡。」

「怎麼逃？」

「我也不知道。」

「天神啊，我討厭由你帶頭。」

派波笑了，連她自己都覺得很意外。恐懼和愛確實是彼此相關。眼下此刻，她緊抓不放的是自己對朋友們的愛。「走吧！」

她們沒有特別往哪個方向跑，結果發現又回到聖壇房間裡，剛好就在巨人米瑪斯的背後。她們分別揮砍巨人的兩條腿，讓他痛得跪下。

巨人高聲嚎叫。又有更多石塊從天花板崩落。

「軟弱的凡人！」米瑪斯掙扎著站起來。「你們想的任何計畫都不能打敗我！」

「那好啊，」派波說：「反正我也沒有計畫。」

她跑向阿瑞斯的雕像。「安娜貝斯，讓我們的朋友忙一點！」

「噢，他會很忙！」

「哇哇啊啊啊啊啊！」

派波看著戰神青銅雕像的冷酷面容。雕像微微發出低沉的金屬脈搏聲。戰鬥的精神，她心想。它們在裡面，等待釋放。

然而，它們不應該由她來釋放……現在還不行，除非她能夠證明自己的能力。房間再度劇烈搖晃，牆壁又出現更多裂縫。派波看著兩道門上方的石頭雕刻，那是恐懼之神和恐怖之神雙胞胎的怒容。

「我的兄弟啊，」派波說：「阿芙蘿黛蒂之子……我獻給你們一樣祭品。」

她把自己的富饒角放在阿瑞斯腳邊。那根魔法號角已經變得很能理解她的情感，因此可以放大她的憤怒、愛或悲傷，然後根據這些情感射出它的物產。她希望恐懼和恐怖之神會喜歡這東西，或者說不定他們很高興能有新鮮蔬菜和水果加加菜。

「我很害怕，」她坦白地說：「我很討厭這樣，不過我知道非這樣做不可。」

她揮動刀刃，把青銅雕像的頭砍下來。

「不！」米瑪斯大喊。

雕像受傷的頸部呼嘯噴出火焰。火焰環繞著派波四周，讓整個房間充滿情感的激烈風暴：仇恨、殺戮的欲望、恐懼，但是也充滿了愛，因爲每一個人之所以面對戰鬥，必然是爲了捍衛某種事物，像是夥伴、家人、家園。

派波高舉雙臂，於是「馬駭」以她爲中心，形成激烈的旋風。

「我們會回應你的呼喚，」它們對派波的內心低聲訴說：「無論何時，只要你需要我們，破壞、毀滅、屠殺都將回應。我們將會完成你的解藥。」

火焰與富饒角一起消失了，遭受鎖鍊捆綁的阿瑞斯雕像也崩裂成塵土。

「笨女孩！」米瑪斯衝向派波，而安娜貝斯跟在巨人背後。「馬駭已經棄你而去了！」

「說不定他們是棄你而去。」派波說。

米瑪斯舉起巨槌，可是他忘了安娜貝斯。她刺殺巨人的大腿，於是巨人向前撲倒，失去平衡。派波冷靜地走向前，舉刀刺入他的腹部。

米瑪斯臉朝下倒在最近的門口。他翻過身，就在這時，恐怖之神的石臉剛好從牆上掉下來，在他臉上砸個粉碎，彷彿超重量級的一吻。

巨人的慘叫聲非常短促。他的身體僵硬不動，然後分解成六公尺高的一堆灰燼。

安娜貝斯看著派波。「剛才到底發生了什麼事？」

「我也不太確定。」

「派波，你太厲害了，可是你釋放出去的那些火焰靈魂……」

「是『馬駭』。」

「那要怎麼幫我們找到解藥？」

「我也不知道。它們說，等到時機來臨，我可以召喚它們。也許阿蒂蜜絲和阿波羅可以幫忙解釋一下……」

又有一道牆壁轟然倒下，宛如冰河崩裂。

安娜貝斯跌跌撞撞，差點踩到巨人的受傷耳朵而滑倒。「我們得趕快離開這裡。」

「我在想辦法了。」派波說。

「還有，嗯，我想，這耳朵是你的戰利品。」

「好嗯。」

「可以做一面很可愛的盾牌喔。」

「閉嘴啦，安娜貝斯。」派波看著第二道門，門上依舊有恐懼之神的石臉。「兄弟們，謝謝你們幫忙殺死這個巨人。我還需要你們再幫一個忙，幫我們逃出去。喔，相信我，我真的很害怕。我提供這個，呃，可愛的耳朵，當做祭品。」

石臉沒有回應。又有另一道牆壁剝落了，天花板也出現星形的大條裂縫。

派波抓住安娜貝斯的手。「我們要穿過這道門，如果行得通，就會發現自己回到地面上。」

「萬一沒有呢？」

派波抬頭看著恐懼之神的臉。「那就試試看吧。」

她們衝進黑暗中，周圍的整個房間同時轟然坍垮。

21 蕾娜

至少他們最後沒有掉在另一艘遊輪上。

從葡萄牙跳出來之後，他們曾經降落在大西洋中央，蕾娜在「亞速爾群島皇后號」的戶外甲板上待了整整一天，把一堆小小孩從雅典娜．帕德嫩身邊噓走，他們似乎以爲那是一座滑水道。

不幸的是，下一次跳躍則帶著蕾娜回到家鄉。

他們出現在三公尺高的空中，盤旋在一間餐廳的院子上方，蕾娜認得那間餐廳。她和尼克掉在一個大型鳥籠上，鳥籠立刻垮掉，害他們猛然摔進一大叢蕨類盆栽內，旁邊還有三隻鸚鵡嚇得吱嘎亂叫。黑傑教練撞上酒吧的頂篷，雅典娜．帕德嫩則是站著落地，發出巨大的「咚」一聲，不但壓扁了一張戶外桌子，也撞翻一把暗綠色的陽傘，陽傘掉在雅典娜手中的妮琪雕像上，於是智慧女神活像捧著一杯插了小雨傘的熱帶飲料。

「唉唷！」黑傑教練哀號一聲。只見頂篷裂開，他摔到吧台後方，壓碎了一堆酒瓶和玻璃杯。他馬上就回過神，跳出來的時候，頭髮上插著好幾把塑膠小刀，手裡抓著蘇打水槍，還幫自己調製了一杯飲料。

「我喜歡！」他拿起一塊鳳梨塞進嘴巴。「不過呢，小子，咱們下一次可以降落在地面上嗎？出現在三公尺高的空中不太好吧？」

尼克從一叢蕨類植物中脫身，癱倒在最靠近的椅子上，然後把本來想停在他頭頂的藍色鸚鵡趕走。與呂卡翁經歷過一場大戰後，尼克的飛行員夾克變得破破爛爛，於是他把夾克丟了。他的骷髏圖案黑色T恤也沒有好到哪裡去。蕾娜幫他縫合二頭肌的傷口，讓尼克看起來有點像是令人不寒而慄的科學怪人，不過傷口還有點紅腫。狼人的咬傷會把人變成狼，抓傷則不會，但是蕾娜由親身經驗得知，狼人的抓傷傷口癒合得很慢，而且像強酸一樣灼痛。

「我必須睡一下。」尼克抬起頭，眼神茫然恍惚。「我們安不安全？」

蕾娜察看院子四周。這地方似乎遭到棄置，但她不明白爲何會這樣；晚上的這個時間，這裡應該擠滿客人啊。在他們頭頂上，傍晚的天空隱隱發出赤陶土般的紅光，與建築物的牆壁顏色非常相似。中庭周圍的二樓陽台顯得空蕩蕩，只有白色的金屬欄杆掛著一些杜鵑花盆栽。透過一大排玻璃門看進餐廳內部，同樣是一片漆黑。附近唯一的聲響是噴泉發出的汩汩水聲，聽起來很孤單，而鸚鵡偶爾也會發出不太高興的吱嘎叫聲。

「這是巴拉其那。」蕾娜說。

「那是哪種熊的名字？」黑傑打開一大瓶瑪拉斯奇諾櫻桃酒，咕嚕咕嚕灌下肚。

「這是一間很有名的餐廳，」蕾娜說：「位於聖胡安老城區的中央。鳳梨可樂達調酒就是這裡發明的，那是一九六〇年代的事了，我想。」

尼克從椅子上滑下來，蜷縮在地板上，開始打呼。

黑傑教練打了個嗝。「嗯，看來我們要停留一下子了。假如他們自從六〇年代之後就沒有再發明新飲料，也太會拖了吧。我來試試看！」

黑傑在吧檯後面翻箱倒櫃時，蕾娜吹口哨呼喚歐倫和亞堅頓。與狼人大戰一場後，兩隻狗看起來損壞得有點嚴重，不過蕾娜還是讓牠們站崗執勤。她跑去察看從街道通往中庭的門口，裝飾漂亮的鐵門上了鎖，門上有一塊牌子，用西班牙文和英文寫著餐廳舉辦私人派對不開放。情況似乎有點奇怪，畢竟這地方感覺遭到棄置。告示牌的底部有幾個浮雕縮寫字母：HTK。蕾娜看了覺得有點不安，但是不曉得爲什麼會有這種感覺。

她透過鐵門往外看，福塔雷薩街十分安靜，感覺很不尋常。藍色的卵石路面既沒有車輛也沒有行人，色彩柔和的一間間店面也全部關閉，四周一片漆黑。是因爲星期日的關係嗎？或者是某種假日？蕾娜覺得愈來愈不安。

在她背後，黑傑教練開心地吹著口哨，正在擺設一整排食物攪拌機。幾隻鸚鵡停棲在雅典娜．帕德嫩的肩膀上，蕾娜不禁心想，等雕像抵達混血營後，希臘人看到他們的神聖雕像身上滿是熱帶鳥類的大便，不知道會不會覺得深受冒犯。

想想蕾娜可能去的所有地方……再想想聖胡安。

也許只是巧合，不過她很擔心這並不是巧合。要從歐洲前往紐約，波多黎各實在不是必經之路，有點太靠南邊了。

況且，這幾天蕾娜都會把自己的力量借給尼克，也許她透過潛意識影響了尼克。尼克會受到痛苦想法、恐懼和黑暗的吸引，而蕾娜最黑暗、最痛苦的記憶都在聖胡安。她最大的恐懼是什麼呢？就是回到這裡吧。

蕾娜的兩隻狗感受到她的激動不安。牠們在中庭四處搜尋，對著暗影吠叫。可憐的亞堅頓不停繞圈圈，努力想把歪向一邊的頭擺正，這樣才能用牠僅剩的一隻紅寶石眼睛看東西。

蕾娜則是專心想著正面的美好記憶。她很懷念社區周圍的小樹蛙叫聲，那很像一大堆瓶蓋嗶嗶啵啵打開的聲音，宛如一場大合唱。她很懷念海洋的氣息、木蘭樹和柑橘樹開花的香氣，以及當地麵包店新鮮出爐的麵包。就算是潮溼的空氣也讓人覺得舒服而熟悉，很像是烘乾機通風口吹出的氣息。

她內心有一部分很想打開大門，前去探索整個城市。她很想去阿瑪斯廣場，那裡有一些老人玩著骨牌遊戲，還有露天咖啡亭，那裡賣的義式濃縮咖啡後勁超強，甚至讓你的耳朵啵啵作響。她很想沿著自己最愛的聖胡安老街散步，數著一隻隻街貓並叫喚牠們的名字，她和姊姊以前總是爲每一隻貓編故事。她很想破門進入巴拉其那餐廳的廚房，用炸過的大蕉、培根和大蒜烹煮道地的波多黎各料理，那番滋味總會令她回想起許多個星期日的午後，她和海拉可以逃離家裡一下子，幸運的話在這裡的廚房吃到東西，因爲餐廳的人認識她們，而且很同情她們的遭遇。

另一方面，蕾娜卻很希望立刻離開。無論尼克有多累，蕾娜都想叫醒他，強迫他進行影子旅行離開這裡；只要能離開聖胡安，不管去哪裡都好。

與她的老家距離這麼近，蕾娜覺得自己好像投石機的絞盤一樣愈轉愈緊。

她看了尼克一眼。儘管夜晚如此溫暖，他躺在瓷磚地板上依舊簌簌發抖。她從背包裡拉出一條毯子，爲他蓋上。

對於想要保護尼克的念頭，蕾娜再也不會感到不自在了。無論是好是壞，他們現在彼此有了連結；每一次進行影子旅行，他的筋疲力竭和痛苦折磨都衝擊著她，她對尼克也有更多的了解。

尼克是徹底孤獨的人。他失去了姊姊碧安卡。他把想要親近他的所有半神半人排拒在外。他在混血營、在迷宮、在塔耳塔洛斯的經歷令他深受創傷，因此害怕信任別人。

蕾娜很懷疑自己能夠改變尼克的感受，不過她希望成爲尼克的支柱。所有的混血英雄都值得好好支持，這也是第十二軍團的核心精神。你加入軍隊，爲了更高遠的目的而戰，那麼你就不會孤獨。你會交到朋友，也會贏得別人的敬重。就算最後退伍了，也仍在群體中擁有一席之地。沒有哪位半神半人應該要忍受尼克這樣孤獨的生存方式。

今天晚上是七月二十五日，還有七天才到八月一日，理論上有足夠的時間到達長島。等他們完成這趟任務，假如眞能完成這趟任務的話，蕾娜一定要確定尼克的勇敢行爲受到大家的認可。

她放下自己的背包，想辦法塞到尼克的頭底下，當作臨時的枕頭，然而她的手指頭竟然穿過尼克的身體，彷彿他只是影子。蕾娜趕緊縮回自己的手。

她害怕得全身冰冷，不過還是再試一次。這一次，她終於可以抬起尼克的脖子，把枕頭放到下面。他的皮膚摸起來涼涼的，但終究算是正常。

她剛才產生幻覺嗎？

他們穿越影子旅行時，尼克耗費掉那麼多的能量……也許他的衰弱漸漸變成永恆的了。未來這七天，假如他繼續把自己逼到極限……

攪拌機發出的聲響嚇了她一跳，也讓她不再沉浸於自己的思緒中。

「你想喝果昔嗎？」教練問。「這一杯包含鳳梨、芒果、柳橙和香蕉，上面還擺了一堆椰絲。我幫它取名叫『海克力士』！」

「我……我不用啦，謝謝。」她抬頭看了中庭周圍的陽台一眼，對她來說，這餐廳空無一人實在很不對勁。私人派對。HTK。「教練，我想去察看一下二樓的狀況。我不喜歡……」

一點細微的動靜吸引她的目光。右邊的陽台……有個暗暗的形體。而在那個暗影上方，在屋頂的邊緣，這時多了好幾個剪影，背後襯著橘色的雲朵。

蕾娜拔出佩劍，但為時已晚。

只見一道銀色閃光，緊接著一個微弱的咻咻聲，一根針尖便沒入她的脖子。她的視線變得模糊，四肢變得像義大利麵一樣癱軟，最後倒在尼克身邊。

視線一片模糊之際，她看到兩隻狗跑向她，但他們叫到一半定住不動，接著翻倒在地。

教練從吧檯那邊大喊：「嘿！」

又一陣咻咻聲，教練隨即癱軟在地，脖子上多了一根銀針。

蕾娜想要說：「尼克，快醒醒。」然而她的聲音完全發不出來，身體已經無法運作，和她的兩隻金屬狗一模一樣。

那些黑暗形體在屋頂上排成一排。約有六、七個形體跳進中庭，動作寂然無聲且優雅。

其中一個形體靠到蕾娜身邊，她只能看出朦朧的灰色痕跡。

一個悶悶的聲音說：「把她帶走。」

有個布袋套住她的頭。蕾娜隱約想到自己會不會就這樣死去，連掙扎奮戰的機會都沒有。

不過那根本不重要了。好幾雙粗糙的手將她高高抬起，彷彿抬起一件龐大笨重的家具。

她漸漸失去了意識。

22 蕾娜

她還沒完全恢復意識，腦中就浮現出答案。

巴拉其那門口招牌上的縮寫字母：HTK。

「不好玩，」蕾娜喃喃自語地說：「一點都不好玩。」

好幾年前，魯芭曾教她如何睡得極淺、隨時警醒準備發動攻擊。現在，隨著各種感官逐漸恢復，她開始評估自己面對的情況。

布袋依舊套住她的頭，但似乎沒有緊緊綁在她的脖子上。她被綁在一張堅固的椅子上，是木頭椅子，感覺起來是如此。粗繩緊緊綁住肋骨的部位，她的雙手也綁在背後，不過腳踝沒有綁住。

抓她的人要不是太過草率，就是沒料到她會這麼快醒來。

蕾娜扭動自己的手指和腳趾。不管那些人用的是哪一種鎮定劑，效應都已經消褪。

在她正前方某處，有腳步聲迴盪在走廊上。聲音變得愈來愈近。她讓自己的肌肉全然放鬆，下巴也輕輕靠著胸口。

門鎖喀啦作響，然後有道門咯吱一聲打開。從音質聽來，蕾娜身在一個小房間裡，牆壁可能是磚砌或混凝土材質；也許這裡是地下室或小牢房。有個人走進房間。

蕾娜估算著距離，不超過一點五公尺。

她向前倒下，而且猛力旋轉，於是椅腳用力撞上來人的身體。撞擊力道撞斷了椅子，來人也摔倒在地上，發出痛苦的呼嚕聲。

走廊上傳來呼喊聲，還有更多的腳步聲。

蕾娜甩掉套頭的布袋，然後順勢往後滾，再把綁住的雙手繞到腳下，以便讓手臂回到身體前面。來的人是個身穿灰色迷彩服的少女，她暈頭轉向地躺在地上，腰帶上有一把刀子。

蕾娜抓過那把刀子，跨坐在女孩身上，將刀刃抵住她的喉嚨。

又有另外三個女孩從門口擠進來，其中兩人拔出刀子，第三人把箭架在弓上。

一時之間，所有人都定住不動。

她那位人質的頸動脈在刀刃下不斷跳動。這女孩很聰明，沒有企圖移動。

蕾娜在腦中盤算著，思考該怎麼解決門口的三人。三人全都穿著灰色的迷彩T恤、褪色的黑色牛仔褲、黑色運動鞋，而且繫著萬用腰帶，看起來準備去露營或健行……或者打獵。

「你們是阿蒂蜜絲的獵女隊。」蕾娜終於明白了。

「放輕鬆點。」手握弓箭的女孩說。她的薑黃色頭髮兩側削短，只把頭頂的頭髮留得很長。她有著職業摔角手的體型。「你恐怕是誤會了。」

躺在地上的女孩輕輕呼氣，不過蕾娜知道她打算要什麼伎倆：她想要掙脫敵人的掌控。

蕾娜讓刀子在女孩喉嚨上壓得更緊。

「你們才是誤會大了，」蕾娜說：「你們還以爲可以攻擊我，把我抓起來啊。我的兩個朋友在哪裡？」

「毫髮無傷，待在你離開他們的地方。」薑黃頭髮女孩向她保證。「你自己看看，三個打一個，而且你的手還綁著呢。」

「你說得沒錯，」蕾娜咆哮著說：「再去叫六個人來這裡，打起來可能還比較公平。我要求見你們的隊長，泰麗雅．葛瑞斯。」

薑黃頭髮女孩瞇起眼睛，她的同伴們很緊張地握住手上的刀。

而在地上，蕾娜的人質開始搖晃。蕾娜以為她可能是大吃一驚、嚇到發抖，接著才意識到女孩笑了起來。

「有什麼好笑的？」蕾娜問。

女孩的聲音粗啞而細小。「傑生對我說過你很厲害。他沒有說到底有多厲害。」

蕾娜這才仔細看著她的人質。這女孩看起來約莫十六歲，有著波浪般的黑髮和耀眼的藍眼睛，額頭上戴著閃閃發亮的銀環。

「你就是泰麗雅？」

「而且我很樂意好好解釋，」泰麗雅說：「如果你行行好、不割斷我的喉嚨的話。」

獵女隊帶她穿越錯綜複雜的走廊。四面牆壁是漆成軍綠色的混凝土塊，完全沒有窗戶，僅有的光源是每隔六公尺有一根昏暗的日光燈管。走道曲曲折折、不斷轉彎，甚至一百八十度往回繞，但那位薑黃色頭髮的獵女負責帶路，她叫妃比。她似乎很清楚自己要去哪裡。

泰麗雅．葛瑞斯一拐一拐地跟著走，同時捧著肋骨部位，剛才蕾娜用椅子打中那裡。這位獵女想必很痛，不過她的雙眼閃耀著興味盎然的神采。

「再道歉一次，很抱歉我綁架你。」泰麗雅的語氣聽起來並沒有顯得很抱歉。「這是個祕密藏身處，亞馬遜人有一些既定程序……」

「亞馬遜人，你爲他們工作嗎？」

「與他們合作。」泰麗雅更正蕾娜的說法。「我們彼此互相了解。有時候亞馬遜人會送新成員給我們；有時候，我們會碰到一些女孩不想永遠當處女，於是把她們送去給亞馬遜人。亞馬遜人沒有那麼嚴格的誓約。」

另一位獵女哼了一聲，滿臉不屑。「養了一堆男性奴隸，讓他們穿著有領的橘色連身褲裝。我還寧可隨時養一群狗。」

「瑟琳，那些男性不是奴隸啦，」泰麗雅斥責她，「只是他們的手下。」她看著蕾娜。「亞馬遜人和獵女對每一件事的看法並非完全一致，不過自從蓋婭開始興風作浪，我們就一直密切合作。由於混血營和朱比特營掐著彼此的脖子，這個嘛……總得有人去料理所有的怪物。我們的勢力遍及所有陸地。」

蕾娜揉一揉手腕的繩索綁痕。「我以爲你對傑生說，你對朱比特營一無所知。」

「以前是那樣沒錯，不過那樣的日子已經結束了，多虧希拉的詭計啊。」泰麗雅的表情變得很嚴肅。「我弟弟好不好？」

「我在伊庇魯斯與他道別時，他還滿好的。」蕾娜把自己所知的情況說出來。

她發現泰麗雅的眼睛很令人分心。她那雙銳利的藍眼睛，眼神熱切而機警，與傑生的眼神太相似了。只不過這對姊弟長得完全不像，泰麗雅留著一頭大波浪的黑髮，牛仔褲有點破爛，只用安全別針稍微固定。她的脖子和手腕都戴著金屬鍊子，身上的灰色迷彩上衣還別了一個醒目的圓形小徽章，上面寫著：「龐克不死，死的是你。」

在蕾娜的眼中，傑生．葛瑞斯是個不折不扣的美國男孩，而泰麗雅則像是會在暗巷中抵著刀尖搶劫美國男孩的女孩。

「我希望他還好，」泰麗雅若有所思地說：「幾天前的晚上，我夢見我們的媽媽。那……實在不是什麼好事。然後，我在夢中接到尼克傳來的訊息，他說奧利安正在追殺你。這就更不是好事了。」

「所以你才會出現在這裡。你接到尼克的訊息。」

「嗯，我們趕來波多黎各不是來度假的。這裡是亞馬遜人最隱密的大本營之一。我們賭上一把，認爲可以在這裡攔截到你。」

「攔截我們……怎麼攔截啊？而且爲什麼？」

在她們的前方，妃比停下腳步。走廊的末端有一組金屬門，妃比用她的刀把敲敲門，那是一連串複雜的敲擊聲，很像摩斯電報碼。

泰麗雅揉一揉她瘀青的肋骨部位。「我得把你留在這裡了。獵女隊正在巡邏舊城區，繼續監視奧利安的下落，所以我必須回到前線。」她伸出手，滿臉期待。「拜託，我的刀子呢？」

蕾娜將刀子遞回去。「那麼我自己的武器呢？」

「你離開時會還給你。我知道這好像很蠢，就是綁架啦、矇住眼睛之類的事，但亞馬遜人很認眞地執行他們的安全措施。上個月，他們在西雅圖的總部發生意外事件，說不定你也聽說了，有個名叫海柔．李維斯克的女孩偷了一匹馬。」

名叫瑟琳的獵女笑起來。「我和娜歐咪看過保全系統拍下的影片，實在太神了。」

「眞是壯舉啊。」第三位獵女附和說。

「無論如何，」泰麗雅說：「我們會注意尼克和那個羊男的安全。沒有得到許可的男性都不准靠近這個地方，不過我們留了一張字條，以免他們擔心。」

泰麗雅從腰帶拿出一張摺起來的紙，把它交給蕾娜。那是一張手寫字條的影印本：

我欠你們一位羅馬執法官。

她會安全回來。

留在原地耐心等待。

否則你們會被殺。

抱抱親親，阿蒂蜜絲的獵女隊留

蕾娜把信遞回去。「是啦，這讓他們完全不會擔心。」

妃比笑了起來。「很酷吧。我設計了一種新式的迷彩偽裝網，用來掩護你的雅典娜．帕德嫩，應該可以讓怪物找不到它，甚至連奧利安也找不到。而且如果我猜得對，與其說奧利安是追蹤雕像，不如說他是在追蹤你。」

蕾娜覺得好像天外飛來一拳打中她的眉心。「你怎麼知道？」

「妃比是我手下最厲害的追蹤高手，」泰麗雅說：「也是最厲害的治療高手。而且……嗯，大部分的事情她都料事如神。」

「大部分而已？」妃比出言抗議。

泰麗雅舉起雙手，做出「我投降」的動作。「至於我們爲何要攔截你，我會讓亞馬遜人來解釋。妃比、瑟琳、娜歐咪，你們陪蕾娜進去，我得去巡視防線了。」

「你預期會有一場大戰。」蕾娜指出。「不過你說這個地方既祕密又安全。」

泰麗雅把刀子插回刀鞘內。「你不了解奧利安。執法官，眞希望我們有更多時間可以聊聊，我很想聽你們營區的事，還有你來這裡的經過。你一直讓我聯想起你姊姊，但是……」

「你認識海拉？」蕾娜問：「她安不安全？」

泰麗雅歪著頭。「執法官，這些日子以來，我們所有人都不能說很安全吧，所以我眞的得走了。祝你狩獵愉快！」

泰麗雅消失在走廊的另一頭。

金屬門嘎吱一聲打開，三位獵女帶著蕾娜走進門。

走過一連串令人感覺幽閉恐懼的通道後，眼前倉庫的空間讓蕾娜不禁屏息，或許巨鷹的一整巢幼鳥都可以在廣大天花板下方練習飛行。一排排三層樓高的層架延伸到遠方，自動操作的堆高機在走道間穿梭來去，取出一個又一個箱子。有六、七位身穿黑色套裝的年輕女性站在附近，對照她們的平板電腦檢視箱子上的紙條。她們前方有一些條板箱標示著字樣，像是「爆破飛箭和希臘火藥（十六盎司，易開式包裝）」，以及「葛萊芬肉片（有機放養）」等。

蕾娜的正前方有一張會議桌，堆了高高的各式報告和刀刃武器，而桌子後方坐著一個熟悉的人。

「小妹。」海拉站起來。「我們來到這裡，再一次回家，再一次面對無法逃避的死亡。我們實在不能一直像這樣碰面啊。」

23 蕾娜

蕾娜的感覺並沒有那麼矛盾。

感覺比較像是有人把她們扔進一台食物攪拌機，裡面混雜著碎石和冰塊。

每一次見到姊姊，蕾娜不曉得究竟是該擁抱她、大哭一場，還是乾脆走開比較好。她當然很愛海拉，要不是因爲有姊姊在，她很可能早就死過很多次了。

可是，她們兩人的過往不是用「複雜」一詞就能形容。

海拉繞過桌子。她看起來很好，身穿黑色皮褲和黑色的無袖上衣，腰際綁著一條閃閃發亮的繫繩，以黃金編織出迷宮般的圖案，那是亞馬遜女王的腰帶。她現年二十二歲，不過常有人誤認她是蕾娜的雙胞胎姊妹。兩人有相同的黑色長髮、同樣的棕色眼珠，甚至戴著相同的銀色戒指，上面都有火炬和長矛的圖案，象徵她們的母親貝婁娜。她們之間最明顯的差異是海拉額頭上的白色長條疤痕；過了四年，疤痕已漸漸變得不明顯，不了解內情的人還會誤以為那是一條抬頭紋。然而蕾娜清楚記得海拉得到疤痕的那一天，那天海拉在海盜船上奮勇決鬥。

「如何？」海拉催促著說：「不對你姊姊噓寒問暖一下嗎？」

「謝謝你綁架我，」蕾娜說：「而且用麻醉槍射擊我、用袋子套住我的頭，還把我綁在椅子上。」

海拉翻了個白眼。「規矩就是規矩嘛，你身為執法官，應該很了解才對。這個物流中心是我們最重要的基地之一，對於進來的人得要好好管控才行。我不能允許例外，我的家人尤其不行。」

「我覺得你只是很樂在其中。」

「也是啦。」

蕾娜實在很想知道，姊姊是否眞的如表面上看來那麼冷酷和鎭定。看到海拉這麼快就適應了自己的新身分，蕾娜覺得很驚訝，而且有一點害怕。

六年前，海拉還只是個滿心害怕的大姊，盡全力保護蕾娜遠離她們父親的暴怒。她的方法主要只是帶著蕾娜跑開，努力尋找能夠躲藏的地方。

後來在女巫賽西[58]的島上，海拉努力工作，希望能受到提拔。她接受豔麗的服裝和妝容，臉上總是掛著笑容，一副精力充沛的模樣，彷彿表現得很高興就能讓自己眞的很高興。於是她成為賽西最寵愛的隨從之一。

島上的設施遭到焚毀後，海盜把她們帶上海盜船囚禁起來。海拉再一次改變了，她奮勇決鬥，讓兩人脫困，然後反過來劫持海盜，讓船員大感敬畏，最後那個海盜船長「黑鬍子」放她們回到岸上，免得海拉奪走他的船。

如今，她再一次將自己重新塑造成亞馬遜女王。

姊姊為何像變色龍一樣善變，蕾娜當然很了解。假如她一直改變，就絕對不會定型成像她們父親那樣的人……

「在貝拉其那餐廳訂位招牌上幾個縮寫字母，」蕾娜說：「HTK。海拉殺兩次（Hylla

Twice-Kill），你的新綽號。這是個小玩笑嗎？」

「只是要確認你有沒有注意到嘛。」

「你知道我們會降落在那個院子裡。爲什麼？」

海拉聳聳肩。「影子旅行還滿神奇的。我有好幾個隨從是黑卡蒂的女兒，她們很輕鬆就可以把你們從既定路線拉出來，特別是我和你又有關聯。」

蕾娜努力克制心裡的怒氣。把她拉回波多黎各，她心裡會有什麼樣的感受，海拉應該比任何人都了解才對。

「你會惹上一大堆麻煩的。」蕾娜指出。「亞馬遜女王和阿蒂蜜絲的隊長，兩個人二話不說就衝到波多黎各來攔截我們，我猜這絕對不是因爲你很想念我。」

薑黃頭髮的獵女妃比笑起來。「她很聰明。」

「當然啦，」海拉說：「她知道的每一件事都是我教的。」

其他亞馬遜人開始聚集在周圍，可能是感受到劍拔弩張的氣氛吧。亞馬遜人幾乎像海盜一樣，深深以暴力方面的消遣爲樂。

「奧利安，」蕾娜猜測說：「那就是你來到這裡的原因。他的名字引起你的注意。」

「我不能讓他殺了你。」海拉說。

「不只是這樣吧。」

---

58 賽西（Circe），希臘神話中最著名的女巫，法力高強。她的母親是魔法女神黑卡蒂，父親是前任太陽神赫利歐斯（Helios）。

「你護送雅典娜．帕德嫩的任務……」

「……很重要。不過也不只是那樣吧。另外還有你個人的原因，而且也與獵女隊有關。你到底在玩什麼把戲？」

海拉的兩隻大拇指沿著她的金色腰帶一路撫摸。「奧利安是個大麻煩。他和其他巨人不一樣，他已經在大地遊蕩了好幾個世紀。他有個特殊癖好，就是殺死亞馬遜人，或者獵女隊成員，或者膽敢顯得力量強大的任何女性。」

「他為什麼要那樣？」

她四周的女孩似乎一個個都顯得很害怕。

海拉看著妃比。「你想解釋一下嗎？你當時在場。」

那位獵女的笑容消失了。「古代的時候，奧利安曾經加入獵女隊。他是阿蒂蜜絲女士最要好的朋友。他在箭術方面沒有對手，唯一能與他匹敵的只有女神自己，說不定還有她弟弟，阿波羅。」

蕾娜不禁打了個寒顫。妃比看起來不超過十四歲，一想到她早在三、四千年前就認識奧利安……

「後來出了什麼事？」她問。

妃比的兩隻耳朵都脹紅了。「奧利安越過了界限。他愛上阿蒂蜜絲。」

海拉不屑地哼了一聲。「男人老是這樣。他們答應做永遠的朋友，答應永遠平等對待你，到頭來卻只想要占有你。」

妃比咬咬大拇指的指甲。她背後的另外兩位獵女，娜歐咪和瑟琳，她們也都有點不自在地動來動去。

「阿蒂蜜絲女士斷然拒絕了，那是當然的，」妃比說：「奧利安變得很痛苦，他開始獨自去荒野，一次去得比一次更久。到最後……我也不太知道出了什麼事，總之有一天，阿蒂蜜絲回到營地，告訴我們有人殺了奧利安。她不願意談論細節。」

海拉皺起眉頭，橫跨眉心的那條白色傷疤變得更深。「無論如何，奧利安又從塔耳塔洛斯回來以後，他就成為最仇視阿蒂蜜絲的敵人。愛過你的人一旦變得恨你，那種仇恨的強烈程度是沒有其他人比得上的。」

蕾娜很能理解。她不禁回想起兩年前與女神阿芙蘿黛蒂在查爾斯頓的一席談話……

「假如他是這麼大的麻煩，」蕾娜說：「阿蒂蜜絲為什麼不乾脆再殺他一次？」

妃比的臉看似難受地扭曲了一下。「說說容易，做起來很難啊。奧利安很狡猾，只要阿蒂蜜絲和我們在一起，他就會躲得遠遠的。等到我們獵女隊單獨行動，就像現在這樣……他會毫無預警地發動攻擊，然後再度消失。我們的上一任隊長柔伊·奈施德花了好幾個世紀追蹤他的下落，想要殺死他。」

「亞馬遜人也試過，」海拉說：「奧利安不會區分我們和獵女隊，我想我們都太容易讓他想起阿蒂蜜絲了。他會破壞我們的倉庫，搗壞我們的物流中心，還殺了我們的戰士……」

「換句話說，」蕾娜喉嚨乾乾的，「他阻礙了你們統治世界的計畫。」

海拉聳聳肩。「完全正確。」

「也就是因為這樣，你們才會趕來這裡攔截我，」蕾娜說：「你們知道奧利安在我後面苦苦追趕。你們設下埋伏，而我是誘餌。」

周圍的其他女孩全都看著其他地方，唯獨不看蕾娜的臉。

「噢，拜託，」蕾娜責罵著：「不要這時候有罪惡感好不好，這是很棒的計畫啊。我們要怎麼進行？」

海拉對她的夥伴們撇嘴微笑。「我對你們說過吧，我妹妹不是好惹的。妃比，由你來說明細節好嗎？」

那位獵女把獵弓扛到肩膀上。「就像我說的，我相信奧利安是在追蹤你，不是追蹤雅典娜．帕德嫩。他似乎特別擅長感應女性混血人的下落。我猜你會說，我們是他天生的獵物。」

「好有魅力啊，」蕾娜說：「所以我的兩個朋友，尼克和葛利生．黑傑，他們安全嗎？」

「我還是不懂，你爲什麼要和男生一起行動？」妃比咕噥著說：「不過我猜，沒有你在身邊，他們還比較安全。我盡了最大努力把你的雕像僞裝好，運氣好的話，奧利安會跟蹤你來這裡，直接落入我們設下的防線。」

「然後呢？」蕾娜問。

海拉對她露出一種冷酷的微笑，這種微笑曾經讓「黑鬍子」手下的海盜緊張兮兮。「泰麗雅和她手下的大多數獵女隊成員，目前都在聖胡安舊城區的邊緣持續偵察，只要奧利安一靠近，我們就會知道。我們已經在每個路口設下陷阱，我也派出手下最優秀的戰士隨時警戒。我們一定會抓到那個巨人，然後不管用什麼方法，都要把他送回塔耳塔洛斯。」

「他眞的殺得死嗎？」蕾娜問。「我以爲大多數的巨人都只能由一位天神搭配半神半人才能殺死。」

「我們也想知道答案，」海拉說：「一旦撂倒奧利安，你的任務就簡單多了。我們會讓你帶著祝福繼續上路。」

「我們不只用得上你們的祝福，」蕾娜說：「亞馬遜的物流系統可以把東西送往全世界啊，何不用來把雅典娜．帕德嫩安全送回去？在八月一日之前把我們送到混血營……」

「不行，」海拉說：「小妹，如果可以，我早就做了，不過你一定感受到那雕像散發出來的憤怒。我們亞馬遜人在名義上是阿瑞斯的女兒，雅典娜．帕德嫩絕對無法容忍我們出手干預。更何況，你也知道命運三女神是怎麼運作的。你的任務要成功，就得由你本人親自運送雕像。」

蕾娜一定看起來很氣餒的樣子。

妃比用肩膀頂頂她，很像一隻太想表現親暱的貓。「嘿，不要那樣悶悶不樂嘛，我們會盡一切努力幫助你。亞馬遜的客服部門已經修好你那兩隻金屬狗，我們也準備一些很酷的臨別禮物喔！」

瑟琳遞了一個皮製背包給妃比。

妃比在包包裡翻找一番。「我來瞧瞧……一些療傷藥膏，還有像我們用在你身上的麻醉飛鏢。唔，還有什麼？喔，對了！」妃比得意洋洋地拿出一塊摺成長方形的銀色布匹。

「手帕嗎？」蕾娜問。

「比那更好。退後一點。」妃比把那塊布扔向地上，它立刻伸展開來，變成長寬各三公尺的正方形露營帳篷。

「裡面有空調喔，」妃比說：「可以睡四個人，裡面還有一張餐桌和幾個睡袋。無論你在裡面額外放進什麼裝備，都會和帳篷一起收起來。呃，只要是合理的東西就行……千萬別把你的巨型雕像放進去啊。」

琵琳在旁邊偷笑。「假如你的男性旅伴很煩人，大可把他們留在裡面喔。」

娜歐咪皺起眉頭。「那樣不行啦……對吧？」

「總之，」妃比說：「這類帳篷眞的很棒，我也有一個像這樣的，一天到晚都在用。準備要把它收起來的時候，命令詞是『阿克泰翁』。」

帳篷頓時倒下來，縮成一個小小的長方形。妃比把它撿起來，塞進背包裡，然後將背包遞給蕾娜。

「我……我不知道該說什麼，」蕾娜結結巴巴地說：「謝謝你們。」

「噢……」妃比聳聳肩。「這是我最起碼能做的……」

大約十五公尺外，一道側門砰的一聲猛然打開，一位亞馬遜人直直跑向海拉。這個新進來的人穿著一身黑色套裝，紅褐色的長髮在腦後綁成馬尾。

蕾娜認出她曾經參加朱比特營的戰鬥。「金欣，是你嗎？」

女孩向她點點頭，看起來心煩意亂。「執法官。」接著她附耳對海拉說了些話。

海拉的表情變得很僵硬。「我知道了。」她看了蕾娜一眼。「出事了，我們與外圍的防線失去聯繫，恐怕奧利安……」

蕾娜背後的那道金屬門轟然炸開。

24 蕾娜

蕾娜伸手想拔出自己的劍……然後才意識到她的劍不在身邊。

「趕快離開這裡！」妃比已經把箭搭在弓弦上。

瑟琳和娜歐咪衝向冒煙的門口，卻只是遭到黑色飛箭射倒在地。

妃比憤怒尖叫。她立刻回敬數箭，其他亞馬遜人同時高舉盾牌和利劍向前衝。

「蕾娜！」海拉扯著她的手臂。「我們得趕快離開！」

「我們不能就這樣……」

「我的衛兵會幫你爭取時間！」海拉大喊：「你的任務非成功不可！」

蕾娜滿心不情願，卻只能跟著海拉跑。

她們跑到側門時，蕾娜回頭看了一眼。大批狼群湧進倉庫，看起來很像葡萄牙的灰狼，而亞馬遜人趕過去攔阻牠們。門口滿是煙霧，也堆滿了倒下的屍體，包括瑟琳、娜歐咪和妃比。那位薑黃色頭髮的獵女活了好幾千年，此刻卻趴在地上動也不動，雙眼圓睜充滿驚恐，一支紅黑相間的超大飛箭插在她的肚子上。亞馬遜人金欣向前發動攻擊，手上長刀閃動，只見她跳過那些屍體，衝進煙霧中。

海拉拖著蕾娜跑進通道，兩個人一起往前跑。

「她們全都會送命！」蕾娜大喊：「一定有什麼……」

「小妹，別傻了！」海拉的雙眼閃爍著淚光。「奧利安暗算我們，他徹底擊潰我們埋伏的兵力，現在我們只能拖住他、讓你逃走。你一定要把雕像帶回去給希臘人，然後擊敗蓋婭！」

她帶著蕾娜爬上一段階梯，穿過一連串迷宮也似的走廊，然後轉個彎進入一間更衣室。她們發現自己與一匹大灰狼狹路相逢，不過那匹狼還來不及嚎叫，海拉便往牠的眉心猛擊一拳。大灰狼倒下了。

「往這邊。」海拉跑向最近的幾排置物櫃。「你的武器在裡面，動作快。」

蕾娜抓起她的刀子、佩劍和背包，然後跟著姊姊的腳步爬上一道金屬螺旋梯。

螺旋梯的頂端位於天花板上。海拉轉過身，很堅定地看她一眼。「我沒有時間解釋這些，好嗎？堅強一點，跟緊一點。」

蕾娜心想，還有什麼事會比她們剛才拋開的情景更加悲慘呢？海拉推開頂上的活板門，然後她們爬過去……進入的地方竟是她們的老家。

那個大房間與蕾娜的記憶一模一樣。六公尺高的天花板設有不透明的天窗，光線徐徐灑下。光禿禿的白色牆壁完全沒有裝飾，家具材質包括橡木、鋼鐵和白色皮革，風格冷冽而且陽剛。房間的兩側都有突出的露台，那總是讓蕾娜覺得自己受到監視（因為她確實經常受到監視）。

她們的父親竭盡所能，讓這棟已有好幾百年歷史的西班牙式莊園比較像是現代住家；他加了天窗，而且把所有東西漆成白色，讓房子顯得比較明亮、輕快。不過呢，他只是成功讓這個地方變成看似身穿新裝、衣著入時的屍體罷了。

活板門打開的地方是在巨大壁爐裡。為什麼他們住在波多黎各還需要一座壁爐，蕾娜一直無法理解，不過她和海拉經常假裝壁爐是個祕密藏身處，只要躲在那裡，父親就找不到她們。她們常會想像自己一踏進壁爐就可以到其他地方去。

如今，海拉實現了那樣的想像，她把自己的地下藏身處與她們童年的老家連接在一起。

「海拉……」

「我說過了，我們沒有時間。」

「可是……」

「現在我擁有這棟房子。地契上寫的是我的名字。」

「你說什麼？」

「蕾娜，我受夠了，不想一直逃避以前的事。我決定回收自己的過去。」

蕾娜盯著她，驚訝得目瞪口呆。你可以回收一支弄丟的手機，或者掉在機場的行李袋，甚至可以回收有害的廢棄物。可是回收這間房子，還有以前在這裡發生的事？沒有人會回收這些吧。

「小妹，」海拉說：「我們這樣是浪費時間，你到底要不要走？」

蕾娜看著陽台，心裡有點期盼欄杆旁會出現忽隱忽現的發光人形。「你看過他們嗎？」

「其中一些。」

「爸爸呢？」

「當然沒有，」海拉厲聲說：「你知道他永遠不會回來了。」

「那些事我什麼都不知道。你怎麼能回來呢？爲什麼？」

「爲了眞正理解啊！」海拉大吼。「你難道不想知道他到底怎麼了嗎？」

「不想！海拉，你從鬼魂身上什麼事都學不到！你應該比全世界的人都了解……」

「我要走了，」海拉說：「你的朋友就在幾條街外。你要和我一起走，還是我應該告訴他們你已經死了，只因為你迷失在過去的時光裡？」

「取得這個地方所有權的人可不是我！」

海拉倏地轉過身，大步走出前門。

蕾娜再朝四周看了最後一眼。她還記得自己在這裡的最後一天，那時她只有十歲。她幾乎可以聽見父親的怒吼聲迴盪在整個大房間裡，也可以聽見陽台上那些鬼魂的齊聲哭喊。

她跑向門口，衝進溫暖的午後陽光下，發現街道景觀一點都沒變，破損的粉色系房屋、藍色的小圓石，還有十幾隻貓睡在車子底下或香蕉樹蔭下。

蕾娜就快要感覺到一股鄉愁了……不過她姊姊站在幾公尺外，面對著巨人奧利安。

「哎呀，很好。」巨人面露微笑。「貝婁娜的兩個女兒都到齊了。真是太棒了！」

蕾娜覺得自己犯了大錯。

她早就在心裡建立起奧利安的形象，想像他是高聳且醜陋的惡魔，甚至比曾經攻擊朱比特營的波呂玻特斯更邪惡。

然而事實與此相反，奧利安很容易被誤認為人類，以為他只是稍微高大、肌肉健壯甚至相貌英俊的人類。他的膚色像是全麥土司，一頭黑髮剪成兩側削短、頭頂梳高的髮型。看著他的黑色皮革馬褲和無袖緊身上衣、他的獵刀，以及他的獵弓和箭筒，說不定會以為他是俠盜羅賓漢的兄弟，只不過比較邪惡，但是長得比較帥氣。

唯獨他的雙眼毀了整個畫面。看到他的第一眼，以為他戴著軍用的夜視護目鏡，接著蕾娜才意識到那不是護目鏡，而是赫菲斯托斯的傑作：用青銅打造的一對機械眼睛，裝在巨人的眼窩裡。他打量蕾娜時，幾個對焦環碌碌旋轉、喀答作響，定位用的雷射從紅光閃爍成綠光。蕾娜讓奧利安看得很不自在，感覺他看到的不只是她的形體，還包括她的溫度特性、她的心跳速率，以及她的恐懼程度。

他的身邊拿著一把黑色的複合式獵弓，幾乎與他的眼睛一樣炫。好幾條弓弦架在一連串的滑輪組上，看起來很像迷你的蒸汽火車輪組。握把則是光彩耀眼的青銅，還裝了刻度盤和按鈕。

獵弓並沒有搭上箭，他也沒有做出什麼帶有威脅意味的動作。他的微笑那麼燦爛迷人，實在很難記住他其實是敵人，而且剛剛至少殺了六位獵女和亞馬遜戰士才來到這裡。

海拉拔出她的佩刀。「蕾娜，快走。我會料理這個怪物。」

奧利安輕笑兩聲。『海拉殺兩次』，你很有勇氣。你的助手們也是，她們都死了。」

海拉向前跨出一步。

蕾娜抓住她的手臂。「奧利安！」蕾娜說：「你雙手沾上的亞馬遜人鮮血已經夠多了，也許現在該試試羅馬人。」

巨人的眼睛喀啦作響、睜得好大，紅色的雷射光點在蕾娜的護胸甲上四處游移。「啊，年輕的執法官，我承認自己眞的很好奇。看來在殺死你之前，說不定你能對我有所啓發。一個羅馬的孩子爲什麼會走這麼遠的路，卻只是爲了要幫助希臘人？你喪失了自己的軍階，背棄自己的軍團，讓你自己遭到放逐，這一切是爲了什麼呢？傑生．葛瑞斯嘲笑你，波西．傑克森拒絕你，你難道……那個詞該怎麼說……被甩得還不夠嗎？」

蕾娜的耳朵嗡嗡作響。她回想起兩年前在查爾斯頓時，阿芙蘿黛蒂給她的警告：「你不會在你所期盼或你所希望的地方尋覓到愛。沒有一位半神半人能夠療癒你的心。」

她強迫自己迎上巨人的目光。「我不會用喜歡我或不喜歡我的男孩，來定義我自己是怎麼樣的人。」

「說得好！」巨人的微笑眞是令人抓狂。「不過你和那些亞馬遜人，或是獵女隊，或是阿蒂蜜絲本尊，其實沒有差別。你們大談力量、獨立什麼的，可是一旦面對眞正英勇無畏的男人，你們的自信就瓦解了。面對我的優勢，你覺得深受威脅，同時也覺得深受吸引。所以你趕快跑吧，不然乾脆投降，否則你死定了。」

海拉甩開蕾娜的手。「巨人，我會殺了你。我會把你砍得碎屍萬段，碎到……」

「海拉。」蕾娜插嘴說。無論這裡發生什麼事，她都不能眼睜睜看著姊姊送命。她必須讓巨人一直把注意力放在她身上。「奧利安，你宣稱自己很強悍，可是你連獵女隊的誓言都無法遵守。你的死是因爲遭到拒絕。而現在，你又爲你母親跑腿。所以，再告訴我一次，你到底帶來什麼樣的威脅？」

奧利安咬緊牙關，他的微笑也變得更細薄、更冷酷。

「這一招很厲害，」他坦白說：「你想讓我信心動搖。你說不定是這樣想，假如你讓我一直說話，援軍就會來救你。哎呀，執法官，根本沒有援軍啊，我用你姊姊自己的希臘火藥，把她的地下基地燒個精光。沒有半個人活下來。」

海拉怒吼一聲，隨即發動攻擊。奧利安用獵弓的鈍端打中她，她向後飛到街道上。奧利安從箭筒拿出一支箭。

「住手！」蕾娜大喊。

她的心跳猛力擊打肋骨。她必須找出巨人的弱點。

巴拉其那餐廳距離這裡只有幾條街，假如她們能跑到那麼遠，尼克就可以用影子旅行把他們帶走。而且獵女隊也不可能全都死了……她們一直在整個舊城區的邊緣巡邏，絕對還有一些人平安無事……

「奧利安，你要問我的動機是什麼。」她讓自己的聲音保持平穩。「你不想在殺死我們之前聽到答案嗎？那一定讓你覺得很困惑，為什麼女人一直拒絕像你這樣高大又帥氣的傢伙。」

巨人把箭搭到弦上。「這下子你把我誤認成納西瑟斯[59]了。拍我馬屁是沒用的。」

「當然沒用啦。」蕾娜說。海拉站起來，表情凶惡，不過蕾娜盡力把自己的感覺傳達出去，希望與姊姊分享最困難的一種力量——克制。「還有……那一定讓你氣炸了吧。首先，一位凡人公主甩了你……」

「墨洛珀，」奧利安說著冷笑一聲。「美麗的女孩，但是很愚蠢。如果她真的有判斷力，就會了解我只是跟她玩玩而已。」

「讓我猜猜看，」蕾娜說：「她反而是尖聲大叫，而且召來衛兵。」

「當時我手邊沒有武器。你要去向公主求愛，那種時候當然不會帶獵弓和刀子吧，所以衛

---

[59] 納西瑟斯（Narcissus），希臘神話中的美男子，因迷戀自己的容貌，終日坐在湖畔顧影自憐。為了怕失去這個倒影，他不吃不喝地日夜守護，最後倒臥湖邊而死。

兵輕輕鬆鬆就抓住我。她的父王把我弄瞎，然後放逐出去。」

就在蕾娜的頭頂上，有一顆小石子飛過泥磚屋頂。說不定那只是她的想像，但她記得以前聽過類似的聲音，有很多個晚上，海拉會從她自己上鎖的房間偷溜出來、爬過屋頂，來看看蕾娜好不好。

蕾娜用盡所有的意志力才沒有抬頭看。

「不過你有了新的眼睛，」她對巨人說：「赫菲斯托斯很同情你。」

「是啊……」奧利安的目光變得有點失焦。蕾娜感覺得出來，因爲她胸口的雷射光點消失了。「我偶然間到了提洛斯島，也就是在那裡遇見阿蒂蜜絲。遇到自己不共戴天的敵人，結果受到她的吸引，你知道這有多奇怪嗎？」他笑了起來。「執法官，我到底在說什麼啊？你當然知道啦，說不定你對希臘人的感覺就像我對阿蒂蜜絲的感覺，懷抱著罪惡感卻深深迷戀，從欽佩轉變成愛戀。不過太多的愛有害身心健康，特別是那份愛得不到回報的時候。蕾娜．拉米瑞茲—阿瑞拉諾，假如你還不了解這點，很快也會了解的。」

海拉一拐一拐地走上前，手上還握著刀子。「小妹，你爲什麼讓這野獸一直講話？我們把他撂倒吧。」

「你行嗎？」奧利安若有所思地說：「很多人都試過了，就連阿蒂蜜絲的弟弟阿波羅在古代都殺不死我，他還得用一些詭計才能除掉我。」

「他不喜歡你黏在他姊姊身邊嗎？」蕾娜仔細聆聽屋頂有沒有傳來更多聲響，但是沒有聽到半點聲音。

「阿波羅吃醋了。」巨人彎曲手指勾著弓弦，把弓弦往後拉，讓輪組和滑輪跟著轉動。

「他很怕我會誘惑阿蒂蜜絲違反她的處女誓言。誰知道呢？如果阿波羅沒有從中作梗，說不定我眞的會喔，而她也會比較快樂。」

「成爲你的女僕嗎？」海拉咆哮著說：「還是你的乖巧小主婦？」

「現在那根本不重要了，」奧利安說：「無論如何，阿波羅害我變得瘋狂，大肆殺戮大地所有的野獸。我屠殺了幾千隻動物，最後是我母親蓋婭出手阻止我的大暴走，她從泥土裡召喚出一隻巨大蠍子刺中我的背，於是蠍子的毒液殺了我。所以我虧欠她。」

「你虧欠蓋婭，」蕾娜說：「因爲她殺了你？」

奧利安的機械瞳孔旋轉成非常小，只發出一小點光。「我母親讓我看清事實。我其實是對抗自己的本性，除了帶來痛苦與不幸，對我並沒有任何好處。巨人本來就不應該愛上凡人或天神，蓋婭幫助我接受自己的本性。執法官，到頭來我們全都必須回到自己的家。我們必須接納自己的過去，無論那有多痛苦、多黑暗都一樣。」他朝蕾娜背後的住宅點點頭。「就像你剛才也一樣，你有自己的鬼魂夥伴，對吧？」

蕾娜拔出佩劍。「你從鬼魂身上什麼事都學不到。」她剛才對姊姊這麼說。或許她自己從鬼魂身上也是什麼事都學不到。

「這裡不是我的家，」她說：「而且我們和你一點都不像。」

「我已經看清事實了。」巨人的語氣聽起來眞的很同情。「你一直緊緊抱著那份幻想不放，你認爲可以讓自己的敵人愛你。不可能的，蕾娜，混血營對你完全沒有愛。」

阿芙蘿黛蒂說的話在她腦中反覆迴盪：「沒有一位半神半人能夠療癒你的心。」

蕾娜仔細端詳巨人那張英俊又冷酷的臉，還有他一雙發亮的機械眼睛。在那可怕的一瞬間，她能夠了解為何即使是女神，甚至像阿蒂蜜絲這樣的永恆處女，都有可能深陷奧利安的甜言蜜語中。

「其實我大可殺死你二十次，」巨人說：「你很清楚這點，對吧？我可以不傷害你，很簡單，只要你坦誠相告就行了。告訴我，雕像在哪裡？」

蕾娜差點就要扔下手中的劍。雕像在哪裡……

所以奧利安還不知道雅典娜．帕德嫩的位置，這表示獵女隊的偽裝確實有效。這整段時間以來，巨人一直在追蹤蕾娜的下落，也就表示即使她現在死掉，尼克和黑傑教練也會很安全。這趟任務還沒有失敗。

她覺得自己彷彿卸下幾百公斤重的盔甲，於是她笑了，整條鋪著小圓石的街道上都是她的笑聲。

「妃比的計謀比你更聰明，」她說：「你追蹤我，也就表示追不到雕像。現在我的朋友們可以自由脫困，繼續執行他們的任務了。」

奧利安翹起嘴巴。「喔，執法官，我會找到他們的，等我把你處理掉以後。」

「那我猜，」蕾娜說：「我們得先把你處理掉。」

「這位是我的小妹。」海拉驕傲地說。

她們兩人一起發動攻擊。

巨人射出的第一箭本來可能會射穿蕾娜，但海拉的動作更快，她在空中把箭砍成兩半，然後撲向奧利安。蕾娜則刺向他的胸膛，巨人連忙以他的獵弓擋住兩人的攻勢。

奧利安踢得海拉向後飛，她摔落到一輛雪佛蘭老車的車頂蓋上，原本躲在車子底下的六、七隻貓四散奔逃。巨人轉過身，手中突然多了一把匕首，蕾娜勉強躲過刀刃的攻擊。她再次舉劍刺去，割裂了巨人的皮衣，不過只輕微割傷他的胸口。

「執法官，打得好，」他坦白說：「但是沒有好到能夠活下來。」

蕾娜用意志力讓劍刃伸展成標槍。「我根本死不足惜。」

假如她的朋友能夠繼續順利完成任務，她完全準備好要決一死戰。然而，首先，她打算讓這個巨人受傷慘重，讓他永遠忘不了她的名字。

「那麼你姊姊的死呢？」奧利安問：「她也死不足惜嗎？」

蕾娜還來不及眨眼，奧利安就朝海拉的胸口射出一箭。一聲尖叫還卡在蕾娜的喉嚨裡，然而海拉已經中了這一箭。

海拉從車頂蓋滑下來，同時用一隻手把箭折斷。「你這白痴，我是亞馬遜女王，我繫著女王的腰帶啊。有了它賦予我的力量，我今天要爲你殺死的亞馬遜戰士報仇。」

海拉抓住雪佛蘭車的擋泥板，將整輛車扔向奧利安，模樣之輕鬆，彷彿只是把游泳池裡的清水潑向他。

雪佛蘭車把奧利安壓在附近房子的牆上。灰泥迸裂開來，一棵香蕉樹轟然倒下，又有更多貓飛奔逃走。

蕾娜跑向那堆殘骸，但是巨人怒吼一聲，把車子推開。

「你們會一起死！」他語氣堅定地說。兩支箭出現在獵弓上架好，弓弦向後拉至滿弓。

就在這時，屋頂爆炸開來，伴隨著巨大聲響。

「去死吧！」葛利生．黑傑在奧利安的正前方落地，用他的球棒轟爆巨人的頭，力道之猛竟讓那支「路易斯維爾強棒牌」球棒斷成兩半。

同一時間，尼克．帝亞傑羅也在前方落地。他用冥河鐵劍砍斷巨人的弓弦，導致滑輪和齒輪組吱嘎扯裂，於是弓弦以幾百公斤重的力道向後彈射，活像抽打水牛的鞭子般猛抽奧利安的鼻子。

「哦哦哦哦哦哦哦哦！」奧利安跌跌撞撞向後退，獵弓脫手掉到地上。

阿蒂蜜絲的獵女隊也現身了，她們沿著屋頂站成一排，對準奧利安射了他滿身的銀箭，直到他看起來像是全身發亮的豪豬。他盲目地蹣跚前行，同時摀住鼻子，臉上流出一絲金色神血。

有人抓住蕾娜的手臂。「快點！」泰麗雅．葛瑞斯回來了。

「跟她走！」海拉命令著。

蕾娜覺得心臟跳到快要衰竭。「姊姊……」

「你得趕快離開！立刻就走！」六年前，她們逃離父親家的那天晚上，海拉也對她說過一模一樣的話。「我會盡可能拖住奧利安！」

海拉抓住巨人的一條腿，扯得他失去平衡摔倒在地，再把他甩向聖胡安街的幾條街外，當然又把幾十隻貓嚇得驚慌逃竄。獵女隊沿著屋頂追趕奧利安，將希臘火藥射到他身上爆炸開來，讓巨人變成一團火球。

「你姊姊說得對，」泰麗雅說：「你得走了。」

尼克和黑傑來到她身旁，兩人看起來都非常得意。他們顯然在巴拉其那的紀念品店大肆搜刮一番，把身上原本又髒又破爛的上衣換成鮮豔花稍的熱帶服裝。

「尼克，」蕾娜說：「你看起來……」

「如果是關於上衣，一句話都不要說，」他警告說：「連一個字都不要。」

「你們爲什麼來找我？」她質問。「你們本來可以脫身的啊。那個巨人一直以來追蹤的是我，如果你們乾脆離開……」

「不客氣啦，杯子蛋糕，」教練咕噥著說：「如果沒有你一起走，我們才不會離開。好啦，咱們該閃……」

他看了蕾娜背後一眼，說到一半講不出話。

蕾娜轉過身。

在她背後，老家房子的二樓陽台擠滿了發亮的人形：有個男人留著分岔的鬍子，穿戴生鏽的西班牙征服者盔甲；另一個留鬍子的男人身穿十八世紀的海盜裝束，上衣布滿槍彈的孔洞；一位女士穿著染血的睡袍；一位美國海軍艦長穿了一身雪白；還有十幾個人形是蕾娜從小就認識的，他們全都以責備、控訴的眼神看著她，他們的聲音也在蕾娜腦中低聲細述：叛徒。兇手。

「不……」蕾娜覺得自己彷彿又回到十歲。她好想蜷縮在自己房間的角落裡，用雙手壓緊耳朵，阻擋那些低語聲傳入耳中。

尼克抓住她的手臂。「蕾娜，他們是誰？他們要做什麼……」

「我不行，」她懇求著：「我……我不行。」

她花了那麼多年的時間在內心築起高牆，就是要把恐懼阻擋在外面。而現在，高牆打破了，她的力量流失殆盡。

「沒事了。」尼克抬頭看著陽台。那些鬼魂消失了，可是蕾娜知道他們並沒有眞的離開。他們永遠不會眞的離開。「我們會把你從這裡帶走。」尼克向她保證，「走吧。」

泰麗雅也拉著蕾娜的另一隻手臂，他們四個人跑向餐廳和雅典娜・帕德嫩的所在位置。蕾娜聽見他們背後傳來奧利安痛苦的吼叫聲和希臘火藥的爆炸聲。

而在她心裡，那些聲音依舊低聲細訴：兇手。叛徒。你永遠無法逃離你的罪孽。

25 傑生

傑生從他的「臨終臥床」爬起來，這樣才能與其他成員一起淹死。

整艘船傾斜得非常厲害，他必須沿著地板往上爬才能離開醫務室。船身裂開，引擎像垂死的水牛一樣嗚咽呻吟。女神妮琪的尖叫聲劃破了怒吼風聲，從馬廄那邊傳來：「風暴啊，你可以吹得更猛烈！給我百分之一百一十的強度！」

傑生爬上樓梯到達中層甲板。他的雙腳抖個不停，整個頭天旋地轉。船身甩向左舷，害他迎頭撞上對面的牆壁。

海柔從她的艙房跌跌撞撞走出來，同時捧著肚子。「我討厭大海！」

她一看到傑生，眼睛睜得好大。「你下床做什麼？」

「我要到上面去！」他很堅持地說：「我可以幫上忙！」

海柔一副想要爭辯的樣子，這時船身向右舷傾斜，於是她搖搖晃晃走向浴室，一隻手摀住嘴巴。

傑生奮力走向樓梯。他已經一天半沒有下床了，自從女孩們從斯巴達回來，他就毫無預警地病倒了，全身肌肉不聽使喚，肚子的感覺就像麥可．瓦魯斯站在他身上反覆踐踏他並大喊：「死是羅馬鬼！死是羅馬鬼！」

傑生強自壓下體內的痛楚。他再也不想讓別人一直照顧他，聽大家低聲說著他們有多擔心。他再也不想夢見自己變成烤羊肉串。他已經花了太多時間照顧肚子上的傷口，它有可能讓他送命，也可能不會；他才不要呆呆坐著等那個傷口決定一切。他必須幫助朋友們。

他終究想辦法到達上層甲板。眼前的景象讓他差點像海柔一樣跑去狂吐。宛如摩天樓般的高聳巨浪墜落下來沖刷前甲板，將船頭的整排十字弓和一半的左舷欄杆捲入海中。船帆扯碎成破布條，四周都有閃電大作，閃電劈向海面的樣子彷彿一道道探照燈束。水平飛來的雨水沖刷傑生的臉，空中的雲朵非常昏暗，他實在無法分辨現在是白天還是晚上。

成員們紛紛竭盡所能……但是能做得實在不多。里歐用高空彈跳的繩索和安全帶把自己綁在控制台上，剛固定的時候看起來似乎是好主意，不過每次有大浪打來，他都先被大浪沖走，然後再摔回他的控制面板上，像是個人體乒乓球。

派波和安娜貝斯則忙著搶救索具。自從去過斯巴達以後，她們變成堅強的兩人小組，甚至不必交談就能合作無間；這樣還滿剛好的，畢竟在狂烈的暴風雨中，彼此說什麼都聽不見。而法蘭克呢，至少傑生猜想那是法蘭克，他已經變成一隻大猩猩，頭下腳上倒掛在右舷欄杆甩來甩去，用他的巨大力氣和靈活雙腳抓住欄杆，努力整頓一些破損的船槳。顯然大家都拚命想讓船艦升空，不過即使勉強起飛，傑生也不確定空中有沒有比較安全。

就連破浪神非斯都也想幫忙。他對著大雨噴火，雖然那似乎對暴風雨連一點嚇阻的作用都沒有。

只有波西的運氣稍微好一點。他倚著正中央的桅桿站好，雙手盡力伸展，像是站在一條繃緊的繩索上。每次船身又要傾斜，他就朝反方向用力推，讓船身維持穩定。他從海中召喚出巨大的水拳，趁著大浪還沒有打上甲板就用力搥去，看起來很像大海對著自己反覆打臉。

看到暴風雨如此猛烈，傑生才明白要不是波西堅守崗位，這艘船早就已經翻覆沉沒，甚至變成一堆廢鐵了。

傑生跌跌撞撞地走向桅桿。里歐不知道大喊著什麼，可能是「去樓下！」吧，但傑生只是揮手反駁。他奮力走到波西身邊，抓住他的肩膀。

波西點點頭，像是說「怎樣？」的意思。他沒有顯得很驚訝，也沒有要求傑生回去醫務室，這讓傑生覺得很感激。

只要波西專心一志，他全身都不會弄溼，可是眼前顯然還有更嚴重的問題要擔心。他的黑髮溼答答地黏在臉上，衣服也完全浸溼且扯破裂開。

他對準傑生的耳朵大聲吼叫，不過傑生只能聽清楚其中幾個字：「東西……下面……阻止它！」

波西指著船側外面。

「有東西引發這場暴風雨？」傑生問。

波西笑起來，拍拍自己的耳朵。顯然他完全聽不見傑生說的話。他用手比劃一個動作，像是跳到船外潛入水中，接著拍拍傑生的胸口。

「你要我去？」傑生覺得受寵若驚。其他人都把他當成易碎的玻璃花瓶，但波西……嗯，也許他是覺得假如傑生能到甲板上，他就可以採取行動了。

「樂意之至！」傑生大喊：「可是我在水底下不能呼吸啊！」

波西聳聳肩，意思是「抱歉，聽不見你說什麼」。

接著，波西跑向右舷欄杆，將另一道巨浪從船邊推開，然後跳向船外。

傑生看了派波和安娜貝斯一眼。她們兩人全力拉著索具，驚駭莫名地看著他。派波的表情好像是在說：「你瘋了嗎？」

他對派波做了個「OK」的手勢，一方面是要向她保證自己很好（其實他也不確定），另一方面則是同意自己眞的很瘋狂（這點他就很確定了）。

他跌跌撞撞走向欄杆，抬頭望著暴風雨。

狂風怒吼，雲層翻騰。傑生感覺到一整群文圖斯在頭頂上盤旋，它們因爲太憤怒、太激動而無法形成實體，不過極度渴望引發毀滅。

他高舉手臂，召喚一陣風。他從很久以前就學到，如果想要控制一大群惡霸，最好的方法是挑選其中最暴躁、最高大的小子，迫使他低頭，那麼其他人也會乖乖聽話。他猛力甩出剛才召喚來的那條風繩，尋找暴風雨中最強壯、最頑劣的文圖斯。

他套住暴風雨雲中非常激烈的一塊，用力拉動。「你今天要臣服於我。」

那個文圖斯呼號抗議，在他四周高速旋轉。船艦上方的暴風雨似乎減弱了一點點，彷彿其他文圖斯都想著：「噢，見鬼了，那傢伙是認眞的。」

傑生從甲板上飄浮起來，融入他自己製造出來的迷你龍捲風。他像螺絲一樣旋轉，接著猛然鑽入水中。

傑生以爲水底下應該會比較平靜一點。

但是沒有好到哪裡去。

當然啦，也可能是因爲他的移動方式的關係，乘著氣旋鑽入海底，肯定會讓他遭遇到某些突如其來的擾動。他向下沉，然後因著不明原因而轉向，兩邊耳朵嗶啵響，胃和肋骨壓擠成一團。

最後，他終於漂到波西旁邊停下來，波西站在岩架上，突出於一條更深海溝的上方。

「嘿。」波西說。

傑生清清楚楚聽到他的聲音，雖然不曉得爲何會這樣。「怎麼了？」

他身在文圖斯所產生的氣囊裡，覺得自己的聲音聽起來好像是對著眞空吸塵器說話。

波西指著下面空無一物的地方。「等一下。」

三秒鐘之後，一道綠光宛如探照燈般掃過黑暗，然後又消失了。

「下面有東西，」波西說：「激起這片暴風雨。」他轉過身，對著傑生的龍捲風打量一番。「裝備不錯喔，如果我們潛得更深一點，你可以繼續維持嗎？」

「我根本不知道自己是怎麼弄出來的。」傑生說。

「好吧，」波西說：「嗯，小心一點，可別不知不覺被打昏喔。」

「閉嘴啦，傑克森。」

波西笑起來。「那就去看看下面那裡有什麼吧。」

他們下潛得好深，傑生什麼都看不見，只透過他們手上的黃金和青銅劍刃散發出來的微弱光芒，看到波西游在他身邊。

每隔一陣子，綠色探照燈束就向上射出。波西朝向那裡直直游去。傑生抓住的文圖斯氣憤怒吼，拚命掙扎想要逃走。臭氧的氣味令傑生頭昏眼花，但他還是勉力讓氣囊維持完整。

他們下方的黑暗終於變得亮一點了，不時出現小塊的柔和白色亮光，很像是一群群水母漂浮在傑生的眼前。到達海底時，他終於明白那些亮塊是一片片發亮的藻類，圍繞在一座宮殿廢墟的周圍。空曠的中庭地面鋪著鮑魚殼，不時有泥沙旋轉成柱；表面覆蓋藤壺的希臘式列柱一路排列到黑暗中，而整座建築的正中央聳立著一座堡壘，比紐約的大中央車站還要巨大，四面牆壁貼附著大量珍珠，圓拱狀的金色屋頂像蛋殼一般裂開。

「亞特蘭提斯城嗎？」傑生問。

「那是神話啦。」波西說。

「唔……我們不是一天到晚與神話打交道？」

「不是啦，我的意思是說，那是『虛構的』神話，而不是，呃，眞眞實實的神話。」

「所以就因爲這樣，安娜貝斯才會是你們行動的主腦，是嗎？」

「閉嘴啦，葛瑞斯。」

他們漂啊漂地游過破損的圓頂，進入暗影中。

「這地方感覺很熟悉，」波西的聲音變得有點緊張，「簡直像是我來過這裡……」

綠色探照燈從他們正下方直射而來，使得傑生的眼睛突然看不見。

他像石頭一樣向下墜，碰撞到光滑的大理石地板。等到視線恢復清晰，傑生發現這裡不是只有他們兩人。

他們面前站著一位六公尺高的女性，她身上的綠色洋裝隨波漂動，腰間緊緊繫著一條鮑魚殼串成的腰帶，皮膚像那片藻類一樣白得發亮，頭髮則宛如水母的觸鬚搖擺發光。

她的臉孔非常美，可是感覺很不眞實，雙眼太過明亮，面貌太過細緻，笑容太過冷酷，彷彿努力學習人類的微笑，可是還不太能掌握箇中奧妙。

她的雙手擱在一個光亮的綠色金屬盤上，盤子的直徑大約一百八十公分，放在青銅三腳架上。那讓傑生回想起以前在舊金山的安巴卡德羅，他曾看過一個街頭藝人演奏的一只鋼鼓。

眼前的女性轉動著金屬盤，那動作彷彿操作汽車的方向盤。一道綠光向上射出，水域爲之翻攪，也撼動了古老宮殿的牆壁。圓拱天花板裂成碎片，以慢動作向下漂落。

「是你製造出暴風雨。」傑生說。

「是我沒錯。」女巨人說話的音調非常優美，然而那聲音有種奇怪的共鳴，感覺像是超出了人類的聽覺範圍之外。傑生的兩隻眼睛壓力驟升，他覺得靜脈好像快要爆開了。

「好吧，我來問，」波西說：「你是誰，還有你到底想要怎樣？」

女巨人轉過去看他。「哎喲，柏修斯．傑克森，我是你的姊妹啊。趁你死掉之前，我很想認識你。」

26 傑生

傑生看出眼前有兩個選項：戰鬥，或者談話。

一般來說，面對一位令人毛骨悚然、身高六公尺、長了一頭水母頭髮的女士，你自然而然就會選擇「戰鬥」。

不過因爲她稱呼波西「兄弟」，這讓他有點猶豫。

「波西，你認識這位……人物？」

波西搖搖頭。「看起來不像我媽，所以我猜，我們之間的關係是在天神那一邊。你是波塞頓的女兒，呃……哪位小姐……？」

蒼白女士的指甲刮過金屬盤的表面，發出一種尖銳的聲音，很像受虐鯨魚的叫聲。「沒有人認識我，」她嘆口氣說：「爲何我會認爲自己的兄弟應該認識我？我是庫墨珀勒亞！」

波西和傑生互看一眼。

「那麼……」波西說：「我們就叫你『庫墨』好了。而你是個，嗯，海精靈，是嗎？還是小女神？」

「小？」

「這個嘛，」傑生很快接口說：「他的意思是還沒到可以喝酒的年齡啦！因爲你顯然既年輕又漂亮。」

波西很快對他使了個眼色：救得好。

女神將全部的注意力放在傑生身上。她伸出食指，在水中勾勒他的輪廓。傑生感覺到自己抓來的空氣精靈在周圍微微抖動，活像被搔癢似的。

「傑生．葛瑞斯，」女神說：「朱比特之子。」

「是啊。我是波西的朋友。」

庫墨翹起眼睛。「所以是眞的囉……這些日子以來，產生了一些奇怪的朋友和意想不到的敵人。羅馬人從來不曾膜拜我，對他們來說，我是一種無名的恐懼，象徵著海神最狂暴的憤怒。他們從來不曾膜拜庫墨珀勒亞，掌管劇烈海洋風暴的女神！」

她轉動手中的盤子，又有另一道綠光向上射出，激烈地攪動水域，廢墟也爲之震動。

「呃，是啦，」波西說：「羅馬人的海軍確實不是很壯大。他們，算是有一艘划槳船吧，我把它弄沉了。說到劇烈風暴，你在樓上弄出來的那些眞是第一流的傑作。」

「謝謝你。」庫墨說。

「事情是這樣的，我們的船艦陷在那裡面，有點像是快被扯爛了。我很確定你不是故意要……」

「喔，不對，我是故意的。」

「你是故意的喔。」波西做了個鬼臉。「嗯……那很爛耶。那麼，如果我們好聲好氣要求，我猜你也不會住手囉？」

「不會。」女神表示同意。「現在，那艘船差不多要沉沒了，它可以撐這麼久，老實說我滿驚訝的，造船技術太厲害了。」

在龍捲風裡，傑生的手臂冒出火花。他想到派波和其他成員發瘋似地拚命讓船隻不要解體，而他和波西來到下面這裡，等於是讓其他人毫無防禦能力。他們的動作要快一點才行。

況且，傑生的空氣變得愈來愈混濁。他不確定有沒有可能把一個文圖斯的空氣吸光光，不過假如真要大戰一場，他最好趕在氧氣用完之前拿下庫墨。

實情是……到女神的主場來踢館並不簡單。就算他們真能打敗她，也不保證風暴一定會停止。

「那麼……庫墨，」他說：「我們怎麼做才能使你改變心意、讓我們的船離開？」

庫墨對他露出剛才那種令人發毛的詭異微笑。「朱比特之子，你知道自己在哪裡嗎？」

傑生很想回答「水底下」。「你是指這些廢墟。這是一座古老宮殿嗎？」

「沒錯，」庫墨說：「這是我父親波塞頓原本的宮殿。」

波西彈了一下手指，聽起來很像悶悶的爆炸聲。「所以我才會認得這個地方啊，老爸在大西洋的新窩有點像這裡。」

「我不知道，」庫墨說：「我父母從來沒有邀請我去看他們，我只能在他們舊窩的廢墟裡四處晃蕩。他們發現我的存在……有毀滅力。」

她再度轉動盤子。建築物的整個後牆都垮掉了，一大團泥沙和藻類越過房間湧來。幸好文圖斯的作用很像一具風扇，把殘骸從傑生的臉前吹開。

「毀滅力？」傑生說：「你嗎？」

「我父親不歡迎我去他的宮殿，」庫墨說：「他限制我的力量。你說上面的風暴？我有好多年沒有玩得這麼盡興了，而說到我的力量，那只算是一碟小菜而已！」

「小小的力量也會有意想不到的效果啊，」波西說：「總之，關於傑生問到怎麼樣改變你的心意……」

「我父親甚至把我嫁出去，」庫墨說：「根本沒有經過我的同意。他把我當作獎品送給布萊爾斯，一個百腕巨人，爲了獎勵他在古早對付克羅諾斯的戰爭中支持眾神。」

波西眼睛一亮。「嘿，我認識布萊爾斯，他是我朋友！我把他從舊金山的惡魔島放出來。」

「是啊，我知道。」庫墨的眼睛散發冷酷的光芒。「我好恨我丈夫。他回來，我一點都不覺得高興。」

「是喔。那麼……布萊爾斯在附近嗎？」波西滿懷希望地問。

庫墨的笑聲聽起來很像海豚的吱吱叫。「他去紐約的奧林帕斯山了，去穩住天神的防線。其實那根本沒什麼用。我的重點是，親愛的弟弟，波塞頓從來不曾公平對待我。我之所以喜歡來這裡，來到他的舊宮殿，是因爲看到他的傑作變成這種廢墟，讓我覺得很高興。再過不久，他的全新宮殿也會看起來像這樣，大海將會瘋狂肆虐而無法控制。」

波西看看傑生。「來了，她是要告訴我們，她爲蓋婭效力。」

「是啊，」傑生說：「而且等到眾神遭到毀滅，大地之母答應給她更好的條件，吧啦吧啦吧啦之類的。」他轉身看著庫墨。「你知道蓋婭不會遵守她的承諾，對吧？她利用你，就像她利用巨人族那樣。」

「你的關心令我好感動，」女神說：「不過另一方面，奧林帕斯眾神從來沒有利用過我，對吧？」

波西雙手一攤。「至少奧林帕斯眾神盡力了。上一次泰坦巨神戰爭後，他們開始比較關心其他天神了，現在很多天神在混血營都有小屋，像是黑卡蒂、黑帝斯、希碧[60]、希普諾斯……呃，可能還有一些不是用『黑』或『希』開頭的神。我們每一頓飯都燒祭品給他們，還做了很酷的旗幟，以及暑期課程結束前舉辦特別的認親活動……」

「而我曾經得到那樣的祭品嗎？」庫墨問。

「這個嘛……沒有。我們根本不知道你的存在。可是……」

「那你就少說幾句吧，老弟。」庫墨的水母觸手頭髮漂向他，一副極度渴望痲痺新獵物的模樣。「我聽說過偉大的波西．傑克森的好多事，那些巨人一心想要抓到你。我得說……我實在看不出有什麼好大驚小怪的。」

「多謝你喔，老姊。不過如果你打算殺我，我警告你喔，以前有很多人試過了。我最近遇過一大堆女神，妮琪、艾柯呂斯，甚至是妮克斯[61]本尊。和她們比起來，你嚇不了我啦，更何況你的笑聲好像海豚喔。」

庫墨的精緻鼻孔氣到撐開。傑生握好自己的劍。

「噢，我不會殺你的，」庫墨說：「我在協議中只負責吸引你的注意力。不過這裡還有其他人，非常想要殺你的人。」

在他們頭頂上方，破損屋頂的邊緣有個黑黑的形體出現了。那個人形竟然比庫墨珀勒亞還要高大。

「海神之子。」一個低沉的聲音隆隆地說。

巨人緩緩漂下。一團團黑色黏液從他的藍皮膚捲曲冒出，說不定有毒。他的綠色護胸甲塑造成像是聚集一大堆飢渴的血盆大口，雙手拿著古羅馬「網鬥士」的武器，也就是三叉戟和沉重的漁網。

傑生從來沒遇過眼前這個巨人，但他聽過很多傳說故事。「波呂玻特斯，」他說：「波塞頓的死敵。」

巨人甩動他的長長髮綹，結果有十二條大蛇游出來，是淡黃綠色的大蛇，每一條的頭上都有一圈雞冠般的裝飾物。那是「雞蛇」。

「完全正確，羅馬之子，」巨人說：「不過請你原諒我，我的首要之務是對付波西．傑克森。我從塔耳塔洛斯一路跟蹤他，現在，在他父親的廢墟這裡，我準備打爛他，一勞永逸。」

---

60 希碧（Hebe），古希臘神話中的青春女神，宙斯與希拉所生的女兒，也是奧林帕斯山眾神的斟酒官。後來她嫁給升上天界的大英雄海克力士。

61 妮克斯（Nyx），希臘神話中的黑夜女神，也是五大創世神之一，等同於羅馬神話中的諾克斯（Nox）

27 傑生

傑生恨死雞蛇了。

那些「小蛇渣」最喜歡潛藏在新羅馬的神廟底下。以前傑生還是分隊長的時候，他的分隊總是分派到最討厭的雜務，就是去清除雞蛇的巢穴。

一條雞蛇看起來可能沒什麼，只是像手臂一樣長的大蛇，有著黃眼睛和白色的頸圈褶邊，不過牠移動的速度非常快，而且碰到的東西都會沒命。傑生從來不曾同時對付兩條以上的雞蛇；如今，眼前有十二條雞蛇在巨人腳邊游來游去。唯一的好消息是：雞蛇在水裡沒辦法噴火，可是這完全無損牠們的致命程度。

兩條大蛇高速游向波西，他立刻把蛇砍成兩半。另外十條蛇在他周圍繞來繞去，剛好是劍刃觸碰不到的地方。牠們想辦法尋找攻擊機會，前前後後扭來扭去，看得令人頭昏眼花。只消咬一口、碰到一下，就不用再玩了。

「嘿！」傑生大喊：「一些小可愛來這裡好不好？」

那些蛇都不理他。

巨人也是，他站在後方興味盎然地看著，顯然對他的寵物執行刺殺任務感到很高興。

「庫墨珀勒亞，」傑生盡可能把她名字的每一個字都唸對，「你必須阻止這件事。」

她用白色發亮的眼睛打量他。「我爲什麼要阻止？大地之母已經答應不會限制我的力量，你能提出更好的條件嗎？」

更好的條件……

他察覺到可能有機會……有談判的空間。但他能提出什麼條件是風暴女神想要的？雞蛇更逼近波西了。他用水流趕開那些蛇，然而牠們繼續在周圍繞圈圈。

「喂，雞蛇！」傑生喊著。

還是沒反應。他可以衝過去幫忙，不過就算結合他和波西之力，也不可能同時打敗十條雞蛇。他需要更好的解決方案。

他抬頭往上看。一團暴風雨雲在上面瘋狂肆虐，可是他們兩人遠在幾百公尺下方深處。他根本不可能在海底召喚閃電，對吧？就算可以，水的導電性也太好了一點，他可能會把波西炸熟。

然而他想不出更好的選項了。於是他奮力舉高手上的劍，劍刃立刻發出紅熱的光芒。一團模糊的黃色光線滾滾翻騰穿過海底深處，活像有人把液態的霓虹燈倒進水裡。那團光碰觸到傑生的劍，然後向外伸展出十條各自分開的觸手，射中那些雞蛇。

那些蛇的眼睛驟然變暗，頸部褶邊也癱軟下來。十條大蛇全都翻白肚，屍體漂浮在水中。

「下一次，」傑生說：「我對你說話的時候，你要看著我。」

波呂玻特斯的笑容僵住了。「羅馬人，你這麼急著赴死嗎？」

波西舉劍奮力衝向巨人，但波呂玻特斯在水中揮動手臂，射出一道弧形的黑色油狀毒液。傑生還來不及大叫「老兄，你在想什麼啊？」，波西就直直衝進毒液裡。

波西扔下手中的波濤劍。他喘著氣，緊緊抓住自己的喉嚨。巨人扔出手上沉重的漁網，於是波西癱倒在海底，不但讓漁網纏住動彈不得，周圍的毒液也變得愈來愈濃稠。

「放開他！」傑生驚慌到聲音都破了。

巨人輕笑起來。「別擔心，朱比特之子，你的朋友要花很長一段時間才會死。他給我惹了那麼多的麻煩，我才不想很快殺了他呢。」

劇毒的雲霧在巨人四周不斷擴散，讓整個廢墟彷彿充滿濃密的雪茄煙霧。傑生跌跌撞撞向後退，退得不夠快，不過他的文圖斯居然是很有用的過濾器。隨著毒液吞沒他，那個迷你龍捲風也旋轉得更快，將毒雲排出去。庫墨珀勒亞皺起眉頭，想揮開黑黑的東西，但不知為何，那些毒雲似乎對她沒有影響。

波西在網子裡痛苦地扭動身子，整張臉變成綠色。傑生衝過去幫他，巨人卻用巨大的三叉戟擋住去路。

「噢，我不能讓你毀了我的樂子。」波呂玻特斯斥責說：「毒液會徹底殺了他，不過首先是癱瘓無力，再來是好幾個小時的極度痛苦。我想讓他得到完整的體驗！而且，傑生．葛瑞斯，他可以眼睜睜看著我毀滅你！」

波呂玻特斯慢慢走向前，讓傑生有很多時間可以好好看著三層樓高的擎天盔甲和健壯肌肉轟然壓向他。

傑生閃過三叉戟，然後用自己的文圖斯向前噴射，再舉劍刺向巨人的爬蟲腳。波呂玻特斯怒吼著失足跌倒，金色神血從傷口湧出，宛如羽毛一般輕盈。

「庫墨！」傑生大喊：「這真的是你想要的嗎？」

風暴女神一副很不耐煩的樣子，懶洋洋地旋轉她的金屬盤。「不受限制的力量嗎？為什麼不要？」

「不過那樣眞的有樂趣可言嗎？」傑生問。「所以你摧毀我們的船，摧毀整個世界的所有海岸線。等到蓋婭將人類的文明一掃而盡，還有誰會留下來敬畏你？你還是默默無名啊。」

波呂玻特斯轉過身。「朱比特之子，你這個害蟲。你會被我壓扁！」

傑生嘗試召喚更多閃電，但是全無動靜。假如有機會遇到他老爸，他得爭取增加每日的閃電配給額度才行。

傑生再度奮力避開三叉戟的尖刺，但巨人將三叉戟的另一端甩過來，猛力擊中他的胸口。傑生旋轉著向後退，頭昏眼花而且劇痛難耐。波呂玻特斯欺近他身邊，準備使出殺手鐧；就在三叉戟即將刺穿他身體的那一刻，傑生的文圖斯突然自行運作起來，他向旁邊高速旋轉，將傑生甩到十公尺外的庭院另一端。

多謝啦，兄弟，傑生心想。我欠你一些空氣芳香劑。

如果文圖斯眞的喜歡這主意，傑生也看不出來。

「事實上，傑生．葛瑞斯，」庫墨一邊說著，一邊仔細端詳自己的指甲，「既然你提起，我得說，我還眞的滿喜歡凡人敬畏我。我覺得他們還不夠敬畏我。」

「那我可以幫忙！」傑生又躲過三叉戟的另一次掃擊。他讓自己的古羅馬劍伸長成一支標槍，戳向波呂玻特斯的眼睛。

「噢！」巨人大吃一驚。

波西仍然在網子裡掙扎扭動，不過他的動作愈來愈遲緩了。傑生得快一點才行。他必須把波西帶去船上的醫務室，但是如果暴風雨依舊在他們頭頂上肆虐，那就根本不會有醫務室可以帶波西去了。

他漂到庫墨身旁。「你知道天神很依賴凡人。我們有愈多人敬拜你，你的力量就愈大。」

「我才不知道呢，從來沒有人敬拜我！」

她不理會波呂玻特斯，這時他在庫墨的周圍衝過來跑過去，忙著想打破傑生周邊的旋風氣流。傑生則是盡可能讓女神擋在他們之間。

「我可以改變那種狀況，」他保證說：「我會親自幫你在新羅馬的神殿山上設置一個祭壇，是有史以來你的第一個羅馬祭壇！我也會在混血營設一個，就位在長島灣的海岸邊。想像看看，同時受到希臘人和羅馬人的敬拜……」

「還有敬畏。」

「……還有敬畏。你會變得很有名！」

「統統給我住嘴！」波呂玻特斯猛力揮動他的三叉戟，活像揮擊棒球棒。

傑生低下身子躲開了，但庫墨沒有。巨人揮中她肋骨的力道那麼強大，害她的一綹綹水母髮絲飛出去，漂散在充滿毒液的水裡。

波呂玻特斯的眼睛睜得好大。「庫墨珀勒亞，真是抱歉，你不應該擋路啊！」

「擋路？」女神挺直身子。「我擋了你的路？」

「你聽到他說的話了，」傑生說：「你對巨人族來說只是個工具，除此之外什麼也不是。等到他們徹底摧毀世上的凡人，就會把你扔到一邊，於是沒有半神半人、沒有祭壇、沒有敬畏，也沒有尊敬。」

「胡說！」波呂玻特斯想要刺殺他，但傑生躲到女神的裙襬後面。「庫墨珀勒亞，等到蓋姬統治世界，你再也不會受到限制，可以盡情引發狂烈的暴風雨！」

「到了那個時候，有沒有凡人可以威脅恐嚇呢？」庫墨問。

「嗯……沒有。」

「有沒有船隻可以摧毀？有沒有半神半人會嚇得縮成一團？」

「呃……」

「幫幫我，」傑生極力慫恿，「結合一個女神和一個半神半人的力量，我們可以殺死一個巨人。」

「不！」波呂玻特斯突然變得很緊張的樣子。「不行，那是個餿主意，蓋婭會氣炸的！」

「假如蓋婭甦醒了，」傑生說：「力量強大的庫墨珀勒亞就可以幫助我們確定蓋婭不會氣炸，於是所有的半神半人會大大敬拜你！」

「他們會嚇得縮成一團嗎？」庫墨問。

「縮得超誇張的！外加你的名字會出現在暑期課程上，還有客製化的旗幟、在混血營有一棟小屋、兩座祭壇，而且我再加碼製作庫墨珀勒亞的公仔。」

「不！」波呂玻特斯哀嚎著。「不能把商品化的權利交出去！」

庫墨珀勒亞轉身看著巨人。「那樣的條件恐怕打敗蓋婭的提議。」

「不能接受！」巨人高聲咆哮：「你不能信任這個卑鄙的羅馬人！」

「如果我沒有兌現這項協議的內容，」傑生說：「庫墨大可殺了我。至於蓋婭那邊，她根本沒有提供半點保證。」

「關於這點，」庫墨說：「實在很難反駁啊。」

趁著波呂玻特斯絞盡腦汁思考答案，傑生發動攻擊，用他的標槍刺入巨人的肚子。庫墨也從青銅盤子的基座上拿起金屬盤。「波呂玻特斯，說聲再見吧。」她將盤子旋轉射向巨人的脖子。原來盤子的邊緣還滿銳利的。波呂玻特斯發現很難說再見，因爲他再也沒有頭了。

28 傑生

「施放毒液這種習慣眞是超級討人厭。」庫墨珀勒亞揮揮手，於是那一團團朦朧毒液逐漸消散。「你也知道，二手的毒液也是會殺人的。」

傑生對第一手的毒液也沒有太欣賞，但是他覺得不要提起比較好。他割斷波西身上的網子，扶著他靠在神廟的牆壁上，並讓文圖斯的氣囊也包住他。氧氣愈來愈稀薄了，不過傑生希望這樣能幫助他朋友排出肺裡的毒液。

看來似乎有效。波西彎下腰，開始連聲作嘔。「呃。多謝。」

傑生如釋重負地鬆了一口氣。「兄弟，你害我擔心死了。」

波西瞇著眼，眼神渙散。「我還是覺得有點頭昏眼花。不過你剛才……答應庫墨要幫她做公仔？」

女神的身影從上方逼近。「他確實說過。而且我很期待他履行諾言。」

「我一定會，」傑生說：「等我們贏得這場戰爭，我會確保大家都認識所有的天神。」他伸手按在波西的肩膀上。「我這位朋友從去年夏天就開始推動這件事，他讓奧林帕斯眾神保證會多多關照你們這些天神。」

庫墨聽了嗤之以鼻。「奧林帕斯天神的保證到底有多大的價值，誰不曉得啊。」

「就是因爲這樣，我才要努力促成這件事。」連傑生都不知道自己怎麼會說出這番話，但這想法聽起來絕對正確。「我會確保兩個營區都不會忘了每一位天神的存在，也許他們會建造神廟、小屋，或至少設置祭壇……」

「或者印製可以收集的交換卡。」庫墨熱心提議。

「沒問題。」傑生露出微笑。「我會在兩個營區之間來回奔走，直到把這件事做好為止。」

波西吹了個口哨。「你說的是幾十位天神耶。」

「幾百位吧。」庫墨更正他的說法。

「嗯，那麼，」傑生說：「可能要花一點時間。不過呢，庫墨珀勒亞，你會是名單上的第一位……砍斷巨人頭顱的風暴女神，拯救了我們的任務。」

庫墨撥撥她的水母頭髮。「那樣會很棒。」她打量波西一番。「雖然我還是覺得很遺憾，沒能看到你死掉。」

「這個意見我聽過太多次了，」波西說：「好了，那麼我們的船……？」

「還沒有解體，」女神說：「狀況不是很好，不過你們應該可以到達提洛斯島。」

「謝謝你。」傑生說。

「是啦，」波西說：「還有，我說真的，你的丈夫布萊爾斯是個好人。你應該再給他一次機會。」

女神撿起她的青銅盤子。「老弟，不要賭你的運氣。布萊爾斯有五十張臉孔，每一張臉都很醜陋。他有一百隻手，但修理家裡的東西還是笨手笨腳不聽使喚。」

「好吧，」波西態度軟化，「不要賭我的運氣。」

庫墨把盤子翻個面，原來盤子底部固定著皮帶，看起來很像盾牌。她將皮帶套到肩上，很有美國隊長的架勢。「我會隨時觀察你們的進展。波呂玻特斯警告說你的鮮血會喚醒大地之母，他可不是隨便吹噓而已。巨人族對這一點很有信心。」

「我的鮮血，只有我一個人？」波西問。

庫墨的微笑比剛才更令人發毛了。「我不是神諭，但我曾聽說擁有預言能力的菲紐斯[62]在波特蘭對你說的話。你將要面對一項犧牲，而你可能無法達成，結果讓整個世界為你付出代價。我的老弟，你還沒有面對自己的致命弱點。看看周圍吧，眾神和所有人的努力成果，到頭來都會變成一片廢墟。帶著你的女朋友逃得遠遠的，難道不是比較輕鬆嗎？」

波西扶著傑生的肩膀，努力想要站起來。「茱諾也向我提出類似的選擇機會，就是以前我找到朱比特營的時候。我也會給你同樣的答案。朋友們需要我的時候，我不會逃走。」

庫墨雙手一攤。「那麼這就是你的弱點：無法置之度外。我要撤到深處去了，從旁觀察這場大戰開打。你應該知道，大海的各個勢力同樣處於交戰狀態。你的朋友海柔．李維斯克讓人魚留下深刻的印象，還有他們的訓練師，阿弗羅斯和拜索斯。」

「那些有魚尾的老兄啊，」波西含糊地說：「他們不想遇到我吧。」

「就算是這樣，他們也為了你而投身戰爭，」庫墨說：「努力不讓蓋婭的同夥靠近長島。他們究竟能不能存活下來……目前有待觀察。至於你，傑生．葛瑞斯，你未來的路也不會比你朋友輕鬆多少。你會受到愚弄。你會面臨難以忍受的悲痛。」

---

[62] 菲紐斯（Phineas），色雷斯國（Thrace）國王，擁有太陽神阿波羅授予的預言能力，因洩露太多天機激怒了宙斯，於是令他雙目失明，並派鳥身女妖來處罰他。

傑生拚命克制不要冒出火花。他不確定波西的心臟能不能承受電光的衝擊。「庫墨，你說你不是神諭？他們眞應該把那工作交給你，你眞是夠令人沮喪的了。」

女神忍不住發出她那海豚一般的笑聲。「朱比特之子，你逗我笑了。我希望你能活著打敗蓋婭。」

「謝啦，」他說：「能不能提供什麼點子，讓我們打敗一個無法打敗的女神？」

庫墨珀勒亞歪著頭思考。「噢，不過你知道答案是什麼。你是天空的孩子，你的血液裡有暴風雨的因子。有一位最原始的天神以前曾經遭到擊敗，你知道我說的是哪一位。」

傑生的思緒開始比文圖斯旋轉得還要快。「烏拉諾斯，天空的第一位天神。可是那就表示……」

「沒錯。」庫墨的詭異五官做出一個表情，幾乎讓人覺得是同情。「讓我們祈求最後不會走向那樣的結局吧。假如蓋婭眞的甦醒……嗯，你的任務絕對不輕鬆。但是萬一你贏了，要記得你做的承諾喔，祭司。」

傑生花了一點時間咀嚼她的這番話。「我不是祭司。」

「不是？」庫墨的白色眼睛瑩瑩發亮。「順帶一提，你的文圖斯僕人說，他希望你能放他走。既然他幫了你，就希望你一到達水面就能放了他。他答應絕對不會打擾你第三次。」

「第三次？」

庫墨停頓一下，像在聽人說話。「他說，他加入上面的暴風雨是要報復你，不過他已經知道，你經過那次大峽谷對戰後變得這麼強大，他再也不會靠近你的船了。」

「大峽谷……」傑生回想起走上「天空步道」的那一天，他發現有個奇怪的同班同學原來是風精靈。「狄倫？你開我玩笑嗎？我在呼吸的是狄倫？」

「是啊，」庫墨說：「他的名字似乎是那樣沒錯。」

傑生驚訝得全身發抖。「我一到水面就會把他放走，不用擔心。」

「那麼，再會了，」女神說：「但願命運三女神會眷顧你們……假設命運三女神能夠活下來的話。」

他們必須趕快離開。

傑生的空氣快用完了（狄倫空氣……好噁啊），而且阿爾戈二號上的每個人一定都很擔心他們。

然而波西仍舊因爲毒液的關係頭暈目眩，所以他們到破損的黃金圓頂邊緣坐一會兒，先讓波西喘口氣……或者喘口水，反正就是波塞頓的兒子在海底需要的舉動。

「謝啦，兄弟，」波西說：「你救了我的命。」

「嘿，我們都是這樣對待朋友的啊。」

「不過，呃，朱比特的兒子在海底救了波塞頓的兒子……也許細節只有你知我知就好？否則我會永遠聽別人嘲笑個沒完。」

傑生笑得開懷。「就聽你的。你覺得怎麼樣？」

「好一點了。我……坦白說，嗆到那些毒液時，我一直想到艾柯呂斯，就是在塔耳塔洛斯裡的悲慘女神。我差點用毒液殺了她。」他邊說邊發抖。「那感覺很不錯，手段卻很糟。假如安娜貝斯沒有阻止我……」

「反正她阻止了，」傑生說：「那也是朋友之間必須彼此照應的部分。」

「是啊……重點是，我剛才嗆到的時候，心裡一直想：這就是我那樣對待艾柯呂斯所得到的報應。我想用那種方法殺死女神，命運三女神就用同樣的方法讓我死掉。而且……說實在的，我心裡有點覺得這是我應得的報應，也因為那樣，我沒有想要抵抗巨人的毒液，沒有想要把它從我身上移開。聽起來可能很瘋狂吧。」

傑生回想起以薩卡發生的事，那時候他因為媽媽的鬼魂跑回來而感到很絕望。「不會，我想可以理解。」

波西仔細看著他的臉。一發現傑生不再說話，波西趕緊改變話題。「庫墨說到打敗蓋婭是什麼意思？你提到烏拉諾斯……」

傑生看著古老宮殿列柱間不斷旋轉的淤泥。「天空之神……泰坦巨神打敗他的方法就是把他叫下來大地，讓他遠離自己的家園領域，他們設下埋伏、壓制他，然後把他碎屍萬段。」

波西一副剛才的頭暈又變嚴重的樣子。「我們要怎麼用類似的方法來對付蓋婭呢？」

傑生回想起預言的一句話：「暴風雨或是火焰，世界必會毀壞。」他現在有點知道那代表什麼意思了……但如果他想得沒錯，波西可能幫不上忙。事實上，波西可能會無意中讓情況變得更棘手。

「朋友們需要我的時候，我不會逃走。」波西剛才這樣說。

「那麼這就是你的弱點，」庫墨曾經向他提出警告，「無法置之度外。」

今天是七月二十七日，再過五天，傑生就會知道自己想的對不對。

「先去提洛斯島吧，」他說：「阿波羅和阿蒂蜜絲可能會有一些建議。」

波西點點頭，雖然他似乎對這個答案不甚滿意。「庫墨珀勒亞爲什麼叫你『福斯』啊？」

傑生的笑聲幾乎讓空氣變得清淨一點。「她是說『祭司』啦。」

「喔。」波西皺起眉頭。「聽起來還是有點像什麼汽車品牌。『全新祭司高級豪華運動版車款』。你得套上什麼衣領幫人們祈福嗎？」

「沒啦。羅馬人以前有『大祭司』的職位，負責監督所有祭品合乎傳統之類的事，以確保每一位天神都不會生氣抓狂。我剛才提議要做的事……我猜聽起來可能很像祭司的工作。」

「所以你是認眞的？」波西說：「你眞的打算要幫所有的小神建造祭壇？」

「是啊。我以前從來沒想過這種事，但我很樂意在兩個混血營之間來回奔走；假設啦，你也知道，我們下星期度過難關、而且兩個營區都還存在的話。你去年在奧林帕斯山的舉動，就是拒絕變成永生不死之身、而且反過來要求眾神不要亂搞，那眞是太強大了，兄弟。」

波西嘀咕了一聲。「相信我，以後哪天我可能會後悔做了那種選擇。『喔，你想要拒絕我們的提議嗎？ＯＫ，很好！轟！喪失你的記憶吧！滾去塔耳塔洛斯吧！』」

「你的所作所爲都是混血英雄應該做的，我很佩服你這一點。假如我們活下來，我能盡的綿薄之力就是繼續努力那樣做，也就是確定大家都對所有的天神有基本認識。誰知道呢？如果眾神能夠彼此相處得融洽一點，說不定我們可以多阻止一些像這樣突然爆發的戰爭。」

「那絕對再好不過了，」波西附和說：「你知道嗎，你看起來不一樣了……是比較好的不一樣喔。你的傷口還會痛嗎？」

「我的傷口……」傑生太忙著處理巨人和女神的事，早已忘了自己肚子上的劍傷，雖然才不過一小時前，他已經快要因爲傷勢嚴重而死在醫務室裡。

他拉起上衣，扯掉繃帶。沒有冒煙，沒有流血，沒有疤痕，沒有疼痛。

「它居然……不見了。」他說著，心裡大吃一驚。「我覺得完全正常了。這是什麼鬼啊？」

「兄弟，你打敗它了！」波西笑著說：「你自己找到治療的方法。」

傑生思考了一會兒。他猜想確實是這樣沒錯。也許是把自己的疼痛放到一邊、專心幫助朋友們，造成了這種奇妙效果。

或者說不定是想要在兩個營區敬拜眾神的決定治好了他，讓他找到一條邁向未來的清楚道路。羅馬人或希臘人……彼此間的差異根本不重要，就像他曾在以薩卡對那些鬼魂說的話，他的家庭已經變大了，如今他在大家庭裡找到自己的定位，也會信守自己對風暴女神許下的承諾。而因爲那樣，麥克．瓦魯斯的劍根本傷不了他。

死爲羅馬鬼。

不。假如他非死不可，他會以「朱比特之子」、「眾神之子」的身分而死，甚至以「奧林帕斯血脈」的身分而死。然而，他不打算讓自己隨隨便便就犧牲，至少要大戰一場再說。

「走吧。」傑生拍拍他朋友的背。「去看看我們的船怎麼樣了。」

29 尼克

如果要在「死亡」和「巴福特活力商店」之間做抉擇，尼克可能會覺得很難決定。至少他對「死亡大地」非常熟悉，更何況那裡的食物也比較新鮮。

「我還是不懂，」黑傑教練一邊抱怨，一邊在中央走道閒晃，「他們竟然用里歐的桌子幫一整個小鎮取名字？」

「教練，我覺得是先有這裡的小鎮啦。」尼克說。

「哼。」教練拿起一盒撒滿糖粉的甜甜圈。「也許你說得對。這些東西看起來至少放了一百年。我好想念葡萄牙的那些放丘拉。」

一想到葡萄牙，尼克就免不了想起自己手臂的傷。狼人的抓痕劃過整個二頭肌，到現在還腫脹發紅。剛才雜貨店的店員就問尼克是不是跑去逗弄山貓。

他們買了一個急救包、一疊紙（於是黑傑教練可以寫更多紙飛機訊息給他太太）、一些垃圾食物和汽水（畢竟蕾娜那個新的魔法帳篷雖然有桌子可以變出大餐，但只供應健康食物和白開水），還買了五花八門的露營用品，黑傑教練要拿來做一些看似超級複雜、其實沒啥用的怪物陷阱。

尼克本來希望能找到一些新衣服。自從兩天前飛離聖胡安以後，他再也不想穿那件寫著「魅力島嶼」字樣的熱帶風情上衣走來走去，特別是黑傑教練也穿著彼此互搭的一件。可惜

「活力商店」只有印上美國南北戰爭南軍旗幟的T恤，衣服上還寫了什麼「保持冷靜，跟隨南方鄉巴佬」的陳腔濫調。尼克決定還是繼續忍耐鸚鵡和棕櫚樹圖案好了。

豔陽高照，他們沿著一條雙線道的馬路走回紮營地點。美國南卡羅萊納州這個地區似乎多半是植物生長茂盛的田野，偶爾點綴著電話桿和爬滿葛藤的樹木。巴福特鎮本身則是由一群可拆卸的鐵皮屋組成，大約有六、七棟這樣的屋子，鎮上的人口可能也就這樣而已。

尼克絕對稱不上是陽光男孩，不過此刻也很享受溫暖的感覺。這讓他覺得自己比較眞實一點，與凡人世界比較有連結。經過每一次影子跳躍後，他覺得愈來愈難恢復，就算在光天化日之下，他的手都可以穿過堅實的物體。不知爲何，他的皮帶和劍不斷掉到腳踝。有一次他沒有看著去路，走著走著居然直直穿過一棵樹。

尼克回想起傑生．葛瑞斯在南風之神諾托斯的宮殿對他說的一番話：「也許你該從影子裡走出來了。」

如果眞的可以的話，他心想。這輩子他頭一次開始害怕黑暗，因爲他很可能要與黑暗永遠融合在一起。

尼克和黑傑沒花什麼工夫就找到路回到營地。雅典娜．帕德嫩是方圓幾公里內最高聳的地標，如今她有新的僞裝網，散發出銀色光芒，宛如十二公尺高的超閃亮鬼魂。

雅典娜．帕德嫩顯然想讓他們降落在極富教育意義的地方，因爲降落地點剛好緊鄰一塊歷史紀念牌，上面寫著「巴福特大屠殺」，豎立於十字路口旁邊的一片沙礫地，四方的道路不知通往何處，放眼望去也空無一物。

蕾娜的帳篷坐落在一片樹林裡，距離路邊約三十公尺遠。附近有一片長方形的石堆，大約用數百顆石頭堆成超大的墳墓形狀，並用大理石方尖碑作爲墓碑。墳墓四周散落許多枯萎的花環和壓扁的塑膠花束，讓這個地方顯得更加悲傷。

歐倫和亞堅頓拿教練的一顆手球在樹林裡玩撿球遊戲。自從亞馬遜人修好這兩隻金屬狗後，牠們一直都很活潑愛玩、精力充沛，與牠們的主人很不一樣。

蕾娜盤腿坐在帳篷門口，呆呆看著那塊具有紀念意義的方尖碑。自從兩天前飛離聖胡安之後，她的話一直很少。他們也沒有碰到什麼怪物，這讓尼克有點擔心。他們沒有進一步討論獵女隊或亞馬遜人，也對海拉、泰麗雅甚至巨人奧利安的狀況一無所知。

尼克不喜歡阿蒂蜜絲的獵女隊。只要有她們出現，再加上她們的獵犬和獵鷹，悲劇簡直是如影隨形。他的姊姊碧安卡就是加入獵女隊之後丟了性命，後來泰麗雅．葛瑞斯成爲她們的領袖，爲了達到獵女隊的目標，甚至開始招募更年輕的女性新血。這點讓尼克很氣憤，彷彿碧安卡的死可以很容易遺忘，也彷佛她是可以被取代的。

之前尼克在巴拉那其餐廳醒來，發現獵女隊留下字條說綁架了蕾娜，他整個人氣到差點把餐廳的院子拆了。他不想讓獵女隊又偷走對他來說很重要的另一個人。

幸好，蕾娜回到了他身邊，但他不喜歡蕾娜變得這麼悶悶不樂。他想問她關於聖胡安大街發生的事，就是關於陽台上那些鬼魂全都盯著她低聲細述各種指責的話，然而蕾娜每次一聽他問起就叫他閉嘴。

尼克對鬼魂算是相當了解，讓他們鑽進你的腦袋很危險。他想要幫助蕾娜，不過即使是他碰到這種事，他的對策也是獨自面對問題，只要有人想要表達關心，他便把那些人一腳踢開；看到蕾娜採取相同的做法，他實在沒有資格批評她。

他們走近時，蕾娜抬起頭。「我弄清楚了。」

「這是哪個歷史現場？」黑傑問。「太好了，因爲那快把我搞瘋了。」

「沃克斯華之戰。」她說。

「啊，對耶……」黑傑點頭，一臉嚴肅。「那是很激烈的小型暴力摔角比賽。」

尼克試圖感受這個地區的騷動靈魂，但是什麼都感受不到。這對戰場來說並不尋常。「你確定嗎？」

「在一七八〇年，」蕾娜說：「美國獨立戰爭時期。殖民地的民兵領袖大多數都是希臘的半神半人，英國的將軍則多半是羅馬的半神半人。」

「因爲在當時，英國就像羅馬，」尼克猜測說：「是個正在崛起的帝國。」

蕾娜撿起一把壓壞的塑膠花束。「我大概知道我們爲什麼降落在這裡。都是我的錯。」

「啊，拜託，」黑傑挖苦說：「巴福特活力商店不是誰的錯，就是會有那種事啊。」

蕾娜又撿起一些枯萎的花朵。「美國獨立戰爭時期，英國騎兵隊在這裡追上四百個美國人。美國殖民地部隊想要投降，英國人卻拿他們殺雞儆猴，就算美國人全都繳械投降，英國人依舊屠殺他們。只有幾個人倖存。」

尼克覺得自己以前應該會很震驚，但是到冥界走過一遭，聽了關於邪惡和死亡的那麼多點點滴滴之後，如今聽聞一場戰爭時期的大屠殺，似乎很難讓他有新鮮感。「蕾娜，那怎麼會是你的錯？」

「英軍的指揮官是班納斯特·塔爾頓。」

黑傑很不屑地哼一聲。「我聽過他，瘋瘋癲癲的老兄。人們叫他『班尼屠夫』。」

「是啊……」蕾娜深吸一口氣，一邊發抖。「他是貝婁娜的兒子。」

「喔。」尼克看著那個巨大的墳墓。他感覺不到半點鬼魂的存在，實在是令他非常疑惑。數百名士兵在這個地點遭到屠殺……應該會釋放出某種死亡的感應才對啊。

他坐到蕾娜身邊，決定冒個險。「所以，你認爲有個力量把我們拉到這裡來，是因爲你和這些鬼魂有某種連結。就像在聖胡安那樣嗎？」

大概從一數到十的時間，蕾娜不發一語，只是讓塑膠花束在手中轉圈圈。「我不想談聖胡安的事。」

「你應該談一談。」尼克覺得好像有個陌生人躲在自己的身體裡面。他爲什麼要鼓勵蕾娜吐露心事？這不像他的風格啊，其實也不關他的事，然而他繼續說下去。「基本上，大多數的鬼魂都失去說話的聲音。在日光蘭之境，數以百萬計的鬼魂漫無目的遊蕩，努力要回想起自己究竟是誰。你知道他們爲什麼最後變成那樣嗎？因爲他們的人生從來不曾在某方面採取堅定的立場。他們從來不曾把自己的立場說出來，也就沒有人聽過他們。你的聲音可以代表你這個人，假如你不運用聲音，」他說著並聳聳肩，「就等於一隻腳踏進日光蘭之境了。」

蕾娜沉下臉。「你都用這種方式鼓勵別人說話嗎？」

黑傑教練清清喉嚨。「這對我來說有點太偏向心理層面了，我要去寫一些信。」

他拿著自己的筆記本，頭也不回地走進樹林深處。最近幾天，他寫了很多信，而且顯然不只是寫給蜜莉。教練不肯透露細節，倒是暗示說，他正在找人幫忙完成這次任務。尼克只能想到他正在寫信給武打明星成龍。

尼克打開購物袋，拿出「小黛比牌」的古早口味燕麥奶油夾心餅，遞了一塊給蕾娜。

她皺起眉頭。「你們簡直像是闖進恐龍時代耶。」

「可能是吧。不過我這幾天的胃口特別好，不管什麼食物都覺得很好吃……可能除了石榴種子以外吧，我受夠那個了。」

蕾娜拿起一塊奶油夾心餅，咬了一口。「聖胡安的那些鬼魂……他們是我的祖先。」

尼克安靜等待。微風吹得雅典娜．帕德嫩的僞裝網劈啪作響。

「拉米瑞茲—阿瑞拉諾家族可以回溯到很久以前。」蕾娜繼續說：「我並不清楚整個來龍去脈。我的祖先原本住在西班牙，當時那裡還是羅馬帝國的一省。不知道幾代以前的曾曾曾祖父是西班牙征服者，他和探險家德萊昂一起來到波多黎各。」

「陽台上有個鬼魂穿戴征服者的盔甲。」尼克回想起來。

「那就是他。」

「所以……你的整個家族都是貝婁娜的後代？我以爲只有你和海拉是她的女兒，不是代代相傳。」

太遲了，尼克突然意識到自己不應該提起海拉。蕾娜的臉上閃過一絲絕望的神色，但她很快就努力隱藏起來。

「我們確實是她的女兒，」蕾娜說：「我們是拉米瑞茲—阿瑞拉諾家族第一次眞正出現貝婁娜的孩子。貝婁娜一直非常照顧我們家族，早在一千多年前，她就宣布我們會在許多戰役中扮演舉足輕重的角色。」

「就像你現在也是。」尼克說。

蕾娜用拇指搓搓下巴。「也許吧。我有一些祖先曾經是英雄人物，也有一些是惡棍。有個鬼魂的胸口有子彈造成的槍傷，你看到了嗎？」

尼克點點頭。「他是海盜嗎？」

「波多黎各歷史上最有名的海盜。大家都叫他『海盜科福瑞席』，不過他的姓氏是拉米瑞茲—阿瑞拉諾。我們家族那棟住宅，就是用他埋藏的金銀財寶蓋出來的。」

這一刻，尼克覺得自己好像又變成小孩子。他差點脫口說出：「那太酷了！」以前還沒開始玩神話魔法遊戲卡的時候，他就對海盜非常著迷。這可能也是他那麼迷戀波西的其中一個原因，因爲他是海神之子。

「那麼其他鬼魂呢？」他問。

蕾娜又咬了一口奶油夾心餅。「穿著美國海軍制服的傢伙……他是我的曾曾叔公，在二次世界大戰時期，他是第一位拉丁裔的潛水艇指揮官。你應該有概念了，一大堆戰士。世世代代以來，貝婁娜一直是我們家族的守護女神。」

「可是她在你們家族從來沒有生下半神半人小孩，直到你們爲止。」

「這位女神啊……她和我父親胡利安墜入愛河。他去伊拉克當兵。他是……」蕾娜的聲音嘎然而止。她把塑膠花束扔到旁邊。「我講不下去。我沒辦法講他的事。」

一朵雲飄過他們頭頂，讓樹林籠罩在雲影中。

尼克不想催促蕾娜。他有什麼權利催促她呢？

他放下手中的燕麥奶油夾心餅……然後注意到自己的指尖漸漸變成煙霧狀。陽光重新照耀樹林，他的雙手也再度變得堅實，但尼克的神經很焦躁，感覺好像有人把他從高樓陽台的邊緣拉回去。

「你的聲音可以代表你這個人，」他曾對蕾娜這麼說：「假如你不運用聲音，就等於一隻腳踏進日光蘭之境了。」

一想到他的勸告也應驗在自己身上，尼克就覺得討厭死了。

「我爸曾經給我一件禮物，」尼克說：「是個殭屍。」

蕾娜睜大眼睛看著他。「什麼？」

「他的名字叫做朱勒─阿伯特。他是法國人。」

「他是……法國殭屍？」

「黑帝斯不是最好的老爸，不過偶爾也有這種『想要了解我兒子』的時候。我猜，他覺得殭屍是一種和解的禮物。他說朱勒─阿伯特可以當我的私人司機。」

蕾娜的嘴角抽動一下。「法國殭屍司機。」

尼克很清楚這聽起來有多荒謬。他從來沒有對誰提過朱勒─阿伯特，連對海柔都沒提過，但他繼續說下去。

「黑帝斯自顧自地想，我應該要，嗯，你也知道，盡量表現得像是現代的青少年，例如去多交朋友、多了解二十一世紀之類的事。他隱約覺得凡人父母常常會開車接送小孩，而他辦不到，所以他想到的解決方法就是派個殭屍來。」

「載你去購物中心，」蕾娜說：「或者去買『得來速』漢堡。」

「我想是吧。」尼克原本緊繃的神經開始放鬆了。「因爲要幫助你更快交到朋友，說著法國口音的腐爛屍體大概最有用了。」

蕾娜笑了。「抱歉……我不應該取笑你。」

「沒關係。重點是……我也不喜歡講我爸的事啊，不過有時候呢，」他直視蕾娜的眼睛說：「你非講出來不可。」

蕾娜的表情變得嚴肅。「我從來沒看過我爸狀況比較好的時候。海拉說，她還很小的時候，爸爸比較慈祥，那時候我還沒有出生。他是優秀的軍人，大膽無畏、遵守紀律，炮火當前也十分冷靜。他非常帥氣，可以很有魅力。貝婁娜保佑他，就像她也保佑我的那麼多祖先，不過那對我爸來說還不夠。他希望貝婁娜成爲他的妻子。」

在樹林那邊，黑傑教練一邊寫信一邊喃喃自語。已經有三架紙飛機乘著微風盤旋向上飛去，天知道它們究竟飛到哪裡去。

「我父親將自己全心奉獻給貝婁娜，」蕾娜繼續說：「敬畏戰爭的力量是一回事，全心全意愛上它又是另一回事了。我不知道他是怎麼辦到的，但他眞的很努力贏得貝婁娜的心。我姊姊出生的時候，他正準備前往伊拉克，最後一次駐紮當地。他後來光榮退伍，以戰爭英雄的身分回到家鄉。假如……假如他能夠順利適應平民生活，一切應該都不會有事。」

「但是他沒辦法。」尼克猜測說。

蕾娜搖搖頭。「他回來之後不久，最後一次遇到女神……我就是，呃，因爲那樣而出生。貝婁娜讓他窺見未來，也解釋我們家族爲何對她那麼重要。她說，只要維持我們家族的血脈、努力捍衛我們的家園，羅馬的後代就會永遠傳承下去。那些話……我想，她只是爲了要鼓舞士氣，但我父親變得太過執著了。」

「戰爭很難忘記。」尼克一邊說，一邊想起皮耶特羅，他是尼克小時候住在義大利的鄰居。皮耶特羅從義大利獨裁者墨索里尼遠征非洲的戰役全身而退、回到家鄉，但是自從軍隊用芥子毒氣轟炸伊索比亞平民後，他的精神狀況就再也不一樣了。

儘管四周熱氣蒸騰，蕾娜依舊拉緊她的披風。「有一部分問題是創傷後的壓力，他忍不住一直回想起戰爭的點點滴滴。而且後來還有持續的疼痛，以前有顆炸彈掉落路邊，在他的肩膀和胸口留下炮彈碎片。但不只是那樣而已。幾年後，隨著我漸漸長大，他……他變了。」

尼克沒有回應。以前從來沒有人對他這麼開誠布公地訴說心裡的話，也許只有海柔是例外。他的感覺好像看著一大群鳥降落在田野裡，只要一個響亮的聲音就會把牠們嚇得飛走。

「他變得很偏執，」蕾娜說：「他認為，貝婁娜的那番話是警告我們的家族血脈將會斷絕，於是羅馬的後代就無法傳承下去。他不管走到哪裡都看到敵人，並開始收集各式各樣的武器，把我們的家變成一座堡壘。到了晚上，他會把我和海拉鎖在各自的房間，如果我們偷溜出去，他會大喊大叫、亂丟家具，而且……總之，他讓我們嚇壞了。好幾次，他甚至把我們當成敵人，深信我們負責監視他，想要暗中破壞他。接著，鬼魂開始出現了，我猜他們一直都在那裡，後來注意到我父親的激動情緒，於是開始顯現出來。他們對我父親低聲說話，助長了他的疑心。最後有一天……我沒辦法很確定告訴你到底是什麼時候，總之，我終於發現他再也不是我父親了。他已經變成那些鬼魂的一份子。」

一陣寒意湧進尼克胸口。「那是狂躁鬼，」他推測：「我以前看過。一個人漸漸退縮、失去生氣，到最後再也不是原本的那個人，只剩下最糟糕的一些特質。他的瘋狂和失常……」

從蕾娜的表情看得出來，他的解釋根本無濟於事。

「無論他是什麼，」蕾娜說：「都變得不可能一起生活了。只要有機會，我和海拉常常逃出家門，但最後總是得……回去……面對他的憤怒。我們不知道還能怎麼辦，畢竟他是我們唯一的家人啊。我們最後一次回去，他……他實在太生氣了，居然開始全身發亮。他再也碰觸不到實體的東西，不過還是可以移動東西……就像調皮鬼那樣吧，我猜。他把地板的瓷磚全部挖起、扯爛沙發，最後抓起一張椅子亂扔，打中了海拉，她癱倒在地上。她只是撞昏而失去意識，不過我以爲她死了。她花了那麼多年的時間保護我……這下子一切都沒了。我抓起手邊能找到的武器，那是一件傳家寶，是海盜科福瑞席的軍刀。我……我不知道那是用帝國黃金打造的。我跑向父親的鬼魂，然後……」

「你讓他蒸發掉了。」尼克猜測著說。

蕾娜的眼眶滿是淚水。「我殺了我自己的父親。」

「不，蕾娜，你沒有。那不是他，那是鬼魂。甚至更糟，那是『狂躁鬼』。你是要保護你姊姊。」

她扭轉著自己手指上的銀戒指。「你不了解。弒父是羅馬人最嚴重的罪行，那是不可原諒的過錯。」

「你並不是殺了自己的父親，那個男人已經死了，」尼克很堅持地說：「你只是驅散一個鬼魂。」

「那不重要啊！」蕾娜哭著說：「如果這些話傳到朱比特營去……」

「你會遭到處決。」一個陌生的聲音說。

樹林邊緣站著一個羅馬軍團士兵，他穿戴全副盔甲，手中握著一支標槍，一團亂蓬蓬的棕髮遮住眼睛。他的鼻梁顯然至少斷過一次，那讓他的笑容看起來更加邪惡。「多謝你的告解啊，前任執法官。你讓我的工作變得簡單多了。」

30 尼克

黑傑教練剛好選在這一刻闖入空地，手裡揮舞著紙飛機並大喊：「各位，有好消息！」這時他看到羅馬人，整個人完全呆住。「喔……別理我。」他立刻把紙飛機揉成一團吞下肚。

蕾娜和尼克站起來。歐倫和亞堅頓慌慌張張跑到蕾娜身邊，對著入侵者大聲咆哮。

尼克百思不得其解，這傢伙怎麼能如此靠近而完全沒有人發現？

「布萊思．勞倫斯，」蕾娜說：「屋大維最新找來的軍犬。」

那個羅馬人微微點頭。他的眼睛是綠色的，但不是像波西的那種海綠色……比較像是浮在一灘死水上面的綠藻顏色。

「占卜師的手下有很多軍犬，」布萊思說：「我只是很幸運能找到你而已。你的這一位希臘朋友啊……」他抬起下巴指指尼克，「他很容易追蹤。他渾身都是冥界的臭氣。」

尼克拔劍出鞘。「你了解冥界嗎？要不要由我來安排導覽行程？」

布萊思仰頭大笑。他的前排牙齒分成兩種不同濃淡的黃色。「你以為你嚇得了我嗎？我可是奧迦斯的後代，他是處理違背誓言和永恆懲罰的天神。我曾經親身在刑獄聽過各式各樣的慘叫聲，那對我的耳朵來說眞是天籟啊。再過不久，我就要爲那樣的尖叫合聲增添一位受詛咒的靈魂了。」

他對蕾娜咧嘴而笑。「弒父，是嗎？屋大維一定很愛這個消息。你因爲違反許多條羅馬律法而遭到逮捕。」

「你本人出現在這裡也違反羅馬的律法，」蕾娜說：「羅馬人不能單獨出外偵察，一項任務必須由分隊長或更高的軍階負責率領，而你還在觀察期，甚至給你這樣的軍階都是錯誤，你根本沒有權力逮捕我。」

布萊思聳聳肩。「現在是戰爭時期，有些規定必須有一點變通。不過別擔心，等我帶你去接受審判之後，我會接受嘉獎，得到完整的軍團資格。想必我也會受到提拔而成爲分隊長，因爲即將來臨的戰事結束後，分隊長的職位肯定會有空缺。一定會有一些軍官沒能活下來，特別是他們的忠誠度用錯地方的話。」

黑傑教練掄起他的球棒。「我是不懂羅馬人的適當禮節，但我現在可以痛毆這小子嗎？」

「是方恩啊，」布萊思說：「眞有趣。我聽說過希臘人眞的很信任他們的山羊人。」

黑傑氣得咩咩叫。「我是羊男，而且你大可相信，我正打算用這根球棒打爆你的頭，你這個小無賴。」

教練衝向前，但是他的腳一碰觸到石堆，那些石頭就像沸騰一般轟隆炸開，只見一大堆骷髏戰士從墳墓冒出來；那些「地生人」身上掛著破爛的英軍紅外套制服碎片。

黑傑跌跌撞撞躲開，不過最先冒出來的兩具骷髏已經抓到他的手臂，把他抬離地面。教練拋下球棒，兩腳的羊蹄不斷踢蹬。

「放開我，你們這些蠢死的笨蛋！」他大吼。

尼克看著這一切，驚訝得動彈不得，只能眼睜睜看著墳墓冒出更多的英軍死人士兵，五個、十個、二十個，好快就冒出一大批，尼克都還沒想到要舉起手中的劍，他們就把蕾娜和她的兩隻金屬狗團團圍住了。

這麼多死人，而且近在咫尺，他怎麼可能完全沒有感應到呢？

「我忘了提一下，」布萊思說：「我其實不是單獨出這個任務喔，你們也看到了，我有援軍。這些穿紅外套的是美國獨立戰爭時期的英國軍人，原本答應要饒殖民地民兵一命，後來屠殺了他們。就我個人來說，我很喜歡轟轟烈烈的大屠殺，但因爲他們違背自己的誓言，所以靈魂受到詛咒，也就永遠受到奧迦斯的力量所控制。這表示他們也受到我的控制。」他指著蕾娜。「拿下那個女孩。」

那些地生人蜂擁向前。歐倫和亞堅頓撲倒最前面的幾個，但很快就遭到制伏，一大堆骷髏手緊緊箝制住他們的口鼻。那些「紅外套」也抓住蕾娜的兩隻手臂。以活死人來說，他們的動作快得令人咋舌。

最後，尼克終於恢復神智。他舉起劍揮砍那些地生人，但他的劍穿過他們的身體，沒有造成任何傷害。他施展意志力，命令那些骷髏分解掉，然而他們表現出來的樣子彷彿尼克根本不存在。

「黑帝斯之子，有什麼不對勁？」布萊思的聲音充滿假惺惺的同情語氣。「你沒有辦法掌控嗎？」

尼克想要推開骷髏往前走，但是數量實在太多了。布萊思、蕾娜和黑傑教練就像位於一堵金屬高牆後面。

「尼克，快點離開這裡！」蕾娜說：「拿了雕像快走！」

「是啊，你快走吧！」布萊思附和著說：「當然啦，你很清楚下一次影子跳躍會是最後一次，你知道自己不可能還有力氣活著再跳一次，不過無論如何，去拿雅典娜．帕德嫩吧。」

尼克低頭看。他還握著冥河鐵劍，可是他的雙手變黑而且透明，活像是燻黑的玻璃。就算此刻陽光普照，他也開始分解了。

「住手！」他說。

「喔，我什麼也沒做啊，」布萊思說：「不過我對接下來的發展眞的很好奇。假如你帶走雕像，你會和它一起永遠消失，徹底遭人遺忘。假如你不帶走……嗯，我奉命要活捉蕾娜，把她帶回去接受通敵罪的審判，但是我可沒有奉命要活捉你喔，那個方恩也是。」

「羊男啦！」教練大叫。他踢中一具骷髏的胯下，然而黑傑似乎比那個英國軍人還要痛。「喔！超蠢的英國死傢伙！」

布萊思把手上的標槍打横，指向教練的肚子。「我很想知道這傢伙對痛苦的忍受程度怎麼樣。我曾經用各式各樣的動物做過實驗，甚至殺了自己的分隊長，倒是從來沒有試過方恩……抱歉，是羊男。你可以轉世投胎，對吧？你投胎變成一片雛菊之前，可以忍受多大的痛苦呢？」

尼克的憤怒變得像他的劍刃一樣冷酷且黑暗。他自己曾經變身成幾種植物，一點也不喜歡那種感覺。他也討厭像布萊思．勞倫斯這種只爲了找樂子而對別人施加痛苦的人。

「放開他。」尼克警告說。

布萊思挑了挑眉毛。「不然呢？無論如何，尼克，試試你那些冥界的招數吧，我很樂意瞧瞧。我有預感，你只要做了什麼費力的事，就會永遠消失。儘管試試看啊。」

蕾娜拚命掙扎。「布萊思，別管他們了，假如你要我成爲你的階下囚，那好吧，我心甘情願跟你走，去面對屋大維的愚蠢審判。」

「這提議很不錯喔。」布萊思旋轉手上的標槍，讓尖端在蕾娜的眼睛前方幾公分處晃來晃去。「你眞的不曉得屋大維究竟想幹什麼，對吧？他一直忙著拉攏各方的支持，並且花光軍團的錢。」

蕾娜掐緊拳頭。「屋大維沒有權力……」

「他擁有運用職權的權力，」布萊思說：「你跑去古老大地，就等於喪失了你的職權。到了八月一日，你那些混血營的希臘朋友就會發現屋大維這個敵人的力量有多大。我看過他那些機器的設計圖……就連我都覺得深受震撼啊。」

尼克覺得自己的骨頭好像快要變成氮氣了，正如同天神法沃尼俄斯把他變成微風那時候的感覺。

接著，他與蕾娜四目交接，於是她的力量洶湧漫過他全身。一波強大的勇氣和韌性，讓他重新覺得自己又是眞實的存在，與這個凡人世界緊緊相連。蕾娜．拉米瑞茲—阿瑞拉諾，即使周遭都是死人，而且即將面對處決的極刑，她都蓄積了源源不絕的巨大勇氣能夠與別人分享。

「尼克，」她說：「需要做什麼就去做吧，我會當你的後盾。」

布萊思輕笑兩聲，顯然很樂在其中。「噢，蕾娜，你會當他的後盾？事情會變得很好玩啊，就是把你抓到法庭上，強迫你當庭招供以前殺了自己的父親。眞希望他們會用古代的方法執行死刑，把你和得了狂犬病的狗一起裝進袋子、縫住袋口，然後扔進河裡。我一直好想親眼見識那種方法。眞是等不及看你坦白說出內心的小祕密！」

等不及看你坦白說出內心的小祕密。

布萊思讓標槍的尖端輕輕劃過蕾娜的臉，留下一條血痕。

於是尼克的憤怒爆發了。

31 尼克

後來，他們把事情的發生經過告訴尼克。他僅剩的全部印象就只有尖叫聲。

根據蕾娜的說法，尼克周圍的空氣瞬間降到冰點，地面也整個變黑。在一陣可怕的尖嘯聲中，他對空地上的每一個人釋出一波痛苦與憤怒的洶湧浪潮。蕾娜和教練體驗到他穿越塔耳塔洛斯的旅程、他遭到巨人俘虜的經過，以及他在青銅罐內逐漸消瘦的日子。他們感受到尼克在阿爾戈二號那段時日的極度苦惱，以及他在沙隆納的廢墟與丘比特的一番遭遇。

他們聽見尼克對布萊思．勞倫斯發出無言的挑戰，那訊息既巨大又清晰：你想要祕密嗎？就在這裡。

那些「地生人」全部解體成一堆灰燼，原本構成石堆的石頭也都覆滿冰霜，變得慘白。布萊思．勞倫斯踉蹌後退，緊緊抓住自己的頭，兩個鼻孔都流出鮮血。

尼克大步走向布萊思。他抓住布萊思脖子上的觀察期牌子，用力扯下。

「你沒有資格戴上這個。」尼克大聲咆哮。

布萊思腳下的土地迸裂開來，他瞬間沉陷到腰部。「住手！」布萊思用手指費力抓住泥土和塑膠花束，但是身體繼續向下沉陷。

「你對軍團發過誓。」尼克呼出的空氣在寒冷中變成白霧。「你打破了規定。你造成別人的痛苦。你殺了自己的分隊長。」

「我……我沒有！我……」

「你應該爲自己所犯的罪行而死，」尼克繼續說：「那是你應得的懲罰。然而你只是遭到放逐。你應該滾遠一點才對。你父親奧迦斯也許不會允許有人違背誓言，但我父親黑帝斯絕不允許有人逃過懲罰。」

「求求你！」

這句話對尼克來說毫無意義。冥界沒有「慈悲」這回事，那裡只有公平正義。

「你已經死了，」尼克說：「你是沒有舌頭、沒有記憶的鬼魂。你將不再擁有任何祕密。」

「不！」布萊思的身體漸漸變成黑色的煙霧。他陷入土地裡，沒入到胸口高度。「不，我是布萊思．勞倫斯，我還活著！」

「你是誰？」尼克問。

接下來從布萊思口中發出的聲音只剩下細小的吱喳聲。他的臉孔變得模糊難辨。他可能是任何一個人，只是另一個無名魂魄，混雜在數百萬個鬼魂之中。

「滾開。」尼克說。

那個魂魄飄散消失，地面也閉合起來。

尼克回過頭，看到他的朋友們都很安全。蕾娜和教練瞪著他，驚駭莫名。蕾娜的臉依舊流著血，歐倫和亞堅頓則是一直團團轉，彷彿他們的機械腦已經短路了。

尼克身子一軟，倒在地上。

他的夢境完全沒有道理可言，幾乎像是一種釋放壓力的管道。

一大群渡鴉盤旋於黑暗的空中。接著那些渡鴉變成一群馬，踏著海浪疾馳而過。

他看到姊姊碧安卡和阿蒂蜜絲的獵女隊坐在混血營的涼亭餐廳裡，她與那群新朋友開懷說笑。接著，碧安卡變成海柔，她親吻尼克的臉頰並說：「我希望你是例外。」

他看到鳥身女妖艾拉，她依舊頂著一頭蓬亂紅髮和一身紅羽毛，雙眼像咖啡的顏色一樣深濃。她停棲在主屋起居室的沙發上，身邊冒出那個具有魔法的豹頭剝製標本塞摩爾。艾拉前後搖晃，餵那個豹頭吃「奇多牌」玉米起司點心。

「起司對鳥身女妖不好。」她喃喃說著，然後整張臉皺成一團，吟誦著她所記得的一段預言：「太陽的墜落，最後的段落。」她又餵塞摩爾吃更多的起司點心。「起司對豹頭很好。」

塞摩爾吼叫一聲表示同意。

接著艾拉變成一個雲精靈，她有一頭黑髮，懷孕的肚子很大，躺在營區的雙層床鋪上扭動身子，看起來十分痛苦。克蕾莎．拉瑞坐在她身旁，拿著一塊冷毛巾擦拭精靈的額頭。「蜜莉，你不會有事的。」克蕾莎這樣說，不過語氣聽起來很擔心。

「不，一切都不好！」蜜莉哭喊著說：「蓋婭要崛起了！」

情景再度轉變。尼克與黑帝斯並肩站在柏克萊山上，那天是黑帝斯第一次帶尼克去朱比特營。「去加入他們吧，」天神說：「介紹你自己是普魯托的孩子。你建立這樣的連結是很重要的。」

「為什麼？」尼克問。

黑帝斯消失了。尼克發現自己回到塔耳塔洛斯，站在悲慘女神艾柯呂斯面前。她的臉頰布滿一條條血痕，眼淚從雙眼汩汩流下，滴落在她膝蓋上的海克力士盾牌。「黑帝斯的孩子啊，我還能為你做什麼？你太完美了！有那麼多的痛苦和悲傷！」

尼克倒抽一口氣。

他的雙眼猛然睜開。

他背部平躺，眼前可以看到陽光從枝椏間灑下。

「多謝天神！」蕾娜低頭看著他，一隻冰涼的手放在他的額頭上。她臉上的流血割痕完全消失了。

而在她身旁，黑傑教練皺著眉頭。真糟糕，尼克往上方看去，教練的兩個鼻孔一覽無遺。

「很好，」教練說：「只要再多敷幾劑就行了。」

他拿起一塊大型的正方形繃帶，上面塗著黏黏的棕色油膩東西，然後敷到尼克的鼻子上。

「這什麼……？好噁喔。」

那油膩的東西聞起來混合了盆栽泥土、杉木碎屑和葡萄汁的氣味，而且好像還含有一點點肥料。尼克連把它推開的力氣都沒有。

他的感官開始恢復運作，這才意識到自己躺在睡袋上，在帳篷外面。他身上除了一件拳擊短褲之外什麼也沒穿，而且全身大概貼了一千塊含有棕色敷料的超噁繃帶。他的兩隻手臂、雙腿和胸口都因為泥土變乾而覺得好癢。

「你……你是想要把我種成植物嗎？」他喃喃地說。

「這是運動膏藥啦，帶有一點大自然的魔法，」教練說：「算是我的一種嗜好吧。」

尼克努力集中目光看著蕾娜的臉。「你准許他這樣做？」

她看起來筋疲力竭，似乎快要昏倒了，但還是努力擠出笑容。「是黑傑教練把你從死亡邊緣搶救回來的。獨角獸藥水、神食、神飲……那些全都不能用，你消失得太嚴重了。」

「消失……？」

「小子，現在就不要擔心了啦。」黑傑在尼克的嘴邊湊上一根吸管。「喝點開特力運動飲料吧。」

「我……我不想……」

「你一定要喝點開特力。」教練很堅決地說。

尼克吸了一點開特力。他很驚訝自己居然這麼口渴。

「我到底怎麼了？」他問：「對布萊思……對那些骷髏……？」

蕾娜和教練互看一眼，神色有點緊張。

「有好消息也有壞消息，」蕾娜說：「不過你先吃點東西吧。聽我們講壞消息之前，你需要先恢復體力。」

32 尼克

「三天？」

尼克不確定自己有沒有聽錯，還問了蕾娜十幾次。

「我們沒辦法移動你，」蕾娜說：「我的意思是……事實上，你根本不能移動，你幾乎沒有實體了。要不是黑傑教練……」

「沒什麼大不了啦！」教練安慰他。「有一次在一場美式足球的延長賽，我還得幫一個四分衛固定骨折的腳，但除了樹枝和包裝用膠帶，根本沒有別的東西可以用。」

羊男儘管看似漫不經心，其實累出眼袋了，而且他兩頰凹陷，看起來幾乎和尼克對自己的感覺差不多糟。

尼克不敢相信自己失去意識這麼久。他敘述自己的詭異夢境，包括鳥身女妖艾拉的碎碎唸、對雲精靈蜜莉的驚鴻一瞥（這讓教練很擔心）等等，但他覺得那些影像都只持續幾秒鐘而已。根據蕾娜的說法，現在是七月三十日下午，他陷入影子昏迷已經有「好幾天」了。

「到了後天，羅馬人就會攻擊混血營。」尼克又吸了幾口開特力，很好喝而且透心涼，可是沒有味道。他的味蕾似乎已經永遠遁入影子世界了。「我們得快一點。我得起來準備才行。」

「不。」蕾娜伸手壓著他的前臂，繃帶劈啪作響。「再多一次影子旅行都會要了你的命。」

他咬緊牙關。「如果那會要了我的命，就拿去吧。我們必須把雕像送回混血營。」

「嘿，小子，」教練說：「我很感激你的盡心盡力，不過，假如你把我們和雅典娜．帕德嫩全部一起帶進永恆的黑暗，對誰都沒有好處啊。關於這點，布萊思．勞倫斯說得對。」

一提到布萊思，蕾娜的兩隻金屬狗連忙豎起耳朵，開始低聲吠叫。

蕾娜看著那個岩石堆，眼裡滿是痛苦，彷彿覺得會有更多討厭的鬼魂從墳墓裡冒出來。

尼克深吸一口氣，鼻子裡盡是黑傑的居家療法香氣。「蕾娜，我……我沒想到。我對布萊思的所作所為……」

「你摧毀了他，」蕾娜說：「你把他變成鬼魂。而且，沒錯，那讓我想起了我父親發生的事。」

「我不是故意要嚇到你，」尼克滿心歉疚地說：「我不是故意要……要毀掉另一段友誼。真的很抱歉。」

蕾娜仔細端詳他的臉。「尼克，我得承認，你失去意識的第一天，我實在不曉得該怎麼思考或感受那件事。你的所作所為實在讓人看不下去……而且很難理解。」

黑傑教練咬著一根樹枝。「小子，就這件事來說，我還滿同意這個女孩的說法。拿球棒打爆人的頭，那是一回事，但是把那個卑鄙小人變成鬼？就是很黑暗的勾當了。」

尼克以為自己會感到憤怒，會大吼大叫斥責他們膽敢批評他。他平常都會那樣。

然而，他心裡居然沒有產生怒意。他依舊對布萊思．勞倫斯、對蓋婭、對巨人族感到極度憤怒，也很想找到占卜師屋大維，用自己的鎖鍊腰帶把屋大維勒死。但是，他對蕾娜和教練完全不生氣。

「為什麼要把我救回來？」他問。「你們也知道，我再也幫不上忙了，你們應該去找其他方法，帶著雕像一起上路。可是你們竟然浪費三天的時間照顧我，爲什麼？」

黑傑教練哼了一聲。「你這白痴，你是小組的一份子呀。我們才不會丟下你不管。」

「而且不只是那樣，」蕾娜把手放在尼克的手上，「你睡得很熟的時候，我想了很多事。我對你說了那些我爸的事……我從來沒有對其他人說過。可能因爲我知道你是最適合託付的人。你減輕了我的一些重擔。尼克，我很信任你。」

尼克直直看著她，心裡大感困惑。「你怎麼能信任我呢？你不但感受到我的憤怒，也親眼看到我最可怕的一些感受……」

「嘿，小子，」黑傑教練說，語調變得比較輕柔，「我們每個人都有憤怒啊，就連像我這樣的小甜心也有啊。」

蕾娜咯咯笑起來。她捏捏尼克的手。「尼克，教練說得對。每隔一陣子，大家都需要發洩內心的黑暗力量，你不是唯一會這樣的人。我對你說出我爸的事，而你在旁邊支持我。等到你分享你的痛苦經歷，我們怎麼可以不支持你？我們是朋友啊。」

尼克不知道該說什麼才好。他們看過他內心最深處的祕密。他們知道他是誰，也知道他是什麼樣的人。

可是他們似乎不在意。不對……他們在意的似乎更多。

他們沒有批評他，而是關心他。這些對他來說完全沒道理啊。

「但是關於布萊思。我……」尼克講不下去。

「你只是做了非做不可的事，我現在懂了。」蕾娜說：「只是請你答應我喔，如果可以避免的話，以後再也不要把人變成鬼了。」

「是啊，」教練說：「除非你先讓我打爆他們。除了這件事，也不是都沒有好消息啦。」

蕾娜點點頭。「我們沒有看到羅馬人的其他蛛絲馬跡，所以布萊思顯然沒有把他的位置通知其他人。而且也沒有奧利安的跡象。希望那表示獵女隊把他解決掉了。」

「那海拉呢？」尼克問：「泰麗雅呢？」

蕾娜嘴邊的線條變得緊繃。「一點消息都沒有。不過我得相信她們還活著。」

「你沒有把最棒的消息告訴他。」教練催促著說。

蕾娜皺起眉頭。「也許是因爲那實在很難相信啊。黑傑教練認爲他找到另一種方法運送雕像，過去三天來他講這件事一直講個不停。但到目前爲止，我們還沒有看到半點跡象……」

「喂，一定會實現的啦！」黑傑教練對尼克笑得很開心。「你還記得那個超級卑鄙小人勞倫斯出現的時候，我不是剛好得到一架紙飛機嗎？艾歐勒斯[63]的宮殿有個蜜莉的熟人傳來那個訊息，那個熟人是鳥身女妖，她叫『香酥雞塊』，她和蜜莉認識很久了。總之……她認識一個傢伙，那傢伙認識另一個傢伙，另一個傢伙認識一匹馬，而那匹馬認識一頭山羊，山羊認識另一匹馬……」

「教練，」蕾娜叨唸他：「你會讓他恨不得不要從昏迷中醒過來啦。」

「好啦，」羊男氣呼呼地說：「長話短說，我花了很大的工夫嘛。我傳話給風向正確的精靈說我們需要幫忙。而我吃掉的那封信呢？就是確認騎兵隊快要來了。他們說要花一點時間才能組織起來，不過他應該很快就會到這裡……事實上，隨時要到了。」

「『他』是誰？」尼克問：「什麼騎兵隊？」

蕾娜猛然站起，直視北方，表情因爲敬畏而變得呆滯。「『那個』騎兵隊……」

尼克順著她的目光望去。有一群鳥逐漸飛近……是很大型的鳥。

牠們飛得愈來愈近，接著尼克才發現牠們是有翅膀的馬，至少六匹排成V字形，馬背上沒有騎士。

飛在最前端的那一匹駿馬非常巨大，一身金色毛皮，大鷹般的翅膀帶有多種色彩的羽毛，而且牠的翼展足足有其他馬的兩倍寬。

「飛馬，」尼克說：「你召來夠多的飛馬幫忙運送雕像。」

教練開心大笑。「小子，不只是普通的飛馬喔。你真是躬逢其盛啊。」

「最前方的飛馬……」蕾娜不可置信地搖頭，「那是沛加索斯，永生不死的馬神。」

63 艾歐勒斯（Aeolus），希臘神話中的風神，掌管世界上所有的風。參《混血營英雄——迷路英雄》一六九頁，註47

33 里歐

他見怪不怪了。

里歐才剛完成改造工作，就有巨大的風暴女神冒出來，把索具的一堆套環沖刷到船外。他們遇到那個名字是「庫墨」什麼的女神之後，阿爾戈二號死拖活拉終於航行穿越愛琴海，因為損壞得太嚴重而無法飛行，也因為船速太慢而逃不過怪物攻擊。他們每個小時都要打跑一堆飢腸轆轆的海蛇，也引來一群群好奇魚類的注意，有一度甚至卡在礁岩上，波西和傑生還得到船外幫忙推船。

引擎的不規則噗噗聲好像犯了氣喘，讓里歐聽了很想哭。經過整整三天的維修之後，他終於讓船艦多多少少回復到正常運轉的狀態，這時也剛好航行到米科諾斯島；而到了這裡，很可能意味著他們又要遭遇猛攻而解體了。

波西和安娜貝斯跑去陸地上偵察情勢，里歐則留在後甲板區仔細調校控制台。他那麼專心地察看線路，以致登陸小組回來了他還沒發現，直到波西叫他：「嘿，兄弟，有義式冰淇淋喔。」

里歐的心情立刻變得好多了。全體小組成員坐在甲板上，這是好幾天來的第一次，周遭既沒有風暴，也沒有怪物攻擊需要擔心，大家盡情吃著冰淇淋。嗯，只有法蘭克除外，他有乳糖不耐症，所以只能啃啃蘋果。

這一天很炎熱，而且風很大，海面浪潮起伏且閃著粼粼波光，不過里歐已經把安定裝置修理得差不多了，因此海柔看起來沒有暈船得很厲害。

由他們的右舷望出去，米科諾斯島的城鎮沿著弧線一路風光旖旎，那裡聚集了許多白色灰泥建築，全都有著藍色屋頂、藍色窗戶和藍色大門。

「我們看到很多鵜鶘在鎮上走來走去，」波西向大家報告：「牠們像是逛過一間間商店，然後走到酒吧停下來。」

海柔皺起眉頭。「是怪物偽裝的嗎？」

「不是，」安娜貝斯說著笑起來，「只是一般的老鵜鶘，是鎮上的吉祥物還是什麼的。鎮上還有『小義大利區』，所以義式冰淇淋才會這麼好吃。」

「歐洲還眞是亂七八糟。」里歐搖搖頭。「我們先去羅馬找西班牙階梯，然後去希臘吃義式冰淇淋。」

不過他對這義式冰淇淋實在無法挑剔。他拿著超濃巧克力口味吃得很開心，於是努力想像他和朋友們只是在輕輕鬆鬆地度假。這又讓他衷心期盼卡呂普索能在他身邊，也讓他期盼戰爭盡快結束，而且每個人都能活著……結果反而讓他難過了起來。今天是七月三十日，再過不到四十八小時就是「蓋婭日」了，到時候「瘋狂泥巴公主」蓋婭會頂著她的泥巴臉，光榮甦醒。

怪事來了，時間愈是接近八月一日，他的朋友們就表現得愈亢奮。也許「亢奮」並不是最適當的字眼，總之似乎有某種力量讓他們凝聚在一起，準備邁向最後一段旅程。他們意識到，未來兩天要不是大獲成功，就是潰不成軍。面對即將到來的死亡時，悶悶不樂根本沒有意義，因此世界末日讓義式冰淇淋嘗起來更加美味。

而當然啦，過去三天以來，其他小組成員不曾與里歐一起去過下面的馬廄與勝利女神妮琪談一談……

派波放下手中的冰淇淋杯。「所以，提洛斯島就在港口的那一邊，那裡是阿蒂蜜絲和阿波羅的家鄉地盤。誰要去？」

「我。」里歐立刻說。

所有人都瞪著他。

「怎樣？」里歐質問著。「我做人處事很得體啊。法蘭克和海柔自願陪我去。」

「我們有嗎？」法蘭克放下手中咬了一半的蘋果。「我是說……我們當然願意。」

海柔的金色眼睛在陽光中閃耀光芒。「里歐，你曾經夢過這個情形還是怎樣？」

「是啊。」里歐脫口而出。「嗯……沒有啦。不算有。不過呢……各位，這件事你們一定要相信我。我得和阿波羅與阿蒂蜜絲談一談。我有個點子，必須試探一下他們的看法。」

安娜貝斯沉下臉，看起來一副要出言反對的樣子，但傑生先說話了。

「如果里歐有什麼點子，」他說：「我們就得相信他。」

聽到這番話，其實里歐很有罪惡感，特別是想到自己有那樣的點子，不過他還是擠出笑容。「多謝啦，兄弟。」

波西聳聳肩。「好吧。不過奉勸你一句話：你看到阿波羅時，千萬不要提起『俳句』。」

海柔皺起眉頭。「為什麼不行？他不是掌管詩歌的天神嗎？」

「只管聽我的話就好。」

「知道了。」里歐站起來。「還有，各位，如果提洛斯島上有紀念品店，我絕對會幫你們帶一些阿波羅和阿蒂蜜絲的搖頭娃娃回來！」

阿波羅似乎沒有心情吟誦俳句，也沒有販售搖頭娃娃。

法蘭克變成一隻巨鷹飛向提洛斯島，但里歐選擇搭海柔的便車，騎著阿里昂飛過去。他不是嫌棄法蘭克，而是經歷過桑特堡的慘烈失敗之後，他就有很充分的理由拒絕騎乘大鷹，因爲他失敗的機率是百分之百！

他們發現整座島嶼十分荒涼，對觀光客的船隻來說，也許是因爲附近的波濤起伏太過劇烈。迎風面的山丘一片光禿，只有岩石、野草和野花，當然啦，還有一堆傾倒毀壞的廟宇。那些碎石堆或許讓人感到很敬畏吧，不過自從去過奧林匹亞之後，里歐看到古代的廢墟就有點負荷不了；他實在受夠了那些白色的大理石列柱。他好想回到美國，那裡最古老的建築物是公立學校和「老牌的」麥當勞。

他們沿著一條大街往前走，兩旁排列著白色的石獅子，獅子臉風化得很嚴重，幾乎看不出特徵。

「這裡令人發毛。」海柔說。

「你感覺到鬼魂的存在嗎？」法蘭克問。

她搖搖頭。「就是因爲完全沒有鬼魂才令人發毛。古代的時候，提洛斯島是神聖的地方，凡人全都不准在這裡出生或死去，所以這整座島實際上完全沒有凡人的魂魄。」

「對我來說太酷了，」里歐說：「那就表示這裡不准任何人遭到殺害嗎？」

「我可沒那樣說。」海柔走到一座低矮山丘的山頂停下腳步。「你們看，下面那裡。」

在他們下方，整片山坡開鑿成一座露天劇場，許多矮小植物從一排排石砌座椅之間冒出來，因此場面看起來像是一堆尖刺灌叢來聽音樂會。而在底部的山腳下，舞台正中央的一塊大石頭上，天神阿波羅坐在那裡，他彎曲身子抱著一把烏克麗麗，撥彈出憂傷悽切的曲調。

至少，里歐猜測那是阿波羅。那位仁兄看起來約莫十七歲，留著一頭金色鬈髮，全身曬成漂亮的古銅色。他身穿破破的牛仔褲、黑色T恤，外面穿著白色的亞麻外套，大翻領點綴著亮晶晶的水鑽，彷彿想要嘗試貓王/雷蒙斯合唱團/海灘男孩之流的混搭調調。

里歐平常不會把烏克麗麗想成悲傷的樂器（是有點可憐，那絕對沒錯，但是不會想成悲傷），然而阿波羅彈撥的曲調竟然那麼憂傷，讓里歐爲之心碎。

前排座椅還坐著一位年約十三歲的少女，她穿著黑色緊身褲和銀色短袖束腰外衣，一頭黑髮梳到腦後綁成馬尾。她正在削一塊長長的木頭，是在製作一把弓。

「那兩位是天神？」法蘭克問。「他們看起來不像雙胞胎啊。」

「嗯，想想看，」海柔說：「想像你是天神，可以盡情選擇自己想要的外貌。而假如你有雙胞胎兄弟姊妹……」

「我會選擇看起來與兄弟姊妹長得完全不同。」法蘭克同意說。「所以有什麼計畫嗎？」

「不要射箭！」里歐大喊。面對兩位精於箭術的天神，這似乎是不錯的開場白啦。他高舉兩隻手臂，帶頭走下台階。

兩位天神看到他們，似乎都沒有很驚訝的樣子。

阿波羅嘆了一口氣，回頭繼續彈他的烏克麗麗。

他們走到前排時，阿蒂蜜絲低聲含糊地說：「你們來啦。我們才剛開始想說怎麼還沒來。」這番話頓時讓里歐解除了壓力。他已經想好要怎麼自我介紹，解釋他們來到此地是爲了和平目的，也許講幾個笑話，或者請他們吃幾顆薄荷糖。

「所以你們知道我們會來，」里歐說：「我看得出來，因爲你們兩個都好興奮。」

阿波羅彈了一段曲調，聽起來像是歡樂的〈康城賽馬歌〉的悲慼喪禮版本。「我們知道有人會找到這裡，跑來打擾和糾纏我們，只是不曉得究竟是誰。我們很悲傷，你們不能離開遠一點嗎？」

「弟弟，你也知道他們不會答應，」阿蒂蜜絲斥責說：「他們需要我們的幫忙才能執行任務，就算機會非常渺茫。」

「你們兩位很能振奮人心啊，」里歐說：「爲什麼要躲在這麼偏僻的地方？你們難道不該……我也不知道，去打打巨人還是什麼的？」

阿蒂蜜絲的淡色眼眸一瞪，讓里歐覺得自己很像即將肚破腸流的野鹿屍體。

「提洛斯島是我們的出生地，」女神說：「在這裡，我們不會受到希臘和羅馬彼此分裂的影響。里歐．華德茲，相信我，假如可以，我會和我的獵女隊並肩作戰，一起面對我們的宿敵奧利安。可惜我一踏出這座島嶼，就會喪失原本的能力，那會非常痛苦，所以我只能眼睜睜看著奧利安屠殺我的隨從，她們很多人都爲了保護你們的朋友而失去性命，還有那個可惡的雅典娜雕像。」

海柔發出悶悶的聲音。「你是指尼克？他沒事吧？」

「沒事？」阿波羅趴在他的烏克麗麗上面嗚嗚啜泣。「女孩，我們有誰會『沒事』啊！蓋婭要崛起了！」

阿蒂蜜絲瞪了阿波羅一眼。「海柔．李維斯克，你弟弟還活著。他是英勇的戰士，像你一樣。我希望可以對我自己的弟弟說這樣的話。」

「你冤枉我了！」阿波羅痛哭著說：「我是受到蓋婭和那個可惡羅馬小子的欺騙啊！」

法蘭克清清喉嚨。「嗯，阿波羅陛下，你是指屋大維嗎？」

「不要說出他的名字！」阿波羅彈了一個悲傷的小調和弦。「喔，法蘭克．張，如果你是我的孩子該有多好。我聽過你的祈禱內容，你知道的，就是那麼多星期以來你想要獲得的認可。不過，哎呀！所有的好事都讓馬爾斯搶走了，我只得到……『那個傢伙』作爲我的後代。他的抱怨把我的腦袋塞爆了。他告訴我，他會建造偉大的神廟，向我表達崇高的敬意。」

阿蒂蜜絲輕蔑地哼了一聲。「老弟，你太容易接受阿諛奉承了。」

「因爲我有那麼多驚人的優點可以歌頌啊！屋大維說，他想要讓羅馬人再度變得強盛。我說那很好！於是我向他賜予我的祝福。」

「如果我記得沒錯，」阿蒂蜜絲說：「他還答應讓你成爲羅馬軍團最重要的天神，地位甚至高於宙斯。」

「嗯，像那樣的提議，我有什麼好反駁的呢？宙斯有這麼完美的古銅色肌膚嗎？他會彈烏克麗麗嗎？我想沒有！可是我根本沒想到屋大維準備開戰！蓋婭一定是蒙蔽我的想法，在我耳邊講一些有的沒的。」

里歐回想起那個瘋狂的風神艾歐勒斯，他聽了蓋婭的聲音就想要跑去殺人。

「那就修正一下啊，」他說：「叫屋大維解除軍事狀態。或者，你知道的，拔出你的一支箭，把他射倒。那樣也很不錯。」

「我不行啊！」阿波羅哭喊著說：「你看！」

他的烏克麗麗變成一把弓。他對準天空射出一箭。那支金色的箭飛出去大約六十公尺，接著突然消散成一抹煙。

「如果要射出我的箭，就得踏出提洛斯島，」阿波羅哭著說：「可是那樣一來，我會失去原本的能力，宙斯會把我打倒。父親一直都不喜歡我，幾千年來他不曾信任我！」

「呃，」阿蒂蜜絲說：「平心而論，有一次你還夥同希拉要推翻他。」

「那是誤會！」

「而且你殺了宙斯的一些獨眼巨人。」

「我那樣做有很充分的理由啊！不管怎麼樣，現在宙斯把每一件事都怪在我頭上，像是屋大維的計謀、德爾菲的失守……」

「等一下。」海柔比了個「暫停」的手勢。「德爾菲的失守？」

阿波羅的弓又變回成烏克麗麗，他彈了一個很戲劇化的和弦。「希臘和羅馬之間開始分裂時，我還暈頭轉向搞不清楚狀況，蓋婭就搶先一步！她喚醒我的宿敵，就是叫匹松的大蛇，牠奪走了德爾菲的神諭。如今，那尾可怕的大蛇纏繞在那個古老洞穴裡，讓預言的魔法不能順利運作。我則是困在這裡，就連想要去對抗牠都不行。」

「倒霉死了。」里歐嘴裡這樣說，暗地裡卻想，沒有更多的預言說不定是好事一樁。他的待辦事項表格已經相當滿了。

「眞的是倒霉死了！」阿波羅嘆了口氣。「我最近指派那個女生，瑞秋・戴爾，當我的神諭，宙斯已經很生我的氣了，他似乎認爲就是因爲我那樣做，才會促使蓋婭提早開戰，畢竟我一賜予力量給瑞秋，她就立刻發布『七大預言』。但預言不是那樣運作的啊！父親只是想找個人頂罪，所以他當然會挑選最帥氣、最有才華、令人敬畏到無可救藥的天神。」

阿蒂蜜絲做了個嘔吐的動作。

「噢，姊姊，不要這樣嘛！」阿波羅說：「你也惹上麻煩了耶！」

「那只是因爲我和我的獵女隊保持聯繫，而宙斯不希望我這樣，」阿蒂蜜絲說：「不過我一定可以哄得父親服服貼貼，讓他原諒我。他從來不會一直生我的氣，我眞正擔心的是你。」

「我也很擔心你啊！」阿波羅附和著。「我們必須採取行動。我們不能殺了屋大維。嗯。也許我們應該殺了面前這些半神半人。」

「哇，音樂男，慢著。」里歐努力克制自己的衝動，他好想跑去躲在法蘭克背後並大喊：要殺就先殺這個加拿大壯漢！「別忘了，我們站在你這邊耶！你爲什麼要殺了我們？」

「那可能會讓我心情好一點啊！」阿波羅說：「我總得採取一點行動吧！」

「不然，」里歐很快地說：「你可以幫助我們。你瞧，我們想出這樣的計畫……」

他向兩位天神述說希拉如何指引他們來到提洛斯島，以及妮琪曾經描述「醫生的解藥」所包含的幾種成分。

「醫生的解藥？」阿波羅站起來，把手上的烏克麗麗砸向石頭。「你們的計畫就這樣？」

里歐舉起雙手。「嘿，呃，通常我是舉雙手贊成摔爛烏克麗麗啦，不過……」

「我不可以幫你！」阿波羅大叫。「如果我把醫生解藥的祕密告訴你，宙斯永遠不會原諒我的！」

「你反正已經惹上麻煩了，」里歐指出這點，「怎麼會變得更糟呢？」

阿波羅瞪著他。「凡人，如果你知道我父親的能耐，就不會這樣問了。我乾脆把你徹底打扁還比較簡單，那可能會讓宙斯很高興……」

「弟弟……」阿蒂蜜絲說。

這對雙胞胎彼此定睛互望，進行一場沉默的辯論。顯然是阿蒂蜜絲贏了，只見阿波羅重重嘆了口氣，把他的破爛烏克麗麗踢到舞台的另一頭去。

阿蒂蜜絲站起來。「海柔．李維斯克、法蘭克．張，跟我來。關於第十二軍團，有些事你們應該要知道。至於你，里歐．華德茲……」女神那雙冷酷的銀色眼眸轉過來看著他。「阿波羅會聽你講完，再看看你們有沒有辦法達成交易。我弟弟向來很喜歡好好討價還價一番。」

法蘭克和海柔一起看著里歐，一臉「求求你不要死」的表情。接著，他們跟隨阿蒂蜜絲的腳步爬上環形劇場的階梯，走到山丘的那一邊。

「里歐．華德茲，如何？」阿波羅交叉雙臂。他的雙眼閃耀著金色光芒。「那就讓我們討價還價看看吧。你可以提出什麼樣的條件說服我幫助你，而不是殺死你？」

34 里歐

「討價還價。」里歐扳動一下手指頭。「好，沒問題。」

他的腦袋還沒意識到，雙手就開始動個不停。他開始從自己的魔法工具腰帶裡拿出各式各樣的東西，包括銅線、一些螺栓和一個黃銅漏斗。近幾個月來，他一直收集各式各樣的機械零件儲存起來，因爲永遠不曉得到了緊要關頭可能會需要什麼東西。而他使用腰帶的時間愈久，直覺就變得愈強，只要手一伸進去，就會拿出剛好適合的物件。

「所以事情是這樣的，」里歐一邊說著，雙手一邊扭轉著銅線，「宙斯已經判你出局了，對嗎？假如你幫我們打敗蓋婭，說不定可以扭轉他的印象喔。」

阿波羅皺起眉頭。「我想是有可能，不過把你打扁會比較容易。」

「那樣會激發出什麼樣的歌謠呢？」里歐的雙手忙個不停，一下子接上一根根橫桿，一下子把金屬漏斗固定在老舊的齒輪軸上。「你是掌管音樂的天神，對吧？你有沒有聽過一首歌叫做〈阿波羅打扁矮不隆咚小不點半神半人〉？我可沒聽過喔。可是〈阿波羅打敗大地之母拯救瘋狂宇宙〉呢……聽起來就很像告示牌排行榜的熱門單曲！」

阿波羅往空中看了一眼，彷彿想像著表演場地入口的大招牌寫著自己大大的名字。「你到底想要幹嘛？我又可以得到什麼好處？」

「首先我需要的是：建議。」里歐將一些銅線穿過漏斗口。「我想知道我的一個計畫會不會成功。」

里歐開始解釋他心裡想的事情。這個點子他已經在心裡盤算了好幾天，自從傑生從海底回來以後，他就開始與妮琪討論這件事。

「以前有一位最原始的天神曾經遭到打敗，」庫墨珀勒亞曾對傑生這麼說：「你知道我說的是誰。」

里歐與妮琪談了好幾次，幫助他細微調整自己的計畫，不過他還需要另一位天神提供第二意見。因爲里歐一旦豁出去，就沒有退路了。

他有點希望阿波羅會嘲笑一番，叫他不要再胡思亂想。

沒想到這位天神若有所思地點點頭。「我會免費提供這個建議給你。說不定眞的可以用你描述的方法打敗蓋婭，很類似古早以前打敗烏拉諾斯的方法。但不管是哪個凡人靠近，都會非常非常……」阿波羅的聲音有點遲疑。「你做出來的東西到底是什麼啊？」

里歐低頭看著自己手上的新玩意兒。一層層的銅線很像是好幾組吉他弦，在漏斗內彼此十字交叉；另外有好幾排的撞針，由漏斗外的一根根橫桿負責控制，而漏斗固定於一塊正方形的金屬基座，基座上有一堆手搖曲柄。

「喔，這個嗎……？」里歐的思緒轉得飛快。這東西很像把音樂盒和老式的留聲機融合在一起，但是到底該叫什麼呢？

這是討價還價的籌碼。

阿蒂蜜絲叫他要與阿波羅達成交易。

里歐回想起第十一小屋的孩子經常吹噓的一個故事，關於他們父親荷米斯偷了阿波羅的神聖母牛之後，究竟用什麼方法逃過懲罰。荷米斯被逮住之後製作了一件樂器，也就是有史以來最早的七弦琴；他拿那件樂器與阿波羅談條件，結果阿波羅立刻就原諒他了。

幾天前，派波提起她在皮洛斯島看到的洞穴，那裡就是當年荷米斯偷藏母牛的地方。那件事肯定觸動了里歐的潛意識。有意無意間，他就做出一件樂器，其實連他自己都嚇到了，畢竟他對音樂實在一無所知。

「呃，這個嘛，」里歐說：「這差不多可以說是有史以來最厲害的樂器！」

「要怎麼演奏？」天神問。

真是好問題，里歐心想。

他轉動那些手搖曲柄，希望這東西不會在他面前炸掉。幾個清脆的音調響了起來，是金屬聲，不過感覺很溫暖。里歐繼續操作那些橫桿和傳動裝置，隨即聽出樂器演奏的是哪一首歌，正是卡呂普索在奧吉吉亞島對他吟唱的那段哀愁旋律，傳達出她的思鄉與渴望之情。但是透過青銅漏斗裡的弦線，音調聽起來更是如泣如訴，彷彿是由一顆破碎的心演奏出來……假如非斯都會唱歌，聽起來一定就是這樣的感覺。

里歐完全忘了阿波羅還在旁邊，他把整首歌從頭到尾演奏一次。等到演奏結束，他的眼眶都溼了，他幾乎可以聞到卡呂普索的廚房傳來剛出爐麵包的香氣，也能感受到她曾給他的唯一一個吻。

阿波羅呆呆看著那個樂器，眼神充滿敬畏。「我一定要擁有它。它叫什麼？你想要用什麼來交換它？」

里歐突然萌生一股衝動，很想把這樂器藏起來留給自己，不過他把心裡的愁緒硬生生吞下去。他有一項任務非完成不可。

卡呂普索……卡呂普索需要他成功完成任務。

「還用說嗎？這是『華德茲琴』！」他挺起胸膛。「它的彈奏方式，呃，就是你操作那些裝置的時候，把你的感情轉變成音樂。其實它必須由我來演奏，也就是赫菲斯托斯的孩子，我不知道你能不能……」

「我是掌管音樂的天神耶！」阿波羅大叫。「我絕對可以把華德茲琴彈得嚇嚇叫。我一定可以！那是我的職責！」

「那麼，音樂男，咱們就來討價還價一下吧，」里歐說：「我給你這個，而你把醫生的解藥交給我。」

「噢……」阿波羅咬著他的天神下唇。「嗯，其實我根本沒有醫生的解藥。」

「我以爲你是掌管醫藥的天神。」

「是沒錯，但我是掌管很多事情的天神啊！詩歌、音樂、德爾菲神諭……」他突然又開始啜泣，用拳頭摀住嘴巴。「抱歉，我沒事，我沒事。就像我剛才說的，我的影響層面很廣，而且，當然啦，我還有那整個『太陽神』馬車要顧，那是赫利歐斯[64]傳承給我的。重點是，我其實有點像『全科醫師』啦。至於醫生的解藥，你可能需要去找『專科醫師』，也就是曾經把死人成功救活的唯一一人：我的兒子阿思克勒庇俄斯，掌管治療師的天神。」

---

[64] 赫利歐斯（Helios），阿波羅前一任的太陽神，是泰坦巨神的後代。參《混血營英雄——迷路英雄》三〇五頁，註[72]。

里歐的一顆心沉到襪子裡去了。他們最不需要的，就是還要出另一次任務去找另一位天神，而那位天神很可能會要求製作他自己的紀念T恤或華德茲琴！

「阿波羅，那太可惜了。我很希望我們能談好交易啊。」里歐又轉動他那具華德茲琴的橫桿，流瀉出更加悲戚的曲調。

「不要再彈了！」阿波羅哭喊著說：「眞是太美妙了！我會把找到阿思克勒庇俄斯的方法告訴你，他眞的很近啦！」

「我們怎麼知道他會幫忙？只剩下兩天，蓋婭就要甦醒了啊。」

「他會幫忙啦！」阿波羅保證說。「我兒子能幫很大的忙，只要講我的名字就可以了。他在埃皮達魯斯有一座舊神廟，你會在那裡找到他。」

「有沒有什麼關卡要破？」

「什麼東西看守他？」

「啊……嗯，沒什麼。只不過，當然，有東西看守他。」

「我不知道啦！」阿波羅無奈地攤攤手。「我只知道宙斯派人嚴密看守阿思克勒庇俄斯，這樣他才不會全世界跑透透把死人救活。阿思克勒庇俄斯第一次把死人救活……嗯，確實造成很大的騷動。那件事說來話長，不過我敢向你保證，你絕對可以說服他幫忙。」

「這聽起來實在不是很好的交易，」里歐說：「那麼，關於解藥的最後一個成分——提洛斯島的詛咒，那是什麼？」

阿波羅眼巴巴地看著華德茲琴。里歐很擔心天神會逕自搶去，而他怎麼阻止得了？用火焰噴向太陽神，恐怕沒有太大的用處吧。

「我可以把最後一個成分交給你，」阿波羅說：「那麼你就會得到所需的每一樣東西，可以去找阿思克勒庇俄斯調製解藥。」

里歐又彈了另一段樂句。「我不知道，用這個美妙的華德茲琴來換取一些提洛斯島的詛咒……」

「那其實不是詛咒！你看……」阿波羅衝向最近的一叢野花，然後從石頭裂縫中摘了一朵黃花。「這個就是提洛斯島的詛咒。」

里歐直愣愣地看著。「一朵受到詛咒的雛菊？」

阿波羅氣呼呼地嘆口氣。「那只是一種俗稱啦。我母親麗托準備生下我和阿蒂蜜絲的時候，希拉很生氣，因為宙斯又對她不忠。於是，希拉前往全世界的每一塊陸地，要求每一個地方的自然界精靈答應她，一定要拒絕我母親，所以我母親找不到地方生孩子。」

「聽起來很像希拉會做的事。」

「我就知道，對吧？總之，希拉強迫每一塊固定於大地的土地答應她的要求，但是提洛斯島不在此限，因為回顧當時，提洛斯島是個到處漂浮的島嶼。提洛斯島的自然界精靈很歡迎我母親，於是她在這裡生下我和我姊，這個島很高興成為我們新的神聖家園，便讓這裡開滿了這種小黃花。這些花是一種祝福，因為我們太強大了。不過這些花也象徵一種詛咒，因為等到我們出生以後，提洛斯島就固定住，再也不能在大海裡到處漂流。也因為這樣，這些小雛菊才會稱為提洛斯島的詛咒。」

「那麼，我可以自己跑去摘下一朵雛菊，就這樣離開？」

「不行，不行！你所想的那種藥劑就不行。花朵必須由我姊姊或我摘下才行。所以，半神牛人，你說呢？找到阿思克勒庇俄斯的指示，加上你的最後一項魔法成分，用來交換那個新樂器……我們可以成交了嗎？」

里歐眞不想拿這件完美的華德茲琴去交換一朵野花，可是他也想不出有其他選擇。「音樂男，你很難殺價耶。」

他們終於成交。

「太棒了！」阿波羅轉動華德茲琴的橫桿，發出了很像大冷天早晨的汽車引擎聲。「唔……也許要花一點時間好好練習，不過我沒問題啦！那麼，咱們去找你的朋友吧，你們愈快離開愈好！」

海柔和法蘭克在提洛斯島的碼頭上等他。到處都看不見阿蒂蜜絲的蹤影。

里歐轉身要向阿波羅道別，發現這位天神也不見了。

「唉，」里歐喃喃說著：「他還眞是等不及去練習他的華德茲琴啊。」

「他的什麼？」海柔問。

里歐對他們講述自己的新嗜好，也就是成爲音樂漏斗的天才發明家。

法蘭克抓抓頭。「而交換之後，你得到一朵雛菊？」

「法蘭克，這是治療死亡的最後一項成分。這是超級雛菊耶！你們兩位又如何？有沒有從阿蒂蜜絲身上學到什麼？」

「說來不幸，有耶。」海柔凝視著遼闊海面，阿爾戈二號在下錨處起伏搖晃。「阿蒂蜜絲對投射武器之類知道得一清二楚，她對我們說，屋大維已經訂製了一些……要給混血營的大驚喜。他花光了軍團的大部分財產，拿去購買獨眼巨人打造的石弩。」

「喔，不會吧，不要是石弩啊！」里歐說：「不過，石弩是什麼啊？」

法蘭克沉下臉。「你是建造機械的人，怎麼可能不知道石弩是什麼？就是羅馬軍隊有史以來破壞力最強、最大型的投石武器啊！」

「很好，」里歐說：「不過『石弩』眞是一個爛名字啊，他們眞應該取名叫作『華德茲發射器』才對。」

海柔翻了個白眼。「里歐，這很嚴重耶。如果阿蒂蜜絲說得沒錯，明天晚上就會有六架那種機器進駐長島。屋大維等待的就是那些機器。等到八月一日天色一亮，他不需耗費一兵一卒，就會有足夠的火力徹底摧毀混血營。他認爲那樣可以讓他變成英雄。」

法蘭克低聲罵了一句拉丁文的粗話。「除此之外，他還召集了那麼多怪物『盟友』，整個軍團四周密密麻麻地環繞著野生半人馬、狗頭人身的『犬人』族，以及鬼才知道的什麼。等到軍團摧毀了混血營，那些怪物就會出其不意地攻擊屋大維，然後毀滅羅馬軍團。」

「接著是蓋婭崛起，」里歐說：「然後壞事就來了。」

他的腦中像是各種裝置吱嘎運轉，把一個個新資訊放入定位。「好吧……這樣只是讓我的計畫變得更重要。等我們拿到醫生的解藥，我會需要你們的協助。你們兩位都要。」

法蘭克看了那朵受詛咒的黃雛菊一眼，神色有點緊張。「什麼樣的協助？」

里歐把自己的計畫告訴他們。他說得愈多，他們的表情就愈震驚，不過等到里歐說完，他們兩人都沒有說他瘋了。一顆淚珠在海柔的臉頰上晶瑩發亮。

「非用這種方法不可，」里歐說：「妮琪確認過了，阿波羅也確認過了。其他人絕對不會接受，但你們兩位……你們是羅馬人。就是因為這樣，我才要求你們和我一起來提洛斯島。你們很了解『犧牲』的全部意義，也就是善盡你的職責，跳湯跳火在所不辭。」

法蘭克哼了一聲。「我想你是要說赴湯蹈火吧。」

「隨便啦，」里歐說：「你知道答案非這樣寫不可。」

「里歐……」法蘭克忍不住哽咽。

里歐自己也想要學習「華德茲琴」那樣如泣如訴一番，然而他努力保持冷靜。「嘿，大塊頭，我還要靠你呢。記得你對我說過你和馬爾斯的對話嗎？你老爸說，你非站出來不可，對吧？你就是得打那通沒人願意打的電話。」

「否則戰爭的情勢會走偏。」法蘭克還記得。「不過，可是……」

「還有啊，海柔，」里歐說：「很會耍迷霧魔法的瘋狂海柔，你一定要幫忙掩護我，你也是唯一能掩護我的人。我的曾曾祖父山米看出你是多麼特別的人，我還是小嬰兒的時候，他就幫我祈福，因為他似乎知道你會回來幫我。我的朋友啊，我們的整個生命早就安排好了，也一路走到現在這裡。」

「喔，里歐……」到了這時，海柔實在忍不住痛哭失聲。她抓住里歐，緊緊抱住他，這樣感覺眞好，後來法蘭克也開始哭了起來，伸開雙手抱住他們兩人。

這實在有點尷尬啊。

「好啦，嗯……」里歐輕輕地掙脫出來。「所以我們都說好了？」

「我痛恨這個計畫。」法蘭克說。

「我瞧不起它。」海柔說。

「再想想我會有什麼感想吧，」里歐說：「不過你們也知道啦，這可是我們最有機會的一擊了。」

他們兩人都沒有反駁。其實里歐有點希望他們會反駁。

「回船上去吧，」他說：「我們還有一個治療師天神要找。」

35 里歐

里歐馬上就看到那個祕密入口了。

「噢，那太漂亮了。」他操控著船艦，飛越埃皮達魯斯的廢墟上空。

阿爾戈二號的狀態要在空中飛行實在不怎麼好，不過里歐只花了一個晚上努力維修，就讓它達到可以飛行的狀態。一想到明天早上是世界末日，他就莫名積極起來。

他修復了飛行槳，朝什麼鬼零件注入冥河的河水，還讓破浪神非斯都喝下他最喜歡的特調飲料：三十單位重的機油搭配塔巴斯克辣椒醬。就連「神奇桌子」巴福特都活躍起來，在下層甲板跑來跑去，用它的全像式「迷你黑傑」大聲喊著：「給我來三十個伏地挺身！」以便激勵引擎的士氣。

如今，他們終於盤旋在治療天神阿思克勒庇俄斯的古老神廟建築群上方，希望可以在這裡找到醫生的解藥，說不定還能補充一些神食、神飲和「美味米」零食，因為里歐的存糧快要吃完了。

而在他旁邊，波西望著後甲板欄杆外的遠處。

「看起來像是更多的碎石堆。」他評論著。

由於在海底中毒的關係，波西的臉還是顯得綠綠的，但至少沒有那麼頻繁跑廁所大吐特吐。過去幾天來，一下子是波西跑去吐，一下子又是海柔暈船，船上的廁所幾乎沒有哪一刻是無人使用的狀態。

安娜貝斯指著他們左舷遠方五十公尺處的圓形構造。「那裡。」

里歐笑了。「眞的耶，你們看，建築師眞的知道自己在做什麼。」

其他成員都聚集過來。

「我們到底在找什麼？」法蘭克問。

「啊，張先生，」里歐說：「你知道你都是怎麼說『里歐，你是唯一眞正的半神半人天才啊』嗎？」

「我很確定從來沒說過。」

「嗯，結果還有其他眞正的天才！因爲一定是他們其中一人做出下面那裡的傑作。」

「那是用石頭排成的圓圈，」法蘭克說：「可能是某個古代祭壇的基座吧。」

派波搖搖頭。「不對，不只是那樣。你看繞著邊緣特別挖出來的稜脊和溝渠。」

「很像是齒輪的凸齒。」傑生表示看法。

「還有那些同心圓。」海柔指著那構造的中央，石頭排列成圓弧，構成靶心之類的圖案。「那種圖案讓我想到帕西法埃的吊飾，也就是迷宮的象徵圖案。」

「唔。」里歐沉下臉。「嗯，我沒想到那個。但從機械方面想想看吧。法蘭克、海柔……我們以前在哪裡看過類似這樣的同心圓？」

「羅馬地底下的實驗室。」法蘭克說。

「門上的阿基米德鎖，」海柔想起來了，「很多環圈裡面還有很多個環圈。」

波西哼了一聲。「你們是要告訴我，那是一個巨大的石頭鎖？那個的直徑，大概有，十五公尺寬耶。」

「里歐可能沒說錯喔，」安娜貝斯說：「在古代，阿思克勒庇俄斯的神廟就像『希臘總醫院』，所有人都跑來這裡尋求最好的治療。地面上的部分差不多有大城市的規模，不過據說眞正重要的活動都發生在地底下，高階的祭司就是在那底下進行特殊治療。這是超級魔法形式的建築群，要從祕密通道才能到達。」

波西抓抓耳朵。「所以，如果那個大大的圓形東西是門鎖，我們要怎樣拿到鑰匙？」

「液體男，就在你面前啊。」里歐說。

「很好，不要叫我『液體男』，那比『水男孩』更難聽。」

里歐轉頭看著傑生和派波。「你們記不記得，我說過我正在製作一支巨型的阿基米德機械手臂？」

傑生挑挑眉毛。「我以爲你在開玩笑。」

「噢，我的朋友，我絕對不會亂開巨型機械手臂的玩笑！」里歐一臉期待地搓搓雙手。「該來『釣』大獎啦！」

比起里歐曾爲船上做過的其他改造項目，機械手臂只算是小菜一碟。阿基米德設計機械手臂時，原本設定的用途是要把敵人的船隻從水中拉起，而現在里歐發現了另一種用途。他打開船身前端的伸縮開口，讓手臂伸展出來，然後透過控制顯示幕操作手臂，同時傑生飛到外面去喊叫指引方向。

「向左！」傑生大叫。「再移動幾公分……沒錯！好了，向下，繼續移動。你太棒了。」

里歐運用他的軌跡板和轉盤式控制台，把機械手臂的鉗子打開。它伸入下方圓形石頭構造周圍的溝渠內，然後里歐察看飛船的安定裝置和顯示幕的影像輸入狀況。

「好啦，小兄弟，」里歐拍了拍固定在舵上的阿基米德球。「現在全都靠你了。」他啓動那顆球。

機械手臂像開瓶器一樣開始轉動。它讓外圈的石頭轉動起來，那些石頭發出吱嘎聲和隆隆聲，但幸好沒有彼此撞碎。接著，前端的鉗子與那些石頭分開，將自己固定於第二個石圈上，然後沿著反方向讓石頭轉動起來。

派波站在里歐旁邊看著顯示幕，忍不住朝他的臉頰親一下。「眞的有用耶，里歐，你實在太厲害了。」

里歐笑得開懷。他本來打算對自己的神乎其技發表一番評論，不過隨即想起他和海柔與法蘭克講好的計畫，以及明天早上之後他可能再也見不到派波的事實。即將說出口的笑話硬生生消失在他的喉嚨裡。「是啊，嗯……多謝啦，漂亮皇后。」

在他們下方，最後一個石圈也轉動起來，發出穩定深沉的空氣嘶嘶聲。整個十五公尺寬的基座一層層打開，顯現出一道螺旋形的階梯，延伸到地底深處。

海柔輕輕呼出一口氣。「里歐，即使在這麼高的地方，我都感受到那些階梯底部有不好的東西。有一些……巨大而危險的東西。你確定不需要我一起去嗎？」

「謝啦，海柔，不過我們不會有問題的。」他拍拍派波的背。「我和派波和傑生，我們是對付巨大和危險的老牌專家啦。」

法蘭克拿出裝有皮洛斯島薄荷的小瓶子。「不要打破喔。」

里歐鄭重點頭。「不要打破致命毒藥的瓶子。老兄，很高興你這樣說。我一定會想到『千萬不要打開』。」

「閉嘴啦，華德茲。」法蘭克給他一個大大的擁抱。「而且要小心。」

「肋骨好痛。」里歐尖聲說道。

「抱歉。」

安娜貝斯和波西也祝他們好運，然後波西說了聲抱歉就跑去吐了。

傑生召喚了風，很快就把派波和里歐送到下方地面上。

螺旋梯向下旋轉延伸將近二十公尺，然後眼前開展出一個寬闊的大房間，差不多像九號密庫一樣大，意思就是說，超，大，的。

牆上和地板上都鋪著拋光過的白色瓷磚，將傑生佩劍的光芒反射得好亮，因此里歐根本不需要點起火焰。一排排石頭長椅塞滿整個房間，讓里歐不禁想起，以前休士頓那些超大教堂也總是以這種畫面拍攝宣傳廣告。而在房間的遠端本來應該是祭壇的地方，卻豎立一座三公尺高的雕像，是用純白的雪花石膏雕刻而成；那是一位年輕女性的雕像，身穿白色長袍，臉上的微笑十分安詳穩重。她的一隻手高舉一個杯子，手臂上纏繞著一尾金色大蛇，蛇頭輕輕倚著杯子邊緣，彷彿準備喝水似的。

「巨大而且危險。」傑生猜測著說。

派波環顧整個房間。「這裡以前一定是睡覺的區域。」她的聲音在房間裡共鳴得有點太大聲，里歐覺得很緊張。「病人待在這裡過夜。天神阿思克勒庇俄斯說不定會送出一個夢，告訴他們應該要求什麼樣的治療方法。」

「你怎麼知道？」里歐問：「安娜貝斯告訴你的嗎？」

派波看起來有點不高興。「我也知道一些事啊。那座雕像是海吉亞，阿思克勒庇俄斯的女兒。她是負責維持健康的女神，『hygiene』（健康）這個英文字就是從她的名字來的。」

傑生謹慎端詳那座雕像。「那條蛇和杯子又代表什麼意義？」

「呃，不太知道，」派波坦白說：「不過在以前，這個地方，也就是阿思克勒庇俄斯神殿，是一座醫學院，也有醫院，所有最優秀的醫生祭司都在這裡接受訓練，他們不但膜拜阿思克勒庇俄斯，同時膜拜海吉亞。」

里歐很想說：「好吧，導覽得很好。我們走吧。」

房間裡的寂靜、光可鑑人的白色瓷磚、海吉亞臉上令人發毛的微笑……這一切全讓他快要起雞皮疙瘩。但傑生和派波帶頭沿著中央走道走向雕像，里歐覺得自己還是跟上比較好。

長椅上到處散落著古老時代的雜誌：《兒童益智雜誌》，公元前二十年秋季號；《赫菲斯托斯電視週刊》，阿芙蘿黛蒂最近的孕肚；《阿思克勒庇俄斯雜誌》，十個簡單小訣竅，讓你的水蛭療法發揮最大功效！

「這是候診區，」里歐喃喃地說：「我超討厭候診區了。」

地板上到處都有厚厚的灰塵和散亂的骨頭，看了這副景象，讓你不會對候診時間有太美好的期待。

「你們看。」傑生伸手指著，「我們走進來的時候有那些牌子嗎？還有那道門？」

里歐覺得應該沒有。在雕像右邊的牆上，在一道緊閉的金屬門上方，不知何時出現兩塊電子告示板。上面那塊顯現這些字樣：

診間醫師：

遭到監禁

下面的告示板則顯現：

目前看診號碼：000000

傑生瞇起眼睛。「從這麼遠的地方我看不清楚。『診間醫師……』

「遭到監禁。」里歐說：「阿波羅警告我，阿思克勒庇俄斯遭受嚴密看守。宙斯不想讓他分享醫術的祕密還是什麼的。」

「二十元和一盒五彩穀物營養麥圈，我打賭那個雕像就是看守他的人。」派波說。

「我才不要賭這個。」里歐朝附近的候診室灰塵看了一眼。「嗯……我想，我們來掛個號好了。」

那個巨大雕像可不這麼想。

他們走到距離一公尺半時，她轉過頭來看著他們。她的表情依舊冷若冰霜，嘴巴也沒有動，不過有個聲音從上方某處傳來，在整個房間裡共鳴迴盪。

「你們有沒有預約?」

派波一點都沒有遲疑。「哈囉，海吉亞！阿波羅派我們來這裡。我們必須見到阿思克勒庇俄斯。」

那座雪花石膏雕像走下她的基座。她很可能具有機械構造，可是里歐聽不出半點零件動作的聲音。爲了要確認，里歐必須眞正碰觸到她，但他實在不想靠得那麼近。

「我懂了。」雕像保持微笑，語氣聽起來卻不高興。「我可以向你索取健保卡嗎?」

「啊，嗯……」派波結結巴巴地說：「我們沒有帶在身上，可是……」

「沒有帶健保卡?」雕像搖搖頭，一陣氣憤的嘆息聲迴盪在整個房間裡。「我想，你們來到這裡也沒有事先準備好。你們徹底洗過手了嗎?」

「呃……什麼?」派波說。

里歐看看自己的雙手，就像平常一樣，他的手上滿是油汙和髒點，於是趕緊把雙手藏到背後。

「你們有沒有穿上乾淨的內衣?」雕像問。

「嘿，女士，」里歐說：「那是很私人的問題耶。」

「只要到醫生的診間，永遠都應該穿上乾淨的內衣褲，」海吉亞責罵著：「我很怕你們會產生健康上的危害。進行下一步之前，你們必須接受徹底的衛生消毒處理。」

那條金色大蛇伸直身子，從她的手臂爬下來。牠的頭向後仰，嘶嘶出聲，宛如軍刀的利齒森森發亮。

「呃，你知道嗎，」傑生說：「我們的醫療保險項目並沒有包含由大蛇進行衛生消毒處理啊。眞是的。」

「喔，那沒關係，」海吉亞向他保證。「衛生消毒屬於義務服務項目，這是免費贈送！」

大蛇撲向前來。

里歐對於躲開機械怪物的攻擊早已訓練有素，也幸好是這樣，因爲那條金色大蛇的速度超級快。里歐跳向旁邊，大蛇只差幾公分就咬到他的頭。里歐在地上滾了幾圈後站起來，雙手熾烈燃燒；就在大蛇發動攻擊時，里歐火攻牠的眼睛，讓牠歪向左邊，一頭撞上長椅。

派波和傑生則是聯手對付海吉亞。他們砍向雕像的膝蓋，活像砍倒一棵用雪花石膏打造的耶誕樹。她的頭撞上一條長椅，手上的酒杯原本裝滿冒煙的酸液，這下子灑得整個地板都是。傑生和派波再度欺近準備擊殺，但他們還來不及出手，海吉亞的雙腳就跳回去恢復原狀，很像原本裝了磁鐵似的。女神高聳屹立，依舊面露微笑。

「無法接受，」她說：「醫生不會見你們，除非你們接受適當的清潔消毒。」

她將杯子裡的液體灑向派波，派波連忙跳開，只見更多酸液灑到附近所有長椅上，把石頭溶解成一團嘶嘶作響的蒸汽雲霧。

同一時間，那條蛇也恢復原狀，原本熔融的金屬雙眼不知爲何竟然自行修復，牠的臉也快速恢復原形，簡直像是抗凹痕的汽車車蓋。

牠再度攻擊里歐。里歐連忙低下身子想抓住大蛇的脖子，不過那幾乎像是要抓住時速高達一百公里的砂紙。大蛇勁射而過，粗糙的金屬表皮讓里歐的雙手刮傷流血。

然而，僅僅片刻的碰觸還是讓里歐得以一窺究竟。那條蛇確實是一部機械，他感受到大蛇內部的運作方式，假如海吉亞的雕像也以類似方式運作，里歐可能有機會……

在房間的另一頭，傑生高飛到空中，把女神的頭砍斷。慘的是，那顆頭又飛回原來的位置。

「無法接受，」海吉亞平靜地說：「砍頭並非健康生活的選項之一。」

「傑生，到這邊來！」里歐大喊：「派波，幫我們爭取一點時間！」

派波看了他一眼，意思像是說：「說的比做的簡單。」

「海吉亞！」她喊道：「我有保險！」

這句話吸引了雕像的注意力，就連金蛇也轉向她，彷彿「保險」是某種美味的老鼠似的。

「保險？」雕像急切地說：「你的保險是誰提供的？」

「呃……藍色閃電公司，」派波說：「我這邊有保險卡喔，等我一下下。」

她用很誇張的動作輕拍自己的口袋。大蛇連忙溜過去察看。

傑生跑到里歐旁邊，拚命喘氣。「打算怎麼做？」

「我們不可能摧毀這些東西，」里歐說：「它們設計成可以自動修復，幾乎每一種損壞都傷不了它們。」

「好極了，」傑生說：「所以咧……？」

「你還記得奇戎那個老掉牙的遊戲系統嗎？」里歐問。

傑生瞪大眼睛。「里歐……這可不是『瑪利歐派對第六代』啊。」

「不過原則一樣啦。」

「白痴模式？」

里歐咧嘴笑了起來。「我需要你和派波幫忙干擾。我會改動那條蛇的程式，然後再處理那個『胖女人』。」

「海吉亞。」

「隨便啦。準備好了嗎？」

「沒有。」

里歐和傑生奔向那條蛇。

海吉亞繼續用各種保健問題轟炸派波。「藍色閃電公司是健康維護組織嗎？你的自付額是多少？誰是你的主治天神？」

派波忙著亂掰答案時，里歐跳到大蛇的背上。這一次，他知道自己要找什麼了，而且過了好一會兒，大蛇似乎都沒發現他。里歐撬開蛇頭附近的一塊維修面板，雙腳緊緊夾住蛇身，著手改裝大蛇的線路，努力不去想雙手的疼痛和黏答答鮮血。

傑生站在旁邊，隨時準備發動攻擊，不過那條蛇似乎仔細聆聽派波提出的「藍色閃電公司」保險涵蓋範圍問題，聽得一愣一愣的。

「然後那個諮詢護士說，我必須打電話去服務中心，」派波描述著：「而且我的保險沒有涵蓋藥物治療！而且……」

里歐接上最後兩條線，於是大蛇突然往旁邊一倒。里歐趕緊跳下來，而金色大蛇開始猛力抖動，完全無法控制。

海吉亞立刻轉過來看著他們。「你們做了什麼好事？我的蛇需要醫療救護！」

「牠有保險嗎？」派波問。

「什麼？」雕像轉回來看她，於是里歐連忙跳上去。傑生召喚出一陣風，把里歐推送到雕像的肩膀上，簡直像遊行的時候坐在大人肩膀上的小孩。里歐打開雕像腦後的蓋子，於是她跌跌撞撞、亂噴酸液。

「滾開！」她大喊：「這樣不衛生！」

「嘿！」傑生一邊喊著，一邊在她四周繞圈飛行。「關於我的自付額，我有問題要問！」

「什麼？」雕像大叫。

「海吉亞！」派波吼著：「我需要一張收據遞交給『聯邦醫療保險』！」

「不行，拜託！」

里歐找到雕像的調控晶片了。他撥動幾個刻度盤，拉起一些電線，努力把海吉亞想像成一種巨大、危險的任天堂遊戲系統。

他重新連接海吉亞的一些線路，於是她開始瘋狂旋轉、大吼大叫、甩動手臂。里歐趕緊跳開，勉強躲過酸液淋浴攻擊。

他和朋友們往後退，看著海吉亞和她的蛇進行一場激烈的宗教體驗。

「你做了什麼好事啊？」派波質問。

「白痴模式。」里歐說。

「再說一次？」

「以前在混血營，」傑生向她解釋：「奇戎在娛樂室放了一種古早的遊戲系統，我和里歐有時候會去玩。可以這麼說，你挑戰的對手是由電腦負責控制……」

「……而且有三種難度的選擇，」里歐說：「簡單、中等和困難。」

「我以前也玩過電動玩具，」派波說：「所以你到底做了什麼啊？」

「這個嘛……那些設定我都玩膩了，」里歐聳聳肩，「所以我發明出第四種難度等級：白痴模式。就是讓那些對手蠢到很好笑，他們每次都選擇大錯特錯的決定。」

派波看著雕像和大蛇，兩者都很痛苦地扭曲著，而且開始冒煙。「你確定眞的設定成白痴模式嗎？」

「再過一下子就知道了。」

「萬一你設定成『超難』呢？」

「那我們也很快就會知道了。」

大蛇停止抖動。牠捲起蛇身，看看四周，一臉困惑的樣子。

海吉亞則是定住不動，右耳有一團煙飄出來。她低頭看著里歐。「你非死不可！哈囉！你非死不可！」

她舉起手上的杯子，把酸液倒向自己的臉。然後她轉過身，邁開大步，一頭撞上最靠近的牆壁。這時大蛇直起身子，一而再再而三把自己的頭甩向地板。

「好啦，」傑生說：「我想，我們確實達到白痴模式了。」

「哈囉！死！」海吉亞從牆邊往後退，然後再把臉猛力撞向牆壁。

「我們走吧。」里歐跑向雕像基座旁的金屬門。他抓住把手，門還是鎖著，不過里歐感應到內部的機械構造，線路沿著門框跑，連接到……

他盯著金屬門上方那兩塊閃爍不停的告示牌。

「傑生，」他說：「把我抬高一下。」

又有一股風讓他飄浮起來。里歐用他的鉗子撥撥弄弄，改動告示牌的線路，於是上面那塊板子閃動這些字樣：

診間醫師：

在診間內

底下的告示版則改成這樣：

目前服務：

迷戀里歐的所有女士！

金屬門旋轉打開，里歐也回到地面上。

「瞧，候診的經驗也不是太差吧！」里歐對朋友們笑開懷。「醫生現在要幫我們看診了。」

36 里歐

走廊末端有一扇胡桃木門，門上掛了一塊青銅牌子，上面寫著：

阿思克勒庇俄斯

醫學博士、牙科博士、醫學教育博士、整脊治療醫師、獸醫師、美國護理學院院士、聽力醫療小組（OMG）、緊急救護技術員、待會再聊（TTVL）、英國皇家內科醫學院院士、醫學教育（ME），我欠你（IOU）、器官捐贈、職能治療、藥學博士、超級強人（BAMF）、復健護理師、博士、股份有限公司（INC.）、國家精神病院（SMH）[65]

牌子上可能還有更多頭銜，但是才看到這裡，里歐的腦袋就快要爆炸了。

派波敲敲門。「阿思克勒庇俄斯醫生？」

門打開了。裡面的男人有著和藹的笑容，眼睛四周布滿皺紋，一頭花白的短髮，還蓄著修剪整齊的鬍子。他的西裝外面罩著白色實驗長袍，脖子上掛著聽診器，反正就是你印象中的醫生打扮，只有一件事除外：阿思克勒庇俄斯握著一支光可鑑人的黑色權杖，上面纏著一條活生生的綠色蟒蛇。

又看到另一條蛇，里歐一點都高興不起來。蟒蛇睜著淡黃色的眼睛打量他，里歐心裡有種感覺，牠絕對不是設定成「白痴模式」。

「哈囉！」阿思克勒庇俄斯說。

「醫生。」派波的笑容好熱情，難怪之前可以融化波瑞阿茲兄弟。「我們超感激你願意幫忙，我們需要醫生的解藥。」

其實里歐不是派波說話的目標，但她的魅語還是令他難以抵擋。他會願意付出一切幫助派波取得解藥；他願意去念醫學院、取得十二個博士學位，而且買一條巨大的綠蟒蛇纏在手杖上。

阿思克勒庇俄斯伸手按住胸口。「喔，親愛的，我很樂意幫忙。」

派波的笑容有點動搖。「你願意？我的意思是說，你當然願意啦！」

「請進！請進！」阿思克勒庇俄斯催促他們進入辦公室。

這傢伙也太和善了，里歐以為他的辦公室會塞滿各式各樣的刑求設施，不過看起來實在很像……嗯，醫生的辦公室：有一張很大的楓木書桌，書架上塞滿醫學書籍，還有一些塑膠內臟模型，里歐小時候也很喜歡玩那些東西。他記得有一次還惹上麻煩，因為他把一塊腎臟斷面切塊和一些腳骨組合成「腎臟怪獸」，嚇得護士花容失色。

以前那時候的生活好單純啊。

阿思克勒庇俄斯坐上巨大、舒適的醫生椅，並將他的手杖和那條蟒蛇放在桌子的另一

---

⑥⑤ 這裡作者開了醫學名詞縮寫的玩笑。他在許多醫學慣用名詞縮寫中刻意放進一些流行語或其他名詞縮寫，以增加趣味。

邊。「請坐！」

傑生和派波坐在病人這一側的兩張椅子上，里歐則必須站著。他覺得這樣沒關係，畢竟他也不想和那條蛇大眼瞪小眼。

「好啦。」阿思克勒庇俄斯向後靠著椅背。「眞不知道該怎麼向你們說明，與病人眞正談話的感覺實在太好了。過去幾千年來，書面作業早就已經失控了，一天到晚趕、趕、趕，每天都要塡一大堆表格，還有處理不完的繁文縟節，更別提外面那個巨大的雪花石膏守衛把候診室裡的每一個人都殺了。那把醫學的樂趣全部剝奪殆盡啊！」

「是啊，」里歐說：「海吉亞眞是有點掃興。」

阿思克勒庇俄斯笑起來。「我眞正的女兒海吉亞並不像那樣喔，我可以向你保證。她人還滿好的。不管怎樣，你重新設定那個雕像眞是太厲害了，你有一雙外科醫生的巧手。」

傑生抖了一下。「里歐拿手術刀？千萬不要鼓勵他啊。」

醫生天神咯咯發笑。「好啦，似乎有什麼問題，對吧？」他坐著前傾，緊盯著傑生看。「唔……帝國黃金刀傷，不過癒合得很好。沒有癌症，沒有心臟方面的問題。注意一下你左腳的那顆痣，但我很確定那是良性的。」

傑生臉色蒼白。「你怎麼會……」

「噢，當然啦！」阿思克勒庇俄斯說：「你有點近視！很簡單就能搞定。」

他打開抽屜，抽出一本處方籤本子和一個眼鏡盒。他在本子上草草書寫，然後將眼鏡和處方籤一起交給傑生。「處方籤收好，留做未來參考，不過這副眼鏡應該有用。戴戴看吧。」

「等一下，」里歐說：「傑生有近視？」

傑生打開眼鏡盒。「我……我最近要看一段距離以外的東西，確實有點看不清楚，」他坦白說：「我以爲只是太累了。」他試戴眼鏡，那是用帝國黃金打造的細框眼鏡。「哇，眞的，這樣好多了。」

派波露出微笑。「你看起來很不一樣呢。」

「我不知道耶，老兄，」里歐說：「我比較支持隱形眼鏡啦，發光的橘色鏡片，再加上貓眼瞳孔樣式，那樣一定很酷。」

「眼鏡很好，」傑生很果決地說：「多謝啦，呃，阿思克勒庇俄斯醫生，不過這不是我們來的目的。」

「不是？」阿思克勒庇俄斯雙手合十。「嗯，那我們再來看看……」他轉頭看著派波。「親愛的，你看起來很好。六歲的時候手臂骨折，是騎馬的時候摔下來的嗎？」

派波的下巴闔不起來。「你怎麼可能知道那件事？」

「平常吃素，」他繼續說：「沒什麼問題，只是要注意攝取足夠的鐵質和蛋白質。唔……左邊肩膀有點弱，我猜大概一個月前有什麼重物擊中你的肩膀？」

「一個沙袋，在羅馬，」派波說：「那實在很可怕。」

「如果覺得不舒服，可以用冰袋和熱水袋交替敷一下。」阿思克勒庇俄斯提供建議。「而你呢……」他面對里歐。

「噢，天哪。」醫生的表情變得很肅穆，他眼睛周圍的友善皺紋全部消失了。「噢，我懂了……」

醫生的表情明顯透露出「我眞的、眞的很抱歉」的意思。

里歐的內心好像塞滿了水泥。假如他還懷有最後一絲希望，希望能避開即將來臨的結局，那份希望現在也消失了。

「怎樣？」傑生的新眼鏡閃過一道亮光。「里歐有什麼問題？」

「嘿，醫生。」里歐對他投以「別說了」的目光。希望他們在古希臘知道有「病人隱私」這回事。「我們是為了醫生的解藥而來，你可以幫我們嗎？我這邊有皮洛斯島薄荷，還有一朵非常棒的黃色雛菊。」他把每一樣成分放在桌子上，小心避開蟒蛇的嘴巴。

「等一下，」派波說：「里歐到底有沒有什麼問題？」

阿思克勒庇俄斯清清喉嚨。「我……別放在心上啦，我剛才什麼話都沒說。好吧，你想要醫生的解藥。」

派波皺起眉頭。「可是……」

「兩位，說真的，」里歐說：「我很好，除了蓋婭明天要摧毀世界的事實以外。大家專心一點吧。」

他們聽了這番話並沒有比較高興，不過阿思克勒庇俄斯兀自繼續。「所以，這朵雛菊是我父親阿波羅摘的嗎？」

「對，」里歐說：「他託我帶來抱抱和親親。」

阿思克勒庇俄斯拿起那朵花聞一聞。「我衷心希望老爸能夠順利度過這場戰爭。宙斯可能會……相當不講理。好吧，唯一缺少的成分是受到鎖鍊捆綁的天神心跳。」

「我有，」派波說：「至少……我可以召喚『馬駭』。」

「太棒了。親愛的，請等一下。」他看著那條蟒蛇。「史派克，你準備好了嗎？」

里歐拚命忍住笑。「你的蛇叫做史派克？」

史派克惡狠狠地看著他，嘶嘶吐信，脖子周圍還冒出一圈尖棘，超像雞蛇。

里歐的笑意默默縮回喉嚨裡消失了。「我的錯，」他說：「你的名字當然叫史派克。」

「牠的脾氣有點大喔。」阿思克勒庇俄斯說：「大家老是把我的權杖和荷米斯的權杖搞混了，他的權杖顯然有兩條蛇。好幾百年以來，人們一直把荷米斯的權杖稱爲醫學的象徵，而那當然應該是我的權杖才對。史派克覺得自己遭到忽視，喬治和瑪莎則贏得眾人的目光。總之……」

阿思克勒庇俄斯把雛菊和毒藥放在史派克面前。「皮洛斯島薄荷，必死無疑。提洛斯島的詛咒，把不能受到固定的東西固定住。再來是最後一個成分。受到鎖鍊捆綁的天神心跳。」他轉頭看著派波，「親愛的，你可以放出馬駭了。」

派波閉上雙眼。

一陣風勢旋轉掃過房間，許多憤怒的聲音呼嘯號叫。里歐感覺到一種奇異的慾望，想要用鐵錘敲扁史派克，也很想徒手掐死那位好醫生。

接著，史派克張開下顎，將那股憤怒的風全部吞下。那些戰爭的魂魄沿著史派克的喉嚨向下跑，於是牠的脖子就像氣球一樣鼓了起來。接著，牠猛然吃掉雛菊和皮洛斯島薄荷當作點心。

「那毒藥不會傷到牠嗎？」傑生問。

「不會，不會，」阿思克勒庇俄斯說：「等著瞧吧。」

一會兒之後，史派克吐出一個新的小瓶子，是個有塞子的玻璃管，沒有比里歐的手指大多少。裡面裝的深紅色液體，閃閃發亮。

「醫生的解藥。」阿思克勒庇俄斯拿起小瓶子，對著光線仔細端詳。他的表情變得嚴肅，接著顯露出困惑神色。「等一下……我爲什麼要同意做這個？」

派波的掌心向上，放在桌面上。「因爲我們需要有它才能拯救全世界，這眞的非常重要。能夠幫助我們的人就只有你一個。」

她的魅語力量如此強大，就連蟒蛇史派克都爲之鬆懈，纏繞在權杖上昏昏欲睡。阿思克勒庇俄斯的表情也變得柔和，像是在浴缸裡泡熱水澡十分放鬆。

「當然啦，」天神說：「我忘了。不過你們一定要小心，黑帝斯很討厭我把死人救活，上一次我將這種藥交給了某個人，冥界之王就跑去向宙斯打小報告，結果宙斯就用閃電劈死我。轟！」

里歐嚇得縮了縮。「就死人來說，你看起來相當好耶。」

「喔，因爲我後來好多了。這是折衷方案的一部分。你知道嗎，宙斯殺我的時候，我父親阿波羅非常生氣。但是他不能把怒氣直接出在宙斯身上，因爲眾神之王的力量實在太強大了，於是阿波羅跑去找製造閃電的人報仇，殺了一些大獨眼巨人。爲了那件事，宙斯懲罰阿波羅……而且懲罰得滿嚴厲的。最後爲了解決紛爭，宙斯同意讓我成爲掌管醫藥的天神，前提是我不能讓任何人死而復生。」阿思克勒庇俄斯的眼神充滿不確定感。「可是我在這裡……給你們解藥。」

「因爲你很清楚這對我們有多重要，」派波說：「你很願意破例。」

「也是啦……」阿思克勒庇俄斯心不甘情不願地把小瓶子交給派波。「無論如何，死掉之後必須愈快給藥愈好，可以注射，也可以直接倒入嘴巴，而且劑量只夠給一個人使用。你聽懂我說的話嗎？」他直直看著里歐。

「我們都懂了。」派波向他保證。「阿思克勒庇俄斯，你確定不和我們一起走嗎？你的守衛都離開崗位了。你登上阿爾戈二號眞的很有幫助喔。」

阿思克勒庇俄斯露出微笑，一臉留戀的樣子。「阿爾戈號啊……你知道嗎？我以前還是半神半人的時候，曾經搭上原先的那艘船。啊，好希望再一次變成無憂無慮的探險者！」

「是啊……」傑生喃喃地說：「無憂無慮啊。」

「不過眞可惜，我不能去。由於我幫助你們，宙斯一定會非常生氣。更何況那兩個守衛很快就會自我修復，所以你們應該趕快離開。」阿思克勒庇俄斯站起來。「半神半人，我給予最大的祝福。而且，如果你們又見到我父親，拜託……告訴他，我眞的很抱歉。」

里歐不太確定這句話究竟是什麼意思，但他們還是離開了。

他們穿越候診室的時候，海吉亞的雕像正坐在長椅上，繼續往臉上猛倒酸液，同時嘴裡唱著「一閃一閃亮晶晶」，她的金蛇則猛咬她的腳。這般祥和的景象，差點就讓里歐的心情爲之一振。

回到阿爾戈二號船上，他們聚集在餐廳裡，其他組員也一湧而入。

「我不喜歡那樣，」傑生說：「就是阿思克勒庇俄斯看里歐的眼神……」

「噢，他只是感覺到我的心碎啦。」里歐努力擠出微笑。「你們也知道，我想見卡呂普索想得要死。」

「好甜蜜啊，」派波說：「但我不確定他是那個意思喔。」

那個發亮的紅色小瓶放在桌子的正中央，波西看著它，皺起眉頭。「我們其中有一個人會死，對吧？所以很需要把解藥放在容易拿到的地方。」

「那要假設我們其中只有一個人會死，」傑生指出：「因為只有一劑解藥。」

海柔和法蘭克盯著里歐看。

里歐對他們使了一個眼色，意思像是「別說了」。

其他人並沒有看出事情的全貌。「暴風雨或是火焰，世界必會毀壞。」這是指傑生或里歐。在奧林匹亞的時候，妮琪曾經提出警告，出現在那裡的四位半神半人有一個人會死，所以是波西、海柔、法蘭克或里歐。這兩個名單只有一個名字重複：里歐。而假設里歐的計畫即將付諸實行，他扣動板機時，不會有任何人靠近他身邊。

他的朋友們絕對不會接受他的決定。他們必然會爭辯不休，他們會嘗試救他，他們也會堅持尋找另一種方法。

然而就只有這一次，里歐深深相信，絕對沒有另一種方法。如同安娜貝斯總是告訴他們，對抗預言是絕對不可能成功的，那只會引發更多的麻煩。他必須確保這場戰爭一定會結束，永遠徹底結束。

「我們必須以開放的心態考慮各種選項，」派波建議說：「譬如說，我們很需要特別指定一個人帶著解藥，由他負責救援；那個人的反應要很快，只要有人被殺就能趕快救援。」

「好主意，漂亮皇后，」里歐說了謊：「我提名你。」

派波瞇起眼睛。「可是……安娜貝斯比較聰明，海柔騎著阿里昂也移動得比較快，而且法蘭克可以變成各式各樣的動物……」

「不過你有一顆慈悲的心。」安娜貝斯捏捏她朋友的手。「里歐說得對。等到時機來臨，你會知道該怎麼做。」

「是啊，」傑生附和說：「我有種預感，派波，你是最好的人選。你會與大家並肩作戰，無論發生什麼狀況，無論是暴風雨或火焰，你都會堅持到底。」

里歐拿起小瓶子。「所有人都同意嗎？」

沒有人反對。

里歐定睛看著海柔，像是說：「你很清楚未來必須發生什麼事。」

他從自己的工具腰帶拉出一塊羚羊皮布，用誇張的動作包起醫生的解藥。接著，他將整包東西交給派波。

「好了，那麼，」他說：「各位夥伴，明天早上在雅典，準備與那些巨人大戰一場啦。」

「是啊……」法蘭克低聲咕噥。「我知道我會睡得很好。」

吃完晚餐之後，傑生和派波想要攔住里歐，他們想要談談之前在阿思克勒庇俄斯那邊的事，不過里歐藉故逃避。

「我得去修理引擎。」他說，而這也是眞的。

等他一到引擎室，身旁只有神奇桌子巴福特相伴，里歐深深吸了一口氣。他伸手到工具腰帶裡，拿出眞正的醫生解藥……不是以迷霧手法遞給派波的那一個。

巴福特對他猛噴蒸汽。

「嘿，老兄，我非這樣做不可。」里歐說。

巴福特啓動它的全像式黑傑。「趕快把衣服穿上！」

「你聽好，非用這種方法不可，否則我們全都會死。」

巴福特發出悲傷尖銳的長嘯聲，然後喀啦喀啦走進角落裡生悶氣。

里歐盯著引擎看。他花了那麼多時間把引擎組合起來，付出了好幾個月的汗水、痛苦和孤獨。

如今，阿爾戈二號逐漸航向旅程的終點了。里歐的整個人生，包括他與娣雅．凱莉達共度的童年時光、他母親受困於倉庫大火之死、他成爲領養小孩的那段日子、他與傑生和派波待在混血營的那幾個月……這所有的一切，都將於明天早上的最後終戰而達到最高潮。

他打開操控面板。

非斯都的聲音透過對講機劈啪傳來。

「是啊，兄弟，」里歐附和說：「時候到了。」

更多的劈啪聲。

「我知道，」里歐說：「一起走到最後囉？」

非斯都發出極爲肯定的吱嘎聲。

里歐檢視那個古老的青銅星象盤，現在它與來自奧吉吉亞島的水晶結合在一起了。里歐只能期盼它眞的可以發揮作用。

「卡呂普索，我會回到你身邊，」他喃喃說道：「我對冥河發誓。」

他扳動一個開關，讓那個導航裝置連上線。接著，他把計時器設定爲二十四小時。

最後，他打開引擎的通風管道，把醫生解藥的小瓶子丟到裡面去。它就這樣發出果決的

「咚」一聲，消失在船艦的管道裡。

「這下子要回頭已經太遲了。」里歐說。

他蜷縮身子躺在地板上，閉上雙眼，決定享受這熟悉的引擎嗡嗡聲，度過最後一個夜晚。

37 蕾娜

「掉頭回去！」

蕾娜才沒那麼愛對「飛馬之王」沛加索斯發號施令，不過她更不愛被甩到空中去。

他們在八月一日的黎明之前抵達混血營。她看到六座羅馬人的石弩，就算四周一片黑暗，石弩表面包覆的帝國黃金依舊熠熠發亮。它們的大型投擲臂向後彎曲，很像船上的桅杆在暴風雨中向後彎曲的樣子；一組組砲手在巨型機器周圍跑來跑去，有些人塡充石塊，有些人則察看繩索的扭力。

「那些是什麼？」尼克大喊。

他騎在黑色的飛馬黑傑克背上，飛在蕾娜左方大約六、七公尺處。

「攻城武器，」蕾娜說：「如果再靠近一點，他們就可以把我們射到天空外。」

「這麼高也射得到？」

在她的右手邊，黑傑教練在駿馬桂多的馬背上大喊：「小子，那些是石弩！那些東西可以踢得比李小龍還高！」

「沛加索斯大王，」蕾娜說，同時伸手按著駿馬的頸背，「我們需要找個安全的地方降落地面。」

沛加索斯似乎理解了。牠轉向左方，其他飛馬立刻跟上，包括黑傑克和桂多，以及另外六匹飛馬，牠們以纜繩拉著雅典娜．帕德嫩雕像拖在背後。

牠們飛繞過營區的西方邊界，於是蕾娜得以觀察整個情勢。羅馬軍團排列在東方山丘的山腳下，準備發動拂曉攻擊。石弩配置在他們後方，排列成不甚整齊的半圓形，兩兩之間大約相隔三百公尺左右。從那些武器的規模大小來判斷，蕾娜評估屋大維擁有的火力足以摧毀山谷裡的所有生命。

不過那只是一部分的威脅而已，沿著軍團的側翼還駐紮了數百人的輔助部隊。身在黑暗中，蕾娜沒辦法看得很清楚，但她看到至少有一群野生的半人馬族和一大批「犬人」，那些狗頭人曾在數百年前與羅馬軍團達成不穩定的停戰協議。羅馬人的數量遠不及它們，也就等於遭到大量的不可靠「盟友」團團包圍。

「那邊。」尼克指向長島灣，那裡有一艘大型遊艇閃爍著燈光，距離岸邊約四百公尺遠。「我們可以降落在那艘船的甲板上，希臘人控制了海域。」

蕾娜並不確定希臘人是否眞的比羅馬人友善一點，不過沛加索斯似乎認同這個提議。牠一邊轉彎，一邊飛向長島灣的黑暗水域。

那是一艘大約三十公尺長的白色遊艇，有著時髦的線條和深色的門窗，船頭以紅色字體漆著西班牙文船名「我的愛」。遊艇的前甲板有一塊直升機停機坪，面積大到足以容納雅典娜．帕德嫩。

蕾娜連一個船員都沒有看到，她猜這是一艘普通的凡人船隻，晚上在這裡下錨停泊，可是萬一她猜錯了，萬一這艘船其實是個陷阱……

「那是我們最好的地點，」尼克說：「馬兒都累了，我們需要把東西放下來。」

她不情願地點點頭。「那就去吧。」

沛加索斯、黑傑克和桂多一起降落在前甲板上，另外六匹飛馬則把雅典娜．帕德嫩輕輕放在直升機的停機坪，然後在它四周落地。牠們身上滿是纜繩和揹帶，看起來簡直像是旋轉木馬。

蕾娜跳下馬背。如同兩天前第一次見到沛加索斯，蕾娜再次向飛馬跪下。

「謝謝你，偉大的飛馬。」

沛加索斯展開雙翼，微微頷首。

即使是現在，都已經一起向北飛過大半段美國東部海岸，蕾娜還是不太敢相信這匹永生不死的飛馬允許她搭乘一程。

蕾娜一直把沛加索斯想像成全身純白色，搭配白鴿一般的雪白翅膀，不過牠的毛皮其實是深棕色，口鼻周圍有斑駁的紅色和金色鬃毛，黑傑堅稱那是因為駿馬從母親梅杜莎遭到斬首的鮮血和神血裡蹦出來，才會有那樣的標記。沛加索斯的雙翼顏色與大鷹一樣，摻雜了金色、白色、棕色和赭紅色，這讓牠比純然的白色看起來更加英俊、莊嚴。牠具有世上所有馬匹的毛色，表示所有的馬兒都是牠的後代。

沛加索斯大王嘶嘶叫著。

黑傑連忙跑過來幫忙翻譯。「沛加索斯說，牠應該趁著戰爭開打前離開。牠的生命力與所有的飛馬連結在一起，懂嗎，所以如果牠受傷了，所有的飛馬都會感受到牠的痛苦。正是因為這樣，牠才會很少過問世事。牠確實擁有不死之身，牠的後代卻沒有，而牠不希望其他飛馬承受牠所作所為的後果。牠已經要求其他飛馬留下來，幫助我們完成任務。」

「我了解，」蕾娜說：「謝謝你。」

沛加索斯斷斷回應。

黑傑聽了雙眼圓睜，努力壓抑啜泣，接著從背包裡撈出一條手帕，輕擦自己的眼睛。

「教練？」尼克皺起眉頭，滿臉關切。「沛加索斯說了什麼？」

「牠……牠說，牠親自來找我們，並不是因爲接到我的訊息。」黑傑轉身看著蕾娜。「牠這麼做全都是因爲你的關係。牠可以體驗到所有飛馬的感受，於是牠體會到你和西庇阿的友誼。沛加索斯說，牠從來沒有看過一位半神半人對飛馬有這樣的感情，牠非常感動，所以賜與你『飛馬之友』的頭銜。這是很大的光榮。」

蕾娜的眼睛熱熱的。她點頭致意。「大王，謝謝你。」

沛加索斯踢蹬甲板，其他飛馬隨即斷斷出聲致敬。接著，牠們的陛下騰空起飛，旋轉向上，沒入黑暗的夜空。

黑傑驚訝地瞪著遠去的煙塵。「沛加索斯已經好幾百年沒有親自現身了。」他拍拍蕾娜的背。「羅馬人，做得好。」

蕾娜並不覺得自己配得上這樣的榮譽，畢竟她逼迫西庇阿承受了那麼多痛苦，不過還是強自壓下內心的罪惡感。

「尼克，我們應該察看一下這艘船，」她說：「如果船上有什麼人……」

「早你一步想到啦。」他拍拍黑傑克的口鼻。「我感受到兩個凡人在主艙房睡覺，就沒有其他人了。我不是希普諾斯的孩子，但我傳送了一些深沉的夢境給那兩個人，應該足夠讓他們睡得很沉，至少可以撐到天亮之後。」

蕾娜盡量不要盯著他看。過去兩天以來，他變得愈來愈強壯，黑傑的大自然魔法把他從死亡邊緣搶救回來。她曾經看尼克做過一些很驚人的事，但是操控夢境……難道他一直都有這種能力？

黑傑教練著急地搓搓雙手。「那麼，我們何時可以上岸啊？我太太等不及了！」

蕾娜掃視地平線。有一艘希臘戰船就在岸邊巡邏，但似乎沒有注意到他們的到來。沒有聽見警報聲，海岸沿線也沒有出現任何騷動。

這時，她瞥見月光下有一波銀色浪花，出現在西邊大約八百公尺遠的地方。一艘黑色汽艇正加速朝他們駛來，沒有打開夜航燈。蕾娜希望那是凡人的船隻。然後它更接近了，蕾娜不禁伸手握緊劍柄。汽艇的船頭有個桂冠形的圖案閃閃發亮，裡面包含SPQR四個字母。

「軍團派遣歡迎小組來了。」

尼克順著她的視線看去。「我以爲羅馬人沒有海軍。」

「是沒有，」她說：「屋大維顯然比我所想的還要忙碌。」

「那我們就發動攻擊啊！」黑傑說：「我已經距離這麼近了，沒有人可以擋住我的路。」

蕾娜算出快艇上總共有三個人，後面的兩人戴著頭盔，不過蕾娜認出駕船那人的楔形臉和健壯結實的肩膀，那是麥克·卡哈爾。

「我們要試試看賭一把。」蕾娜決定了。「他是屋大維的左右手之一，不過他是很優秀的軍團士兵，我也許可以跟他講道理。」

一陣風吹得尼克的頭髮蓋到臉上。「可是萬一你賭錯了……」

黑色汽艇減慢速度，停靠在遊艇旁邊。麥克朝上方喊道：「蕾娜！我奉命逮捕你，同時沒收那座雕像。我要和另外兩位分隊長一起登船。最好是不必濺血就能完成。」

蕾娜拚命控制顫抖的雙腿。「麥克，登船啊！」

她轉身看著尼克和黑傑教練。「萬一我賭錯了，你們先準備好。麥克．卡哈爾可不是好對付的。」

麥克並沒有穿戴戰鬥裝，只穿著紫色的朱比特營T恤、牛仔褲和慢跑鞋。他看起來沒有攜帶武器，然而這沒有讓蕾娜比較放心。他的雙臂幾乎像橋梁鋼索一樣粗壯，表情也像磚牆一樣冷硬，他前臂的鴿子刺青看起來更像是一隻猛禽。

在黑暗中，他的雙眼炯炯有神，打量著眼前的情景：雅典娜．帕德嫩套在一群飛馬身上，尼克拔出他的冥河鐵劍，黑傑教練也緊握球棒。

伴隨麥克一起來的分隊長是第四分隊的萊拉和第五分隊的達珂塔。選這兩個人還真奇怪……萊拉是農業之神席瑞絲[66]的女兒，從來沒聽說她是好鬥的人。至於達珂塔……他是酒神巴克斯的兒子，本性最敦厚的軍官，蕾娜實在不太相信他會站在屋大維那邊。

「蕾娜．拉米瑞茲—阿瑞拉諾，」麥克說著，語氣像是照本宣科朗讀卷軸，「前任執法官……」

「我是現任的執法官，」蕾娜更正他的說法，「除非所有的元老院成員投票決定拔除我的

[66] 席瑞絲（Ceres），農業之神、穀物之神，是宙斯的姊姊，也是冥王之妻泊瑟芬（Persephone）的母親。她的希臘名字為狄蜜特（Demeter）。

職位。現在是這種情形嗎？」

麥克重重嘆了口氣，他的心思似乎沒有放在這趟任務上。「我奉命逮捕你，並且移送至審判庭。」

「依據誰的授權？」

「你知道是……」

「基於什麼樣的指控？」

「蕾娜，聽著……」麥克用手掌抹抹前額，彷彿這樣可以抹掉頭痛似的。「我和你一樣再也不想做這種事，可是我必須遵守命令。」

「不合法的命令。」

「現在爭論這個已經太遲了，屋大維已經取得緊急時期的權力，整個軍團都支持他。」

「眞的嗎？」她以銳利的目光看著達珂塔和萊拉。

萊拉不願正視她，達珂塔則猛眨眼，似乎努力想傳達什麼訊息，不過實在很難看出他到底在做什麼。說不定他只是因爲喝了太多人工甜味飲料而抽筋。

「我們處於戰時狀態，」麥克說：「大家必須通力合作。達珂塔和萊拉一直沒有表現得很熱切支持，所以屋大維給了這個最後的機會，讓他們證明自己的立場。如果他們幫我帶你回去，他們就可以保留原本的軍階，也證明自己的忠誠度。最好是能活捉，但是需要的話，死的也沒關係。」

「是對屋大維的忠誠度，」蕾娜指出：「不是對軍團的忠誠度。」

麥克雙手一攤，那兩隻手掌只比棒球手套小一點點而已。「這些軍官只是遵守命令，你不能責怪他們。屋大維擬定了勝利計畫，而那個計畫眞的很厲害。等到天一亮，羅馬人根本不必耗費一兵一卒，那些石弩就會摧毀希臘人的營區。眾神應該會恢復原狀。」

尼克走上前來。「你們要掃除世界上半數的半神半人、眾神的一半子孫，只爲了讓他們『恢復原狀』？蓋婭都還沒有甦醒，你們就會把奧林帕斯山徹底毀滅了。更何況蓋婭正在甦醒啊，這位分隊長。」

麥克沉下臉。「普魯托的使者、黑帝斯之子……無論你用哪一個名字稱呼自己，你的『敵方間諜』罪名已經成立。我奉命要捉拿你去執行死刑。」

「你可以試試看啊。」尼克語氣冷酷地說。

這場對峙實在太荒謬了，看起來應該很可笑。與麥克比起來，尼克小了好幾歲，身高矮了十五公分，體重也輕了二十幾公斤。但是麥克按兵不動，他頸部的血管陣陣跳動。

達珂塔咳嗽幾聲。「呃，蕾娜……你就乖乖跟我們走吧。拜託，我們可以讓這件事順利落幕。」他絕對是在對蕾娜眨眼睛。

「好了，你們也講夠了吧。」黑傑教練打量著麥克．卡哈爾。「趕快撂倒這個小丑吧，我來對付大塊頭。」

麥克聽了嘻嘻笑。「我敢說你這個方恩眞的很勇敢，不過……」

「我是羊男！」

黑傑教練跳向那位分隊長，握著球棒全力揮下，不過麥克輕輕鬆鬆便抓住球棒，從教練手中猛力抽出，在他的膝蓋上折成兩半。然後他把教練推回去，但蕾娜看得出來，麥克並沒有眞心要傷到黑傑。

「真是夠了！」黑傑咆哮著說：「這下子我真的生氣了！」

「教練，」蕾娜警告他，「麥克非常非常強壯，你最好是勒斯岡巨人，或者……」

這時，遊艇左舷那一側的遠方某處，大概是下方的水面上，有個聲音大喊：「卡哈爾！為什麼花了這麼久的時間？」

麥克嚇得身子一縮。「屋大維？」

「當然是我啊！」那聲音從黑暗中大喊：「我沒耐心等你慢慢執行我的命令！我要登船了。敵對雙方的所有人，全部放下手中的武器！」

麥克皺起眉頭。「呃……長官？所有人？連我們也要？」

「你這個大頭呆，不是用劍或拳頭就能解決所有問題！我可以處理掉這些希臘人渣！」

麥克聽了一臉困惑，不過還是向萊拉和達珂塔示意，於是三人都把佩劍放到甲板上。

蕾娜看了尼克一眼。顯然不太對勁，她想不出屋大維有什麼理由要出現在這裡，讓自己置身於險境，況且他絕對不會命令自己的軍官扔掉手中的武器。但蕾娜的直覺告訴自己不妨跟著演下去。她扔掉手中的利刃，尼克也照做不誤。

「長官，所有人都解除武裝了。」麥克大叫。

「好極了！」屋大維喊道。

一個黑暗的剪影出現在梯子頂端，不過他如果是屋大維，體型也太巨大了吧。另一個較小的身形在他背後拍動翅膀……那是鳥身女妖？到了這時，蕾娜終於恍然大悟，而那個獨眼巨人只消踏個兩大步就走到甲板的這邊。他一看到麥克．卡哈爾，迎頭就是砰的一拳，分隊長倒下的樣子活像一大袋石塊。達珂塔和萊拉則是不住地向後退，一臉驚愕。

鳥身女妖拍動翅膀，最後停棲在甲板室的屋頂上。她的羽毛沐浴在月光下，顏色看起來像是乾掉的血漬。

「好強，」艾拉說著，同時用嘴喙理理羽毛，「艾拉的男朋友比羅馬人更強。」

「朋友們！」獨眼巨人泰森的吼叫聲隆隆作響。他用一隻手臂抱住蕾娜，另一隻手則撈起黑傑和尼克。「我們來救你們了，爲我們歡呼一下吧！」

38 蕾娜

蕾娜從來沒有看到獨眼巨人這麼高興過，至少持續到泰森把他們放下來、走向萊拉和達珂塔為止。「壞壞羅馬人！」

「泰森，等一下！」蕾娜說：「不要傷害他們。」

泰森皺起眉頭。以獨眼巨人來說，他的個子很小，其實還是個小孩子；他只比一八〇公分稍微高一點，一頭蓬亂的棕髮沾了鹹鹹海水而變得硬邦邦，那隻巨大的獨眼是楓糖漿的顏色。他只穿著泳褲和法蘭絨睡衣，彷彿無法決定到底是要去游泳還是去睡覺。他身上散發出強烈的花生醬氣味。

「他們不壞嗎？」他問。

「不，」蕾娜說：「他們只是遵循很壞的命令，我認爲他們也覺得很抱歉。達珂塔，是這樣吧？」

達珂塔高舉雙臂作勢投降，他舉臂的速度那麼快，像是超人準備要起飛的動作。「蕾娜，我一直對你使眼色啊！我和萊拉打算要換邊站，幫你們撂倒麥克。」

「沒錯！」萊拉差點往後摔倒撞上欄杆。「不過我們還來不及行動，獨眼巨人就幫我們做到了！」

黑傑教練哼了一聲。「說得像眞的一樣！」

泰森打了個噴嚏。「抱歉。山羊毛啦，鼻子好癢。我們能信任羅馬人嗎？」

「我相信他們，」蕾娜說：「達珂塔、萊拉，你們知道我們的任務是什麼嗎？」

萊拉點點頭。「你想要把那個雕像還給希臘人，作爲和平的獻禮。讓我們一起幫忙。」

「是啊。」達珂塔猛點頭。「軍團其實不像麥克宣稱的那麼團結，我們也不敢信任屋大維召集的所有外來輔助部隊。」

尼克冷笑一聲。「現在才懷疑有點太遲了吧。你們已經遭到團團包圍，只要混血營遭到摧毀，那些所謂的『盟軍』就會轉過頭來對付你們。」

「那我們該怎麼辦？」達珂塔問。「到日出之前只剩下一小時了。」

「早上五點五十二分，」艾拉說，她還停棲在甲板室上。「日出，東方海岸，八月一日。資料來自《航海氣象學時刻表》。一小時十二分鐘比一小時要長一點。」

達珂塔的眼皮抽動一下。「我願意修正。」

黑傑教練看著泰森。「我們可以安全進入混血營嗎？蜜莉現在好不好？」

泰森抓抓下巴若有所思。「她非常圓。」

「不過她還好吧？」黑傑很堅持地繼續問下去：「她還沒有生下孩子嗎？」

「『分娩發生在第三個三月期的最後，』」艾拉提供資訊，「第四十三頁，《新手媽媽指南給……》」

「我得盡快趕過去！」黑傑的樣子很像隨時準備跳船游泳過去。

蕾娜伸手按住他的肩膀。「教練，我們會讓你去找你太太，不過先把事情安排好。泰森，你和艾拉怎麼離開海岸到達這艘船？」

「彩虹！」

「你們……走彩虹過來？」

「他是我的小魚馬朋友啦。」

「是馬頭魚尾怪。」尼克補充說。

「我懂了。」蕾娜想了一會兒。「你和艾拉可以把教練安全護送回混血營嗎？」

「沒問題！」泰森說：「我們可以！」

「很好。教練，去找你太太吧。告訴混血營的學員，我準備在日出時把雅典娜．帕德嫩空運去混血之丘，這是羅馬人送給希臘人的禮物，爲了弭平雙方的歧見。假如他們可以忍住，不把我們射飛出去，我會很感激的。」

「就聽你的，」黑傑說：「不過，羅馬軍團那邊怎麼辦？」

「那是個大問題，」萊拉一臉嚴肅地說：「那些石弩絕對會把你轟得飛出天外。」

「看來需要分散他們的注意力，」蕾娜說：「想辦法拖慢他們攻擊混血營的時間，而且最好讓那些武器失效。達珂塔、萊拉，你們的分隊會聽從你們指示嗎？」

「我……我想會吧，沒問題，」達珂塔說：「但假如我們要求他們發動叛變……」

「這不是叛變，」萊拉說：「如果是遵循我們執法官的直接命令就不是，而蕾娜還是執法官啊。」

蕾娜轉身看著尼克。「我需要你和達珂塔與萊拉一起去。他們在軍隊中引發騷動時，你就想辦法拖慢攻擊時間，我們必須找到方法破壞那些石弩。」

尼克展露微笑，表示贊同蕾娜的提議，這讓蕾娜覺得很高興。「我很樂意。我們會幫你爭取時間，讓你把雅典娜．帕德嫩運過去。」

「呃……」達珂塔緊張得兩隻腳動來動去。「就算你把雕像運到山丘上、讓它在那裡就定位，又要怎麼阻止屋大維摧毀它呢？即使沒有石弩，他的火力還是非常強大啊。」

蕾娜抬頭看著雅典娜的象牙臉孔，此刻依舊用偽裝網蓋住。「雕像一旦回到希臘人的手中……我想，它一定很不容易摧毀。它擁有強大的魔法，只是選擇暫時不要使用而已。」

萊拉慢慢彎下腰，重新撿起她的劍，同時眼睛一直盯著雅典娜．帕德嫩。「我會相信你說的話。我們該怎麼處置麥克呢？」

蕾娜打量那個夏威夷來的半神半人，他像一座會打呼的大山。「把他放到你們船上，不要傷害他，也不要捆起來。我有種預感，麥克的心還沒有走偏，他只是運氣不好，遇到錯誤的人當他的贊助人。」

尼克把他的黑劍插入劍鞘內。「蕾娜，你真的確定要這樣嗎？我不喜歡讓你單獨一個人。」

黑傑克嘶嘶大叫，並舔著尼克的側臉。

「哎喲！好啦，我道歉。」尼克抹掉臉上的飛馬口水。「蕾娜不是單獨一個人，她有一群超厲害的飛馬。」

蕾娜忍不住笑起來。「我不會有事啦。只要運氣好，我們全都很快會再見到面，到時候還要並肩作戰，對付蓋婭的軍隊。大家小心，還有，Ave Romaek！」

達珂塔和萊拉也跟著喊出歡呼口號。

泰森瞇起他的獨眼。「誰是 AveRomaek？」

「那是一句口號，意思是『加油，羅馬人』啦。」蕾娜拍拍獨眼巨人的前臂。「不過呢，

『加油，希臘人』當然也可以。」這句話從她口中說出，聽起來實在很奇怪。

蕾娜看著尼克。她很想擁抱他，可是不太確定尼克喜不喜歡這個動作。於是她伸出手。

「黑帝斯之子，和你一起出任務是我的榮幸。」

尼克握手握得很用力。「蕾娜，你是我所見過最勇敢的半神半人。我……」他遲疑了一下，也許是意識到旁邊有一大群聽眾。「我不會讓你失望。混血之丘上再見囉。」

大夥兒各自解散時，東方的天空漸漸變亮了。沒多久之後，蕾娜站在「我的愛」遊艇的甲板上……除了八匹飛馬和十二公尺高的雅典娜以外，只有她獨自一人。

她努力讓自己鎮定下來。必須等待尼克、達珂塔和萊拉著手干擾軍團的攻擊，目前她什麼事也不能做，但她很討厭只能站在這裡等。

就在山丘黑色輪廓線的另一邊，她的第十二軍團夥伴正在準備進行無謂的攻擊。假如蕾娜一直與他們在一起，一定可以引導他們走上比較好的方向，她也可以好好看管屋大維。或許巨人奧利安說得沒錯，她沒有善盡自己的職責。

她想起聖胡安陽台上的那些鬼魂……他們指著她，低聲喃喃控訴著：「兇手。叛徒。」她也想起自己手上握著金色軍刀的感覺，她拿著那把刀砍倒父親的幽靈……他的表情滿是憤怒和遭到背叛的神色。

「你是拉米瑞茲—阿瑞拉諾家族的人啊！」她父親經常這樣大聲嚷嚷。「千萬不要拋棄你的過去。千萬不要讓別人介入。最重要的是，千萬不要背叛你自己！」

由於協助希臘人，蕾娜已經違反了父親交代的每一件事。身爲羅馬人就應該要摧毀敵人才對，蕾娜反而加入敵人的行列，讓自己的軍團落入一個瘋子手上。

她的母親會怎麼說呢？貝婁娜，女戰神……

黑傑克必然感受到她的激動心情了，他踢踢躂躂走過來，用鼻子碰碰她。

她摸摸黑傑克的口鼻。「小男孩，我都沒有好好對待你。」

他充滿感情地碰碰蕾娜。尼克曾對她說，黑傑克平常是波西的坐騎，但牠似乎對每個人都很友善。牠二話不說便載著黑帝斯之子，現在又跑來安慰一個羅馬人。

她伸出雙臂抱住黑傑克的強壯頸背。牠的毛皮聞起來與西庇阿一樣，都是混合了剛修剪的青草味和熱騰騰麵包的香味。她放縱自己哭了起來，悲傷已經在她胸口積鬱太久。身爲執法官，她不能在夥伴面前表露內心的軟弱和恐懼，必須保持堅強。然而，這匹飛馬似乎一點都不在意。

牠輕輕嘶叫著。蕾娜聽不懂飛馬的意思，不過牠似乎是說：「一切都會沒事，你已經表現得很好了。」

她抬頭看著天上逐漸消失的星星。

「母親啊，」她說：「我一直沒有好好向您祈禱。我從來沒有見過您，也從來不曾請求您的協助。可是，求求您……今天早上，請賜與我力量，讓我去做對的事。」

說時遲那時快，東方的地平線上有個東西一閃而過……一道光線劃過長島灣，像是有另一艘快艇高速接近。

有那麼一瞬間，蕾娜好高興，她認爲那跡象與貝婁娜有關。

黑色的形影愈來愈靠近，蕾娜心中的期盼逐漸轉爲擔憂。她等待了太久，因爲滿心懷疑而全身僵硬，只見那個形體逐漸清晰，變成一個巨大的人形，跨越水面朝她跑來。

第一支箭射中黑傑克的側腹，飛馬發出痛苦的尖嘯聲，頹然倒下。

蕾娜尖聲狂叫，但她還來不及移動，又有第二支箭射到她兩腳之間的甲板上。箭桿綁著一個約莫手錶大小的發亮ＬＥＤ讀數裝置，從「五分鐘」開始倒數計時。

四分五十九秒。

四分五十八秒。

39 蕾娜

「執法官，我不會動喔！」

奧利安站在水面上，距離船頭約十五公尺遠，一支箭架在他的獵弓上。即使籠罩在憤怒和悲痛中，蕾娜還是注意到巨人的新傷疤。他與獵女隊大戰一場，在手臂和臉部留下雜亂的灰色和粉紅色疤痕組織，因此他看起來像是一顆碰傷的桃子，一副即將腐爛的樣子。他的機械左眼已然黯淡，頭髮幾乎燒光，只留下亂七八糟的斑駁小塊。他的鼻子腫脹發紅，那是尼克讓弓弦反彈到他臉上造成的。所有的一切讓蕾娜有種邪惡的滿足感，卻也因此有點內疚。

不幸的是，這個巨人依舊保持自鳴得意的微笑。

在蕾娜腳邊，箭上的計時器顯示「四分四十二秒」。

「爆炸飛箭非常靈敏，」奧利安說：「只要啓動了，就連最微小的動作都可以引爆它們。我可不想讓你錯過生命中最後的四分鐘。」

蕾娜的各種感官變得很敏銳。飛馬群在雅典娜．帕德嫩四周緊張踢蹬。天空即將破曉。從岸邊吹來的微風帶著微微的草莓香氣。黑傑克躺在她旁邊的甲板上拚命喘氣、發抖……牠還活著，但是傷得很重。

蕾娜的一顆心猛烈跳動到耳膜要震破了。她讓自己的力量延伸到黑傑克身上，努力讓牠活下去。她絕對不會眼睜睜看牠死去。

她好想對巨人高聲咒罵，不過說出口的第一句話極為冷靜，連她自己都覺得驚訝。「我姊姊怎麼樣了？」

奧利安的一口白牙在半毀的臉上森森發亮。「我很想告訴你她已經死了。我很想看到你痛苦的表情。可惜啊，據我所知，你姊姊還活著，泰麗雅．葛瑞斯和她那群討厭的獵女也是。我得承認，她們讓我滿驚訝的，我不得不逃進大海躲避她們。過去幾天以來，我身受重傷而且很痛苦，傷口癒合得很慢，又得製作一把新的獵弓。不過，執法官，別擔心，你會先死一步，你那珍貴的雕像也會讓一把大火燒得乾乾淨淨。蓋婭崛起後，等到凡人世界走到末路，我會找到你姊姊，告訴她，你死得非常痛苦。然後我會殺了她。」他咧嘴而笑。「所以，一切都會很棒！」

四分零四秒。

海拉還活著，泰麗雅和獵女隊也還在某處活得好好的。不過，假如蕾娜的任務失敗了，她們是否活著也不重要了。太陽將要在這個世界上最後一次升起……

黑傑克的呼吸變得愈來愈吃力。

蕾娜振作起來。飛馬很需要她。沛加索斯大王任命她為「飛馬之友」，蕾娜絕對不能讓牠失望。眼前此刻，她不能再想著整個世界的事，而是必須專注於自己身邊的事。

三分五十四秒。

「這樣啊。」她盯著奧利安。「你受傷了又很醜，可是沒死。我猜想，這表示我需要一位天神的幫忙才能殺死你。」

奧利安咯咯發笑。「那還眞糟糕啊，你們羅馬人向來很不擅長召喚天神來幫忙。我猜他們也不常想到你們，對吧？」

蕾娜眞想同意他的話。她曾對母親祈禱……結果求來的竟是一個殺氣騰騰的巨人。這絕對不是很有力的支持。

不過……

蕾娜笑起來。「啊，奧利安。」

巨人的微笑有點動搖。「小女孩，你的幽默感還眞奇怪。你到底在笑什麼？」

「貝婁娜已經回應我的祈求了。她沒有出面幫我作戰，也沒有向我保證戰鬥會贏得很輕鬆，她只是提供機會讓我證明自己的能耐。她賜給我最強大的敵人和最有力的盟友。」

奧利安的左眼閃過一絲火花。「你在胡說八道。只要一道火焰就可以摧毀你，還有你那座寶貝希臘雕像。沒有半個盟友能幫助你。你的母親已經遺棄你，就像你遺棄了你的軍團。」

「可是她沒有遺棄我啊，」蕾娜說：「貝婁娜不只是女戰神，她不像希臘的厄妮爾只是大屠殺的具體化身。羅馬人會在貝婁娜的神廟迎接外國來的使節。確實也會在那裡宣布開戰，不過同樣是在那裡商議和平條約。持久的和平，眞正的基礎是力量。」

三分零一秒。

蕾娜拔出佩刀。「貝婁娜給我這個機會，希望我與希臘人締結和平，進而提升羅馬的力量。我接下這項挑戰。假如我死了，也會是因爲捍衛這個目標而死。所以我才會說，我母親今天與我同在，她會把自己的力量灌注到我身上。射出你的箭吧，奧利安，一定沒用的，只要我將這把刀射向你，刺進你的心臟，你就會死。」

奧利安在海浪中站定不動，一臉專注，隱藏了眞正的表情。還能運作的那隻眼睛閃爍著琥珀色澤。

「虛張聲勢，」他咆哮著說：「我殺過好幾百個像你這樣玩弄戰爭的女孩，假裝她們是巨人的死敵！執法官，我才不會同意讓你死得快一點，我會看著你燃燒，就像獵女隊用火燒我一樣。」

兩分三十一秒。

黑傑克氣喘吁吁，四條腿踢蹬著甲板。天空轉爲粉紅色。從岸邊吹來的一陣風迎上雅典娜．帕德嫩的僞裝網，將它吹起，只見那塊銀色布匹飄呀飄地飛越長島灣。雅典娜．帕德嫩在晨曦中放射光芒，蕾娜忍不住心想，等到女神屹立於希臘營區上方的山丘上，看起來不知會有多美。

一定會成功的，她心想，也希望飛馬夥伴們能夠感受到她的意向。即使沒有我，你們也一定要完成這趟旅程。

她轉頭看著雅典娜．帕德嫩。「親愛的女士，能夠護衛您眞是我莫大的榮幸。」

奧利安嘲笑一聲。「這時候還跟敵人的雕像說話啊？眞是沒出息。你的生命還剩下大約兩分鐘。」

「喔，可是巨人啊，我才不要忍受你的時間限制，」蕾娜說：「羅馬人不會坐以待斃，她會自己迎上前去，以自己的方法迎向死亡。」

她擲出手中的刀子。正中目標，刀子直直插入巨人胸膛的正中央。

巨人痛苦狂吼。蕾娜心想，她死前最後能聽到這樣的聲音眞是大快人心。

她把自己的披風鋪在面前，整個人壓在爆破箭上。她決心要為黑傑克和其他飛馬擋住爆炸之勢，也希望能保護睡在下方甲板的凡人。她完全沒有思考自己的身體是否能夠抵擋爆炸的力道，也沒想到她的披風能否減緩火勢，然而如果要拯救她的朋友和任務本身，這是最好的選擇。

她繃緊神經，等待死亡。飛箭爆炸時，她感受到一波壓力……不過那並非她所預期的爆炸。爆炸衝擊她的肋骨，但只造成最最微小的「啵」一聲，簡直像是氣球脹破的聲音。她的披風變得很熱，讓人覺得有點不舒服，可是沒有火焰噴發出來。

她為什麼還活著？

「站起來。」她腦中有個聲音說。

在恍恍惚惚之中，蕾娜站了起來。煙霧從披風的邊緣捲曲冒出，她才意識到那塊紫色的布料有點異樣。披風閃閃發亮，似乎有許多帝國黃金細絲編織在布料裡。而在她腳邊，甲板有一塊地方已經燒成一圈黑炭，不過她的披風連一丁點燒焦痕跡也沒有。

「蕾娜．拉米瑞茲—阿瑞拉諾，接受我的埃癸斯吧，」那個聲音說：「以今天的表現，你已經證明自己是奧林帕斯山的英雄。」

蕾娜驚愕萬分地望著雅典娜．帕德嫩，雕像正散發出微弱的金色光暈。

埃癸斯……回想起接受教育的那段日子，蕾娜得知「埃癸斯」這個詞不只應用於雅典娜的盾牌，也意指女神的披風。根據傳說，雅典娜有時候會從她的披風切下一小塊，披在她一些神廟的雕像上，或者送給她選定的混血英雄，以便保護他們。

蕾娜的披風本來已經穿了好幾年，突然間變得不一樣了。它吸收掉爆炸的威力。

她很想說些什麼話，想要感謝女神，可是她的聲音不聽使喚。雕像的光暈逐漸褪去，蕾娜耳中的嗡鳴聲也消失了。她又重新察覺到奧利安的存在，他依舊痛苦吼叫，在水面上蹣跚掙扎。

「你失敗了！」他從胸口挖出刀子，將它扔進海浪裡。「我還活著！」

他抓起獵弓射出一箭，但從旁邊看來簡直像慢動作一樣。蕾娜用披風在面前一掃，結果飛箭一碰到披風就撞得粉碎。她衝到欄杆邊，朝向巨人奮力跳去。

她應該不可能跳得那麼遠的，可是她感覺到四肢湧現一股力量，彷彿她的母親貝婁娜正在借用力量給她；就像是那麼多年來，蕾娜一直將自己的力量借給別人，而眼前此刻正是所有力量的回報。

蕾娜的雙手抓住巨人的獵弓，宛如體操選手一般車輪轉一圈，然後降落在巨人的背上。她用雙腳緊緊鉤住巨人的腰，將自己的披風扭轉成像是一條繩索，然後繞過奧利安的脖子，使盡全力勒緊。

出於本能，奧利安扔掉手中的獵弓，抓住那條閃閃發亮的織布，但是手指頭一碰到披風就開始冒出蒸汽，而且起了水泡。帶有酸味的刺激性煙霧從他的脖子飄散出來。

蕾娜勒得更緊了。

「這是爲了妃比，」她對著巨人的耳朵憤怒咆哮：「爲了金欣，爲了你殺掉的每一個人。你將會死在一個『女孩』的手裡。」

奧利安瘋狂搥打、掙扎，卻完全無法撼動蕾娜的意志。雅典娜的力量融入她的披風，貝婁娜也賜與她力氣與決心，因此不只是一位女神，而是有兩位力量強大的女神援助她，最後的殺戮則由蕾娜負責完成。

她終於完成了。

巨人癱軟跪下，淹沒在海水裡。蕾娜沒有放手，直到巨人不再搥打、身體也完全溶解在海水泡沫裡爲止。他的機械眼睛消失在波浪裡，他的獵弓也漸漸下沉。

蕾娜放開手。她沒有興趣取得戰利品，一點也不想讓巨人身上的任何部分留存下來。就像她父親的狂躁鬼，以及她過往生命中的所有憤怒鬼魂，奧利安同樣什麼事都教不了她。他理當遭到全然的遺忘。

更何況，天色已破曉。

蕾娜奮力游向遊艇。

40 蕾娜

蕾娜打敗了奧利安，但沒有時間好好享受這次勝利。

黑傑克口吐白沫，四隻腳不斷抽搐，鮮血從腹部的箭傷傷口流淌出來。

蕾娜扯開妃比先前給她的一個補給袋，將救傷藥劑塗抹在傷口上，也倒了些獨角獸藥水在她銀質摺疊小刀的刀刃上。

「拜託，拜託。」她對自己喃喃說著。

坦白說，她根本不曉得自己在做什麼，不過她盡可能清洗傷口，然後抓住箭桿。如果箭尖包含鉤刺，把它拉出來可能會造成更嚴重的傷害，不過萬一箭尖餵了毒，那就更不能留在裡面。況且她也不能把箭尖推出來，畢竟它深埋在身體中央。她必須選擇傷害較小的做法。

「我的朋友，這會很痛喔。」她對黑傑克說。

他呼呼出聲，似乎是要表示「說點我不知道的事吧」。

蕾娜用刀子在傷口兩側都割出一道小裂口，把箭拔出來。黑傑克不住顫抖，但是箭拔得乾淨俐落，箭尖沒有鉤刺；說不定餵了毒，不過實在沒有辦法確定。一次能解決一個問題就不錯了。

蕾娜在傷口上面又倒了一些救傷藥劑，然後纏上繃帶。她對傷口施加一點壓力，憋氣數了幾下。傷口滲出的液體似乎變少了。

她拿起獨角獸藥水，慢慢倒入黑傑克的口中。

蕾娜完全沒有注意時間。飛馬的脈搏變得比較強勁而且穩定，牠的眼神不再顯露痛苦，呼吸也緩和多了。

蕾娜終於站起來，由於恐懼和疲倦而全身顫抖，但黑傑克還活著。

「你一定不會有問題，」她向黑傑克保證，「我會帶你去混血營找人幫忙。」

黑傑克發出很像抱怨的聲音，蕾娜敢對天發誓，牠是想要說「甜甜圈」。她一定是急得快要精神錯亂了吧。

拖延了一點時間，蕾娜這才意識到天色已經變得很亮了，雅典娜·帕德嫩在陽光下熠熠發光。桂多和其他飛馬用力踩踏甲板，模樣十分焦急。

「戰鬥呢……」蕾娜轉身看著海岸方向，但是沒有看到任何跡象顯示戰爭已經開打。一艘希臘戰船在早晨的潮汐中起伏搖晃，一副懶洋洋的樣子。山丘看起來翠綠而平靜。

一時之間，她還懷疑羅馬人該不會決定不發動攻擊了吧。

說不定屋大維終於恢復理智了。或者尼克和其他人想辦法打敗了羅馬軍團。

就在這時，一道橘色的火光照亮山頂，還有很多條火焰朝空中射出，彷彿是一根根燃燒的手指。

那些石弩發動了第一波猛烈射擊。

41 派波

蛇人到達時，派波一點都不覺得驚訝。

整個星期以來，她一直想著先前遇到海盜斯喀戎的經過，當時她站在阿爾戈二號的甲板上，正慶幸大家逃過了「巨型毀滅性烏龜」的追擊時，她說錯了一句話：「我們安全了。」

就在那一刻，一支箭射中船上的主桅桿，距離她的鼻子只有短短幾公分。

派波從那件事學到一個寶貴的教訓：千萬不要認爲你很安全，而且千萬、絕對不要宣稱你認爲自己很安全，那會引起命運三女神的注意。

所以，當船艦停靠在雅典郊區的比雷埃夫斯港，派波努力抗拒內心急著想要鬆一口氣的衝動。是沒錯，他們終於抵達最後的目的地了，接下來只要越過那一排排的遊艇，越過那些周遭有許多房屋簇擁的山丘，他們將會在附近某個地方找到雅典的衛城。就在今天，無論經由什麼樣的方法，他們的旅程都將走到終點。

然而，這並不表示她可以鬆懈下來。隨時會有某種險惡的驚奇事物從天外飛來。

結果，所謂的「驚奇事物」是三位以蛇尾取代雙腿的仁兄。

派波目睹這個情景時，她的朋友們正忙著整理戰鬥用的裝備，包括察看各種武器和盔甲，並且爲旋轉投石器裝填彈藥。她看著那些蛇人沿著碼頭溜過來，一路繞過一群又一群的凡人觀光客，但那些凡人並沒有特別注意他們。

「呃……安娜貝斯？」派波叫道。

安娜貝斯和波西走到她身旁。

「喔，好極了，」波西說：「龍女。」

安娜貝斯瞇起眼睛。「我想不是喔，至少和我看過的不一樣。龍女的兩條腿是變成兩個蛇身，這些傢伙只有一條蛇尾。」

「你說得對，」波西說：「而且這些怪物上半身看起來比較像人類，沒那麼綠也沒有那麼多鱗片之類的。那麼，我們要開口還是開戰？」

派波實在很想說「開戰」。她忍不住想起自己對傑生說過的故事，就是有個切羅基獵人打破自己不能吃松鼠肉的禁忌，結果變成一條蛇。眼前這三個傢伙看起來很像是吃了一大堆松鼠肉。

說也奇怪，帶頭的那一個讓派波想起自己的爸爸，他在電影《斯巴達之王》飾演的角色也留了一把鬍子。那個蛇男把頭抬得高高的，臉孔輪廓分明，而且曬成古銅色，雙眼像玄武岩一樣漆黑，捲曲的黑髮油油亮亮。他的上半身肌肉非常健壯，只披著一件希臘式短披風，那是白色的羊毛披風，鬆鬆地包裹肩膀，僅用別針固定住。至於腰部以下，他的身體就是巨大的蟒蛇，隨著他的移動，一條大約二點五公尺長的綠色蛇尾不斷在背後呈波浪狀甩動。

他的一隻手握著一支權杖，頂端有發亮的綠色寶石；另一隻手則拿著一個大淺盤，上面有銀色的圓蓋，看起來很像精緻晚餐的前菜。

他背後的兩個傢伙似乎是保鏢，兩人穿戴著青銅護胸甲和精心打造的頭盔，頭盔頂部裝飾了馬的鬃毛，手上握的長矛裝有綠色的石尖，卵圓形的盾牌裝飾著巨大的希臘文「kappa」。

他們走到距離阿爾戈二號只有幾公尺的地方停下來，為首的那位抬起頭，仔細端詳眼前的半神半人們。他的表情很熱切，但是有點高深莫測，可能是生氣、憂慮，也說不定急著想上廁所。

「請求登船。」他的聲音很刺耳，讓派波聯想到刮鬍刀放在磨刀皮帶上發出的聲音，以前在奧克拉荷馬，她祖父的理髮店裡就有這種聲音。

「你是誰？」她問。

他用那雙黑眼珠定睛看著派波。「我是凱克洛普斯，雅典的第一位也是永遠的國王。歡迎你們來到我的城邦。」他舉起放著圓蓋的大盤子。「還有，我帶來一個邦特蛋糕。」

派波看了朋友們一眼。「詭計？」

「可能是。」安娜貝斯說。

「至少他帶了甜點。」波西對下面的蛇男滿臉堆笑。「歡迎登船！」

凱克洛普斯同意讓他的兩位保鏢與桌子巴福特一起留在上層甲板，巴福特命令他們趴下，並做二十個伏地挺身。兩位保鏢似乎把這命令當作一項大挑戰。

在此同時，雅典國王受邀進入餐廳，來個「好好了解你」的會面。

「請坐。」傑生對他說。

凱克洛普斯皺起眉頭。「蛇人不能坐啊。」

「那就請你一直站著吧。」里歐說。他切開蛋糕，拿起一塊塞進嘴巴，派波根本來不及警告他那蛋糕可能有毒，或者凡人不適合吃，或者就只是很難吃而已。

「見鬼了！」他笑起來。「蛇人很會做邦特蛋糕耶，很有柑橘味，還加了一點蜂蜜。需要配一杯牛奶。」

「蛇人不喝牛奶，」凱克洛普斯說：「我們是有乳糖不耐症的爬蟲類。」

「我也是！」法蘭克說：「我是說……乳糖不耐症啦，不是爬蟲類。雖然我有時候也可以變成爬蟲類……」

「不管怎樣，」海柔打斷他們的話，「凱克洛普斯國王，你爲什麼來這裡？你怎麼知道我們到了？」

「雅典發生的每一件事我都知道，」凱克洛普斯說：「我是創建這個城邦的人，也是這裡的首任國王。我來自這塊土地。我也負責評判雅典娜和波塞頓之間的紛爭，最後選擇雅典娜作爲這個城邦的守護神。」

「雖然是這樣，我沒有要抱怨啦。」波西喃喃地說。

安娜貝斯用手肘頂他。「凱克洛普斯，我聽說過你的事。你是最早獻上祭品給雅典娜的人，也在衛城上面建造她的第一個祭壇。」

「完全正確。」凱克洛普斯的聲音聽起來有點不滿，似乎很後悔當年的決定。「我的子民是最初的雅典人，也是『雙子人』。」

「你是說你們的星座是雙子座嗎？」波西問。「那我是里歐[67]。」

「不對啦，笨蛋，」里歐說：「我才是里歐，你是波西啦。」

---

[67] 里歐的英文是 Leo，正好是星座中「獅子座」的英文名稱。

「你們兩個可以閉嘴嗎？」海柔斥責他們。「我想，『雙子人』就像『雙重人』，一半是人，一半是蛇，大家都這樣稱呼他和他的子民。」

「沒錯……」凱拉克普斯向後傾，離海柔比較遠，像是海柔冒犯了他似的。「好幾千年前，兩隻腳的人類逼得我們遁入地下生活，不過我比誰都了解這個城市。我是來警告你們，假如你們嘗試從地面上接近衛城，一定會被殺掉。」

傑生不再吃蛋糕。「你的意思是說……被你們殺掉？」

「是波爾費里翁的軍隊，」蛇王說：「衛城周圍部署了大型的攻城武器，石弩。」

「又是石弩？」法蘭克忍不住抱怨：「最近石弩是有大特價還是怎樣？」

「是獨眼巨人的關係，」海柔猜測說：「屋大維和巨人族的石弩都由他們供應。」

波西嘀咕一聲。「好像我們需要更多證據才能確定屋大維站錯邊似的。」

「這還不是唯一的威脅，」凱克洛普斯警告說：「空中布滿了風暴精靈和葛萊芬，通往衛城的所有道路也都有地生族負責巡邏。」

法蘭克的手指在邦特蛋糕的圓蓋上咚咚敲打。「所以，怎樣，我們應該就此放棄嗎？為了來這裡，我們走了好遠的路才到的。」

「我向你們提供另一個途徑，」凱克洛普斯說：「通往衛城的地下通道。為了雅典娜，為了眾神，我會幫助你們。」

派波的頸背寒毛直豎。她回想起女巨人佩呂玻伊亞曾在她夢中說的話：半神半人在雅典找到的朋友，同時也是敵人。女巨人的意思說不定就是指凱克洛普斯和他的蛇人。還有，凱克洛普斯說起話來帶有派波很不喜歡的聲音，就是那種刮鬍刀碰上磨刀皮帶的刺耳聲調，彷佛準備來上犀利的一刀。

「背後到底有什麼圈套？」她問。

凱克洛普斯那雙深不可測的黑色眼睛轉過來看她。「只有一小群半神半人可以躲過巨人族的偵測而不被發現；不能超過三個人，否則你們的氣味會透露行蹤。不過，我們的地下通道可以帶你們直接抵達衛城的廢墟，到達那裡之後，你們可以偷偷弄壞攻城武器，其他成員就能接近衛城了。如果運氣好，還可以讓那些巨人族大吃一驚，說不定能破壞他們的儀式。」

「儀式？」里歐問。「喔……就是要喚醒蓋婭的儀式吧。」

「其實現在已經開始了，」凱克洛普斯警告說：「你們沒有感覺到地面一直在震動嗎？我們，雙子人，就是你們的最佳機會。」

派波聽出他的語氣很急切……幾乎可以說是飢渴。

波西環顧餐桌周圍。「有沒有反對意見？」

「只有一點點，」傑生說：「我們已經到了敵人附近，一定會有人想辦法分散我們的力量。恐怖電影裡面的主角不都是那樣被殺嗎？」

「而且，」波西說：「蓋婭絕對希望我們到達帕德嫩神殿，她希望我們的鮮血能淋在那些石頭和所有其他神經病垃圾上面。我們豈不是讓她玩弄於股掌間？」

安娜貝斯迎上派波的視線，問了一個無聲的問題：你有什麼感覺？

派波其實還不太習慣，就是像現在這樣，安娜貝斯會尋求她的建議。自從斯巴達回來之後，她們體認到兩人可以從不同方面一起解決問題，安娜貝斯看的是理性的一面和行動的策略，派波則是著重於直覺的反應和所有非關理性的部分。她們兩人在一起，要不是以雙倍的速度解決問題，就是讓彼此徹底混亂、困惑。

凱克洛普斯的提議有其道理，至少聽起來最不像是自投羅網。不過派波很確定這位蛇王隱瞞了眞正的意圖，只是不曉得該如何證明……

這時，她突然想起好幾年前父親曾對她說的一件事：「派波（Piper）這個名字的字面意思是『吹笛人』，之所以幫你取這個名字，是因爲湯姆爺爺認爲你的聲音會很有力量。你會學到切羅基人的所有歌曲，甚至是蛇的歌曲。」

那是來自另一種完全不同文化的神話傳說。不過她人在這裡，面對著蛇人一族的國王。她開始吟唱〈夏日時光〉，這首歌是她爸爸最喜歡的歌曲之一。

凱克洛普斯看著她，滿臉驚愕。他開始搖擺身子。

剛開始，派波非常不自在，因爲她要在全部朋友和這個蛇人傢伙面前唱歌。她爸爸總是說她有一副好歌喉，但她並不喜歡引起別人的注意，甚至不喜歡參與營火旁的吟唱活動。而現在，她的字字句句充塞於餐廳，所有人靜靜聆聽，呆若木雞。

她唱完第一句。足足有五秒鐘沒有人說話。

「派波，」傑生說：「我搞不懂你在幹嘛。」

「聽起來好美，」里歐坦白說：「也許沒有……你也知道，沒有卡呂普索唱起來那麼美，不過還是……」

派波繼續盯著蛇王的眼睛。「你眞正的意圖是什麼？」

「要欺騙你們，」他說著，依舊處於恍惚狀態，身子繼續搖擺，「我們希望能帶你們進入通道，然後殺了你們。」

「為什麼?」派波問。

「大地之母答應要給我們很大的獎賞。假如能讓你們血濺帕德嫩神殿底下，就足以讓她完全甦醒。」

「可是你們供奉雅典娜啊，」派波說：「你們創建了她的城市。」

凱克洛普斯發出低沉的嘶嘶聲。「但女神的回報是遺棄我們。雅典娜用一個兩條腿的人類國王取代我的位置，還把我的女兒們全部逼瘋，她們從衛城跳崖而死。最初的雅典人，也就是雙子人，則是被迫轉入地下，遭到徹底遺忘。雅典娜，那位智慧女神，她背棄了我們，但是智慧也能從大地而來，我們自始至終都是蓋婭的孩子，大地之母已經答應讓我們在上面世界的光天化日之下擁有一席之地。」

「蓋婭說謊，」派波說：「她打算摧毀上面世界，不會把世界交給任何人。」

凱克洛普斯露出尖牙。「那麼，比起那些奸詐天神的統治，我們的處境再怎麼樣也不會比較差!」

他舉起手上的權杖，但是派波吟唱起〈夏日時光〉的另一句歌詞。

蛇王的手臂癱軟下來，眼神也變得呆滯。

派波又多唱了幾句歌詞，接著冒險再問一個問題：「關於巨人的防線，還有通往衛城的地下通道，你對我們說的事情有多少部分是真的?」

「全部都是真的，」凱克洛普斯說：「衛城真的受到重兵看守，就像我說的一樣。絕對不可能從地面上接近那裡。」

「所以，你可以帶我們穿過你們的地道，」派波說：「那也是真的?」

凱克洛普斯皺起眉頭。「是的……」

「而且，假如你命令你的子民不要攻擊我們，」她說：「他們也會遵守？」

「沒錯，可是……」凱克洛普斯的身子抖了一下。「沒錯，他們會遵守命令。你們最多可以派三個人走過去，不會引起巨人注意。」

安娜貝斯的眼神變得陰鬱。「派波，我們一定是瘋了才會試這一招，他只要一有機會就會殺了我們。」

「沒錯，」蛇王附和說：「只有這個女孩的歌聲可以控制我。討厭死了。求求你，再多唱幾句吧。」

派波又多唱一句給他聽。

里歐也插上一腳，他拿了幾根湯匙，讓它們在桌上跳起大腿舞，直到海柔用力打他的手臂爲止。

「我應該要去，」海柔說：「畢竟那是在地底下。」

「絕對不行，」凱克洛普斯說：「冥界的孩子？我的子民會覺得你在那裡出現很噁心，不管什麼美妙的曲子都不能阻止他們殺了你。」

海柔吞了一口口水。「不然我可以留在這裡。」

「我和波西去。」安娜貝斯提議說。

「呃……」波西舉起手。「只是要再提醒一次啦，對蓋婭來說，那眞是正中她的下懷……你和我，我們的鮮血淋在石頭上面，等等之類的。」

「我知道，」安娜貝斯的表情很堅定，「不過那是最合理的選項。衛城最古老的祭壇就是獻祭給波塞頓和雅典娜。凱克洛普斯，那樣不是會掩藏我們的行蹤嗎？」

「沒錯，」蛇王坦白說：「你們的……你們的氣味會很難察覺到。廢墟永遠散發出那兩位天神的力量。」

「還有我，」派波唱完歌曲之後說：「你們會需要我讓這位朋友乖乖守規矩。」

傑生捏捏派波的手。「一想到我們兩個要分開，我還是覺得很討厭。」

「不過這是我們最好的一招，」法蘭克說：「他們三個人偷偷溜進去，把石弩弄壞，搞亂局勢分散注意力，然後我們其他人飛進去，來個投石器大轟炸。」

「沒錯，」凱克洛普斯說：「那樣的計畫行得通，前提是我沒有先殺了你們。」

「我有個點子，」安娜貝斯說：「法蘭克，海柔，里歐……我們來討論一下。派波，你可不可以繼續用音樂讓我們的朋友乖乖就範？」

派波又開始唱另一首歌〈幸福小徑〉，旋律很白痴；以前每次要離開奧克拉荷馬回到洛杉磯時，她爸爸常會唱這首歌給她聽。安娜貝斯、里歐、法蘭克和海柔離開餐廳去商討策略。

「嗯。」波西站起來，向傑生伸出手。「兄弟，咱們到衛城碰面囉。我會好好解決那些巨人的。」

42 派波

派波的爸爸以前常說，只到機場根本不算到過那個城市。派波對下水道的感覺也是如此。從港口前往衛城，除了黑暗、腐臭的地道，她完全看不到雅典的樣子。那些蛇男帶他們鑽進碼頭上的排水溝鐵柵板，直通他們的地下巢穴，裡面聞起來有臭魚、黴菌和蛇皮的氣味。

周遭的氣氛實在很難吟唱什麼夏日時光、柔軟棉花和輕鬆慢活之類的歌，不過派波還是勉強唱著。只要停個一、兩分鐘沒唱，凱克洛普斯和他的兩個保鏢就開始嘶嘶吐信，看起來很生氣的樣子。

「我不喜歡這個地方，」安娜貝斯喃喃地說：「讓我回想起羅馬地底下那時候。」

凱克洛普斯嘶嘶笑著。「我們的地盤比那裡古老多了，古老很多很多。」

安娜貝斯伸手滑入波西的手裡。這一幕讓派波覺得心情很低落，她好希望傑生也能在她身邊。該死，即使身邊的人是里歐，她也能接受……雖然她可能不會牽起里歐的手。里歐只要一緊張，手心就會爆出火焰。

派波的歌聲在地道裡反覆迴盪。他們走進巢穴的更深處，有更多的蛇人聚集過來聽她唱歌。過沒多久，他們背後已經排列了一長串的蛇人。數十個「雙子人」全都跟隨歌聲搖擺和滑行。

派波完全實現她祖父的預言。她學會了蛇之歌，原來那就是美國作曲家蓋希文在一九三五年寫的〈夏日時光〉。到目前爲止，她讓蛇王連偷咬一口的機會都沒有，完全與那個古老的切羅基故事所說的一模一樣。唯一的問題是故事的另外一段：學會蛇之歌的戰士必須犧牲他的妻子才能獲得力量。派波可不想犧牲任何人的性命。

醫生解藥的小瓶子還包著那塊羚羊皮，塞在她的腰包裡。離開之前，她實在沒機會找傑生和里歐商討一下，只希望大家能齊聚在山丘頂上，而在那之前沒有半個人需要解藥。萬一有哪個人死了，而她來不及趕到那人身邊……

只要繼續唱歌就好，她對自己這樣說。

他們穿過粗糙的石砌房間，裡面丟滿了骨頭。他們爬上超陡的滑溜斜坡，幾乎不可能踩穩腳步。走到一個地方，他們經過一個溫暖的洞穴，差不多有體育館的大小，裡面滿滿都是蛇蛋，上面還蓋了一層銀色絲線，很像黏答答的耶誕節彩絲裝飾。

愈來愈多蛇人加入前進行列，他們在派波後面呼溜溜地滑行，聽起來很像一群美式足球選手用砂紙磨著釘鞋的聲音。

派波很想知道這下面到底住了多少「雙子人」。可能數百人，說不定有上千人。

她以爲聽見自己的心跳聲迴盪在走廊裡，一路往前走，聲音就變得愈來愈大。隨後她才意識到，那個持續的「碰、巴碰」聲環繞在他們四周，穿透石頭和空氣發出共鳴聲。

「我醒了。」一個女性的聲音說，那聲音與派波的歌聲一樣清晰。

安娜貝斯僵住不動。「喔，慘了。」

「就像塔耳塔洛斯，」波西說，聲音又急又尖。「你還記得吧……他的心跳聲。等到他出現的時候……」

「別說了，」安娜貝斯說：「千萬別說。」

「抱歉。」在波西佩劍光芒的映照下，他的臉孔很像巨大的螢火蟲，像是黑暗中一抹短暫停留的光亮痕跡。

蓋婭的聲音又說了一句，而且變得更響亮：「終於啊。」

派波的歌聲為之顫抖。

恐懼湧過她全身，就像之前在斯巴達的神廟裡一樣。不過對她來說，現在天神佛波斯和戴摩斯都是老朋友了，她讓恐懼在內心像燃料一樣熊熊燃燒，使自己聲音的力量更加強大。她為了蛇人而唱，為了她朋友們的安全而唱。為何不能也為了蓋婭而唱？

終於，他們到達陡坡的坡頂，那裡也是路徑的終點，末端掛著一塊黏答答的綠色簾幕。凱克洛普斯面對三位半神半人。「穿過這個偽裝就是衛城了。你們得留在這裡，我會去看看你們要走的路安不安全。」

「等一下。」派波轉過身，對背後的雙子人群喊話。「上面是死路一條，你們在地道裡比較安全。趕快退回去，忘了曾經看過我們。好好保護自己。」

她的魅語恰好掩蓋了自己聲音裡的恐懼。那些蛇人，包括兩位保鏢，全都轉過身溜進黑暗中，只剩下蛇王一人。

「凱克洛普斯，」派波說：「你打算一穿過那塊噁心的綠布就背叛我們。」

「沒錯，」他表示同意，「我會警告那些巨人，他們會殺了你們。」然後他發出嘶嘶聲。

「我為什麼要對你說這些啊？」

「仔細聽蓋婭的心跳聲，」派波敦促他聆聽，「你可以感受到她的狂暴和憤怒，對吧？」

凱克洛普斯有點猶豫。他那權杖頂端的光芒變得暗淡。「我可以，是的。她很憤怒。」

「她會摧毀一切，」派波說：「她會消滅衛城，變成一個冒煙的深坑。而雅典，你的城市，將會遭到徹底毀滅，你的子民也會一起被消滅。你相信我說的話，對吧？」

「我……我相信。」

「無論你有多麼痛恨人類、痛恨半神半人、痛恨雅典娜，你要知道，只有我們有機會阻止蓋婭。所以，你不會背叛我們。爲了你自己好，爲了你的子民好，你會去偵察這整片地方，確定一路都安全。你不會對巨人族透露半句話。然後你會回來。」

「那就是……我要做的。」凱克洛普斯穿過那片黏答答的簾幕，消失不見。

安娜貝斯不可置信地搖搖頭。「派波，你眞是太厲害了。」

「我們會知道那到底有沒有用。」派波坐倒在冰涼的石頭地板上。她覺得只要有機會就得趕快休息一下。

另外兩人蹲在她身邊，波西遞給她一個水壺。

直到喝了一口水，派波才知道自己的喉嚨有多乾渴。「謝謝。」

波西點點頭。「你認爲魅語的效果會延續嗎？」

「我不確定，」她坦白說：「假如凱克洛普斯在兩分鐘內帶著一大群巨人回來，答案就是不會。」

蓋婭的心跳聲透過地板產生回音。說也奇怪，那聲音讓派波想起大海，想起家鄉聖塔莫尼卡的海浪沿著峭壁澎湃拍岸。

她好想知道此時此刻她的父親在做什麼。加州現在正値午夜時分，也許他睡著了，或者正在接受午夜電視專訪。派波很希望爸爸待在他最喜歡的地方，也就是客廳外面的陽台，看著月亮高掛在太平洋上方，享受片刻的寧靜時光。派波希望想像著爸爸這一刻很開心、很滿足……萬一他們失敗的話。

她想起混血營裡阿芙蘿黛蒂小屋的朋友們。她也想起奧克拉荷馬的親戚們，這有點奇怪，畢竟他們相處的時間並不多，她甚至不是很了解他們。現在她覺得那樣太可惜了。她真希望以前更加珍惜自己的人生，更加欣賞每一件事物。她一直很感激阿爾戈二號上的這群家人。不過，她還有那麼多其他的朋友和親戚們，真希望最後有機會再見他們一面。

「你們兩個會不會想念自己的家人？」她問。

真是個蠢問題，特別是戰爭迫在眉睫的時刻。派波應該要專注於任務本身才對，不要讓她的朋友們跟著分心。

然而，他們沒有斥責她。

波西的眼神變得有點迷濛，下唇微微顫抖。「我媽……我……自從希拉讓我消失後，就再也沒見到我媽了。我從阿拉斯加打電話給她，也請黑傑教練轉交一些信給她。我……」他停頓一下。「她是我僅有的家人。她和我的繼父，保羅。」

「你還有泰森，」安娜貝斯提醒他，「還有格羅佛，還有……」

「是啊，當然，」波西說：「謝啦。我覺得好多了。」

派波實在不該笑的，但她渾身太緊繃、太憂愁了，實在控制不住。「安娜貝斯，你呢？」

「我爸……我的繼母，還有同父異母的弟弟們。」她轉動膝蓋上的龍骨刀刃。「過去一年經歷了那麼多事情之後，我覺得自己好像很蠢，竟然怨恨他們那麼久。還有我爸那邊的親戚……我有好幾年沒想到他們了。我有一個叔叔和表弟住在波士頓。」

波西看起來很驚訝。「你，戴洋基棒球帽的你？你有家人住在紅襪隊的地盤？」

安娜貝斯微微笑了一下。「我從來沒有見過他們，我爸和叔叔有點不對盤。很久以前有些爭執吧，我也不知道。人們不能好好相處實在很蠢。」

派波點點頭。她眞希望自己能夠擁有阿思克勒庇俄斯的療癒力量，希望自己只要看著人們，就知道他們受到什麼樣的傷害，然後在處方籤的本子上大筆一揮，所有事情就變好了。不過她心想，宙斯一定有很充分的理由，才會把阿思克勒庇俄斯深鎖在他的地下神廟裡。

有些傷痛應該沒有那麼容易擺脫吧，必須正面以對，甚至衷心接納。如果沒有過去幾個月的痛苦經歷，派波絕對不會找到自己最要好的朋友，也就是海柔和安娜貝斯；她絕對不會發現自己的勇氣，也肯定沒有膽量在雅典地底下對蛇人唱那些歌。

在地道的頂端，綠色簾幕輕輕掀起。

派波握緊自己的佩刀，站了起來，準備迎戰如潮水般湧來的大批怪物。

然而出現的只有凱克洛普斯一個人。

「一路安全，」他說：「可是動作要快一點，儀式差不多完成了。」

推開那塊黏答答的簾幕，幾乎就像派波預想的一樣好玩。

她腦中浮現的感覺像是從巨人的鼻孔裡滾出來，幸好沒有什麼髒兮兮的東西黏在身上，不過她的皮膚還是因爲強烈的反感而微微刺痛。

波西、安娜貝斯，然後是她，他們發現自己身在一個涼爽潮溼的地窖內，似乎是某座神廟的地下層。他們四周的地面崎嶇不平，向外延伸到黑暗中，頂上則是低矮的石砌天花板。而在他們頭頂的正上方，有個長方形的開口可以看見天空，派波看到牆壁的邊緣和列柱的頂端，但是沒有怪物……只是還沒有看見吧。

那塊僞裝的簾幕在他們背後閉合起來，與地面融合在一起。派波伸手按了按，那個地方似乎是堅實的岩塊。他們不可能從原來的途徑離開這裡了。

安娜貝斯伸手觸摸地上的某些標記，那是一個凸起的烏鴉腳形狀，約莫人類身體的長度。這塊區域凹凸不平且略微泛白，很像石頭上的疤痕組織。「這就是那個地方，」她說：「波西，這是波塞頓的三叉戟標記。」

波西猶豫片刻，然後伸手觸摸那塊疤痕。「一定是用了他那支超級超級大的三叉戟。」

「這裡就是他把三叉戟插進大地的地方，」安娜貝斯說：「他在這裡製造出鹹水噴泉，然後和我媽比賽，看看由誰來守護雅典。」

「所以，這裡就是一切敵對的開端。」波西說。

「是啊。」

波西把安娜貝斯拉到身邊，然後親吻她……親吻得好久好久，久到派波都覺得超級尷尬，不過她什麼話也沒說。她想起阿芙蘿黛蒂小屋的那個老規矩：如果要讓愛神認可爲女兒，你必須讓某個人心碎。派波從很久以前就決心改變那個規矩，爲什麼呢？波西和安娜貝斯正是最好的例子。你應該讓某個人的心變得完整，那樣的測試實在好多了。

等到波西移開，安娜貝斯看起來活像是拚命吸空氣的小魚。

「所有的敵對都在這裡結束了，」波西說：「我愛你，聰明女孩。」

安娜貝斯微微嘆了口氣，她的胸口像是有某個東西融化了。

波西看了派波一眼。「抱歉，我非這樣做不可。」

派波笑起來。「身為阿芙蘿黛蒂的女兒，我怎麼會不准呢？你是超棒的男朋友。」

安娜貝斯又喃喃地嘀咕一句。「呃……隨便啦。我們在伊瑞克提翁神廟底下，這是同時祭拜雅典娜和波塞頓的神廟。帕德嫩神殿應該位在東南方的對角線上，我們得從周圍偷偷繞過去，盡可能把最多的攻城武器弄壞，讓阿爾戈二號可以靠近。」

「現在是大白天，」派波說：「我們怎麼可能不引起注意？」

安娜貝斯審視著天空。「所以我才會找法蘭克和海柔商量計畫。但願……啊，你看。」

一隻蜜蜂從頭頂上快速飛過，後面還跟了十幾隻。牠們繞著一根柱子嗡嗡飛，然後在地窖的開口上方盤旋飛繞。

「各位，對法蘭克說聲嗨。」安娜貝斯說。

派波揮揮手，那群蜜蜂隨即快速飛走。

「那是怎麼辦到的啊？」波西說：「就像……一根手指頭變成一隻蜜蜂？兩個眼睛再變成兩隻？」

「我也不知道，」安娜貝斯坦白說：「不過他是我們的傳令兵，只要他向海柔通報消息，她就會……」

「哎呀！」波西大叫一聲。

安娜貝斯連忙伸手摀住他的嘴巴。

看起來實在很怪，因為他們兩個突然變成了粗壯笨重、六隻手臂的地生族。

「是海柔的『迷霧』。」派波的聲音聽起來既深沉又粗啞。她低頭一看，才發現她自己也一樣，現在有著一副尼安德塔人的粗壯身體，亂蓬蓬的頭髮，腰際裹著布，兩條腿又短又粗，而且有一雙超大的腳。只要定睛凝視，她還是可以看到自己正常的兩隻手臂，不過只要移動手臂，它們就會像海市蜃樓般微微晃動，分裂成三組各自分開的地生族健壯手臂。

波西一臉嫌惡地做個鬼臉，結果他那張醜八怪的新臉孔看起來更慘了。「哇噢，安娜貝斯……剛才趕在你『變形』之前就親了你，我眞的很高興啊。」

「多謝你喔，」她說：「我們該走了。我會沿著順時針方向繞過去。派波，你沿著逆時針方向繞，而波西，你從正中央一路偵察……」

「等一下，」波西說：「我們正要直直走進那整個血濺當場的獻祭陷阱耶，很多人警告過我們了，而你還想讓三個人分開得愈遠愈好？」

「這樣才能巡邏更多地方啊，」安娜貝斯說：「我們得快一點才行，那個吟唱……」

派波直到這個時候才注意到，但她聽見了。從遠方傳來一陣嗡嗡聲，很像一百輛起重機同時空轉的聲音，聽起來有不祥的感覺。她看著地面，注意到一顆顆碎石也隨之震動，往東南方跳動，彷彿受到帕德嫩神殿的力量拉扯過去。

「好，」派波說：「我們就在巨人的王座那裡碰面。」

剛開始還滿簡單的。

到處都有怪物。數百個勒斯岡巨人、地生族和獨眼巨人在廢墟附近晃來晃去，但是絕大多數都聚集在帕德嫩神殿觀看儀式的進行。派波沿著衛城的峭壁邊緣慢慢前進，沒有遇到什麼麻煩。

走到第一座石弩附近，有三個地生族躺在岩石上做日光浴。派波直直走到他們面前露出微笑。「哈囉。」

他們還來不及發出半點聲響，派波就用佩刀把他們砍倒。三個地生族全都融化成高高的灰渣堆。她也砍斷石弩的彈性繩，讓武器無法運作，然後繼續前進。

她現在意志非常堅定。她必須盡可能把武器破壞得最嚴重，以免它們造成可怕的傷害。她繞過一個獨眼巨人巡邏隊。第二座石弩的周圍駐紮了一群滿身刺青的勒斯岡巨人，不過派波還是想辦法靠近那架機器，沒有引起騷動。她在投石器裡面放進一瓶希臘火藥，運氣好的話，只要他們開始裝填彈藥，機器就會在他們面前轟然爆炸。

派波繼續挺進。好幾隻葛萊芬停棲在一座古老神廟的列柱上，一群恩普莎[68]躲進拱門的陰影裡，看起來似乎睡著了，她們的火熱頭髮微微發亮，青銅雙腿也閃閃發光。萬一眞的要開戰，希望熱騰騰的陽光會讓她們懶洋洋的不想動。

只要有機會，派波就殺死落單的怪物，她也與不少較大群的怪物擦身而過。在此同時，聚集在帕德嫩神殿的怪物群也變多了，吟唱聲愈來愈響亮。派波看不到廢墟裡的狀況，只能看到二十到三十個怪物的頭頂。他們站著圍成一圈，一邊喃喃唸誦，一邊搖擺身子，也許正在吟唱某種邪惡怪物版的〈黑人靈歌〉吧。

---

[68] 恩普莎（empousai），希臘神話中的女吸血鬼，是黑卡蒂的侍女，可以隨時化身為漂亮的少女誘惑男人，並吸食他們的血。

她又砍斷第三座石弩的扭力繩，讓它失去功能，這樣應該能讓阿爾戈二號從北方接近這裡，不會遭受攻擊。

派波希望法蘭克能看到她的進展。不曉得阿爾戈二號要花多久時間才能飛到這裡。

突然之間，吟唱聲停止了。巨大的「轟」一聲橫掃整座山丘。在帕德嫩神殿裡，巨人們發出勝利的吼叫聲，派波周圍的所有怪物也朝著慶祝的吼聲湧上前去。

那不可能是好事。她混進一群渾身酸臭的地生族，然後跳上神殿的大階梯，再爬到一組金屬鷹架上，這樣才能從勒斯岡巨人和獨眼巨人的頭頂上方望向遠處。

廢墟內的情景差點讓她失聲尖叫。

在波爾費里翁的王座前方，十幾個巨人約略圍成圓圈站著，一邊大聲叫喊，一邊揮舞手上的武器，另外有兩個巨人繞著圓圈大步而行，炫耀他們得到的大獎。巨人公主佩呂玻伊亞握著安娜貝斯的脖子，活像抓著一隻野貓；巨人恩塞勒達斯則用他的巨型拳頭抓住波西。

安娜貝斯和波西拚命掙扎，但是一點用也沒有。那兩個巨人先向高聲歡呼的怪物群眾展示他們兩人，接著轉身面對波爾費里翁國王。他坐在臨時王座上，一雙白色眼睛顯露出凶惡的眼神。

「及時趕上！」巨人國王大吼：「奧林帕斯之血即將喚醒大地之母！」

43 派波

派波驚駭地看著巨人國王站起來，他幾乎與神殿的列柱一樣高大。他的臉孔與派波記憶中的一模一樣，臉色像膽汁一樣綠，帶著輕蔑扭曲的冷笑，海草色的髮辮插著許多刀劍和斧頭，全都是從死去的半神半人手中奪取而來。

他逼近那兩個俘虜，看著他們拚命掙扎。「恩塞勒達斯，果然如你所預見，他們到這裡來了！做得好！」

派波的宿敵微微點頭，成串的骨頭裝飾在他的蓬亂長髮間喀答作響。「我的國王，這件事輕而易舉。」

恩塞勒達斯盔甲上的火焰圖案發出耀眼光芒，長矛噴出紫色火焰。他只需要用一隻手就能握住俘虜。儘管波西．傑克森用盡所有的力量，儘管先前經歷過那麼多事都存活下來，但到頭來面對巨人的十足力氣以及無可逃避的預言，波西也只能無助掙扎。

「我知道這兩個人會帶頭發動攻擊，」恩塞勒達斯繼續說：「我很了解他們的想法。雅典娜和波塞頓……他們就和這些孩子沒兩樣！他們都來到這裡，早就盤算好要將這個城市據爲己有，結果那樣的傲慢自大敗壞了他們自己的名聲！」

四周的群眾吼聲排山倒海而來，派波幾乎無法聆聽自己內心的想法，不過她勉強重新思考恩塞勒達斯剛才說的話：「這兩個人會帶頭發動攻擊。」她的心臟怦怦跳。

這些巨人早就預期波西和安娜貝斯會來。但他們不曉得派波也會來。身爲派波．麥克林，阿芙蘿黛蒂的女兒，總是沒人會當一回事的她，這一次很可能扮演關鍵角色。

安娜貝斯似乎想要說話，但女巨人佩呂玻伊亞用力甩動她的脖子。「閉嘴！別想用你那些伶牙俐嘴的詭計！」

巨人公主拔出一把獵刀，幾乎與派波的佩劍一樣長。「父親，讓我盡一盡地主之誼吧！」

「女兒，等等。」國王向後退一步。「獻祭儀式必須執行得很正確。托翁，命運三女神的摧毀者，上前來！」

一個乾癟的灰色巨人突然映入眼簾。他手上握著巨大的切肉刀，奶白色的眼睛緊盯著安娜貝斯不放。

波西大喊大叫。在衛城的另一端，約莫一百公尺外，有一道噴泉激射向空中。

波爾費里翁國王笑了起來。「波塞頓之子，你得要使出更厲害的招數才行啊。大地在這裡太有力量了，就連你父親也只能召喚出鹽水噴泉，沒辦法召喚出更厲害的東西。不過千萬別擔心，我們需要從你身上得到的液體就只有你的鮮血而已！」

派波拚命搜尋整片天空。阿爾戈二號到底在哪裡？

托翁跪下來，撫摸他的切肉刀刀刃，虔敬地面對大地。

「母親蓋婭……」他的聲音低沉到難以想像，整片廢墟爲之搖撼，派波腳下的金屬鷹架也隨之共振。「在古代的時候，鮮血與您的土壤混合在一起，創造出生命。如今，就讓這些半神半人的鮮血作爲回報吧。我們將讓您完全甦醒，我們歡迎您成爲永恆的女主宰！」

派波還來不及細想，便從鷹架跳出去。她踩著獨眼巨人和勒斯岡巨人的頭頂向前跑，在庭院的正中央落地，然後一路推擠，衝進巨人圍成的圓圈內。當托翁站起來、正準備使用他的切肉刀之時，派波向上揮劍，砍斷托翁的手腕。

老巨人高聲哀嚎，他的切肉刀和遭到砍斷的手掌躺在派波腳邊的塵土中。她感覺到自己的迷霧偽裝已經消失，此刻她又是原來的派波。她一個女孩子，孤零零身處於一大群巨人之中，與他們的巨大武器比起來，她的青銅鋸齒劍刃幾乎像牙籤一樣細小。

「這到底是怎麼回事？」波爾費里翁的吼聲宛如雷鳴。「這個瘦弱、沒用的生物膽敢跑來攪局？」

派波鼓起勇氣，發動猛攻。

派波擁有一定的優勢。她個子小，動作敏捷，而且絕對是瘋了。她拔出卡塔波翠絲擲向恩塞勒達斯，心中暗暗希望不會意外傷到波西。她來不及看到結果就閃到旁邊，但從巨人的痛苦哀嚎聲聽來，顯然她完美命中目標。

好幾個巨人立刻朝她跑來。派波從他們腳下鑽過去，讓那些巨人來個彼此迎頭對撞。

她在怪物群中迂迴前進，只要逮到機會就舉劍刺向那些長滿巨龍鱗片的腳，同時大聲喊道：「逃啊！快逃啊！」以便製造混亂。

「不！阻止她！」波爾費里翁大喊：「殺了她！」

有一支長矛差點刺中派波，她連忙轉向，繼續奔跑。「這就像奪旗大賽，」她告訴自己：「只不過敵方隊伍全都是九公尺高的大塊頭。」

一把大刀從她的前方橫劈而來。與先前她和海柔的實戰演練比起來，眼前這一擊的速度實在緩慢得可笑。派波從刀刃上方跳過去，迂迴跑向安娜貝斯，安娜貝斯還在佩呂玻伊亞的掌握中踢蹬扭動。派波必須趕快救出她的朋友。

糟的是，那個女巨人似乎識破她的盤算。

「半神半人，我想不行喔！」佩呂玻伊亞大喊：「這一個非流血不可！」

女巨人舉起手上的刀子。

派波連忙用魅語尖聲大叫：「刺不中！」

在此同時，安娜貝斯用力抬起雙腿，讓自己的身體目標變得比較小。

佩呂玻伊亞的刀子從安娜貝斯的雙腿底下劃過，直接刺中女巨人自己的手掌。

「喔嗚嗚嗚！」

佩呂玻伊亞扔下安娜貝斯。安娜貝斯還活著，但不是沒有受傷。那把匕首在安娜貝斯的大腿背面劃出一個又深又長的嚴重傷口，隨著她朝旁邊滾開，她的鮮血也浸染入大地。

奧林帕斯之血。派波萬分恐懼地心想。

然而那已經沒辦法阻止了，她必須趕快救回安娜貝斯。

派波撲向女巨人。這時，她突然覺得手上的鋸齒劍刃變得極度冰寒，而驚駭萬分的女巨人也低下頭，看著波瑞阿茲兄弟的利劍刺入她的腹部。冷冽的冰霜擴散到佩呂玻伊亞的整副青銅護胸甲上。

派波用力抽出她的劍。女巨人向後癱軟，全身冒出蒸汽般的白煙和冰凍霜霧，最後發出「咚」的一聲倒在地上。

「我的女兒啊！」波爾費里翁國王握著打横的長矛猛衝而來。

不過波西另有盤算。

恩塞勒達斯已經扔下他……可能因爲派波的刀子插在那個巨人的額頭上，神血滴滴答答地流進恩塞勒達斯的眼睛裡，他忙著搖搖晃晃兜圈子。

波西沒有武器，他的劍可能遭到沒收或者在打鬥中弄丟了，但他沒有因此而卻步。巨人國王衝向派波時，波西抓住波爾費里翁的長矛尖端，用力壓向地面。巨人的衝力讓自己的雙腳離開地面，無意中簡直像撐竿跳動作一樣，結果翻飛過去，背朝下摔在地上。

同一時間，安娜貝斯拖著傷腿在泥土上慢慢走。派波跑到她身邊，撐著朋友的身子，同時前前後後揮動劍刃，不讓其他巨人靠近。這時，冰藍色的霧氣籠罩著她的劍刃。

「誰想當下一支彩虹冰棒？」她大喊，並將憤怒注入魅語裡。「誰想要回去塔耳塔洛斯？」

這些話似乎正中要害。那些巨人彼此推來推去，神情很不安，偷偷瞄著佩呂玻伊亞的冰冷身體。

而派波怎麼能不恐嚇他們呢？阿芙蘿黛蒂是最古老的奧林帕斯神祇，出生自海洋和烏拉諾斯的神血。她比波塞頓、雅典娜或甚至宙斯都還要古老，而派波是她的女兒。

不只如此，她還是麥克林家族的一員。她的父親白手起家，如今名聲響徹全世界。麥克林家的人絕不退縮，就像所有的切羅基族印第安人一樣，他們很了解該如何忍受逆境、維護尊嚴，需要的時候奮力回擊。現在正是奮力回擊的時候。

大約十多公尺外，波西彎下腰，打算從國王的髮辮上抽出一把劍，但是波爾費里翁並不像他假裝的那樣昏迷不醒。

「笨蛋！」波爾費里翁像是要揮走討厭的蒼蠅，反手揮打波西。波塞頓之子被打飛出去，撞上一根柱子，發出可怕的「砰咚」一聲。

波爾費里翁站起來。「這些半神半人沒辦法殺死我們！因爲沒有天神助他們一臂之力。記住你們自己有什麼樣的能耐！」

巨人們聚攏過來，幾十支長矛對準派波的胸口。

安娜貝斯掙扎著站起來。她撿起佩呂玻伊亞的獵刀，但是她能直直站著就不錯了，遑論投入戰鬥。每一次有她的鮮血滴落到地面上，那滴血就狂冒泡泡，從紅色轉變成金色。

波西也想要站起來，可是顯然撞得頭昏腦脹。他甚至無法保護自己。

派波的唯一選擇，就是讓所有的巨人都把注意力放在她身上。

「那就來吧！」她大喊：「假如需要的話，我會靠我自己的力量摧毀你們全部！」

空氣中瀰漫著一股暴雨欲來的金屬氣味，派波手臂上的細毛全都豎起來了。

「問題是，」有個聲音從頭頂上方傳來：「你不需要這樣。」

派波的一顆心差點從喉嚨裡跳出來。傑生站在最靠近的一根柱子頂端，他的劍在陽光下散發耀眼金光。法蘭克站在他旁邊，手握長弓蓄勢待發。海柔則騎著阿里昂，那匹馬兒前腳躍起，挑釁地嘶嘶叫喊。

隨著震耳欲聾的爆裂聲，一道弧形白熾電光從空中劈下，直直穿透傑生的身體，只見他渾身裹著閃電一躍而下，射向巨人國王。

44 派波

接下來的三分鐘，人生真是太美好。

同時之間發生了好多事，大概只有患了注意力不足過動症的半神半人才能跟上吧。

傑生墜落在波爾費里翁國王身上，力道之大讓巨人癱倒跪下，然後傑生用閃電炸他，再以帝國黃金短劍猛刺他的頸部。

法蘭克射出的箭宛如冰雹般落下，迫使最靠近波西的那些巨人節節敗退。

阿爾戈二號也飛臨廢墟上空，所有的投石器同時開火。里歐一定是以外科醫生的精準度調控那些武器，帕德嫩神殿的周圍有一整排希臘火藥同時向上轟然炸開；爆炸之勢沒有觸及神殿內部，不過一瞬之間，周圍大多數的較小怪物統統燒成灰燼。

里歐的聲音透過擴音器從上方轟隆隆傳來：「投降吧！你們正遭受超級霹靂戰爭機器的包圍！」

巨人恩塞勒達斯憤怒狂吼：「華德茲！」

「恩塞勒達斯，叫我幹嘛？」里歐的聲音吼回去。「你額頭的匕首插得好啊！」

「哎呀呀！」巨人把卡塔波翠絲從額頭拔出來。「所有怪物聽好：摧毀那艘船！」

剩餘的兵力使盡全力。一群葛萊芬升空發動攻擊，於是船首的破浪神非斯都猛力噴火，把牠們變成從空中摔下的「炭烤葛萊芬」。幾個地生族扔出一整排岩石，不過阿爾戈二號的船側拋出一大堆阿基米德球，從中攔截岩石，把他們炸成土屑。

「趕快穿上衣服！」巴福特大聲號令。

海柔驅策阿里昂離開柱子，跳入戰局。從十二公尺高的地方跳下來，如果是一般馬兒早就摔斷腿了，但阿里昂一落地就縱腿狂奔。海柔從一個巨人迂迴奔向另一個巨人，用她的騎兵劍奮力刺殺他們。

凱克洛普斯和他的蛇人實在太不會挑時機，居然在這種時刻加入戰局。在廢墟周圍大概四、五個地方，地面上突然變成綠色且黏答答的，然後有全副武裝的「雙子人」從那裡冒出來，凱克洛普斯本人帶頭現身。

「殺了那些半神半人！」他嘶嘶叫著：「殺了那些騙子！」

他的很多戰士還來不及跟上，海柔就用她的劍刃指著最近的通道口，只見地面隆隆作響，所有黏答答的簾幕轟然爆開，地道也隨之坍塌，湧起滾滾煙塵。凱克洛普斯看看周圍自己軍隊的狀況，這下子只剩下六個傢伙了。

「快溜啊！」他命令著。

他們正打算撤退時，法蘭克的飛箭攻勢把他們全部射倒。

女巨人佩呂玻伊亞以驚人的速度漸漸解凍。她試圖抓住安娜貝斯，但安娜貝斯儘管腿部受傷，依舊勉力振作。她用自己的獵刀猛刺女巨人，而且在王座周圍玩起一不小心就會丟掉小命的抓人遊戲。

波西終於站起來，波濤劍也重回他手中。他還是有點頭暈目眩，鼻子正在流血，不過似乎漸漸恢復力氣，能夠對抗老巨人托翁了。托翁不知是用什麼方法接回自己的手掌，也找回他的切肉刀。

派波與傑生背靠著背，只要有巨人膽敢靠近，他們立刻上前奮戰。有好一陣子她感覺得意洋洋，他們真的快要打贏了！

但是過不了多久，他們這種出其不意的攻擊優勢就漸漸消失，巨人克服了先前的混亂與困惑。

法蘭克的箭射完了，他趕緊變成一隻犀牛跳入戰局，然而他撞倒巨人的速度幾乎趕不上他們重新站起來的速度。巨人的傷口癒合速度似乎更快。

佩呂玻伊亞漸漸要追上安娜貝斯了。海柔以時速將近一百公里的速度摔下馬鞍。傑生召喚了另一道閃電，但是這一次波爾費里翁輕輕鬆鬆就用長矛尖端讓閃電反射回去。

巨人族比較巨大、強壯，而且數量比他們多。假如沒有天神的幫助，這些巨人根本就殺不死，而且他們似乎永遠不會疲累。

六個半神半人被迫聚集起來，圍成一個防守圓圈。

地生族又扔出一批岩石擊中阿爾戈二號。這一次，里歐的回擊速度不夠快，好幾排船槳被削掉，船身劇烈搖晃，在空中漸漸傾斜。

接著，恩塞勒達斯扔出他的火焰長矛，不但射裂了船身，也在內部爆炸，火苗從船槳伸出的開口處不斷冒出。甲板上湧起一團看似不祥的黑煙，阿爾戈二號開始下沉了。

「里歐！」傑生大叫。

波爾費里翁笑了。「你們半神半人什麼都學不會。不會有天神來幫助你們啦。我們只需要再從你們身上取得一樣東西，就能達到徹底的勝利。」

巨人國王露出滿心期待的微笑。他似乎看著波西．傑克森。

派波順著他的視線看去。波西的鼻子還在流血，他似乎沒有意識到一條血痕沿著臉頰往下流，已經流到下巴的末端。

「波西，小心……」派波想要出言警告，但才說到一半，她的聲音消失了。

就那麼一滴血珠，從波西的下巴往下掉。它落到波西雙腳之間的地面上，宛如落在熱鍋上的水珠一樣滋滋作響。

奧林帕斯之血灌溉了古老的岩石。

衛城發出一陣呻吟和震動，「大地之母」甦醒了。

45 尼克

大約在混血營東方八公里處，一輛黑色的休旅車停在海邊。

他們把快艇繫在一個私人碼頭上。尼克幫忙達珂塔和萊拉把麥克・卡哈爾抬到岸上，這個大塊頭還是不太清醒，嘴裡唸唸有詞，尼克猜想那可能是美式足球的暗號：「紅十二。右邊三十一。阻擋！」接著他又無法遏抑地咯咯傻笑。

「我們要把他丟在這裡，」萊拉說：「但是不要綁住他。可憐的傢伙……」

「這輛車子該怎麼辦？」達珂塔問。「鑰匙放在儀表板的置物格裡面，可是，呃，你會開車嗎？」

萊拉皺起眉頭。「我還以爲你會開車。你不是十七歲了嗎？」

「我從來沒學過啊！」達珂塔說：「我很忙。」

「這件事就交給我吧。」尼克打包票說。

兩人都看著他。

「你看起來，好像只有十四歲吧。」萊拉說。

尼克每次看到羅馬人在他身邊手足無措就覺得很樂，特別是年紀比較大、個頭比較高、而且是比較有經驗的戰士。「我可沒說我要負責開車喔。」

他屈膝跪下，把手放在地面上。他感覺到附近有一些墳墓，有些爲人所遺忘的人類骸骨埋在地下、散落各處。他搜尋更深處的地方，讓他的感覺拓展到冥界深處。「朱勒—阿伯特，來吧。」

地面裂開了，一個身穿十九世紀破爛司機服裝的殭屍從地底下爬出來。萊拉嚇得直往後退，達珂塔則是像幼稚園小孩一樣失聲尖叫。

「老兄，那是什麼鬼啦？」達珂塔抗議著。

「這位是我的司機，」尼克說：「朱勒—阿伯特曾經參加一八九五年的巴黎—魯昂大賽車，他第一個通過終點線，最後卻沒有頒給他冠軍，因爲他的蒸汽動力汽車使用供煤機。」

萊拉呆呆望著他。「你到底在說什麼？」

「他是死不瞑目的鬼魂，永遠努力尋找再次開車的機會，」尼克說：「過去幾年來，他一直當我的司機，只要我需要司機的話。」

「你有個殭屍司機啊。」萊拉喃喃說著。

「我是不得已的啊。」尼克坐進副駕駛座。另外兩個羅馬人也心不甘情不願地爬進後座。

朱勒—阿伯特有個小特點，他從來不會受到情緒的影響，可以一整天塞在穿越城市的車陣中，一點都不會失去耐心，也對別的車子亂搶道免疫。他甚至可以開車直闖野生半人馬的營地，從他們之間開車過去都不會緊張。

半人馬與尼克看過的其他生物都不一樣。他們的後半身看起來很像巴洛米諾馬，毛髮濃密的手臂和胸膛滿是刺青，而且前額長出像公牛一樣的角。尼克很懷疑牠們眞能像奇戎一樣混入人群中生活嗎？

眼前至少有兩百隻半人馬握著劍和長矛打鬥不休，或者用營火燒烤動物屍體（肉食性的半人馬……尼克一想到這點就忍不住發抖）。他們的營地散布在農場道路兩旁，這條路彎彎曲曲繞過混血營的東南方邊緣。

休旅車慢慢向前開，需要的時候還得按喇叭。偶爾會有一隻半人馬從駕駛座的窗戶那邊探頭看，一看到殭屍司機便嚇得連忙向後退。

「普魯托的護肩甲啊，」達珂塔喃喃地說：「夜裡又有更多的半人馬到達了。」

「不要與他們有視線接觸，」萊拉警告說：「他們會認為那是要挑戰死亡決鬥的意思。」

於是休旅車一路開去，尼克直直看著前方。他的心臟怦怦跳得厲害，但並不害怕，而是很生氣。屋大維已經讓怪物群包圍整個混血營了。

是沒錯，尼克對混血營的情感很複雜。他在那裡覺得受到排擠、沒有立足之地，而且覺得自己是多餘的，大家都不喜歡他……然而，現在混血營處於毀滅邊緣，他才意識到混血營對他的意義有多麼重大。這裡是他和碧安卡共同擁有一個家的最後一個地方，也是他們能夠得到安全感的唯一一個地方，只可惜時間太短暫了。

他們轉過一個彎道，尼克不由得握緊拳頭。眼前出現更多的怪物……又多了數百隻。狗頭犬人成群結隊四處覓食，他們的戰斧在營火的光線中閃閃發亮。再過去又有一群雙頭人晃來晃去，他們身上掛著破布和毯子，活像無家可歸的流浪漢，武器則是配備一堆亂七八糟的彈弓、棍棒和金屬管。

「屋大維眞是白痴，」尼克氣呼呼地說：「他自以爲可以控制這些怪物嗎？」

「他們就像這樣一直冒出來，」萊拉說：「我們都還沒發現……嗯，你們看。」

羅馬軍團在混血之丘的山腳下一字排開，五個分隊排成完美的陣勢，軍旗閃亮且輝煌，巨大的飛鷹也在頭頂上飛翔盤旋。至於那些攻城武器，也就是像房屋一樣大的六座石弩，則在軍團後方約略排列成半圓形，左右兩邊側翼各有三座。然而即使第十二軍團的軍紀極爲嚴明，看起來規模依舊小得可憐，一小撮英勇的半神半人根本淹沒於生猛貪婪的怪物之海中。

尼克眞希望他還擁有戴克里先的權杖，不過他也懷疑一群死亡戰士軍團能否在這個軍隊發揮作用。面對這樣的武力陣勢，即使是阿爾戈二號都不見得能產生多大的影響力。

「我得讓那些石弩失去功能，」尼克說：「我們沒有多少時間了。」

「你絕對不可能靠近他們啦，」萊拉警告說：「就算能讓全部第四和第五分隊都聽令於我們，其他分隊也會想辦法出手阻止。更何況，那些攻城武器都是由屋大維最忠心的追隨者負責操控的。」

「我們不可能以蠻力靠近他們，」尼克也表示同意，「不過只有我一個人就辦得到。達珂塔、萊拉，朱勒—阿伯特會載你們去軍團的前線。趕快去，與你們的部隊討論一下，說服他們聽從你們的領導。我會需要有人幫忙分散注意力。」

達珂塔沉下臉。「好吧，可是我不會傷害自己手下的士兵。」

「沒人要求你傷害他們，」尼克怒吼著說：「但如果我們沒能阻止這場戰爭，整個軍團都會遭到殲滅。你說那些怪物群很容易挑釁？」

「沒錯，」達珂塔說：「我的意思是，例如你隨便批評那些雙頭人的氣味，還有……啊。」他笑起來。「如果我們挑起吵鬧和打架，當然是不小心的囉……」

「我都靠你了。」尼克說。

萊拉皺起眉頭。「可是你要怎麼……」

「我會進入黑暗中。」尼克說完就遁入影子中。

他以爲自己準備好了。

並沒有。

即使經過三天的休息，再加上黑傑教練那些棕色黏糊油膩膏藥的不可思議療效，尼克一進行影子跳躍的那一刻，還是開始分解了。

他的四肢變成蒸汽，寒冷沁入他的胸膛，許多魂靈的聲音也在他耳畔低語：幫助我們。記住我們。加入我們。

他已經忘了自己有多麼依賴蕾娜。此刻沒有她的力量相助，尼克覺得自己簡直像剛出生的小馬一樣虛弱，搖搖晃晃超級危險，每踏出一步都幾乎要摔倒。

「不行，」他對自己說：「我是尼克．帝亞傑羅，黑帝斯之子。我可以控制影子，他們不能控制我。」

他跌跌撞撞回到凡人世界，現身在混血之丘的丘頂。

他雙膝一軟跪下，連忙抱住泰麗雅松樹支撐身子。金羊毛已經沒有掛在枝頭上了，負責守護的巨龍也不見蹤影。也許是因爲戰事隨時可能爆發，牠們移到比較安全的地方去了，尼克也不確定。不過，等到他往山下俯瞰羅馬人的軍隊排列在山谷外，意志不免開始動搖。

最靠近的石弩約在山腳下的一百公尺外，周圍有壕溝埋設了尖刺物，並有十幾名半神半人在旁看守。那部機器性能一流，隨時準備開火。它的巨大彈射裝置拉住一個投射飛彈，體積幾乎像喜美汽車一樣大，而且散發出點點金光。

尼克看出冷冰冰的事實，完全明白屋大維弄出了什麼樣的東西。那個投射飛彈結合了燃燒彈和帝國黃金；即使少量的帝國黃金都能產生極大的爆炸威力，只要暴露於太高的熱度或壓力，那種物質便會以驚人的衝擊力道爆炸開來，而當然啦，那不但對半神半人很致命，對怪物也是一樣。那樣的石弩只要朝混血營來上一擊，位於爆炸區域裡的所有東西都會遭到徹底消滅，若不是讓高熱蒸發掉，就是被砲彈碎片擊潰。更何況羅馬人擁有六座石弩，而且旁邊全都堆滿了投射彈藥。

「眞邪惡，」尼克說：「太邪惡了。」

他努力思考對策。天將破曉，他不可能趕在攻擊發動之前把全部六座武器破壞殆盡，就算他找回力氣進行那麼多次影子旅行也來不及。他如果能再奮力進行一次就是奇蹟了。

他仔細觀察羅馬人的指揮營帳，位於軍團的左後方。屋大維很可能就在那裡，與戰事保持一段安全的距離，好好享用早餐。他才不會親自領導部隊作戰，那個卑鄙小人只想從遠處摧毀希臘的混血營，等待火勢漸漸熄滅，然後再揮軍進入無人之境。

強烈的恨意哽在尼克的喉嚨裡。他專注觀看那個帳篷，想像著下一次跳躍。只要他能暗殺屋大維，所有問題可能就解決了，再也不會有人下令展開攻擊。尼克正準備嘗試時，背後突然有個聲音說：「尼克？」

他猛然轉身，也立刻拔出劍，差一點就砍掉威爾．索拉斯的頭。

「快點放下！」威爾氣呼呼地說：「你在這裡幹嘛？」

尼克驚嚇得說不出話。威爾和另外兩位學員趴在草地上，脖子上掛著雙筒望遠鏡，側邊佩戴短劍。他們身穿黑色牛仔褲和T恤，臉上也塗了黑色的膠質油彩，一副突擊隊員的模樣。

「我嗎？」尼克問：「你們又在這裡做什麼？來赴死的嗎？」

威爾滿臉怒容。「喂，我們是來偵察敵情的啦，進行一些預防措施。」

「你們穿了一身黑，」尼克向他們指出，「可是太陽都快出來了。你們把臉塗黑，又沒有把一頭金髮包起來，這樣還不如乾脆豎起一面警告黃旗。」

威爾的耳朵唰地變紅。「露．艾倫也有用一點迷霧把我們包起來。」

「嗨。」威爾身邊的女孩伸出手指搖一搖。她看起來有一點慌張。「你是尼克，對吧？我聽說過你的一大堆事。而這位是荷米斯小屋的賽西爾。」

尼克在他們身邊跪下。「黑傑教練到混血營了嗎？」

露．艾倫咯咯傻笑，看起來有點神經質。「他真的會到喔？」

威爾用手肘頂她一下。「到了，黑傑很好。他及時趕上寶寶出生。」

「寶寶！」尼克笑了，這讓他的臉部肌肉很痛。他實在不習慣做出這種表情。「蜜莉和小寶寶都還好嗎？」

「很好，是個非常可愛的小羊男寶寶。」威爾的身子抖了一下。「不過那是我接生的，你接生過小寶寶嗎？」

「呃，沒有。」

「我得吸一點新鮮空氣，所以才會志願來出這趟任務。奧林帕斯天神啊，我的兩隻手還在發抖。看見沒？」

他握住尼克的手，一道電流沿著尼克的脊椎向下傳遞。尼克趕緊縮手。「不管怎樣，」他急急地說：「我們沒時間閒聊了，羅馬人正要發動拂曉攻擊，而我得……」

「我們知道，」威爾說：「不過，假如你打算用影子旅行去指揮帳篷，想都別想。」

尼克瞪著他。「你說什麼？」

他以為威爾會嚇得退縮或別開視線，大多數人都是這樣。但威爾的藍眼珠定睛看著他，堅定到有點討厭。「黑傑教練把你進行影子旅行的事全告訴我了，你絕對不能再試一次。」

「索拉斯，我只要再試一次就好，我沒事。」

「不，你不行。我是治療師，一碰到你的手，我就可以感覺到你手裡的黑暗。就算你能到達帳篷，狀況也會變得很差，根本不可能作戰。其實你絕對到不了那裡的，再跳一次，你就再也回不來了。你不能進行影子旅行，這是醫生的命令。」

「混血營快要被摧毀了啊……」

「我們一定要阻止羅馬人，」威爾說：「不過必須用我們的方式進行。露．艾倫會控制迷霧，我們一起偷偷溜下去，盡可能破壞那些石弩。但是不能做影子旅行。」

「可是……」

「不行。」

露．艾倫和賽西爾一下看左邊、一下看右邊，活像是正在觀賞一場超級緊張刺激的網球比賽。

尼克嘆了一口氣，心裡非常生氣。他很討厭和別人合作，人們老是不准他做這個做那個，讓他很不自在。至於威爾．索拉斯……尼克對這位阿波羅的兒子有了不一樣的看法。以前總覺得威爾很隨和、懶散，顯然他也有頑固和惹人厭的一面。

尼克俯瞰整個混血營，其他的希臘人都在那裡整軍備戰。在部隊和投石器的後方，獨木舟湖躺在晨曦的第一道光線中，顯現出粉紅色澤。尼克還記得第一次抵達混血營時，他搭乘阿波羅的太陽車落地摔爛，結果變成一輛著火的校車。

他也記得阿波羅的樣子，滿臉微笑，渾身曬成古銅色，而且戴著墨鏡眞的很酷。

泰麗雅曾經說：「他很『火辣』。」

「他是太陽神啊。」波西這樣回答她。

「我不是那個意思啦。」泰麗雅說。

尼克現在幹嘛想起那些？一堆亂七八糟的回憶讓他很煩躁，覺得既緊張又不安。

他能夠到達混血營都要感謝阿波羅。而現在，這可能是他待在混血營的最後一天，卻被阿波羅的兒子纏住了。

「隨便啦，」尼克說：「不過我們得快一點，而且你們要聽從我的指令。」

「沒問題，」威爾說：「只要別再叫我接生其他的羊男寶寶，我們就會相處得很好。」

46 尼克

他們到達第一座石弩時，軍團內剛好爆發一場混亂。

在陣線的遠端，第五分隊那邊傳出叫喊聲。許多軍團士兵四散奔逃，扔下手中的標槍。十幾隻半人馬狂奔穿越軍隊隊伍，一邊喊叫、一邊揮舞手上的棍棒，前面帶頭的則是一大群雙頭人，他們手中拿著垃圾桶蓋，砰砰砰猛敲個不停。

「那邊到底是怎麼了？」露．艾倫問。

「那是我分散注意力的方法，」尼克說：「走吧。」

所有的衛兵都聚集在石弩右側，努力想搞清楚隊伍中究竟發生什麼狀況，這讓尼克和他的夥伴們可以安全靠近左側。他們一路挺進，距離最靠近的羅馬人只有幾公尺而已，不過那些軍團士兵似乎沒有注意到他們。看起來露．艾倫的迷霧魔法發揮著作用。

他們跳過埋設尖刺物的壕溝，抵達機器旁邊。

「我帶了一些希臘火藥。」賽西爾悄聲地說。

「不行，」尼克說：「如果我們弄出太明顯的損傷，絕對不可能及時到達下一座石弩。你能不能重新調校射擊目標……例如說，讓它對準另一座石弩的射擊軌跡？」

賽西爾笑了。「噢，我喜歡你這個想法。他們之所以派我來，就是因為我很擅長把事情搞得一團亂。」

他立刻著手，尼克和其他人則幫忙把風。

在此同時，那些雙頭人和第五分隊吵成一團，第四分隊也移動過去想要幫忙。其他三個分隊堅守崗位，但是軍官們要維持秩序變得有點困難。

「好了，」賽西爾向眾人說：「咱們走吧。」

他們鬼鬼祟祟地越過山坡，前往下一座石弩。

這一次，迷霧似乎運作得不太好，有一位石弩衛兵大喊：「嘿！」

「看招。」威爾衝出去；尼克覺得這可能是最愚蠢的轉移注意力方法。總之，有六位衛兵尾隨他追去。

其他的羅馬人朝尼克逼近，但是露．艾倫居然脫離迷霧的偽裝，大喊：「嘿，接住！」她把一顆蘋果大小的白球扔向空中，站在正中央的羅馬人下意識接住它，結果那顆球爆炸開來，變成一大團粉末，擴散達到六公尺寬的範圍。等到塵埃落定，那六個羅馬人全都變成不斷尖叫的粉紅色小豬。

「做得好。」尼克說。

露．艾倫害羞得臉紅。「嗯，我就只有這一顆『豬球』，所以千萬別要求安可喔。」

「還有，呃，」賽西爾伸手指著，「哪個人最好去幫幫威爾吧。」

即使那些羅馬人身上的裝備十分沉重，這時也漸漸追上威爾了。尼克咒罵一聲，連忙跑去追他們。

如果不是必要，他不想再殺死其他半神半人。幸虧現在也不需要殺人。他從背後絆倒羅馬人，其他人跟著轉身，於是尼克跳到那群人之間，一下子踢鼠蹊部、一下子用劍面打臉，甚至用劍柄猛敲他們的頭盔。不消十秒鐘，羅馬人全都躺在地上暈頭轉向，不住哀嚎。

威爾拍拍他的肩膀。「多謝相助，一次打六個人不算太差啦。」

「不算太差？」尼克瞪著他。「索拉斯，下一次我就讓他們一直追著你跑。」

「哈，他們絕對抓不到我的。」

賽西爾在石弩那邊向他們揮手，表示他的工作已經完成了。

他們一起朝第三座攻城武器移動。

軍團隊伍中的騷動還沒有平息，不過軍官們漸漸重新掌控情勢。第五和第四分隊重新排列隊形，而第二和第三分隊宛如擔任防暴警察的角色，將半人馬、犬人和雙頭人趕回他們各自的陣營。第一分隊距離石弩最近，近得讓尼克覺得很緊張，不過士兵們似乎沒有空閒理會別的事，幾位軍官大步走到他們面前，嘴裡大聲喊著一些命令。

尼克希望能偷偷溜到第三座攻城武器旁邊，只要再多調整一座石弩的射擊目標，他們就有機會了。

可惜好景不常，衛兵遠從二十公尺外就發現他們。其中一位衛兵大喊：「那邊！」

露．艾倫咒罵一句。「現在他們準備要迎接攻擊了。迷霧對於提高警覺的敵人不太有用。我們要逃走嗎？」

「不要，」尼克說：「既然他們準備迎接攻擊，那就攻吧。」

他伸展雙臂。羅馬人前方的地面轟然炸開，五具骸骨奮力爬出地面。賽西爾和露．艾倫衝過去準備幫忙，尼克也想跟上，然而要不是威爾一把抓住，他早就臉朝下趴倒在地上了。

「你這白痴。」威爾用一隻手臂環抱他。「我告訴過你，不要再用冥界的魔法招數了。」

「我沒事啦。」

「閉嘴，你才不會沒事。」威爾從口袋裡掏出一包口香糖。

尼克想要抽身而出，他非常厭惡肢體接觸，但是威爾比外表看起來更加強壯。尼克發現自己根本是倚靠在威爾的身上，沒有他的支撐就站不住。

「吃這個。」威爾說。

「你要我嚼口香糖？」

「這有藥效啦，應該可以讓你活著，而且保持清醒好幾個小時。」

尼克把一條口香糖塞進嘴巴。「味道很像瀝青和泥巴。」

「不准抱怨。」

「喂。」賽西爾靠過來，一副肌肉抽筋的樣子。「你們兩個傢伙好像忘了要戰鬥耶。」

露．艾倫也跟在後面，嘻嘻笑個不停。在他們背後，所有的羅馬衛兵都被一大團詭異的繩索和骨頭纏在一起。

「多謝那些骷髏啊，」她說：「很棒的花招。」

「他不會再使一次的花招。」威爾說。

尼克意識到自己還靠在威爾身上，於是連忙把他推開，勉強自己站好。「需要的話，我就會再來一次。」

威爾翻翻白眼。「很好，死亡男孩，假如你想讓自己死掉的話……」

「不要叫我死亡男孩！」

露．艾倫清清喉嚨。「呃，各位……」

「放下你們的武器！」

尼克倏地轉身。第三座石弩附近的打鬥已經引起其他人的注意了。整個第一分隊朝他們步步逼進，長矛打橫對準前方，盾牌也緊密排列成行。在他們前方大步走來的人是屋大維，紫色長袍裹在盔甲外面，帝國黃金打造的首飾在他的頸間和手臂上閃閃發亮。他的頭頂上還戴著月桂冠，一副已經贏得戰爭的樣子。他的身旁則有軍團旗手雅各，他拿著金色老鷹；另外還有六個巨大的犬人，他們露出尖利犬齒，佩劍發出閃亮紅光。

「哎呀，」屋大維咆哮著說：「希臘搗蛋鬼。」他轉身看著身旁的狗頭戰士。「把他們撕成兩半。」

47 尼克

尼克眞不曉得到底該踢自己一腳，還是該踢威爾一腳。

假如不是與阿波羅之子吵吵鬧鬧而分心，他絕對不會讓敵人靠得這麼近。狗頭人咆哮著向前走來，尼克也高舉手上的劍。他很懷疑自己剩餘的力氣有沒有辦法打贏，但他還來不及發動攻擊，威爾就吹出一陣刺耳的口哨，很像在路邊叫計程車的口哨聲。

六個狗頭人全都扔下手中的武器，緊緊抓住自己的耳朵，隨即痛苦倒下。

「好傢伙。」賽西爾張開嘴巴，讓耳朵發出啵的一聲，以便消除壓力。「這到底是什麼鬼黑帝斯啊？下次稍微警告一下好不好。」

「那些狗還更慘呢。」威爾聳聳肩。「這是我少數幾種音樂方面的天賦之一，我可以吹出超級恐怖的超音波口哨。」

尼克沒有抱怨。他勉力走到犬人旁邊，揮劍刺下。他們分解成影子。

屋大維和其他羅馬人似乎驚呆了，完全不知該如何反應。

「我的……我的菁英護衛！」屋大維朝四周尋求同情。「你們有沒有看到他是怎麼對待我的菁英護衛？」

「有些狗需要放倒一下，」尼克向前踏出一步，「你也是。」

有那麼美妙的一刻，整個第一分隊不知道該怎麼辦才好。接著他們回過神來，將手上的標槍打橫。

「你們將會遭到毀滅！」屋大維尖聲大叫：「你們希臘人鬼鬼祟祟，破壞我們的武器，攻擊我們的人手……」

「你是指你們即將對我們發射的武器嗎？」賽西爾問。

「還有準備要把我們營區燒成灰燼的人手嗎？」露．艾倫加了一句。

「希臘人就像這樣！」屋大維大吼：「老是想把事情搞亂！哼，絕對沒用的！」他指著最靠近的一些軍團士兵。「你，你，你，還有你，去檢查所有的石弩，確定操作起來都沒問題。我要它們盡快同步發射。快去！」

那四個羅馬人跑開了。

尼克努力讓自己不顯露任何表情。

拜託不要檢查發射的彈道啊，他心想。

他希望賽西爾順利完成任務。把一架巨大武器搞爛是一回事，把它搞爛得很微妙而沒人發現直到一切都已太遲又是另一回事。不過，假如眞的有人擁有那種技巧，絕對會是荷米斯的小孩，畢竟荷米斯是掌管騙局和妙計的天神。

屋大維邁開步伐走向尼克。不得不稱讚一下，這位占卜師看起來並不害怕，雖然他唯一的武器只有一把匕首。他停步的地方那麼靠近，尼克都可以看到他那雙水汪汪蒼白大眼裡的鮮紅血管了。他的臉孔顯得憔悴，頭髮的色澤活像是煮過頭的義大利麵條。

尼克知道屋大維是天神的後代，是隔了很多代的阿波羅子孫。眼下此刻，他忍不住心想，屋大維看起來很像經過重重稀釋、很不健康的威爾．索拉斯，就像是一張照片翻拍過很多次的結果。無論阿波羅的孩子有什麼樣的特點，在屋大維身上也都看不到了。

「普魯托之子，告訴我，」占卜師氣呼呼地說：「你爲什麼要幫希臘人的忙？他們曾經爲你做過什麼嗎？」

尼克好想舉劍往屋大維的胸口刺去。自從布萊思．勞倫斯在南卡羅萊納州攻擊他們之後，尼克就一直夢想著這一刻，但現在兩人面對面，他卻遲疑了。他絕對可以搶在第一分隊出手干預之前殺了屋大維，這點毫無疑問；萬一尼克因爲這樣而死，他其實也不特別在乎。這樣的交換絕對値得。

然而，經歷過布萊思事件之後，「冷血殺死另一個半神半人」的想法已經不太站得住腳了，即使對象是屋大維也一樣。更別提這樣做還可能把賽西爾、露．艾倫和威爾一起拖下水，害他們一同陪葬。

「這樣做似乎不太好？」他心裡有另一個聲音如此質疑。「從什麼時候開始，我還會擔心好不好的問題？」

「我是同時幫希臘人以及羅馬人的忙。」

屋大維笑了。「別想唬弄我。他們給你什麼條件？混血營的某個地位？他們才不會兌現協議呢。」

「我不想要混血營的什麼地位，」尼克咆哮著說：「你們的也一樣。等這場戰爭結束，我會永遠離開兩個營區。」

威爾．索拉斯發出一種聲音，很像是有人揍他一拳。「你爲什麼要那樣？」

尼克沉下臉。「那不關你的事，但我是獨來獨往的人，那很明顯。沒有人想要和我在一起，想想我是誰的小孩……」

「喔，拜託，」威爾的語氣聽起來異常氣憤，「混血營從來沒有半個人排斥你啊，你有很多朋友，或者，至少有很多人想要當你的朋友。是你排斥你自己吧。只要稍微把頭探出你自己那團陰魂不散的黑雲，就算一次也好……」

「夠了！」屋大維厲聲說道：「帝亞傑羅，無論希臘人給你什麼，我都可以提出更好的條件。我一直認爲你會是強有力的盟友。我看得出你的冷酷無情，而且非常欣賞。我保證你會在新羅馬擁有一席之地，你只需要讓開，讓羅馬人打贏這場戰爭就好。天神阿波羅早就讓我看見那樣的未來……」

「不！」威爾．索拉斯把尼克推開，與屋大維正面相對。「你這個貧血的爛人，我是阿波羅之子，我父親從來沒有讓任何人看見未來，因爲預言的力量失靈了。不過這些……」他朝聚集在周圍的軍團隨意揮手，另外還有無數的怪物群散布在整片山坡上。「阿波羅絕對不會想要這一切！」

屋大維咬緊嘴唇。「你騙人。天神親自告訴我，後人將會記得我是拯救羅馬的人。我會率領軍團贏得勝利，而我要讓一切的開端……」

尼克先是感覺到聲音，然後才眞正聽見。「咚—咚—咚」的聲音透過大地迴盪而來，很像是吊橋的巨大傳動裝置所發出的聲音。所有的石弩同時一起發射，六顆金色的彗星滾滾飛入空中。

「……從摧毀希臘人開始！」屋大維歡天喜地大叫：「混血營的時代即將終結！」

尼克想不出有什麼東西會比偏離軌道的拋射飛彈更美的了，至少今天想不出來。那三座遭到破壞的機器射出的彈頭偏離原本設定的方向，沿著弧線射向另外三座石弩。

那些火球並沒有直接相撞，事實上也不需要。等到那些飛彈彼此靠近，全部六顆彈頭就在空中爆開，炸成一大片圓頂狀的金色火焰，把空中所有的氧氣都吸光了。

高熱灼燙著尼克的臉，地上的青草嘶嘶作響，樹頂冒出蒸汽，不過等到壯麗的煙火漸漸消散，其實並沒有造成太嚴重的災情。

屋大維率先回過神來，他用力跺腳，扯開嗓子大吼：「不！不，不！重新裝填飛彈！」

第一分隊的所有人都呆立不動。尼克聽見他的右邊傳來咚咚咚的腳步聲，原來是第五分隊快步行進而來，帶頭的是達珂塔。

再往山下望去，軍團的其他兵力正試圖重新集結，但是第二、第三和第四分隊如今受到一大批脾氣暴躁的怪物盟友重重包圍。那些後援部隊看到頭頂上的大爆炸可不會太高興，他們顯然一直等待混血營陷入一片火海，這樣才有「炭烤半神半人」可以當作早餐大快朵頤。

「屋大維！」達珂塔叫道：「我們接獲新的命令。」

屋大維的左眼抽動得好厲害，看起來好像快要爆炸了。「命令？是誰發出的命令？絕對不是我！」

「蕾娜的命令。」達珂塔說，他的聲音好宏亮，足以讓第一分隊的每一個人都聽見。「她命令我們解除戒備狀態。」

「蕾娜？」屋大維仰頭大笑，不過其他人都聽不懂笑點在哪裡。「你是說我派你去逮捕的罪犯嗎？與這些希臘人一起密謀背叛她自己同胞的前任執法官？」他伸出手指戳一戳尼克的胸口。「你也是執行她的命令嗎？」

第五分隊在他們分隊長的背後重新集結，面對第一分隊的夥伴們，他們的表情顯得有點緊張不安。

達珂塔交叉雙臂，神情篤定。「蕾娜現在還是執法官，除非透過元老院投票否決。」

「這是戰爭時期啊！」屋大維吼道。「我已經帶著你們來到最終勝利的緊要關頭，而你們居然想要放棄？第一分隊聽令：逮捕分隊長達珂塔，還有站在他那邊的所有人！第五分隊聽令：要記得，你們誓言效忠羅馬和軍團，你們當然會聽從我的命令！」

威爾．索拉斯搖搖頭。「不要這樣，屋大維，不要逼迫你的同胞做出選擇。這是你最後的機會。」

「我？最後的機會？」屋大維笑起來，眼裡閃爍著瘋狂神采。「我將會拯救羅馬！好了，羅馬人，聽從我的命令！逮捕達珂塔，殺死這些希臘人渣，然後重新裝填石弩的彈藥！」

羅馬人還要怎麼操作他們的設備呢？尼克實在是搞不懂。

然而他也不能仰賴希臘人了。

就在這一刻，混血營的整個軍隊出現在混血之丘山頂。帶頭的是克蕾莎．拉瑞，她駕著一輛紅色戰車，由幾匹金屬馬拉著。一百名半神半人在她兩旁一字排開，另外還有兩倍數量的羊男和自然精靈，由格羅佛．安德伍德負責率領。泰森與另外六位獨眼巨人轟隆走向前，奇戎也以完整的白色駿馬之姿現身，拉滿長弓蓄勢待發。

眼前的景象令人震撼，但是尼克滿心想到的只有：「不，不要現在啊！」

克蕾莎大喊：「羅馬人，你們已經向我們的營區開火了！立即撤退，否則就等著遭到摧毀吧！」

屋大維轉身看著他的部隊。「看見沒？這是個詭計！希臘人讓我們內部分裂，這樣一來他們才能發動奇襲。羅馬軍團，楔形隊形！進攻！」

48 尼克

尼克好想大喊：中場暫停！等一下，全都不要動！

可是他也知道那樣絕對沒用。經過好幾個星期的等待、苦悶和緊張，希臘人和羅馬人都血氣方剛，如今想要阻止這場戰鬥，可能就像是想要從水壩潰堤的地方擋住洪水一樣。

結果，威爾．索拉斯拯救了這一天。

他把手指頭放進嘴裡，發出像是召喚計程車的口哨聲，而且比剛才那一次更加淒厲可怕。好幾個希臘人扔下手中的劍。一陣騷動沿著羅馬人的陣線向前傳遞，很像是整個第一分隊都爲之顫抖。

「別蠢了！」威爾大喊：「你們看！」

威爾指向北方，尼克見狀簡直笑得合不攏嘴，他認定這一幕絕對比偏離軌道的拋射飛彈更加美麗。雅典娜．帕德嫩雕像在陽光下閃閃發光，從海岸那邊飛來，六匹飛馬以韁繩拉住它，飄浮在空中。羅馬的巨鷹在它周圍盤旋飛繞，但是沒有發動攻擊；其中幾隻甚至飛撲過去，拉動韁繩，幫忙運送雕像。

尼克沒有看到黑傑克的蹤影，心裡有點擔心，不過蕾娜．拉米瑞茲—阿瑞拉諾騎在桂多的背上。她高舉佩劍，紫色斗篷迎著陽光，散發出奇異的光芒。

雙方軍隊目瞪口呆，眼睜睜看著十二公尺高的黃金象牙雕像慢慢降落。

「希臘的半神半人！」蕾娜的聲音隆隆作響，彷彿從雕像本身播放出來，也像是雅典娜．帕德嫩化身爲巨大的演唱會擴音器。「瞧瞧你們最神聖的雕像，雅典娜．帕德嫩，以前由羅馬人拿走是一場錯誤，現在我把它還給你們，這是表達和平的舉動！」

雕像安頓在混血之丘山頂，距離泰麗雅松樹大約六、七公尺。落下的那一刻，金色光芒立即一波波傳遍大地，不但傳入混血營的山谷，也傳入另一側的羅馬軍隊行列。一股暖意沁入尼克的骨子裡，那是一種安心、平和的感覺，他已經好久沒有感受過，自從……他都快不記得前一次是什麼時候了。似乎有個聲音在他心底低聲說著：「你並不孤單。你是奧林帕斯家族的一份子。眾神從來沒有遺棄你。」

「羅馬人啊！」蕾娜高聲喊道：「我這樣做都是爲了軍團好，爲了羅馬好。我們必須與我們的希臘同胞站在同一陣線！」

「聽她的話！」尼克大步走向前。

他其實並不確定自己爲何這樣做。希臘和羅馬兩方何必要聽他的話呢？他是最差勁的演說者，也是有史以來最差勁的使者啊。

然而，他還是大步走向兩軍前線之間，手上握著他的黑劍。「蕾娜冒著生命危險，都是爲了你們所有人！我們帶著這座雕像越過大半個世界，羅馬人和希臘人攜手合作，因爲我們必須同心協力。蓋婭就要崛起了，假如我們不能團結……」

「你們會死。」

聲音搖撼大地，尼克剛才的平靜與安全感受頓時消失殆盡。狂風橫掃山坡，大地本身變得流動且黏糊，青草拉扯著尼克的鞋子。

「這舉動根本沒有用。」

尼克覺得自己好像站在女神的喉嚨上，彷彿整個長島陸地都與她的聲帶一起共鳴。

「但是如果你們很高興，大可一起去死。」

「不……」屋大維跌跌撞撞向後退。「不，不……」他突然拔腿就跑，一路推開自己的部隊士兵。

「團結起來吧！」蕾娜大聲喊道。

周圍的大地不斷搖撼，希臘人和羅馬人聚集在一起，所有人肩並著肩。

屋大維的後援部隊蜂擁向前，把所有半神半人團團圍住。兩個營區的成員全部加起來，放在宛如大海一般的大批怪物群中，根本只像一個微小的小點。他們將以雅典娜・帕德嫩雕像作爲團結的核心，在混血之丘發動最後一擊。

然而即使在這個地點，他們還是站在敵人的領域上。因爲蓋婭就是大地本身，而大地已經甦醒了。

49 傑生

傑生曾經聽說，一個人的畢生種種會在自己眼前一幕幕閃過。

不過他沒想到竟然會像這樣。

他與朋友們站著圍成一圈採取守勢，周圍滿是數不清的巨人。這時他抬起頭，居然在空中看到一段不可思議的影像——傑生清清楚楚看見自己未來五十年後的模樣。

他坐在一張搖椅上，位於加州海岸一棟房屋的正面門廊。派波正在準備檸檬汁，她的頭髮變得花白，眼角滿是深邃的皺紋，但美麗如昔。傑生的孫子們坐在他腳邊周圍，而他想要解釋雅典在這一天究竟發生什麼事。

「不，我是說真的喔，」他說：「只有六個半神半人在地面上，還有另一個在衛城上空的燃燒飛船裡。四周有一大群十二公尺高的巨人準備要殺了我們。就在這個時候，天空突然打開，眾神降臨地面！」

「爺爺，」那些小孩搶著說：「你全都是鬼扯的吧。」

「我才沒有開玩笑！」他抗議著說：「奧林帕斯天神駕著他們的戰車從天上衝出來，小喇叭聲音響亮，佩劍燃燒著火焰。而你們的曾祖父，就是眾神之王，他帶頭進攻，手上握著純粹電流構成的標槍劈啪作響！」

他的孫子們嘻嘻哈哈地嘲笑他。派波則是望著他們，滿臉笑容，像是說著：「假如你不在現場，你自己又會相信嗎？」

但是傑生本人真的在現場。他抬起頭，看到衛城上方的雲層綻裂開來，幾乎要懷疑阿思克勒庇俄斯才剛幫他開立的眼鏡處方是否有問題。雲層綻裂的地方竟然不是露出藍色天空，他看到的是黑色太空，點綴著滿滿的晶亮星星，而奧林帕斯山的宮殿在背景中閃爍著銀光和金光。於此同時，一整群天神從高處向下衝來。

眼前發生太多事，實在太難理解了。而且如果他沒有看見這一切，對他的健康可能還比較好。一直要經過好一段時間之後，傑生才能夠回想起過程中的片段點滴。

體型大到驚人的朱比特……不對，這是宙斯，他的原型；宙斯駕著金色戰車衝入戰局，一隻手握著像電話桿那麼粗壯的閃電火劈啪作響。拉著他戰車的四匹馬是由風所構成，每一匹都在馬形和人形之間不斷變換，拚命想掙脫出來。有極為短暫的片刻，其中一位顯現出北風之神波瑞阿斯的冰冷表情；另一位戴著南風之神諾特斯的皇冠，由烈火和蒸汽構成激烈旋轉的渦旋狀；第三位則閃過一絲西風之神澤佛羅斯的沾沾自喜慵懶笑容。宙斯親自束縛、駕馭那四位風神。

阿爾戈二號船腹的玻璃貨艙門啪啦一聲打開，女神妮琪翻滾出來，從困住她的黃金網子裡脫身而出。她伸展背上閃閃發亮的翅膀，飛翔到宙斯身邊，坐上她原本身為宙斯戰車駕駛的位置。

「我的心智恢復活力了！」她高聲咆哮：「勝利是屬於天神的！」

希拉飛在宙斯的左側，她的戰車是由巨大的孔雀負責拉動，牠們一身彩虹羽色極為明亮，讓傑生看了為之目眩。

阿瑞斯開心狂吼，騎著一匹噴火馬轟然而降。他的長矛發出閃亮紅光。

而在眾神即將抵達帕德嫩神殿的最後一秒鐘，他們似乎突然換了一批人，彷彿穿越了「超空間」再跳出來。戰車全部消失，說時遲那時快，奧林帕斯眾神圍繞在傑生和朋友們四周，而且這時變成人類的體型大小，與旁邊的巨人比較起來超級迷你，但渾身依舊散發出巨大力量。

傑生高聲吶喊，衝向波爾費里翁。

他的朋友們隨即加入大屠殺的行列。

戰局範圍遍布帕德嫩神殿四周，同時擴及整個衛城。透過眼角餘光，傑生看到安娜貝斯對戰恩塞勒達斯，她身邊還站著一位女士，留著一頭黑長髮，白色長袍外面佩戴金色盔甲。那位女神用手上的長矛刺向巨人，然後拿她的盾牌朝著巨人揮舞，盾牌上面有梅杜莎的青銅面容，模樣極度駭人。雅典娜和安娜貝斯齊心協力，將恩塞勒達斯逼退到附近的一整排金屬鷹架旁，然後讓鷹架轟然倒塌在他身上。

而在神殿的對面一側，法蘭克·張和戰神阿瑞斯衝破一整個巨人方陣；阿瑞斯拿著長矛和盾牌，法蘭克（這時變身成一頭非洲象）則有長鼻和壯腿。戰神縱聲狂笑，揮舞長矛亂刺亂挖，活像小孩子在搗爛墨西哥人的紙偶。

海柔騎著阿里昂縱橫戰局，只要有巨人靠近，她就用迷霧讓自己消失，接著從巨人背後冒出來，再將他刺倒。女神黑卡蒂手舞足蹈跟在海柔背後，手拿兩根熾烈的火炬，縱火燃燒她們的敵人。傑生沒有看到黑帝斯的蹤影，不過只要有哪個巨人踉蹌摔倒，地面就會迸裂開來，以迅雷不及掩耳之勢吞沒巨人。

波西力戰巨人雙胞胎歐杜士和艾非亞特士，而在他身邊助陣的是一位留鬍子的男士，手中抓著一支三叉戟，身上穿著鮮豔花稍的夏威夷衫。巨人雙胞胎跌跌撞撞幾乎站不穩。波塞頓的三叉戟變形成一條噴火軟管，只見天神用它噴出威力超強的野馬形狀火舌，將兩個巨人轟出帕德嫩神殿。

派波說不定是其中最厲害的。她力抗女巨人佩呂玻伊亞，兩人劍鋒相對。儘管對手的體型是她五倍大的事實擺在眼前，派波似乎一點也不怯戰。女神阿芙蘿黛蒂乘著一小朵白雲飄浮在她們周圍，把玫瑰花瓣灑到女巨人的眼睛裡，並且對派波嬌聲喊著一些鼓勵的話：「親愛的，眞是太棒了。沒錯，眞好。再打她一拳！」

每當佩呂玻伊亞試圖出擊，就會有一些鴿子不曉得從哪裡冒出來，拍動翅膀飛撲女巨人的臉。

至於里歐，他在阿爾戈二號的甲板上衝過來奔過去，忙著發射投石器、朝巨人的頭頂扔擲鏈球，以及放火燒他們的裏腰布。而在他背後的舵輪處，有一位身材魁梧的鬍鬚男身穿機械師制服，對著控制台瘋狂敲打，拚命讓船隻繼續飄浮在空中。

最奇怪的景象則是老巨人托翁，有三位老太太拿著銅棒把他打個半死；那是命運三女神，她們也全副武裝前來助戰。看著那群瘋狂揮舞棍棒的老奶奶，傑生眞心覺得，全天下再也沒有任何事物比這更加駭人了。

他留心著所有狀況，以及同時進行的其他十幾場混戰，不過他的注意力多半鎖定在面前的敵人，即波爾費里翁，巨人國王。而與傑生並肩作戰的天神則是：宙斯。

是我的父親耶，傑生不可置信地想著。

波爾費里翁沒有給他太多機會回味這個時刻。巨人用他的長矛使出車輪轉、戳刺和揮砍等各種招數，傑生只能用盡全力讓自己活著。

然而……宙斯的現身還是讓他覺得備受鼓舞，這種感覺似曾相識。就算傑生從來沒有見過自己父親，他也因此回想起一生之中最快樂的所有時刻：他在羅馬與派波共進生日野餐；母狼神魯芭第一次帶他去朱比特營的那一天；他年紀很小的時候與泰麗雅一起在公寓裡玩捉迷藏；他母親有一天下午在海灘上抱起他、吻他，而且指著一道即將來臨的暴風雨給他看。

「傑生，絕對不要害怕暴風雨喔，那是你父親要讓你知道他愛你。」

宙斯身上飄散出雨水和清新微風的氣味。他用自己的能量讓空氣燃燒起來。從近距離觀看，他的閃電像是一公尺長的青銅棍棒，兩端都很尖細，而且有發電葉片從兩側伸出來，形成一把會射出白熾電流的標槍。宙斯握著閃電火，從巨人前方揮砍而過，只見波爾費里翁倒在他的臨時王座裡，王座隨即受到巨人體重的重壓而坍垮。

「再也沒有王座給你了，」宙斯咆哮著說：「這裡沒有。永遠都沒有。」

「你無法阻止我們！」巨人大喊：「已經完成了！大地之母甦醒了！」

爲了回應，宙斯把那個王座轟炸成碎片。巨人國王向後飛出神殿，傑生連忙追上，他的父親也尾隨其後。

他們把波爾費里翁逼到懸崖邊緣，整個現代的雅典市在腳下延伸開來。閃電已經把巨人頭髮裡的所有武器熔融在一起，熔化的神界青銅從他的蓬亂髮綹滴下來，差點讓人錯以爲那是焦糖。他的皮膚散發蒸汽，冒出一個個水泡。

波爾費里翁憤怒狂吼，並舉起手上的長矛。「宙斯，你們敗局已定。就算你打敗我，大地之母也會再一次讓我復活！」

「那麼，也許呢，」宙斯說：「你不應該死在蓋婭的懷抱裡。傑生，我的兒子啊……」

傑生從來沒有感覺這麼棒、這麼受到賞識，全都是因爲父親呼喚他的名字。感覺就像去年冬天在混血營，原本遭到抹除的記憶終於回想起來的那一刻。傑生突然深深理解自己存在的另一層意義；他對自己的這一部分認同感，在過去一直是模糊不清的。

如今，他的內心再無懷疑：他是天空之神朱比特之子，他是他父親的兒子。

傑生向前出擊。

波爾費里翁手持長矛瘋狂揮動，但是傑生用騎兵劍將他砍成兩半。傑生再次發動攻勢，將騎兵劍刺入巨人的護胸甲，然後召喚風勢，把波爾費里翁轟出懸崖邊緣。

隨著巨人跌落、尖叫，宙斯同時射出閃電。只見一道純白色的高熱電弧將半空中的波爾費里翁蒸發殆盡，他身軀的灰燼像一朵輕柔的雲團慢慢飄落，覆蓋於衛城山坡的橄欖樹冠。

宙斯轉身看著傑生。宙斯的閃電光芒閃爍一下熄滅了，於是他把那支神界青銅棍子塞回腰帶上。天神的雙眼是暴風雨雲一般狂暴的灰色，黑白相間的頭髮和鬍鬚看起來很像層雲。傑生發現，眼前這位宇宙的主宰、奧林帕斯之王，身高竟然只比他高個幾公分而已，感覺眞是太詭異了。

「我的兒子。」宙斯拍拍傑生的肩膀。「我想要對你說的話實在太多了……」

天神深吸一口氣，周遭空氣爲之劈啪作響，傑生的新眼鏡也起霧了。「唉，身爲眾神之王，我不該對我的孩子們表現出特別偏袒。我們回到其他奧林帕斯眾神身邊時，我就不能按照自己的想法那麼稱讚你了，也不能把很多功勞歸功於你，即使那是你應得的。」

「我不想要稱讚，」傑生的聲音不住顫抖，「只要有一點相處時間就很好了。我的意思是說，其實我還不認識你啊。」

宙斯的眼神幾乎像臭氧層一樣縹緲遙遠。「傑生，我永遠與你同在。我看著你不斷進步、成長，心裡以你爲榮，但我們絕對不可能……」

他彎曲手指頭，彷彿想要從空中抓出正確的字眼。親近。正常。眞正的父子關係。「從出生開始，你就注定要交給希拉，爲了平息她的憤怒。就連你的名字，傑生，也是她選的。你沒有提出要求，我也沒有想過，可是自從我把你交給她之後……我完全沒有想到你會成爲這麼好的人。一路走來的經歷把你塑造成這樣，讓你同時保有寬容和優秀的特質。在我們回到帕德嫩神殿後，無論發生什麼狀況，你要了解，我不能對你負起責任。你已經證明自己是眞正的混血英雄了。」

傑生的情緒哽在胸口，感覺一團混亂。「這是什麼意思……『無論發生什麼狀況』？」

「最壞的情況還沒有結束，」宙斯警告說：「而無論發生什麼狀況，必然都要怪罪某個人。走吧。」

50 傑生

巨人已經沒有剩下什麼東西了，只留下一堆堆灰燼、幾支長矛和一些燃燒的髮絡。

阿爾戈二號依舊勉強飄浮在空中，停泊在帕德嫩神殿頂上。船上有一半的飛槳已經破損或糾結在一起，船身有好幾個巨大裂口冒出煙霧，船帆遍布著燒破的孔洞。

里歐看起來幾乎一樣慘。他和其他小組成員一起站在神殿中央，臉上滿是煤灰和油漬，身上的衣服也燒得焦黑。

宙斯靠近時，眾神沿著半圓形一字排開。對於剛才的勝利，似乎沒有哪個天神顯得特別喜悅。

阿波羅和阿蒂蜜絲一起站在柱子的陰影下，似乎想要躲起來。希拉和波塞頓正與另一位女神嚴肅地討論著，那位女神身穿綠色和金色相間的長袍，也許是狄蜜特。妮琪正試圖把一頂金色月桂冠戴在黑卡蒂的頭頂上，但魔法女神把它拍打掉。荷米斯偷偷溜到雅典娜身邊，企圖伸出一隻手臂抱住她，雅典娜見狀，立刻將她的埃癸斯盾牌轉而對準他，荷米斯只好拖著瘸腳悻悻然離開。

唯一似乎心情不錯的奧林帕斯天神只有阿瑞斯，他開懷大笑，比劃著扯出敵人腸子的動作，只見法蘭克仔細聆聽，表情恭敬，但看起來快要吐了。

「同胞們，」宙斯說：「我們終於恢復了，一切都要感謝這些勞苦功高的半神半人。原本豎立在這座神殿的雅典娜．帕德嫩雕像，如今屹立在混血營，它讓我們的後代團結起來，也讓我們自己的本質得以恢復。」

「眾神之王宙斯，」派波開口說：「蕾娜還好嗎？尼克和黑傑教練呢？」

傑生不敢相信派波居然問起蕾娜的狀況，不過這讓他感到很開心。

宙斯皺起他那雲彩般的眉毛。「他們成功完成任務，目前這一刻他們也還活著。無論如何，他們算是還好吧……」

「我們還有工作要進行。」天后希拉插嘴說。她張開雙臂，一副想要與大家來個大擁抱似的。「但是我的混血英雄啊……你們戰勝了巨人，我就知道你們辦得到。我的計畫完美成功。」

宙斯轉身看著他的妻子，隆隆雷聲搖撼整座衛城。「希拉，諒你也不敢居功！至少你造成的問題和你解決的問題一樣多！」

天后的臉色變得很蒼白。「丈夫，你現在當然也看出來了，這是唯一的方法啊。」

「從來沒有什麼唯一的方法！」宙斯高聲喝斥：「就是因爲這樣才會有『三位』命運女神，而不是只有一位。難道不是這樣嗎？」

三位老太太靠在巨人國王的王座廢墟旁，默默點頭認可。傑生注意到其他天神全都刻意避開命運三女神，以及她們手上閃閃發亮的青銅棍棒。

「拜託，丈夫。」希拉努力擠出微笑，不過她顯然非常害怕，連傑生幾乎要同情她的處境了。「我只是做了我……」

「安靜！」宙斯厲聲說：「你違背我的命令。可是……我看得出來，你的所作所爲都有正當的意圖。這七位混血英雄的勇氣，證明了你也不是完全沒有智慧。」

希拉一副想要爭辯的樣子，但最後還是把嘴巴閉緊。

「不過呢，阿波羅……」宙斯的眼光瞥向雙胞胎站立的陰影處，「我的兒子，到這裡來。」

阿波羅龜速前進，活像腳上固定著夾板寸步難行。他看起來像是緊張兮兮的青少年半神半人，不超過十七歲，穿著牛仔褲和混血營的T恤，肩上掛著一把弓，腰帶上也有佩劍。看著那一頭蓬亂金髮和湛藍眼睛，傑生覺得自己和阿波羅簡直像是擁有相同凡人血統的兄弟，而不是只有天神那邊的血統。

傑生感到很好奇，阿波羅眞的認爲這副模樣很不顯眼嗎？還是他想讓父親覺得自己很可憐？阿波羅臉上的恐懼看來絕對是眞的，而且也非常像人類。

命運三女神齊聚在阿波羅身旁，將他團團圍住，然後高高舉起她們的枯槁雙手。

「你已經公然反抗我兩次。」宙斯說。

阿波羅抿抿乾燥的雙唇。「我的……我的陛下……」

「你棄自己的職責於不顧。你屈服於諂媚之舉和虛榮心。你鼓勵你的後代屋大維跟隨你的危險路線，而且你貿然透露一項預言，很可能會毀了我們所有人。」

「可是……」

「夠了！」宙斯轟然怒吼。「我們等一下會討論如何懲罰你。現在，你要在奧林帕斯山等候裁決。」

宙斯揮揮手，只見阿波羅變成一團發亮的雲朵。命運三女神在他周圍盤旋環繞，同樣幻化爲空氣，於是那道發亮的旋風射向天際。

「他會怎麼樣？」傑生問。

眾神全部盯著他看，但是傑生一點也不在意。真正見到宙斯之後，他對阿波羅萌生一種同情心，這是以前從未有過的感覺。

「這和你無關，」宙斯說：「我們還有其他問題要先解決。」

一陣令人不安的沉默籠罩著整個帕德嫩神殿。

讓事情就這樣過去，感覺實在不太對。爲何光挑出阿波羅接受懲罰呢？傑生無法理解。

「必然要怪罪某個人。」宙斯曾經這樣說。

可是爲什麼呢？

「父親，」傑生說：「我曾發誓要榮耀所有天神。我答應了庫墨珀勒亞，等到這場戰爭結束，兩個混血營區都會設置所有天神的祭壇。」

宙斯皺起眉頭。「那樣很好。可是，庫墨……那是誰？」

波塞頓舉起拳頭捂嘴咳嗽。「她是我的一個女兒啦。」

「我的重點是，」傑生說：「彼此互相怪罪根本不能解決事情，羅馬人和希臘人一開始就是因爲這樣才會分裂。」

空氣中充滿電荷，變得極度危險。傑生感到頭皮發麻。

他意識到自己正在挑戰父親的憤怒底線。他很可能會變成一道閃光，或者被炸出衛城。他認識自己老爸才不過五分鐘，而且在老爸心裡留下很好的印象，現在他卻要把剛才那些全部毀掉。

聰明的羅馬人不會繼續講下去。

但是傑生繼續說：「阿波羅不是問題關鍵。爲了蓋婭的甦醒而懲罰他……」他想要說「很蠢」，但及時忍住。「……並不明智。」

「不明智。」宙斯的聲音幾乎像呢喃。「在所有天神面前，你居然說我『不明智』。」

傑生的朋友們全神戒備地看著他。波西一副準備跳過來、站在他這邊開打的樣子。

就在這時，阿蒂蜜絲從陰影裡走出來。「父親，這位混血英雄已經爲了我們奮戰得夠久也夠努力，他的神經很緊繃。我們應該考慮這一點。」

傑生正準備出言抗議，但阿蒂蜜絲使個眼色阻止他。她的表情傳達出再清楚不過的一個訊息，彷彿對著他的內心說話：「謝謝你，半神半人，不過別再步步進逼了，等宙斯比較冷靜一點，我會再說服他。」

「當然啦，父親，」女神繼續說：「我們應該著手處理更急迫的問題，就像你剛才說的。」

「蓋婭，」安娜貝斯附和著說，顯然急著想改變話題，「她甦醒了，對吧？」

宙斯轉身看著她。傑生周圍的空氣分子不再嗡嗡鳴叫，感覺他的頭皮好像剛從微波爐裡拿出來。

「完全正確，」宙斯說：「奧林帕斯之血濺灑而出，她完全恢復清醒了。」

「喔，拜託！」波西抱怨說：「我只不過流了一點鼻血就喚醒整個大地？根本不公平！」

雅典娜把埃癸斯盾牌揹到肩上。「波西．傑克森，抱怨不公平就像是推卸責任、怪東怪西，對任何人都沒有好處。」她對傑生使了個讚許的眼神。「現在，你們必須快速行動。蓋婭的崛起即將摧毀你們的營區。」

波塞頓倚著他的三叉戟。「就這麼一次，雅典娜說得對。」

「就這麼一次？」雅典娜氣憤地抗議。

「蓋婭爲什麼會回到營區？」里歐問。「波西的鼻血是滴在這裡啊。」

「老兄，」波西說：「首先，你聽到雅典娜說的了，不要怪罪我的鼻子。第二，蓋婭就是大地，她可以從自己想要的任何地方冒出來，更何況她對我們說過她要那樣做。蓋婭說，在她的待辦事項清單上，第一件事就是摧毀我們的營區。問題是，我們要怎麼阻止她呢？」

法蘭克看著宙斯。「呃，先生，陛下，你們眾神不能和我們一起砰的一聲從那裡冒出來嗎？你們有戰車、有魔法力量，還有一大堆有的沒的。」

「對呀！」海柔說：「我們只花短短兩秒鐘就一起打敗巨人了，乾脆全部一起去……」

「不行。」宙斯斷然說道。

「不行？」傑生說：「可是，父親……」

宙斯的眼睛閃爍著強力火花，傑生意識到他把父親推到遠得不能再遠的地方去了……而且不只是今天，很可能未來好幾個世紀都是如此。

「都是預言惹的禍，」宙斯咆哮著說：「阿波羅讓某人把『七人預言』說出來，希拉自己承擔起說明那些字句的責任，而命運三女神編織未來的方法，又讓可能的結果有那麼多種，於是有好多種解決方法。你們七個半神半人命中注定要打敗蓋婭。而我們，天神，沒有這種能力。」

「我不懂，」派波說：「如果你們必須依賴弱小的凡人執行命令，你們身爲天神又有什麼意義？」

所有天神面面相覷，臉色很難看。阿芙蘿黛蒂卻輕輕笑起來，親吻了她的女兒。「我親愛的派波，你難道不覺得，這個問題我們也問自己問了好幾千年？不過，就是這一點把我們緊緊牽繫在一起，也讓我們永生不死。我們需要你們凡人的程度，正如同你們對我們的需求。聽起來可能很討厭，但這是事實。」

法蘭克不安地動來動去，彷彿很想念自己剛才變成大象。「所以，我們怎麼可能及時趕到混血營拯救它？我們花了好幾個月才到達希臘耶。」

「靠風力，」傑生說：「父親，你能不能釋出一道風，把我們的船送回去？」

宙斯怒目而視。「我隨便一揮就可以把你們送回長島。」

「呃，那是開玩笑還是威脅，還是……」

「不是，」宙斯說：「我那樣說絕不誇張。我大手一揮，就可以把你們的船送回混血營，可是裡面包含的力道……」

在巨人王座廢墟那邊，身穿機械師制服的髒兮兮天神搖搖頭。「我兒子里歐造了一艘好船，可是無法承受那樣的壓力。它一到那邊就會解體，也可能更早一點就會散掉。」

里歐把自己的工具腰帶拉直。「阿爾戈二號撐得住。它只要撐得夠久，能把我們送回家就行了。一到了那裡，我們就可以棄船。」

「很危險，」赫菲斯托斯警告說：「很可能會出人命。」

女神妮琪用手指轉動著月桂冠。「勝利永遠是危險的，而且通常需要犧牲。我和里歐．華德茲討論過這件事。」她以銳利的眼神看著里歐。

傑生一點都不喜歡這樣。他想起阿思克勒庇俄斯檢查里歐的嚴峻表情，醫生那時曾說：「喔，天哪。喔，我懂了……」傑生知道為了打敗蓋婭，有一些事他們非做不可。他也知道必須冒一些風險。可是，他希望所有的風險都由他自己來承擔，而不是丟到里歐身上。

派波有醫生的解藥，傑生對自己這樣說。她會讓我們兩人都活著。

「里歐，」安娜貝斯說：「妮琪到底在說什麼啊？」

里歐揮揮手表示那問題不重要。「很普通啊，勝利，犧牲，吧啦吧啦之類的。那不重要啦。各位，我們辦得到，我們也非這樣做不可。」

擔心懼怕的感覺籠罩著傑生的心頭。有一件事宙斯說對了：最糟糕的情況還沒有來臨。

「等到要做選擇時，」南風之神諾特斯曾對他這樣說：「暴風雨或火焰，不要喪失信心。」

傑生做出選擇。「里歐說得對。所有人立刻登船，準備進行最後一段航程。」

51 傑生

溫柔的道別就只有這樣而已。

傑生最後看見他老爸宙斯的模樣，是變成足足有三十公尺高，伸手抓著阿爾戈二號的船頭，宛如雷鳴般大吼：「抓緊了！」

接著，他的手臂高舉過肩，把整艘船朝上方拋擲出去，就像打排球把球扣殺到對手的場地內。

要不是有里歐那條包含二十個接點的安全揹帶，把傑生緊緊捆綁在桅杆上，他可能早就解體了。也因爲綁成這樣，他的胃還想留在背後的希臘，而肺部所有的空氣全都擠壓出去。

天空變成漆黑一片，船身吱嘎作響、喀啦欲裂。傑生腳下的甲板像薄冰一樣碎裂開來，伴隨著驚人的音爆聲響，阿爾戈二號從雲層中猛然衝出。

「傑生！」里歐大喊：「快點！」

傑生覺得自己的手指頭好像熔融的塑膠全部黏在一起，但他終究還是努力解開揹帶。

里歐被甩向控制台，此刻他們一邊高速旋轉，一邊以自由落體之勢向下墜落，他拚命想把船隻拉正方向。船帆起火了，非斯都發出吱吱嘎嘎的警告聲，然後一具投石器突然剝落，瞬間飛向空中。由於離心力的作用，許多防護盾牌從欄杆邊飛出去，活像一個個金屬飛盤。

甲板上的裂口變得愈來愈大，傑生跌跌撞撞找尋踏腳點，同時運用風勢讓自己穩住不動。

如果他不能讓其他人也……

就在這一剎那，甲板上的船艙開口爆裂開來。法蘭克和海柔從洞口摔出來，手裡還拉著把他們固定在桅杆上的扶手繩索。派波、安娜貝斯和波西也跟著出來，所有人都一副暈頭轉向的模樣。

「快走！」里歐大喊：「走，走，走！」

就這麼一次，里歐的語氣超級嚴肅。

之前他們稍微討論過撤離阿爾戈二號的計畫，但是等到高速飛掠大半個世界之後，傑生的腦袋徹底呆滯。從其他人的表情看來，每個人應該都不成人形吧。

魔法桌子巴福特救了他們。它哐啷喀啦地越過甲板，用它的全像式黑傑高聲吼叫：「走吧！動起來！住口！」

接著，巴福特的桌面分裂開來，變成直升機的葉片，就這樣嗡嗡嗡飛走了。

法蘭克改變身形。他不再是頭昏腦脹的半神半人了，如今變成頭昏腦脹的灰色巨龍。海柔爬到法蘭克的脖子上，他再用兩隻前爪抓住波西和安娜貝斯，接著雙翼一伸，騰空飛開。

傑生抓住派波的手腕，準備起飛，但他犯了一個大錯，竟然低頭往下看。眼前的情景像是不斷旋轉的萬花筒，一下子天空、一下子大地、一下子是天空然後又變成大地，而且地面的距離近到嚇死人。

「里歐，你那樣不行的！」傑生嘶吼著：「跟我們一起走！」

「不！快點離開這裡！」

「里歐！」派波也試著勸說：「求求你……」

「派波，省省你的魅語吧！我對你說過，我有我的計畫。噓，快滾！」

傑生對著即將四分五裂的船身看了最後一眼。

那麼久以來，阿爾戈二號一直是他們的家。如今，他們要永遠拋棄它了，還把里歐也拋到背後。

傑生討厭這樣，但是他看到里歐眼中的絕決。就像先前他和父親宙斯見面，根本沒有時間好好說再見。

傑生駕馭著風，與派波一起射進天空。

地面的混亂狀況也沒有好到哪裡去。

他們墜落下來之後，傑生發現整座山丘遍布著大批怪物，有犬人、雙頭人、野生半人馬、食人巨怪，以及他叫不出名字的其他怪物；所有的怪物把兩群半神半人團團圍住，讓他們宛如兩個小孤島。在混血之丘的山頂，雅典娜．帕德嫩雕像的腳邊聚集著混血營、第一分隊和第五分隊的主要兵力，軍團的金色老鷹也集結在周圍。另外三個羅馬分隊則位於數百公尺外，排列成防禦隊形，似乎隨時要發動猛攻。

巨型老鷹在傑生周圍盤旋飛行，發出尖銳急切的叫聲，彷彿尋求著命令。

灰色巨龍法蘭克與他的乘客們一同飛行。

「海柔！」傑生大喊：「那邊三個分隊有麻煩！如果他們沒有和其餘的半神半人合併在一起……」

「交給我！」海柔說：「法蘭克，走！」

巨龍法蘭克轉向左邊飛去，一邊爪子裡的安娜貝斯大喊：「我們去幫忙！」另一邊爪子裡的波西則尖聲叫喊：「我討厭飛行啦！」

派波和傑生轉向右邊，飛向混血之丘的山頂。

看到尼克．帝亞傑羅與希臘人一起站在前線，奮力掃蕩面前的一大群雙頭人，傑生的士氣爲之一振。而在幾公尺外，蕾娜跨騎在一匹新飛馬的背上，拔劍蓄勢待發。她對羅馬軍團大聲喊著指令，而羅馬人遵行命令毫不遲疑，彷彿她從來沒有離開過。

傑生到處都沒有看到屋大維的蹤影。這樣很好。也沒有看到巨型的大地女神瘋狂毀滅世界。這樣非常好。也許蓋婭已經崛起了，她看了現代世界一眼，結果決定回去睡大頭覺。傑生眞希望大家能夠那麼幸運，不過他很懷疑就是了。

他和派波降落在山丘上，兩人都拔出佩劍，這時從希臘人和羅馬人群中爆出一陣歡呼聲。

「也該來了！」蕾娜喊著：「眞高興你能加入我們！」

傑生嚇了一跳，因爲發現蕾娜是對著派波說話，而不是他。

派波笑著說：「我們有一些巨人要殺啊！」

「太棒了！」蕾娜以微笑回應。「野蠻人很多，請自便。」

「哇，多謝啦！」

兩個女孩肩並肩投入戰局。

尼克朝傑生點點頭，一副他們五分鐘前才剛碰過面似的，接著他立刻回頭，把雙頭人變成無頭屍體。「時機抓得剛好。那艘船在哪裡？」

傑生伸手一指。只見阿爾戈二號變成一顆火球劃過天際，一路掉落不斷燃燒的大塊桅桿、船身和裝備武器。就算里歐擁有防火之身，傑生都看不出他怎麼能從那樣的煉獄存活下來，不過也只能懷抱希望了。

「老天，」尼克說：「大家都還好嗎？」

「里歐……」傑生的聲音停頓一下。「他說他自有打算。」

那顆「彗星」飛到西邊山丘後方，就此失去蹤影。傑生等著聽到爆炸聲響，心裡擔心極了，但是除了周遭的戰鬥呼喊，他什麼聲音也沒聽到。

尼克看著他。「他不會有事的。」

「當然。」

「不過，只是萬一啦……爲了里歐而戰。」

「爲了里歐而戰。」傑生附和著說。他們衝入戰鬥行列。

傑生內心的憤怒重新帶給他力量。希臘人和羅馬人慢慢逼退敵人，野生半人馬摔倒在地，狼頭人被砍成灰燼時發出可怕的嚎叫聲。

然而有更多怪物不斷冒出來，穀物精靈卡波伊從草叢裡旋轉現身，葛萊芬從空中俯衝而下，還有一堆粗壯的黏土人形，讓傑生忍不住把他們想成邪惡的「培樂多」黏土人。

「他們是包著土殼的鬼魂！」尼克警告說：「不要讓他們打到你！」

顯然蓋婭一直保留一些驚喜禮物給他們。

戰鬥到某個階段，威爾．索拉斯，就是阿波羅小屋的首席指導員，他朝尼克跑來，附在尼克耳邊說了些話。周遭滿是叫喊聲和刀刃相撞的鏗鏘聲，傑生聽不見他說了什麼。

「傑生，我得走了！」尼克說。

傑生沒有眞的聽懂，不過還是點點頭，於是威爾和尼克匆匆離開，衝入交戰區。過了一會兒，一群荷米斯小屋的學員聚集在傑生周圍，看不出有什麼特別原因。柯納．史托爾咧嘴而笑。「葛瑞斯，你怎麼樣啊？」

「我很好，」傑生說：「你呢？」

柯納躲過一個食人巨怪的棍棒攻擊，然後揮劍刺中一個穀物精靈，只見他炸成一團小麥。「還好啦，沒得抱怨。眞是美好的一天，正適合打仗。」

蕾娜扯開嗓子大喊：「發射燃燒箭！」於是一波帶著火焰的飛箭射出去，沿著弧線飛越軍團的盾牌牆，摧毀一整排食人巨怪。羅馬軍隊向前挺進，一邊刺殺半人馬，一邊用裝有青銅尖釘的靴子踩踏受傷的食人巨怪。

這時，傑生聽見法蘭克．張在山下某處用拉丁語大喊：「擊退騎士！」

軍團的另外三個分隊以完美的隊形開路前進，長矛尖端沾滿了晶亮的怪物鮮血，嚇得一大群半人馬驚慌逃竄。法蘭克在隊伍前方大步前進，海柔則騎著阿里昂走在左邊側翼，渾身散發驕傲的神采。

「萬歲，張執法官！」蕾娜大叫。

「萬歲，拉米瑞茲—阿瑞拉諾執法官！」法蘭克說：「咱們上。軍團，隊伍靠攏！」

羅馬人爆出一陣歡呼聲，同時五個分隊合而爲一，構成一組巨大的殺人機器。法蘭克握著劍向前一指，金色老鷹軍旗隨即射出一道道捲曲扭動的電光，橫掃敵軍武力，頓時把數百個怪物烤成焦炭。

「軍團，楔形隊形！」蕾娜喊道：「前進！」

傑生的右邊又傳來一陣歡呼聲，原來是波西與安娜貝斯終於和混血營部隊團聚了。

「希臘人！」波西大喊：「我們，呃，去打架啦！」

他們像冥妖一樣鬼吼鬼叫，然後發動攻擊。

傑生笑得開懷。他好愛希臘人，他們眞是一點組織和秩序都沒有，不過憑著一股熱血，什麼事都辦得到。

傑生對戰情感到樂觀，只不過還有兩個大問題：里歐到底在哪裡？而蓋婭又在哪裡？

不幸的是，他先得到第二個問題的答案。

在他的腳下，大地波濤起伏，彷彿整個混血之丘變成一塊巨大的水床床墊。半神半人全部跌倒在地，食人巨怪也紛紛滑倒，半人馬更是在草地上跌個馬吃屎。

「醒來了。」有個聲音在他們四周轟隆作響。

大約一百公尺外的地方，在下一座山丘的山頂上，青草和泥土激烈旋轉向上射出，很像巨大鑽頭的尖端。那道土柱不斷變寬，最後變成大約六公尺高的女性形體。她的長裙是由許多青草葉片織成，她的皮膚宛如石英一樣潔白，她的棕色頭髮像樹根一樣糾結纏繞。

「一群小笨蛋。」大地之母蓋婭睜開她那純然綠色的雙眸。「你們那座雕像的瑣碎魔法根本無法控制我。」

聽她說這番話，傑生才領悟到蓋婭爲何直到現在才出現。雅典娜．帕德嫩一直保護著半神半人，盡可能抵擋大地的狂怒與神譴，然而即使是雅典娜也只能持續這麼久，再也無法抵擋這位最原始的女神了。

恐懼簡直像一道冷鋒，不但觸摸得到，而且橫掃整個半神半人大軍。

「堅定不移！」派波大吼，她的魅語既清晰又嘹亮。「希臘人和羅馬人，我們可以一起對抗她！」

蓋婭縱聲大笑。她伸展雙臂，只見大地朝向她彎曲過去，於是樹木傾斜、岩床吱嘎作響，土壤也像海浪一般激烈搖盪。傑生乘著風飛起，但是在他的周圍，所有的怪物和半神半人都開始沉陷到地下。有一架屋大維的石弩翻倒在地，陷入地底下，從山坡上徹底消失。

「整個大地都是我的身體，」蓋婭發出轟隆鳴聲說：「你們怎麼可能對抗女神……」

咻咻咻咻──砰！

只見一抹青銅光芒，有個東西把蓋婭從山坡上掃走，她在一隻五十噸重的金屬巨龍爪尖裡面咆哮怒吼。

非斯都重生了！它拍著耀眼發亮的翅膀飛入空中，從咽喉噴出火柱，一副得意洋洋的樣子。它一面向上飛升，背上的騎士也變得愈小而愈難辨認，但是里歐的得意笑容是絕對不會認錯的。

「派波！傑生！」他朝下面大喊：「你們來不來？真正的戰場在上面這裡！」

52 傑生

蓋婭一旦向上飛起，地面就重新變得堅實。

半神半人們不再繼續下沉，不過許多人還半埋到腰部的深度。糟的是，怪物們把自己挖出來的速度似乎比較快，他們衝向希臘人和羅馬人的隊伍中，趁著半神半人依舊暈頭轉向的機會占了上風。

傑生伸手環繞派波的腰，正準備騰空起飛，這時波西大喊：「等一下！法蘭克可以把我們其他人都載到上面去啊！我們可以全部……」

「不行，老兄，」傑生說：「大家需要你留在這裡，還有一大批敵人要對付啊，更何況那個預言……」

「他說得對，」法蘭克抓住波西的手臂，「波西，你得讓他們去完成，就像安娜貝斯在羅馬的任務，或者海柔在死亡之門那樣。這一部分只能由他們去了。」

波西顯然不喜歡這樣，但就在這一刻，一大批怪物朝希臘軍隊橫掃而來，安娜貝斯連忙叫他：「喂！這裡有麻煩了！」波西趕快跑去與她會合。

法蘭克和海柔轉過來看著傑生，舉起手臂做出羅馬人的敬禮手勢，然後跑去加入軍團的行列。

傑生和派波乘著風，一邊旋轉一邊向上飛升。

「我有解藥，」派波像是唸經般地喃喃自語：「不會有事啦，我有解藥。」

傑生這才發現她的劍在戰鬥過程中遺失了，不過這可能沒有太大差別。要對付蓋婭，一把劍恐怕沒什麼用吧。有關的是暴風雨和火焰……還有第三種力量，派波的魅語，那可以讓他們的力量結合在一起。去年冬天，派波在狼屋拖慢了蓋婭的力量，幫助希拉從大地的牢籠裡脫困。而現在，她的任務又更加艱鉅了。

他們不斷上升，傑生也持續收集周遭的風和雲。天空以駭人的速度作爲回應，過沒多久，他們就身處於巨型風暴的中心，閃電灼燒他的眼睛，雷聲令他的牙齒隨之共振。

在他們的正上方，非斯都緊緊抓住大地女神扭打成一團。蓋婭不斷碎裂瓦解，拚命想要一點一滴回到地面，然而狂暴的風勢促使她繼續懸浮。非斯都用火焰噴她，這樣似乎迫使她維持堅實的形態；而同一時候，從非斯都的背上，里歐也用他自己的火焰狂炸女神，外加一堆高聲咒罵：「神經病爛泥巴！泥巴臉！這一記是爲了我媽媽，愛絲佩蘭薩．華德茲！」

他的整個身體包裹在火焰裡。暴風雨的空氣中落著大雨，但是雨水只發出滋滋聲變成水氣，包圍在里歐四周。

傑生連忙朝他們靠過去。

蓋婭又變成鬆散的白色沙子，可是傑生喚來一大群文圖斯，在她周圍翻騰攪動，迫使她留在由風構成的氣囊裡。

蓋婭持續反擊。她沒辦法分解時，就用石頭和土壤當作霰彈碎片向外猛轟，害傑生差點控制不住方向。不斷蓄積暴風雨、控制蓋婭的行動、讓他自己和派波繼續飄浮空中……傑生從來沒經歷過這麼困難的狀況。此刻，他覺得很像是游泳時渾身綁了沉重的鉛塊，只能用雙腿打水，同時還要用頭頂著一輛汽車。但是，他無論如何都必須讓蓋婭遠離地面。這就是庫墨對他暗示的祕訣。先前沉入海底時，他們曾經談起這一點。

很久很久以前，蓋婭和泰坦巨神們曾經把天空之神烏拉諾斯騙到大地來，把他困在地面上，讓他沒辦法逃走；烏拉諾斯距離他的天空家園領域太遙遠，於是力量逐漸變弱，蓋婭和泰坦巨神才能把他碎屍萬段。

而現在，傑生、里歐和派波必須複製當時的情景。他們必須讓蓋婭盡可能遠離她的力量來源，也就是大地，就這樣讓她持續變弱，直到能夠打敗她爲止。

他們全部一起往上升。非斯都拚盡全力，不斷劈啪吱嘎作響，但還是繼續提升高度。傑生到現在還想不通，里歐究竟是怎麼重新做出巨龍的？接著，他回想起過去幾星期以來，里歐花了那麼多時間在船殼裡拚命工作。里歐一定是自始至終都把這件事盤算得一清二楚，然後利用船身的骨架建構出非斯都的全新身體。

里歐一定徹底了解，阿爾戈二號最終必然會解體。至於把一艘船變成一條巨龍……傑生回想起以前在魁北克的時候，巨龍都可以變成手提箱了，相較之下，眼前的情況其實沒什麼大不了。

無論究竟是怎麼辦到的，能夠再一次看到他們的老朋友非斯都活蹦亂跳，傑生還是覺得很開心。

「你們沒辦法打敗我！」蓋婭粉碎成沙子，只不過又有更多的火焰噴炸她。她的身體先熔融成一大團玻璃，然後粉碎，接著再次重組成人類的形體。「我永恆不死！」

「永恆的煩死人啦！」里歐大吼，然後他催促非斯都飛得更高。

傑生和派波也跟著他們往上飛。

「讓我靠近一點，」派波催促著說：「我得要剛好在她旁邊。」

「派波，那些火焰和碎片……」

「我知道。」

傑生靠過去，飛到蓋婭旁邊。狂風圍繞著女神，讓她維持堅實形體，但傑生也只能勉強控制住她的沙子和土壤轟擊。她的雙眼是純然的綠色，就像把整個大自然濃縮成幾湯匙的有機物質。

「你們這些傻孩子！」她的臉孔因爲一波波微小的地震和土石流而扭曲。

「你這麼疲倦，」派波對女神說，她的聲音散發出仁慈和同情，「亙古以來的痛苦、沮喪和失望，讓你承受好沉重的壓力。」

「閉嘴！」

蓋婭的憤怒擁有極爲強大的力量，傑生頓時對風勢失去控制。他很可能變成自由落體往下掉落，幸虧非斯都抓住他，同時以另一隻巨爪抓住派波。

沒想到派波完全沒有分心。「數千年的悲傷啊，」她對蓋婭說：「你的丈夫烏拉諾斯滿口惡言，你的天神孫子推翻了你摯愛的泰坦巨神孩子。而你的其他孩子，像是獨眼巨人和百腕巨人，全都被扔進塔耳塔洛斯。你好厭倦像這樣一直心痛。」

「胡說八道！」蓋婭又碎裂成土壤和青草，攪動形成龍捲風，不過她的本體似乎攪動得有點遲緩。

假如他們飛到更高的地方，空氣會太過稀薄而無法呼吸，傑生也可能太虛弱而無法控制風勢。派波談到「疲倦」的魅語也影響到他，讓他元氣大傷，覺得身體變得很沉重。

「你內心眞正的期盼，」派波繼續說：「其實不是勝利，也不是復仇……你期盼的是好好休息。你這麼疲倦，也極度厭倦那些忘恩負義的凡人和永生不死的神。」

「我……你不要代表我講話……你不能……」

「你期盼一件事。」派波用撫慰人心的語氣說著，她的聲音沁入傑生的骨子裡。「兩個字。你期盼能夠獲准閉上雙眼，忘了所有的煩惱。你，期盼的是，沉睡。」

蓋婭凝聚成人類形體。她的頭懶洋洋垂下，雙眼緊閉，全身癱軟在非斯都的爪子裡。

糟的是，傑生也漸漸陷入昏迷。

風勢停止了，暴風雨驟然消散，他的眼裡有許多黑點不斷跳動。

「里歐！」派波嚇得倒抽一口氣。「我們只有幾秒鐘的時間，我的魅語不能……」

「我知道！」里歐看起來好像整個人是由火焰構成的。火焰在他的皮膚底下陣陣燃燒，照亮了他的頭骨。非斯都不斷冒煙、極度熾熱，它的爪子燒穿了傑生的衣服。「我沒辦法控制這些火太久。別擔心，我會把她蒸發掉，但你們兩個非離開不可。」

「不行！」傑生說：「我們得和你在一起，派波有解藥。里歐，你不能……」

「嘿。」里歐的笑容在火焰中令人不寒而慄，他的牙齒像是熔融成一整個銀塊了。「我對你說過，我自有盤算。你什麼時候才要相信我？喔，順便說一下……我愛你們兩個傢伙。」

非斯都放開爪子，傑生和派波了掉下去。

傑生根本沒有力氣阻止這一切。他抓住派波，聽著派波狂叫里歐的名字，兩個人就這樣朝地面筆直墜落。

非斯都變成天空中一顆微小的火球，像是第二顆太陽，只見它愈來愈小、愈來愈熱。接著，傑生的眼角餘光瞥見一顆熾熱的彗星從地面激射而上、劃過天際，而且伴隨著高亢的音調，幾乎像是人類的尖叫聲。就在傑生即將昏迷之際，那顆彗星攔截到他們頭頂上方的火球。接下來的大爆炸，讓整個天空幻化成金色。

53 尼克

尼克見識過各式各樣的死亡形式。他不認爲還有什麼死亡可以令他更驚訝。他錯了。

戰事打到一半，威爾．索拉斯跑到他身旁，對他附耳說了幾個字：「屋大維。」

這幾個字吸引了尼克全部的注意力。先前本來有機會殺了屋大維，而尼克有所顧忌，不過他實在無法讓那個卑鄙的占卜師大剌剌地逃走。「在哪裡？」

「來吧，」威爾說：「快點。」

尼克轉身看著傑生，他正在旁邊忙著戰鬥。「傑生，我有事得離開。」

接著他衝入混亂的戰局，跟在威爾後面跑。兩人經過泰森和他的獨眼巨人群，聽見他們一邊吼叫著「壞狗狗！壞狗狗！」，一邊狂敲犬人的頭。格羅佛．安德伍德和一隊羊男吹著排笛跳來跳去，他們吹奏的和聲實在太不和諧、太刺耳了，讓那些包著土殼的鬼魂碎裂瓦解。崔維斯．史托爾從旁邊跑過，一邊與他弟弟爭辯不休。「你是什麼意思？我們埋設的地雷放錯了山丘？」

尼克和威爾沿著山坡向下跑，跑到半路，腳底的地面劇烈搖撼。就像所有的怪物和半神半人一樣，他們也驚駭得無法動彈，眼睜睜看著一道激烈旋轉的土柱從隔壁山頂噴發出來，蓋婭以全然的榮耀壯麗之姿，現身了。

而就在同一瞬間，某個巨大的青銅物體從空中俯衝撲下。

咻咻咻咻──砰！

青銅巨龍非斯都一把抓起大地之母，帶著她一起騰空高飛。

「什麼……怎麼會……？」尼克結結巴巴地說。

「我也不知道，」威爾說：「但我覺得自己幫不上什麼忙。我們還有其他問題要解決。」

威爾一個箭步衝向最靠近的石弩。他們跑到附近時，尼克看到屋大維氣瘋了，手忙腳亂地重新調整那部機器的瞄準橫桿。石弩的投擲臂已經裝填了滿滿的帝國黃金和炸藥，只見占卜師跑來跑去，結果勾到一些裝置和固定錨而絆倒，只能笨手笨腳解開繩索。每隔一陣子，他就會抬起頭看看巨龍非斯都。

「屋大維！」尼克喊道。

占卜師猛然轉身，接著向後退，頂著炮彈的巨大圓球。屋大維那件華麗的紫色長袍纏住啓動繩，但他沒有發現。從彈藥冒出來的煙霧繚繞在他四周，彷彿受到他手臂和脖子上的帝國黃金首飾及髮際那頂金色桂冠所吸引。

「喔，我懂了！」屋大維的笑聲很尖銳，而且相當瘋狂。「想要偷走我的榮耀？不行，不行，普魯托之子，我是羅馬的救星，有人曾經向我拍胸脯保證！」

威爾高舉雙手，做出安撫的手勢。「屋大維，離開石弩，那不安全。」

「它當然不安全！我會用這部機器把蓋婭射下來！」

透過眼角餘光，尼克看到傑生．葛瑞斯宛如火箭般射向天空，他的雙手環抱著派波，兩人一起筆直飛向非斯都。

而在朱比特之子的周圍，暴風雨雲不斷聚集起來、高速旋轉形成颶風，四周雷聲大作。

「你看見了嗎？」屋大維叫道。他身上的金飾肯定開始冒煙了，就像鐵物會受到巨大磁鐵的吸引，那些金飾也受到石弩的帝國黃金彈藥的吸引。「眾神批准我的行動！」

「傑生正在製造那團暴風雨雲，」尼克說：「如果發射石弩，你會殺了他，還有派波，還有……」

「那剛好！」屋大維大喊：「他們是叛徒！全都是叛徒！」

「聽我說，」威爾再試一次，「那絕對不是阿波羅希望看到的結果。更何況你的長袍……」

「希臘人，你什麼都不懂！」屋大維伸手用力握著發射橫桿。「我得趕在他們飛得更高之前採取行動，只有像這樣的石弩才射得到。我會憑一己之力……」

「分隊長。」他背後有個聲音說道。

從攻城機器的背後，麥克．卡哈爾突然冒出來。他的額頭有個很大的紅色疤塊，那就是泰森一拳擊中的地方，讓他失去意識。他走起路來一拐一拐的，但他不知道用什麼方法，竟然從海邊跑到這裡來，而且在路上撿了一把劍和盾牌。

「麥克！」屋大維興奮尖叫。「太棒了！我發射這座石弩的時候幫我站個崗，然後我還要一併殺了這些希臘人！」

麥克．卡哈爾將整個情景看在眼裡：他老闆的長袍纏在啓動繩上，而且屋大維的首飾冒著煙，應該是受到帝國黃金彈藥的吸引。他抬頭看著巨龍，現在飛到極高的空中，周圍環繞著好幾圈暴風雨雲，看起來很像射箭的靶心。接著，他對尼克怒目而視。

尼克拔出自己的劍，蓄勢待發。

麥克．卡哈爾一定會警告他的分隊長距離石弩遠一點，他也一定會發動攻擊。

「屋大維，你確定嗎？」這位維納斯之子問道。

「確定！」

「你眞的非常確定嗎？」

「眞的啦，你這笨蛋！世人都會記得我是羅馬的救星。好了，我毀滅蓋婭的時候，你幫忙把他們擋開。」

「屋大維，不要，」威爾懇求說：「我們不能讓你……」

「威爾，」尼克說：「我們不能阻止他。」

索拉斯不可置信地瞪著他，但是尼克想起他父親在骨骸禮拜堂說的那席話：「有些死亡是無法避免的。」

屋大維的眼睛炯炯有神。「這就對了，普魯托之子。你根本沒有能力阻止我！這是我的天命！卡哈爾，好好站崗！」

「你說了算。」麥克走到機器的前方，由他自己將屋大維和兩位希臘的半神半人隔開。

「分隊長，你該做什麼就做吧。」

屋大維轉身解開釦環。「好朋友就會是永遠的朋友。」

尼克極度驚慌，幾乎要失去勇氣。假如石弩眞的發射出去，假如命中目標、射中巨龍非斯都，尼克就會害他的朋友們受傷甚至送命……然而他站在這裡，就這麼一次，他決定相信自己父親的智慧。有一些死亡，應該眞的無法避免吧。

「蓋婭，再見啦！」屋大維大吼：「再見啦，叛徒傑生．葛瑞斯！」

屋大維揮動他的占卜師刀子，割斷發射繩。

然後他消失了。

投石臂向上飛彈的速度遠比尼克眼睛能跟上的速度還要快，把屋大維連同彈藥一起發射出去。占卜師的尖叫聲愈來愈遙遠，到最後他只是那顆燃燒彗星的一部分，高速飛向天際。

「再見了，屋大維。」麥克．卡哈爾說。

他看了威爾和尼克最後一眼，一副他們膽敢說話就試試看的樣子。然後，他轉身背對他們，步履艱難地離開。

尼克可以接受屋大維的人生結局。

他甚至可能會說：「終於擺脫了，眞是可喜啊。」

然而看著那顆「彗星」不斷飛升，他的一顆心直往下沉。它飛到暴風雨雲裡失去了蹤影，接著發生大爆炸，整個天空圓頂籠罩著一片火海。

54 尼克

到了隔天，還是沒有得到太多的答案。

大爆炸之後，派波和傑生像自由落體般墜落下來，失去了意識；幸虧有巨鷹在空中抓住他們，才能夠安全回到地面。然而，里歐從此再也沒有出現。赫菲斯托斯小屋動員所有人力徹底搜索山谷，找到阿爾戈二號破損船殼的各式各樣零件，但是完全沒有巨龍非斯都或它主人的半點跡象。

所有的怪物都已遭到毀滅或清除。希臘人和羅馬人傷亡慘重，但其實並沒有想像中那麼嚴重。

整個晚上，羊男和精靈全部不見蹤影，他們受到偶蹄長老的召集進入森林。到了早晨，格羅佛．安德伍德再度現身，向大家宣布他們無法感受到大地之母的存在。大自然或多或少恢復了正常。傑生、派波和里歐的計畫顯然奏效了，蓋婭與她的力量來源徹底區隔開來，受到魔法的控制而陷入沉睡，接著結合了里歐的火焰和屋大維的人造彗星之爆炸威力，蓋婭最終分解成細小的原子。

永生的神絕對不會死，但現在，蓋婭會像她的丈夫烏拉諾斯一樣。大地會繼續如常運作，就像天空那樣，不過蓋婭現在極度分散、力量微弱，再也不可能形成意識了。

至少希望如此……

世人都會記得屋大維讓自己變成一顆火球，高速射向天空而死，從而拯救了羅馬。然而做出眞正犧牲的人，其實是里歐．華德茲。

混血營舉辦的勝利慶祝活動非常低調、安靜，因爲大家都很悲傷……不只是爲了里歐，也因爲許多人都在戰鬥中失去性命。那些半神半人裹著壽衣，有希臘人也有羅馬人，全都放進營火裡火化，而奇戎邀請尼克主辦他們的喪禮。

尼克立刻就答應了，能夠得到這樣的機會、對死者表示敬意，他心裡很感激，就算有數百人在旁觀禮，他也沒有卻步。

最困難的部分還在後頭。在主屋的門廊上，尼克見到阿爾戈二號的六位半神半人成員。傑生垂頭喪氣，連眼鏡都因爲頭低低的而看不見。「我們應該要在那裡待到最後。我們可以幫里歐的忙啊。」

「那樣眞的不對，」派波一邊附和，一邊抹掉眼淚，「爲了得到醫生的解藥花了那麼多力氣，結果一點用處也沒有。」

海柔突然崩潰大哭。「派波，解藥在哪裡？拿出來。」

派波一臉困惑，伸手到腰包裡。她拿出那個羚羊布包，打開布包後，裡面竟然空無一物。所有人的眼睛都轉向海柔。

「怎麼會這樣？」安娜貝斯問。

法蘭克伸手摟住海柔。「在提洛斯島的時候，里歐把我們兩個拉到旁邊，求我們一定要幫他這個忙。」

海柔一邊哭，一邊述說她如何把醫生的解藥變成一種幻象（利用迷霧的招數），於是里歐可以留著眞正的解藥。法蘭克告訴大家，里歐的計畫是先把蓋婭弄得很虛弱，然後用激烈的火焰大爆炸消滅她。後來里歐曾和妮琪與阿波羅討論過，很確定那樣的大爆炸會殺死方圓四百公尺內的所有凡人，於是他知道自己必須與所有人距離愈遠愈好。

「他想要靠自己一個人完成，」法蘭克說：「他認爲也許有非常微小的機會，他，赫菲斯托斯之子，能夠在大火中存活下來，可是如果有其他人和他在一起……他說，我和海柔身爲羅馬人，一定可以理解所謂的『犧牲』。不過他也知道，你們其他人絕對不會允許那樣做。」

剛開始，其他人滿臉憤怒，像是很想要尖叫或亂摔東西。然而隨著法蘭克和海柔說得愈多，一群人的憤怒似乎漸漸消散。看到法蘭克和海柔兩人哭個不停，實在很難生他們的氣。況且……整個計畫聽起來，完全就是只有里歐．華德茲才做得出來的鬼鬼祟祟、瘋狂古怪、荒謬討厭卻又很大器的事。

最後，派波發出一個聲音，聽起來像是嗚咽又像是發笑。「假如他這個時候在場，我一定會殺了他。他到底要怎麼安排服下解藥呢？他只有自己一個人啊！」

「說不定他自有妙計，」波西說：「我們談的可是里歐耶，他可能隨時會回來，到時候我們就可以輪流掐他的脖子。」

尼克和海柔彼此互看一眼。他們了解得更多，然而兩個人什麼話都沒說。

再過一天，也就是戰鬥結束後的第二天，羅馬人和希臘人並肩清理戰場，並照顧受傷的人。飛馬黑傑克之前受了箭傷，現在恢復得很不錯。桂多決定將蕾娜視爲牠的主人。此外，露．艾倫終於答應把她的「粉紅小豬」新寵物變回原本的羅馬人，但其實很不甘願。

自從經歷過石弩那件事以後，威爾．索拉斯還沒有和尼克講到話。這位阿波羅之子有大半的時間都待在醫務室，但尼克每次看到威爾跑步穿越營區去拿更多的醫藥補給品，或者順應一些受傷的半神半人要求而去小屋出診，他心裡竟感覺到一種揪心的奇怪刺痛。毫無疑問，威爾．索拉斯現在一定覺得尼克是個怪物，因爲他竟然讓屋大維自己去赴死。

羅馬人在草莓園旁邊紮營，他們很堅持要在那裡設立標準營地，希臘人也動手幫他們堆起土牆、挖掘壕溝。尼克從來沒有看過這麼奇怪的景象，也沒有什麼事比這更酷的了。達珂塔拿了人工甜味飲料分給戴歐尼修斯小屋的孩子們喝。荷米斯和摩丘力的孩子們在一起說得天花亂墜、笑成一團，而且幾乎從每個人身上都偷了點東西，臉皮超厚。蕾娜、安娜貝斯和派波形影不離，這個三人組在營區裡走來走去，到處察看各種修繕工作的進度。另外，奇戎由法蘭克和海柔護衛著，檢閱了羅馬人的部隊，並表揚他們的勇敢無畏。

到了晚上，大家的心情都變得好一點了。餐廳涼亭從來不曾擠進這麼多人，大家像歡迎老朋友一樣招待羅馬人。黑傑教練抱著他的小男嬰，在半神半人之間晃來晃去，滿臉笑容對大家說：「嘿，你想不想看看查克？這是我兒子，查克！」

阿芙蘿黛蒂和雅典娜的女兒們很喜歡發出咕咕聲，逗弄那個活潑好動的小羊男寶寶。他揮舞著短短胖胖的小拳頭，用力踢蹬他的小小羊蹄，並且發出羊的叫聲：「咩咩咩咩！咩咩咩咩！」

教練已經指定克蕾莎擔任寶寶的乾媽，她一直跟在教練後面，簡直像保鏢一樣，偶爾也喃喃說著：「好了啦，好了啦，給寶寶一點空間嘛。」

到了宣布訊息的時間，奇戎走向前，舉起手上的酒杯。

「因為有每一次的悲劇，」他說：「才會帶來新的力量。今天，我們要為這次勝利感謝天神。敬天神！」

半神半人全都加入敬酒的行列，但大家似乎不怎麼投入。尼克很明白這種感覺：「我們再一次拯救了天神，而現在還要感謝他們？」

接著奇戎又說：「也要敬現場的新朋友！」

「敬現場的新朋友！」

數百位半神半人的聲音響徹整座山丘。

在營火旁邊，所有人繼續注視天上的星星，彷彿期待著里歐會以某種非常戲劇化、最後一分鐘才現身的大驚喜，重新回到大家身邊。說不定他會突然間俯衝而下，跳下非斯都的龍背，然後火力全開大講老掉牙的笑話。然而，這個願望沒有成眞。

唱了幾首歌之後，有人叫蕾娜和法蘭克去前面，他們獲得同時來自希臘人和羅馬人的雷鳴般掌聲。在混血之丘山頂，雅典娜．帕德嫩雕像在月光下顯得更加閃亮，彷彿散發出這樣的訊息：「這些孩子全都很好。」

「明天，」蕾娜說：「我們羅馬人必須回到自己的家園。我們很感激各位的殷勤招待，特別是我們差點殺了你們……」

「是你們差點沒命吧。」安娜貝斯更正說。

「隨便啦，雀斯。」

「喔喔喔喔喔喔！」群眾同聲大喊。接著，每個人開始放聲大笑，與周圍的人彼此推來推去。就連尼克也忍不住微笑。

「總之，」法蘭克接口說：「我和蕾娜意見一致，這代表兩個營區之間的友誼進入全新的時代。」

蕾娜拍拍他的背。「沒錯。好幾百年來，天神想要把我們區隔開來，讓我們彼此不停地戰鬥。但是有一種更好的和平形式，就是彼此合作。」

派波在觀眾席中站起來。「你確定你媽媽眞的是戰爭女神嗎？」

「確定啊，麥克林，」蕾娜說：「我還是很想打一大堆仗，不過從今天以後，我們會並肩作戰！」

這番話引發熱烈的歡呼聲。

法蘭克．張舉起手，示意大家安靜。「我們在朱比特營很歡迎各位光臨。我們已經和奇戎達成共識，兩個營區之間自由交流，包括週末拜訪、訓練課程，還有當然啦，需要的時候彼此緊急支援……」

「還會舉辦派對嗎？」達珂塔問。

「聽見沒，聽見沒！」柯納．史托爾說。

蕾娜伸出雙臂。「那還用說嗎？派對是我們羅馬人發明的耶。」

又來一陣熱烈的呼喊聲：「喔喔喔喔喔喔喔！」

「所以要感謝你們，」蕾娜總結說：「感謝你們所有人。我們曾經選擇仇恨和戰爭，而現在我們發現了接納和友誼。」

接著，她做了一件完全出乎意料的事，尼克後來差點以爲自己是在作夢。她走向尼克，尼克像平常一樣站在側邊的陰影裡。蕾娜抓住尼克的手，輕輕拉著他走進營火前的亮光處。

「我們本來有一個家，」她說：「現在我們有兩個家。」

她對尼克來個大大的擁抱，群眾也歡呼叫喊表示同意。就這麼一次，尼克不會想要抽身而出。他把自己的臉埋在蕾娜的肩膀上，用力眨眼擠出淚水。

55 尼克

那天晚上，尼克睡在黑帝斯小屋內。

他以前連一點使用這個地方的慾望都沒有，但現在，他與海柔一起待在這裡，感覺一切變得不一樣了。

與姊姊再次生活在一起，讓他覺得非常高興，即使只有短暫幾天也好，即使海柔很堅持爲了隱私，一定要把房間裡她的那部分用床單隔開來，於是那裡看起來很像隔離檢疫區。

宵禁即將開始之前，法蘭克跑來拜訪，花了幾分鐘與海柔悄聲說話。

尼克盡量不理會他們。他在自己的床鋪上伸展四肢；坦白說，這裡實在很像棺材，有著擦得晶亮的桃花心木床架、黃銅扶手、血紅色的天鵝絨枕頭和毛毯。他們建造這棟小屋時，尼克還沒有出現；這樣的床鋪絕對不是出自他的建議。顯然有人認爲黑帝斯的小孩都是吸血鬼，而非半神半人。

最後，法蘭克敲敲尼克床邊的牆壁。

尼克望過去。法蘭克站在那裡，他現在變得好高大，看起來好像……羅馬人。

「嘿，」法蘭克說：「到了早上，我們就要離開了。只是想對你說聲謝謝。」

尼克在床上坐起來。「法蘭克，你表現得很棒，很值得尊敬。」

法蘭克笑起來。「坦白說，我還滿驚訝自己居然能夠活著挺過來。關於魔法火柴棒那整件事……」

尼克點點頭。海柔曾經對他說得很詳細，關於一根小火柴棒控制了法蘭克的命脈。法蘭克終於能夠敞開心胸公開談論這件事，尼克覺得這是好兆頭。

「我沒辦法看到未來，」尼克對他說：「不過人們接近死亡的時候，我通常可以感覺得出來。你並沒有。我不知道那根火柴棒什麼時候會燒掉，反正到最後，我們所有人的生命火柴都會燒完。不過呢，張執法官，那要很久以後才會到來。你和海柔……你們未來還要迎接更多的挑戰，現在才剛開始而已。對我姊姊好一點，好嗎？」

海柔走到法蘭克旁邊，伸手與他十指交扣。「尼克，你不是在威脅我男朋友吧？」

他們兩人在一起，看起來非常自在，這讓尼克覺得很高興。然而這副景象也令他很心痛……一種神出鬼沒的痛楚，就像戰爭時留下的舊傷，一旦天氣變化就隱隱作痛。

「不需要威脅啦，」尼克說：「法蘭克是個好人。或者好熊。或者好牛蛙。或者……」

「喔，閉嘴。」海柔大笑。接著她親吻法蘭克。「明天早上見。」

「好，」法蘭克說：「尼克……你確定不要跟我們一起走嗎？新羅馬永遠爲你保留一個地方。」

「謝啦，執法官。蕾娜也說過同樣的話。可是……不了。」

「希望還會見到你？」

「喔，會啦，」尼克向他保證，「我要在你的婚禮上擔任花童，對吧？」

「呃……」法蘭克臉紅了，他清清喉嚨，然後心不甘情不願地跑向大門的門柱，離開了。

海柔交叉手臂。「你一定要那樣取笑他就是了。」

她坐到尼克的床鋪上。他們就這樣坐了一會兒，不說話也很自在……一對姊弟，來自過去的孩子，冥界的孩子。

「我會很想念你的。」尼克說。

海柔靠過來，把頭倚在他的肩膀上。「好弟弟，你也要保重喔。你一定要來看我們。」

尼克敲敲新的軍官徽章，它在海柔的衣服上閃閃發亮。「現在是第五分隊的分隊長了。恭喜喔。有沒有什麼規定是禁止分隊長和執法官約會？」

「噓，」海柔說：「要讓軍團重新上軌道還有很多工作要做，要修補屋大維造成的傷害。約會的規定是我最不擔心的部分啦。」

「你已經進步這麼多，再也不是我當初帶去朱比特營的同一個女孩了。你運用迷霧的力量、你的自信……」

「全都要感謝你。」

「不，」尼克說：「得到第二次人生是一回事，能夠活出更好的人生，這才是厲害。」

話一說出口，尼克意識到，這番話他也是要對自己說。他覺得這一點還是留在心裡就好。

海柔嘆一口氣。「第二次人生啊。我只希望……」

她不需要把心裡的想法說完。過去兩天以來，里歐的消失就像一朵烏雲籠罩著整個營區。大家都在猜測里歐到底怎麼了，海柔和尼克也心不甘情不願加入猜測的行列。

「你感覺到他的死，對吧？」海柔的眼眶滿是淚水，聲音微弱。

「是啊，」尼克坦白說：「可是，海柔，我不確定。這個情形有點……不太一樣。」

「他不可能服下醫生的解藥。那樣的大爆炸也不可能有存活的機會。我以爲……我以爲自己是幫里歐的忙。我搞砸了。」

「不，那絕對不是你的錯。」可是尼克也沒那麼容易原諒自己。過去四十八小時以來，他在心裡反覆重播當時與屋大維一起在石弩旁的情景，很疑惑自己是不是做錯了。也許那些投射彈藥的爆炸威力確實幫忙摧毀了蓋婭。或者，也許根本就不需要賠上里歐・華德茲的性命。

「我只希望他不是孤單一人死去，」海柔喃喃地說：「沒有人陪著他，沒有人給他解藥。連留下屍體好好埋葬的機會都沒有……」

她的聲音消失了。尼克伸手摟著她。

他摟著不斷哭泣的海柔。到最後，她終於筋疲力竭地睡著了。尼克讓海柔睡在他自己的床上，並親吻她的額頭。接著，他走向位在角落的黑帝斯祭壇，那是一張小桌子，裝飾著骨頭和珠寶。

「我想，」他說：「凡事都有第一次吧。」

他跪下來，默默向父親祈求指引。

56 尼克

清晨破曉，尼克還醒著，這時有人敲門。

他轉過身，乍看那張臉留了一頭金髮，有那麼一剎那，他以為來的人是威爾．索拉斯。後來尼克發現那是傑生，心裡有點失望。接著，他又很氣自己竟然有這樣的感覺。

自從戰事結束後，他還沒有和威爾說過話。阿波羅的孩子們全都忙著照顧傷患。況且，針對屋大維的事，威爾很有可能會責怪尼克。為什麼不會呢？基本上，尼克允許……隨便怎麼說都可以，合意謀殺，殘酷自殺。如今，威爾．索拉斯終於明白，尼克．帝亞傑羅是個多麼令人發毛、噁心討厭的人。而當然啦，尼克根本不在乎他怎麼想，不過還是……

「你還好嗎？」傑生問。「你看起來……」

「很好，」尼克厲聲說道。接著他讓語氣緩和一點。「如果你是來找海柔，她還在睡覺。」

傑生做出「喔」的嘴形，然後作勢要尼克到外面去。

尼克走到陽光下，眨眨眼睛，有點昏頭轉向。呃……也許小屋的設計師是對的，黑帝斯的孩子們確實有點像吸血鬼。像尼克自己就絕對不是「晨型人」。

傑生看起來也沒有睡得多好，他的一邊頭髮亂蓬蓬的，新眼鏡在鼻梁上歪七扭八。尼克得忍住衝動，才不至於伸手把眼鏡拿下來調正。

傑生指著草莓園，羅馬人正在那裡拔營。「看到他們在這裡，感覺很奇怪。等一下會變成發現他們不在這裡，感覺很奇怪。」

「沒有和他們一起走，你會不會後悔？」尼克問。

傑生的微笑有點歪。「有一點。不過我會常常在兩邊營區之間來來去去。我要去建造一些祭壇。」

「我聽說了，元老院打算推舉你成爲大祭司。」

傑生聳聳肩。「我對頭銜其實沒有那麼在乎，眞正在乎的是確定大家都記得每一位天神。我不想讓他們又因爲嫉妒而打來打去，或者把他們的挫折發洩在半神半人身上。」

「他們是天神，」尼克說：「那是他們的天性。」

「也許吧，不過我可以盡量讓情況變得好一點。我猜里歐可能會說，我的行爲簡直像機械，做這種預防式的保養工作。」

尼克察覺到，傑生的悲傷就像是山雨欲來的暴風雨。「你知道，你不可能阻止里歐，你不管怎麼做都不可能改變結果。他很清楚事情必須要怎麼進行。」

「我……我想也是。我想你大概察覺不出來吧，假如他還……」

「他走了，」尼克說：「很抱歉。眞希望我能告訴你相反的結果，可是我感受到他的死。」

傑生呆呆望著遠方。

像這樣扼殺傑生的希望，尼克覺得很有罪惡感。他幾乎想要提及自己心裡的疑惑……也就是里歐的死帶給他「不一樣」的感受，有點像是里歐的靈魂發明出進入冥界的獨特方式，其中包含了很多零件、槓桿以及蒸汽驅動的活塞。

無論如何，尼克很確定里歐．華德茲已經死了。而死了就是死了，再讓傑生懷抱著錯誤的期待並不公平。

在遠處，羅馬人收拾自己的裝備，忙著搬動物品爬過山丘。而在山的另一邊，尼克已經聽見聲音了，那裡有一批黑色運動休旅車等著，準備橫越整個美國，把軍團載回加州。尼克心想，那會是一趟很有趣的公路旅行，他想像整個第十二軍團開車進入「漢堡王」的得來速車道；也想像車行到堪薩斯，說不定會有一些運氣不好的怪物威嚇某個半神半人，卻發現自己遭到好幾十車全副武裝的羅馬人團團圍住。

「你也知道，鳥身女妖艾拉會和他們一起走，」傑生說：「她和泰森一起。就連瑞秋‧伊莉莎白‧戴爾也一起去，他們要通力合作，努力重建《西卜林書》。」

「那應該很有趣。」

「可能要花好幾年的工夫，」傑生說：「不過德爾菲神諭的聲音消失了……」

「瑞秋還是看不到未來？」

傑生搖搖頭。「眞想知道阿波羅在雅典到底發生了什麼事。也許阿蒂蜜絲會幫忙解決他與宙斯之間的麻煩，於是預言的力量可以恢復運作。不過到目前爲止，那些《西卜林書》可能是指引任務的唯一管道。」

「就我個人來說，」尼克說：「可以有好一陣子不用理會預言或任務了。」

「你說到重點了。」他調整自己的眼鏡。「聽好了，尼克，我想要和你談談的原因是……我知道你以前在南風之神奧斯特的宮殿說過那些話，我也知道朱比特營提議邀請你去，而你已經回絕了。我……我可能沒辦法改變你離開混血營的決定，可是我得說……」

「我要留下來。」

傑生不可置信地眨眨眼。「什麼？」

「留在混血營。黑帝斯小屋需要一位首席指導員。你有沒有看到這裡的室內風格？實在噁心死了，我得重新裝潢一下。而且也需要有人主持適當的葬禮儀式，畢竟半神半人很堅持要死得像英雄一樣。」

「那眞是……那眞是太好了！老兄！」傑生伸出雙臂準備擁抱尼克，然後突然定住不動。「對喔，不要接觸，抱歉。」

尼克咕噥一聲。「我想，我們可以有點例外啦。」

傑生抱得那麼緊，尼克覺得自己的肋骨都要裂開了。

「喔，老兄，」傑生說：「等一下我要趕快跟派波說。嘿，既然我在小屋裡也是孤單一個人，我們兩個吃晚飯的時候可以共用一張桌子啊。我們參加奪旗大賽可以組成一隊，還有輪唱比賽，還有……」

「你眞的打算把我嚇走嗎？」

「抱歉，抱歉。隨便你怎麼說都好，尼克，我只是太高興了。」

有趣的是，尼克相信他說的話。

就在這時，尼克剛好望向小屋群，發現有個人正在對他揮手。威爾．索拉斯站在阿波羅小屋的門口，臉上透露出堅毅的神色。他指著自己腳邊的地面，像是說：「你，過來這裡，就是現在。」

「傑生，」尼克說：「抱歉，我可以離開一下嗎？」

「所以你到底跑去哪裡了？」威爾質問著。他穿著綠色的外科醫生上衣，搭配牛仔褲和夾腳拖鞋，這可能不是很標準的醫院裝束吧。

「你是指什麼？」尼克問。

「我杵在醫務室裡足足有，可能是，兩天吧。你都沒來瞧瞧。你都不來幫忙。」

「我……什麼？房間裡如果有你想要治好的人，你為什麼會想要有黑帝斯的兒子待在同一個房間啊？為什麼會有人想要那樣？」

「你就不能來幫幫朋友的忙嗎？也許來剪斷繃帶？帶幾杯汽水或一些點心給我？或者只是簡單一句：『威爾，做得怎麼樣啦？』你不覺得我會很想看看友善的臉嗎？」

「什麼……你說我的臉？」

這些話放在一起簡直一點道理也沒有：友善的臉。尼克．帝亞傑羅。

「你也太遲鈍了吧，」威爾對他說：「我希望你忘掉那些沒意義的話，什麼『離開混血營』之類的。」

「我……對啦。我真的是。我是說，我要留下來。」

「很好。所以你可能很遲鈍，不過你不是白痴。」

「你是怎樣，居然像這樣對我說話？你不知道我可以召喚殭屍和骷髏還有……」

「帝亞傑羅，現在你如果沒有和某塊黑黑的影子融合在一起，根本連一根鳥骨頭都召喚不出來，」威爾說：「我告訴你，不要再搞那些冥界的東西了，這是醫生的命令。你欠我至少三天，去待在醫務室裡休息。從現在就給我開始。」

尼克覺得肚子裡好像有一百隻骷髏蝴蝶復活過來，翅膀猛拍個不停。「三天？我……我想那可能沒問題吧。」

「很好，現在就去……」

一陣響亮的「喔耶！」歡呼聲劃破空氣。

在公共空間正中央的爐龕那邊，波西剛聽了安娜貝斯告訴他的事，笑得合不攏嘴。安娜貝斯也大笑不止，開玩笑地猛拍他的手臂。

「我馬上回來，」尼克對威爾說：「我對冥河和所有事情發誓。」

他走向波西和安娜貝斯，那兩人都還像瘋掉一樣大叫大笑。

「嘿，兄弟，」波西說：「安娜貝斯剛告訴我一些好消息，如果我有點吵，抱歉啦。」

「我們打算高年級時一起上課，」安娜貝斯解釋，「在紐約這裡。而畢業之後呢……」

「要去新羅馬的學院！」波西使勁握拳，活像是猛力捏握卡車的喇叭。「整整四年喔，沒有半隻怪物要打，沒有戰爭，沒有愚蠢的預言，只有我和安娜貝斯，努力攻讀我們的學位，跑去泡咖啡店，享受加州的氣氛……」

「而在那之後呢……」安娜貝斯親吻波西的臉頰。「嗯，蕾娜和法蘭克說我們可以住在新羅馬，想住多久都可以！」

「那很棒啊。」尼克說。他發現自己是真心這樣說，這讓他有點驚訝。「我也要留下來，留在混血營這裡。」

「太讚了！」波西說。

尼克仔細端詳他的臉，他的海綠色眼睛，他的笑顏，他的蓬亂黑髮。不知怎麼搞的，波西．傑克森現在看起來就像普通的年輕人，而不是神話般的人物。不是那種讓人當成偶像崇拜或者瘋狂迷戀的人了。

「那麼，」尼克說：「既然我們至少會有一整年的時間在混血營看到彼此，我想我應該要消除一些誤會。」

波西的微笑變得有點僵。「你是指什麼？」

「有很長一段時間，」尼克說：「我非常迷戀你。只是想讓你知道一下。」

波西看著尼克。然後看著安娜貝斯，一副想要確認自己有沒有聽對的樣子。然後又回頭看尼克。「你……」

「沒錯。」

「你……所以你的意思是……」

「對啦，」尼克說：「你是很棒的人，可是我已經跨過去了。你們的事我覺得很高興。」

安娜貝斯的灰眼睛開始發亮。她對尼克歪嘴一笑。

「等等，」波西說：「所以你的意思是……」

「沒錯，」尼克再說一次，「但那很酷啊，我們都很酷。我的意思是，我現在明白……你很可愛，不過你不是我的菜。」

「我不是你的菜……等一下。所以……」

「波西，待會兒見，」尼克說：「還有安娜貝斯。」

她舉起手與尼克擊掌。

尼克心懷感激。接著他往回走，越過青草地，威爾．索拉斯正在那裡等他。

57 派波

派波眞希望能用魔法讓自己入睡。

那對蓋婭也許有效，但是過去的兩個夜晚，她幾乎連稍微瞇一下都沒辦法。

這兩天其實很棒。能夠回到她的朋友蕾希、米契爾以及阿芙蘿黛蒂小屋其他所有孩子的身邊，她好愛那種感覺；就連她那個討厭的副手，田中茱兒，似乎也鬆了一口氣，可能是因爲派波可以管理很多事情，讓茱兒有比較多的時間談論八卦，以及在小屋內進行美容治療。

派波一直忙著協助蕾娜和安娜貝斯，在希臘人和羅馬人之間居中協調。其實派波還滿驚訝的，這兩個女孩對她折衝協調的能力有很高的評價，無論什麼樣的衝突，她都能夠順利化解。其實衝突並不多，不過有一些羅馬人的頭盔不知爲何出現在混血營商店內，而派波努力讓那些頭盔物歸原主。還有一例，馬爾斯和阿瑞斯的孩子爭論殺死許德拉[69]的最佳方法而爆發衝突，多虧有派波介入調停，雙方才不致大打出手。

羅馬人準備離開的那天早上，派波坐在獨木舟湖的碼頭上，努力安慰水精靈。湖裡有些精靈認爲羅馬男孩實在太帥了，因此也想跟著搬到朱比特營。她們要求製作一個方便攜帶的巨大魚缸，以便遷移到西岸去。派波剛剛達成協商的結論，這時蕾娜跑來找她。

---

[69] 許德拉（hydra），希臘神話中的多頭怪物，頭的數量說法不一，有五頭至九頭的版本。

執法官坐在她身旁的碼頭上。「很困難的任務吧？」

派波吹了一口氣，把垂在眼睛上的一綹頭髮吹開。「水精靈的提議可能會遭到反對。我想我們達成協議了，如果到了暑假結束時她們還是想去，我們到時候就會研擬執行細節。不過那些水精靈啊，嗯，往往才過五秒鐘就把事情忘光光了。」

蕾娜用手指撥弄著水面。「有時候，我也很希望能那麼快就能把事情忘光。」

派波仔細端詳著執法官的臉。與巨人開戰的這段期間，蕾娜似乎是唯一沒有變的半神半人……至少從表面上看起來是如此。她還是一樣擁有那麼強悍、無所畏懼的眼神，也有著同樣高貴美麗的臉龐。她穿著盔甲和紫色斗篷的模樣，就像大多數人穿著短褲和T恤一樣輕鬆自在。

派波實在無法理解，怎麼會有人能夠承受那麼多痛苦、承擔那麼多責任而不會崩潰。她很好奇想知道，蕾娜是否曾經對哪個人吐露內心的祕密。

「你承擔太多事情了，」派波說：「爲了兩個營區。如果沒有你，兩個營區都不可能留下來的。」

「我們每一個人都盡了一部分的力量。」

「是沒錯啦，可是你……我只是希望你得到更多的功勞。」

蕾娜輕輕笑起來。「派波，謝謝你。不過我不希望別人太注意我。你很了解那是什麼樣的感覺，對吧？」

派波非常了解。她們兩人是很不一樣的人，不過派波眞的很了解不想吸引別人注意的感覺。可以說，派波從出生到現在都有這樣的期盼，主要因爲她爸爸的名氣、狗仔隊、新聞偷拍照片和緋聞八卦的關係。她遇過好多人老是嘴巴嚷嚷：「噢，我好想變成名人啊！那樣一定很棒！」然而他們對於「出名」背後的意義根本一無所知。爸爸爲此付出很大的代價，派波把那一切看在眼裡，衷心希望自己與名氣完全扯不上邊。

她也很了解羅馬人所謂的「吸引力」那一套：講求和諧、成爲團隊的一份子、作爲運作順暢機器裡的螺絲釘。即使如此，蕾娜還是爬到頂尖的位置。她注定要鋒芒畢露。

「你身上來自你媽媽的力量……」派波說：「你可以把力氣借給其他人？」

蕾娜抿起嘴唇。「是尼克告訴你的嗎？」

「不是。我感受到了，因爲看見你領導軍團的樣子。那一定把你掏空了。你要怎麼……你也知道，怎麼把力氣取回來呢？」

「把力氣取回來的時候，我會讓你知道。」

她說話的語氣像是開玩笑，但派波感受到這番話背後的深沉哀傷。

「這裡永遠都歡迎你來喔，」派波說：「如果需要稍微休息、離開一下……你現在有法蘭克啦，有些時候可以讓他分擔多一點責任。留一點時間給自己，讓周遭沒有人把你當成執法官，那樣對你會很好。」

蕾娜迎上她的視線，彷彿想要評估這項提議到底有多認眞。「來這裡的時候，有人會叫我唱那種奇怪的歌，像是什麼老奶奶穿戴她的盔甲之類的嗎？」

「不會啦，除非你眞的想唱。不過，我們可能得禁止你參加奪旗大賽喔，我有預感，你可以單挑整個混血營，而且還打敗我們。」

蕾娜忍不住笑出來。「我會考慮這項提議。謝謝你。」她稍微調整自己的匕首，派波見了，一度想起自己的佩刀卡塔波翠絲，現在那把刀鎖在她小屋的嫁妝箱裡。自從在雅典用那把刀刺死巨人恩塞勒達斯之後，刀刃所顯現的影像就不再那麼完整了。

「我很想知道……」蕾娜說：「你是維納斯的孩子。我是指阿芙蘿黛蒂。說不定……說不定你可以解釋你母親對我說過的一些話。」

「真榮幸，我會盡力，不過我要先警告你喔，我媽說的話，很多時候我都覺得根本是莫名其妙。」

「以前在查爾斯頓的時候，維納斯告訴我一些事。她說：『你不會在自己期盼或自己希望的地方找到愛。所有的半神半人都無法療癒你的心。』我……我聽了那些話一直很掙扎……」她的聲音嘎然而止。

派波有種強烈的慾望想要找到她母親，好好揍她一拳。阿芙蘿黛蒂經常只靠短短的談話就毀掉某個人的人生，派波真是恨死了。

「蕾娜，」她說：「我不清楚她那樣說是什麼意思，但有件事我知道得很清楚：你是非常非常棒的人。一定在某個地方有某個人很適合你。說不定他不是半神半人，也說不定他是凡人，或者……或者我也不知道，反正只要時機到了，他一定會出現。而在那之前，嘿，你有朋友啊，你有很多很多朋友，希臘人和羅馬人都有。剛才說到你是所有人的力量來源，有時候你可能會忘了自己也需要從別人身上得到力量。我會在這裡等你喔。」

蕾娜望向獨木舟湖的對岸。「派波．麥克林，你真的很會說話。」

「我可沒有說魅語，我發誓。」

「不需要說魅語。」蕾娜向她伸出手。「我有預感，我們一定會再相見。」

她們握握手，等蕾娜離開後，派波心裡很清楚，蕾娜說得沒錯。她們一定會再相見，因爲蕾娜再也不是敵人了，再也不是陌生人或潛在的敵人。她是朋友。她是家人。

羅馬人離開後，那天晚上混血營顯得空蕩蕩的。派波已經開始想念海柔了。她也想念阿爾戈二號的木材所發出的吱嘎聲，以及船上她的艙房有盞燈可以在天花板投射出星座圖案。她躺在十號小屋她的床鋪上，她覺得焦躁不安，因此知道自己連稍微打個盹都沒辦法。她不斷想起里歐，一次又一次在腦海裡回想當時對付蓋婭究竟發生了什麼事，她想要搞清楚自己怎麼會讓里歐大大失望。

大約凌晨兩點的時候，她終於放棄逼自己入睡。她坐在床上，凝視著窗外。月光將樹林照耀成一片銀色，大海和草莓園的氣息飄盪在微風中。她幾乎不敢相信才不過幾天前，大地之母曾經崛起，而且差點毀滅了派波所珍視的每一件事物。今天晚上看起來如此平和……如此正常。

叩、叩、叩。

派波差點撞到床鋪的頂板。傑生居然站在窗外，伸手輕敲窗框。他露出微笑。「跟我來。」

「你在這裡做什麼？」她低聲說：「宵禁已經開始了，負責巡邏的鳥身女妖會把你撕成碎片的！」

「跟我來就是了。」

她的心跳得好快，握著傑生的手，爬出窗外。他帶著派波走向一號小屋，帶她進去，那裡有巨大的嬉皮宙斯雕像，在微弱的光線下閃閃發亮。

「呃，傑生……到底要……？」

「看這個。」他指著圓形房間周圍的大理石柱，帶她去看其中一根柱子。石柱的背面有一些金屬梯板幾乎貼著牆面，一路通往上方，是一道階梯。「眞不敢相信我沒有早一點發現。等一下你就知道了！」

他開始往上爬。派波搞不清楚自己爲何這麼緊張，不過她的手確實不斷發抖。她跟著傑生往上爬，到了階梯頂端，傑生推開一道小小的活板門。

他們爬出去的地方是圓頂狀屋頂的一側，位於一塊平坦的突出架子上，面向北方。整個長島灣開展在眼前，一直延伸到遠方的地平線。他們站在這麼高的地方，而且身處於這樣的角度，下面不可能有人看得見他們。負責巡邏的鳥身女妖也絕對不可能飛得這麼高。

「你看。」傑生指著天上的繁星，那就像是大量的鑽石遍撒於天空，甚至比海柔・李維斯克所能召喚的寶石更加璀燦耀眼。

「好美。」派波依偎在傑生懷中，他伸出手臂摟著她。「可是，你這樣不會惹上麻煩嗎？」

「誰管他？」傑生問。

派波輕輕地笑了。「你到底是什麼人？」

他轉過來，眼鏡在星光照耀下顯露出淡淡的青銅光澤。「傑生・葛瑞斯。很高興遇見你。」

他吻了她，而且……好吧，他們以前也曾接吻，但是這一次完全不一樣。派波覺得自己好像烤箱，所有的電熱線圈都加熱到火燙的紅色。而且更熱，她開始覺得自己聞起來好像燒焦的土司。

傑生的身子向後拉開，以便看清楚她的眼睛。「在荒野學校那天晚上，我們在星空下的初吻……」

「那個記憶，」派波說：「那個從來沒有發生過的記憶。」

「嗯……現在才是眞的。」他做出驅魔的手勢，就是他要驅離媽媽的鬼魂時所用的那個手勢，然後推向天空。「從這一刻開始，我們寫下自己的故事，寫下全新的開頭。而這才是我們的初吻。」

「只不過親了一次，我本來不敢告訴你這句話的，」派波說：「不過奧林帕斯天神啊，我愛你。」

「我也愛你，派波。」

她實在不想毀了這個時刻，可是忍不住一直想到里歐，想到他再也沒機會擁有全新的開頭了。

傑生必定是感受到她的心情。

「嘿，」他說：「里歐沒問題的。」

「你怎麼能這樣想？他沒有服下解藥，尼克也說他已經死了。」

「你曾經光是用聲音就喚醒了一條巨龍，」傑生提醒她，「你絕對相信巨龍應該還活著，對吧？」

「對啦，可是……」

「我們必須相信里歐。他絕對不可能那麼容易死掉。他可是很強悍的傢伙啊。」

「沒錯。」派波努力壓抑自己慌亂的心。「所以我們要相信他。里歐一定還活著。」

「還記得嗎？在底特律時，他只用一個汽車引擎，就擺平了獨眼女巨人『大媽加斯棋』。」

「還有波隆那的那兩個小矮人，里歐用牙膏做成自製的煙燻手榴彈，把他們撂倒了。」

「工具腰帶指揮官。」傑生說。

「頂級壞男孩。」派波說。

「里歐大廚，豆腐捲餅專家。」

兩人笑成一團，輪流講著里歐．華德茲的各種事蹟，里歐是他們最要好的朋友。他們待在屋頂，直到黎明既起，這時派波開始相信，他們眞的能夠擁有全新的開始，甚至這個新的故事可能也有里歐，他還待在某個遙遠的地方。某個未知的地方……

58 里歐

里歐死了。

他百分之百確定自己死了，只是不懂爲何會這麼痛。他覺得自己身體的每一個細胞好像都爆炸了，如今他的意識受困於一個半神半人的路倒軀殼裡，軀殼炸得酥脆焦黑，噁心作嘔的感覺遠比他以前經歷過的每一次暈車都還要難過一百倍。他全身動彈不得，看不見也聽不見，只能感受到強烈的痛楚。

他開始恐慌起來，心想這也許是他的永恆懲罰。

接著，好像有人在他的大腦放上汽車電池的充電跨接線，讓他的生命重新啓動。

他喘了好大一口氣，坐起身來。

他感覺到的第一件事是微風吹拂臉龐，接著右手臂傳來燒炙般的痛楚。他還在非斯都的背上，也還飛行於高空中。他的雙眼重新開始運作了，這時發現一支巨大的皮下注射針筒插在他的前臂裡。已經注射完畢的空針筒發出唧唧聲、嗡嗡作響，然後重新收進非斯都脖子上的控制板裡。

「謝啦，兄弟。」里歐咕噥著說：「哇，死掉眞是糟透了。不過那個醫生的解藥呢？那個東西更是糟糕好幾百倍。」

非斯都用摩斯電碼發出喀噠聲和噹啷聲。

「不對，老兄，我是開玩笑的啦，」里歐說：「能夠活著眞是太高興了。而且，對啦，我也愛你。你表現得太棒了。」

一陣金屬般的嗚嗚聲傳遍巨龍的整個身體。

眼前的首要之務：里歐檢視巨龍的損傷狀況。非斯都翅膀的運作狀況很正常，只不過左翼中指兩側的翼膜布滿了射穿的孔洞。它頸部的電鍍有一部分熔掉了，可能因爲大爆炸的關係，不過巨龍似乎沒有立即墜毀的危險。

里歐努力回想到底發生了什麼事。他還滿確定自己打敗了蓋婭，但是完全不曉得他的朋友們回到混血營之後怎麼樣了，希望傑生和派波都沒有受到爆炸波及。里歐倒是有一段奇怪的記憶，好像有一顆飛彈高速射向他，而且像個小女孩一樣發出尖厲的叫聲……那到底是什麼鬼啊？

等一下落地之後，他必須檢查非斯都的腹部狀況。最嚴重的損壞可能都分布在那個區域，因爲他們向蓋婭那團爛泥巴噴火時，巨龍一直勇敢抓住她。目前無從判斷非斯都究竟飛行了多久，他必須盡快停下來檢查一番。

而這又引發另一個問題：他們到底在哪裡呢？

他們下方是一片堅實的白色雲層，太陽直接照耀在頭頂上，四周一片晴空燦爛。所以現在大概是正中午……不過是哪一天呢？里歐之前究竟死了多久？

他打開非斯都脖子上的控制面板。星盤正在嗡嗡鳴叫，水晶則像霓虹心臟一般不斷地跳動。里歐察看他的羅盤和GPS，接著他的臉上綻開大大的笑容。

「非斯都，好消息！」他大喊大叫：「我們的導航讀數現在是徹底一團混亂！」

非斯都說：「喀答？」

「沒錯！下降！我們到這些雲層下面去，而說不定……」

巨龍筆直俯衝，速度超快，把里歐肺裡的空氣全部擠出去了。

他們衝破白色的雲層，而在他們下方，在廣袤的藍色大海上，只有一個綠色的島嶼。

里歐鬼吼鬼叫得好大聲，可能遠在中國都聽得見他的聲音。「好啊！到底是誰死了？看誰回來了？寶貝，誰是你的超怪咖、超大號的至尊無敵任意俠？哇哇哇哇哇哇哇嗚！」

他們盤旋降落在奧吉吉亞島上，溫暖的海風吹拂里歐的髮梢。儘管他的衣服是以魔法織造而成，但他意識到現在全身衣服都變得破破爛爛，兩隻手臂也裹著厚厚的煤灰，活像是剛才讓熊熊大火燒死……呃，當然啦，他還眞的是。

不過，他再也不需要煩惱那些事了。

她正站在海灘上，身穿牛仔褲和白色短上衣，琥珀色的頭髮挽在腦後。

非斯都展開雙翼，落地時跌跌撞撞。它顯然有一隻腳斷了。巨龍跌向一側，里歐也跟著飛射出去，臉朝下摔進沙子裡。

好一個英雄式的進場啊。

里歐吐出嘴裡的一條海草。非斯都則是一邊拖著身體在海灘上行走，一邊發出喀哩喀啦的聲音，意思像是「唉唷，唉唷，唉唷」。

里歐抬起頭。卡呂普索站在他頭頂上，雙手交叉，皺起眉頭。

「你來晚了。」她高聲說道，雙眼炯炯有神。

「抱歉，陽光，」里歐說：「路上的交通一團亂。」

「你全身都是煤灰，」她指出，「而且你毀了我幫你做的衣服，那應該是不可能毀掉的才對啊。」

「嗯，你也知道，」里歐聳聳肩，好像有人拿了一百顆亂跑亂跳的小鋼珠倒進他的胸口，「我就是專門做一些不可能完成的任務啊。」

她伸出手，幫忙里歐站起來。兩人站著，鼻尖對著鼻尖，卡呂普索仔細評估他的狀況。她身上的氣味聞起來很像肉桂。她的左眼旁邊本來就有小小的皺紋嗎？里歐眞的好想伸手去摸摸看。

她皺起眉頭。「你身上的氣味……」

「我知道，很像是我已經死掉了。可能因爲我眞的死過喔。就是『發誓留住最後一口氣』那一整套，不過我現在好多了……」

她用一個吻堵住他的嘴。

那些小鋼珠在他體內亂竄亂撞。他實在太開心了，以至於必須刻意努力克制，才不會爆炸成一團火球。

卡呂普索終於放開他，她的臉也同樣沾上一層厚厚的煤灰。她似乎並不在意，只是用大拇指輕撫他的顴骨。

「里歐．華德茲。」她說。

然後她什麼也沒說……只是喃喃唸著他的名字，彷彿那名字帶有魔法。

「就是我，」他說著，聲音有點粗啞，「那麼，呃……你想要離開這個島嗎？」

卡呂普索向後退。她舉起一隻手，微風旋轉起來。她的隱形僕人送來兩個行李箱，放在她的腳邊。「你怎麼會那樣想？」

里歐笑得開懷。「爲長途旅行打包好了，是嗎？」

「我不打算回來。」卡呂普索回過頭，凝視著通往她的花園和她的洞穴之家的小徑。「里歐，你要帶我去哪裡？」

「首先，找個地方修理我的龍，」他下定決心說：「然後呢……你想去哪裡都可以。說眞的，我到底離開多久啊？」

「時間在奧吉吉亞島上很難估計，」卡呂普索說：「感覺很像離開了一輩子。」

一陣疑慮刺痛了里歐的心。他很希望自己的朋友們一切安好。他希望自己死去的那段時間，非斯都飛來飛去尋找奧吉吉亞島沒有經過一百年。

他非找出眞相不可。他必須讓傑生、派波和其他人知道他沒事。可是，眼前這一刻……優先考慮的事，卡呂普索排在最前面。

「那麼，你一旦離開奧吉吉亞島，」他說：「還會保持不死之身或者怎麼樣嗎？」

「我完全不知道。」

「而即使那樣，你也沒關係？」

「比沒關係還要沒關係。」

「嗯，那好！」他轉身看著巨龍。「兄弟，咱們要再飛一趟，沒有要特別去什麼地方，你準備好了嗎？」

非斯都噴噴火，拖著腳走來走去。

「那麼，我們就這樣出發，沒有計畫，」卡呂普索說：「完全不知道我們會去哪裡，或者飛出這個島以後會碰上什麼問題。問題很多，但是沒有令人滿意的答案？」

里歐兩手一攤。「陽光，我就是那樣飛來的。我可以拿你的行李嗎？」

「當然好。」

五分鐘之後，卡呂普索的雙手環抱里歐的腰，於是里歐催促非斯都起飛。青銅巨龍展開雙翼，他們起飛、翺翔，進入不可知的境域。

混血營英雄 5

英雄之血

文 / 雷克・萊爾頓　譯 / 王心瑩

主編 / 林孜懃　副主編 / 陳懿文
美術設計 / 唐壽南　行銷企劃 / 陳佳美、金多誠
出版一部總編輯暨總監 / 王明雪

發行人 / 王榮文
出版發行 / 遠流出版事業股份有限公司　104005台北市中山北路一段11號13樓
電話：(02)2571-0297 傳眞：(02)2571-0197 郵撥：0189456-1
著作權顧問 / 蕭雄淋律師
輸出印刷 / 中原造像股份有限公司
□ 2015年7月1日 初版一刷　□ 2022年11月10日 初版十四刷

定價 / 新台幣380元 (缺頁或破損的書，請寄回更換)

ISBN 978-957-32-7654-8
ylib 遠流博識網 http://www.ylib.com　E-mail:ylib@ylib.com
遠流雷克萊爾頓奇幻欄 http://www.facebook.com/thekanefans

THE HEROES OF OLYMPUS: THE BLOOD OF OLYMPUS

國家圖書館出版品預行編目 (CIP) 資料

混血營英雄：英雄之血 / 雷克・萊爾頓(Rick Riordan)著；
王心瑩譯. -- 初版. -- 臺北市 : 遠流, 2015.07
面；　公分

譯自 : The Heroes of Olympus : The Blood of Olympus
ISBN 978-957-32-7654-8（平裝）

874.57　　104009450